o bom prefeito

ANDREW NICOLL

o bom prefeito

Tradução de
ANA BAN

EDITORA RECORD
RIO DE JANEIRO • SÃO PAULO
2014

CIP-BRASIL. CATALOGAÇÃO NA FONTE
SINDICATO NACIONAL DOS EDITORES DE LIVROS, RJ

N555b Nicoll, Andrew, 1962-
O bom prefeito / Andrew Nicoll; tradução de Ana Ban. – Rio de Janeiro: Record, 2014.

Tradução de: The good mayor
ISBN 978-85-01-09072-0

1. Romance inglês. I. Ban, Ana. II. Título.

12-3626
CDD: 823
CDU: 821.111-3

Título original em inglês:
The good mayor

Copyright © Andrew Nicoll 2008

Texto revisado segundo o novo Acordo Ortográfico da Língua Portuguesa.

Todos os direitos reservados. Proibida a reprodução, no todo ou em parte, através de quaisquer meios. Os direitos morais do autor foram assegurados.

Direitos exclusivos de publicação em língua portuguesa somente para o Brasil adquiridos pela
EDITORA RECORD LTDA.
Rua Argentina, 171 – Rio de Janeiro, RJ – 20921-380 – Tel.: 2585-2000, que se reserva a propriedade literária desta tradução.

Impresso no Brasil

ISBN 978-85-01-09072-0

Seja um leitor preferencial Record.
Cadastre-se e receba informações sobre nossos lançamentos e nossas promoções.

Atendimento e venda direta ao leitor:
mdireto@record.com.br ou (21) 2585-2002.

AN

L

AW

No ano de Em Branco, quando A-K era governador da província de R, o bom Tibo Krovic já era prefeito da cidade de Ponto havia quase vinte anos.

Hoje em dia, não tem muita gente que visita Ponto. Quase ninguém tem motivo para navegar tão ao norte no Báltico, principalmente até os mares rasos da desembocadura do rio Ampersand. Há várias ilhotas perto da costa, algumas só aparecem com a maré baixa, outras, de tempos em tempos, unem-se às suas vizinhas com o mesmo capricho de um governo italiano. Por causa disso, os cartógrafos de quatro nações há muito tempo abandonaram qualquer tentativa de mapear o lugar. Catarina, a Grande enviou uma equipe de topógrafos que tomaram conta da casa do mestre do porto de Ponto e ali ficaram por sete anos, mapeando e remapeando mais uma vez, antes de finalmente irem embora, desgostosos.

"Ce n'est pas une mer, c'est un potage", o chefe dos topógrafos observou, de maneira notória, apesar de ninguém em Ponto ter entendido o que ele disse. Diferentemente da nobreza russa, o povo de Ponto não se expressava em francês. Ninguém falava russo por lá também. Afinal, apesar das alegações da imperatriz Catarina, o povo de Ponto não se considerava russo. Não naquela época. Naquele tempo, os homens de Ponto — se alguém fosse se dar ao trabalho de perguntar a eles — poderiam se referir a si mesmos como finlandeses ou suecos. Talvez, em algum outro momento, eles tivessem acenado na direção da longínqua Dinamarca ou até mesmo da Prússia. Alguns poucos poderiam ter se definido como polacos ou lituanos, mas, em sua maior parte, eles se apresentariam com muito orgulho como homens de Ponto.

O conde Gromyko sacudiu dos pés a lama do lugar e navegou para casa, em São Petersburgo, onde estava confiante de que iria receber o novo cargo de comandante da cavalaria de Sua Majestade Imperial. Mas, naquela mesma noite, o navio dele bateu em uma ilha não mapeada que tinha surgido, sem nenhuma educação, dos mares nas proximidades de Ponto, e ele afundou feito uma pedra, levando consigo sete anos em mapas.

Os almirantes da imperatriz Catarina ficaram com um espaço em branco nas cartas, e eram civilizados demais para marcar "Aqui há dragões", de modo que, em vez disso, escreveram: "Águas rasas e solos traiçoeiros, perigosos à navegação" e deixaram assim. E, em anos posteriores, na medida em que as fronteiras de diversos países foram mudando ao redor de Ponto, assim como as margens traiçoeiras do rio Ampersand, era melhor mesmo para seus respectivos governos não dizerem mais nada sobre o lugar.

Mas os homens de Ponto não precisavam de mapas para navegar pelas ilhas que protegiam seu pequeno porto. Eles achavam o caminho dentro do arquipélago através do cheiro. Eles se guiavam pela cor do mar ou pelos padrões das ondas, ou pelo ritmo da corrente, ou pela posição desse redemoinho ou daquele trecho de água parada, ou pelo formato das ondas onde duas correntes se cruzavam. Os homens de Ponto partiram a bordo de seus navios, cheios de confiança, sete séculos atrás, levando peles e peixe seco para os portos da Liga Hanseática, e navegaram de volta para casa, ontem mesmo, com cigarros e vodca, e ninguém mais precisa saber a respeito disso.

E, assim como eles, quando o bom Tibo Krovic ia trabalhar no gabinete de prefeito todas as manhãs, navegava cheio de confiança. Ele pegava o jornal da porta da frente, percorria o caminho de ladrilhos azuis, atravessando seu pequeno jardim bem-cuidado, até o fantasma caindo aos pedaços de um portão onde um sino de latão se pendurava dos galhos de uma bétula com uma corrente terminando em uma alça de madeira quebrada, esverdeada de algas.

Na rua, Tibo virou à esquerda. Ele comprou um saco de balinhas de menta do quiosque da esquina, atravessou a rua e ficou esperando na parada de bonde. Em dias de sol, o prefeito Krovic lia o jornal enquanto esperava o bonde. Em dias chuvosos, ficava embaixo de seu guarda-chuva e protegia o jornal dentro do casaco. Em dias assim, ele nunca conseguia ler o jornal e, mesmo em dias ensolarados, também não, pois alguém chegava para ele na parada de bonde e dizia: "Ah, prefeito Krovic, estava querendo perguntar-lhe uma coisa..." e o bom Tibo Krovic dobrava o jornal e ouvia e dava conselhos. O bom prefeito Krovic.

A praça da Cidade fica exatamente a nove paradas da casa do prefeito Krovic. Ele descia depois de sete e andava o restante do caminho. No meio do trajeto, ele parava no Anjo Dourado e pedia um café vienense forte com muitos figos secos, bebia, chupava uma balinha de menta e deixava o restante do saco na mesa. Então só faltava uma curta caminhada até a rua do Castelo, atravessando a ponte Branca, passando pelo meio da praça e chegando à Prefeitura.

Tibo Krovic gostava de ser prefeito. Ele gostava quando jovens vinham até ele para se casar. Gostava de visitar as escolas de Ponto e pedir às crianças que ajudassem a desenhar os cartões de Natal cívicos. Ele gostava do povo. Ele gostava de resolver seus probleminhas e suas brigas bobas. Ele gostava de receber os visitantes distintos que chegavam à cidade.

Ele gostava de entrar na câmara do conselho atrás do domo, com seu grande cetro prateado com a imagem de santa Walpurnia; santa Walpurnia, a virgem mártir barbuda, cujas súplicas aos Céus, de esmagar o coração, pelo dom da feiura para reforçar sua castidade, foram atendidas com generosidade milagrosa. Santa Walpurnia, que foi abençoada por Deus duas vezes (primeiro com uma barba de exuberância monstruosa e depois com um cataclismo de verrugas que cobriam seu corpo todo e que ela exibia para os homens de Ponto quase todos os dias, em um esforço incansável de afastá-los do pecado). Santa Walpurnia, que se ofereceu aos hunos quando eles ameaçaram Ponto sob a condição de que eles poupassem as mulheres da cidade. Santa Walpurnia que, como os monges registraram, correu na direção do acampamento dos hunos, gritando para eles: "Possuam-me! Possuam-me!" e aqueles hunos bestiais, que não tinham nenhum problema em se jogar no corpo peludo de seus animais do acampamento, trataram a pobre e santificada Walpurnia como um mero brinquedo. Quando ela morreu, horas depois, gritando "Ó Deus, ó Deus, ó Jesus!", a lenda diz que não havia uma marca sequer em todo seu corpo enverrugado. Deus a presenteou com um ataque cardíaco, como mais uma marca de sua benevolência extrema, e, quando o cadáver dela foi recuperado, um sorriso de satisfação brilhou por baixo de seu bigode aveludado, como sinal de que ela já tinha penetrado nas delícias do Paraíso. Ou, pelo menos, é o que a minha lenda diz.

No ano de Em Branco, quando A-K era governador da província de R e o bom Tibo Krovic já era prefeito da cidade de Ponto havia quase vinte anos, eu já estava aqui havia mil e duzentos anos, observando.

Eu continuo aqui, bem no alto da torre mais elevada da catedral batizada em minha homenagem, mas também, de alguma maneira que não sou capaz de explicar, estou acomodada em uma saliência de uma pilastra esculpida que serve de suporte ao púlpito, muito, muito lá embaixo. E estou em pé sobre o brasão em cima da porta da Prefeitura e pintada na lateral de cada bonde, e pendurada na parede do gabinete do prefeito, e impressa na frente de cada apostila que pousa em cada carteira, em cada classe, em cada escola de Ponto. Estou esparramada na proa daquela pequena balsa imunda que chega, de maneira intermitente, de Traço, incrustada de sal, com a minha barba ridícula, com um para-choque de cânhamo trançado pendurado ao meu redor, como se fosse um arreio de cavalo.

Sou carregada em cartões coloridos nas bolsas das mulheres de Ponto, piscando à luz enquanto elas passam de loja em loja, cochilando no fundo dos tachos de cobre, aninhada em cachos de cabelos e em dentes de leite e no topo de bilhetes, como suvenir. Fico pendurada por cima de camas (camas agitadas com amor selvagem, camas frias de indiferença, camas em que crianças dormem, gorduchas e inocentes, camas em que os moribundos se deitam, acabados e magros feito um fiapo). E fico aqui, bem no coração da catedral, meus ossos nus envoltos por cartilagem ressecada e por sedas antigas e esfarelentas, dentro de um pavilhão dourado, incrustado de pedras preciosas, brilhando com vernizes, vistoso de tantos ornamentos, onde reis e princesas se ajoelharam para chorar seus arrependimentos, onde rainhas inférteis soluçaram suas súplicas, aonde o povo de Ponto vem para passar o tempo durante o dia comigo. Não tenho como explicar. Não tenho como explicar porque eu não entendo como posso estar em todos esses lugares ao mesmo tempo.

A mim, parece que, se é o que eu desejo, posso estar inteira e completamente em qualquer um desses lugares. Tudo que é Walpurnia pode estar aqui, no alto da minha catedral, olhando para baixo, para a cidade e ao longe, para o mar, ou aqui mesmo, no estojo de ouro, ou ali, na capa daquela apostila escolar, em particular. E, no entanto, parece-me que, se eu assim desejar, posso estar em todos esses lugares ao mesmo tempo, sem estar diluída, sem perder nem um átomo sequer, em todos os lugares, observando. Eu observo. Eu observo os vendedores de lojas de Ponto, e os policiais, e os mendigos, as pessoas felizes e as pessoas tristes, os gatos e os passarinhos, e os cachorros pardos, e o bom prefeito Krovic.

Eu o observei quando ele subiu a escadaria de mármore verde até seu gabinete. Ele gostava daquela escada. Ele gostava de seu gabinete. Ele gostava dos painéis de madeira escura no interior e das grandes janelas com persianas, que davam vista para os chafarizes da praça, subindo a rua do Castelo até o aglomerado branco da minha catedral, sob seu domo cor de cobre em forma de cebola aonde, todos os anos, ele conduzia o conselho para a bênção anual. Ele gostava de sua cadeira de couro confortável. Ele gostava do brasão na parede com sua imagem de uma freira barbuda sorridente. Mais do que tudo, ele gostava de sua secretária, a Sra. Stopak.

Agathe Stopak era tudo que santa Walpurnia não era. Sim, ela era abençoada com um cabelo comprido, escuro e lustroso; mas não no queixo. E a pele! Branca, brilhante, sedosa, absolutamente desprovida de verrugas. A Sra. Stopak, apesar de demonstrar a mim a devoção zelosa que é adequada a qualquer mulher de Ponto, não era daquelas que levavam esse tipo de coisa ao extremo. No verão, ela ficava sentada em sua cadeira, empoleirada perto da janela, com altivez, toda viçosa, usando estampas florais delicadas que se colavam a cada curva de seu corpo com o calor e se moviam com cada suspiro de ar que entrava pela janela.

Durante todo o inverno, a Sra. Stopak ia trabalhar de galochas e, sentada à sua mesa, ela as tirava dos pés e pegava da bolsa um par de sandálias de salto alto que deixavam os dedos à mostra. Dentro de seu gabinete, o coitado, bom e apaixonado prefeito Krovic ficava ouvindo os passos pesados das suas galochas quando ela chegava para trabalhar e se apressava para cima do tapete, apertando os olhos através da fresta embaixo da porta para ter um vislumbre dos dedinhos roliços dos pés dela, enquanto se esgueiravam para dentro dos sapatos.

E o coitado, bom e apaixonado Tibo suspirava, e se levantava, e tirava com batidinhas das mãos os fiapos de tapete do terno e ia se sentar à sua mesa, com a cabeça enterrada nas mãos, até escutar Agathe Stopak estalando os saltos pelo piso de lajotas da sala vizinha, colocando alguma coisa em um arquivo, ou preparando café ou, simplesmente, sendo macia, e cheirosa, e linda, e ali do outro lado da porta.

De vez em quando, durante o dia de trabalho, como qualquer outra pessoa, a Sra. Stopak saía da mesa para atender a necessidades humanas normais e, invariavelmente, voltava com a maquiagem retocada em uma máscara de perfeição, arrastando atrás de si nuvens de limas e limões, e de buganvílias, e de baunilha, e de aromas exóticos, que o bom Tibo nem sabia nomear. Ele imaginava os lugares de onde tinham vindo: de ilhas do Pacífico salpicadas de especiarias e tilintantes com os sinos dos templos, onde ondinhas minúsculas suspiravam sobre as areias coral-cor-de-rosa. Ele imaginava os lugares em que estavam agora: nuvenzinhas aromáticas borrifadas sobre as curvas macias e bem-torneadas, atrás dos joelhos da Sra. Stopak, sobre seus pulsos azuis e orvalhando o encontro dos seios brancos como leite.

— Ai meu Deus — resmungou o prefeito Krovic para si mesmo. — Quando o Senhor juntou os meus átomos do pó das estrelas, por que me fez homem, se poderia ter me transformado em gotinhas de perfume e permitido que eu morresse ali?

O bom prefeito Krovic era infeliz, mas o mesmo vale para a Sra. Agathe Stopak. Em noites frias de inverno, ela ficava deitada na cama, tremendo, escutando a chuva tamborilar na janela, observando as cortinas levantarem com a corrente de ar e imaginando se elas se moviam por causa do vento lá fora ou por causa de Stopak roncando a seu lado. Ele ficava lá, deitado com a barriga para cima, ocupando a metade exata da cama, como se houvesse uma espada entre eles, com os lençóis estendidos por cima de sua barriga grande e dura, como se fossem uma lona de circo. O vento assobiava pelo abismo entre eles, mas, mesmo sem isso, a cama era sempre gelada.

Stopak cheirava a massa de vidraceiro e cal. Havia manchas de tinta na camiseta cinza que ele usava na cama, manchas que se agarraram embaixo de suas unhas das mãos, e ele roncava feito o rolo compressor que ela tinha visto nivelando o asfalto pela avenida Ampersand, no caminho de volta do trabalho para casa.

Stopak sempre tinha roncado, mas, anos atrás, logo no início do casamento, ela não se importava. Naquela época, a cama era quente e Stopak ia dormir, toda noite, jogado em cima de seu corpo rosado e bem-torneado, a cabeça aninhada entre seus seios grandes de marfim, seu corpo cobrindo o dela como uma manta, um braço estendido por cima da barriga e entre suas pernas, o outro dobrado embaixo do travesseiro. E ele roncava exausto, e Agathe ficava lá, radiante, e enroscava os dedos nos cabelos dele e sussurrava seu amor enquanto ele rugia noite afora.

Ela o alimentava bem. Ela corria para casa depois do trabalho no gabinete do prefeito com coisas gostosas na sacola, e já estava com tudo no fogão quando Stopak entrava pela porta e se sentava à mesa da cozinha, com sua toalha de margaridas amarelas. Mas, naquele tempo, Stopak nunca se sentava antes de ter corrido até ela, feito um urso em fúria, e a ter agarrado por trás, e a ter deixado toda arrepiada, e a ter beijado, e a ter cutucado por toda a cozinha, até que ela batia nele, de brincadeira, com uma risada e um espremedor de batata, e o forçava a se sentar em uma cadeira de madeira de espaldar reto.

— Pare! — ordenava. — Vai precisar da sua força mais tarde.

E então ela o beijava com uma promessa e o alimentava com bifes de filé, e torta de carne de caça feita em casa, e batatas assadas, e pudins de ovos cobertos de açúcar crocante, e tortas de maçã, e um bom queijo, e, enquanto ele comia, ela lhe contava tudo sobre o dia: quem tinha ido falar com o prefeito, o grupo escolar que tinha visitado a Prefeitura ou como o chapéu do chefe de polícia tinha caído da mesa e ido parar dentro do balde de alvejante de Peter Stavo e saído de lá tão branco quanto a calcinha de uma freira; e eles davam risada.

E então, quando Stopak terminava de comer, Agathe deixava seu lugar à mesa e erguia a saia, e montava em cima dele, sentado na cadeira, e o abraçava, e puxava seu cabelo, e o beijava, vez após outra, até eles caírem na cama e, por fim, dormirem, e as louças podiam esperar até de manhã. Ela o amava naquele tempo. Ela ainda o amava, mas não do mesmo jeito. Não daquele jeito. Agora ela o amava da mesma maneira que poderia amar um cachorro velho e cego. Era um tipo de amor compassivo. O tipo de amor que não tem a força necessária de estender a mão até a arma que está em cima da lareira e tomar a atitude mais benevolente.

Ela o amava porque ele tinha sido o primeiro homem que ela amou na vida, o primeiro com quem ela tinha compartilhado a cama, e, para uma mulher como Agathe, isso sempre teria algum significado. Ela o amava porque eles tinham feito uma linda filha juntos, e porque, anos atrás, Stopak tinha ficado ao lado do bercinho dela igual a um espantalho despedaçado, berrando, chorando em cima da menina morta. Ela o amava porque o trabalho dele era um fracasso, porque ele era falido e patético. Ela o amava da maneira que se pode amar um ursinho da infância: não pelo que ele é, mas porque nós nos lembramos do que ele significava antes. E não é assim que um homem deve ser amado.

Stopak, por sua vez, não amava Agathe como uma mulher como ela devia ser amada. A partir do dia em que eles enterraram o bebê, ele nunca mais voltou a encostar nela. Ele foi para casa depois do enterro, ainda com o corpo arqueado pelo peso enorme daquele caixão branco minúsculo, com manchas de terra escura na calça e nos punhos do paletó, e, quando a porta se fechou depois de o último convidado de olhos úmidos ir embora, Stopak se jogou em uma cadeira e chorou.

Agathe tinha atravessado a sala para dar um beijo silencioso no alto da cabeça dele. Ela pegou sua mão. Estava desfalecida feito um peixe.

— Shhh... — ela o reconfortou e colocou a cabeça dele entre seus seios protuberantes. — Shhh, nós ainda temos tempo. Vamos voltar a ser felizes. Podemos ter mais bebês. Não como ela. — As lágrimas pingavam do queixo de Agathe. — Nunca como ela. Não para tomar o lugar dela. Haverá outros bebês para nós amarmos, e vamos contar a eles sobre a irmã mais velha que está no céu. Não agora. Em breve.

Mas Stopak só ficou lá, sentado, com cara de touro combalido, e, entre soluços, ele soltou sua recusa sem fôlego.

— Não! Chega de... bebês... não... de novo... não mais.

Ele estava falando sério. A vida no pequeno apartamento tinha mudado. Stopak começou a chegar tarde do trabalho. A comida que Agathe preparava para ele secava no forno ou desaparecia, como cinza, na lata de lixo ao lado da pia. Mas ela o amava. Ela sabia que podia salvá-lo, então esperava na cozinha toda noite até ele chegar em casa (independentemente do horário), e mastigava as refeições estragadas e ressecadas com ele. Ele comia tudo sem proferir uma palavra, como se estivesse jogando carvão de coque em um forno com uma pá. Uma vez ela até tentou atiçá-lo com sopa, depois torta de cereja, depois costeletas de cordeiro, mas ele comeu tudo em silêncio, exatamente como teria feito se ela tivesse empilhado tudo em uma bacia bem grande e jogado na mesa, na frente dele.

Na noite seguinte, para compensar, Agathe correu para casa com uma braçada de faisão. Na cozinha, ela cortou os peitos e envolveu a carne com fatias grossas de bacon sequinho, defumado no carvalho. Enquanto estava assando, ela fatiou cenouras e ferveu batatas e arrumou a mesa. Estava tudo pronto quando Stopak chegou, e ele comeu como se fosse mingau.

Agathe olhou para ele com desgosto e descrença, enfiando os dedos no próprio cabelo, espesso e preto, quase arrancando os fios de tanta frustração.

— Pelo amor de Deus, Stopak! — berrou ela. — Diga: "Estava gostoso." Ou qualquer coisa.

— Estava gostoso — disse Stopak e pegou o jornal vespertino do bolso do paletó pendurado na cadeira, abriu e começou a ler.

Agathe ficou com o coração partido, mas não estava pronta para desistir. Ela era mulher e entendia os apetites de um homem. Acima de tudo, ela entendia os de Stopak.

No dia seguinte, assim que o primeiro repique de sinos da catedral anunciou seu horário de almoço, Agathe saiu de sua mesa e entrou no gabinete vazio do prefeito. Ela amarrou um lenço na cabeça, virou-se de frente para o brasão pendurado na parede e murmurou uma oração apressada.

— Boa Walpurnia, você se entregou para ser violentada pelos hunos, pelo bem das mulheres de Ponto. Bom, eu sou uma mulher de Ponto e quero que o meu marido se transforme em um huno hoje à noite. Um huno! Isso não vai servir para salvar as mulheres de Ponto, mas talvez salve um homem. Ajude-me. Por favor.

Então ela fez uma mesura bem-educada que revelou suas pernas bonitas e apressou-se porta afora.

Agathe desceu a escadaria de mármore da Prefeitura batendo os saltos e trotou pela ponte Branca até a loja de departamentos Braun, onde gastou uma bolsa cheia de notas em vários itens de lingerie quase invisíveis.

— É tudo tão caro — ela engoliu em seco. — E mal dá para ver.

A idosa vendedora sorriu.

— É porque foi tudo feito por fadas, tecido com o algodão que elas encontram dentro dos frascos de aspirina em noites de lua cheia. Hans Christian Andersen escreveu uma história sobre isso e algum gênio desenvolveu uma fórmula matemática inteira para explicar por que o preço da calcinha sobe na medida em que o tamanho da peça diminui. Vai levar?

— Sim, vou levar.

— Você vai morrer de frio. Escute, pelo mesmo preço, vou incluir um coletinho bem bonito e grosso. Use-o.

Ela embrulhou tudo com cuidado, entre camadas de papel de seda cor-de-rosa, salpicou florezinhas de lavanda entre as folhas e amarrou tudo com fitas. Então colocou a coisa toda em uma caixa de papelão vermelho brilhante, com "Braun" escrito em dourado, e amarrou com um barbante de ráfia amarelo.

O pacote foi pendurado com muita esperança no dedo mínimo de Agathe quando ela se apressou de volta ao trabalho, e passou a tarde toda dentro da caixa de correspondência dela. Quando o sol entrou pela janela da sala e a esquentou, lufadas de lavanda começaram a circular pela sala. O cheiro a emocionou.

Agathe passou o resto do dia levando os olhos do trabalho para a caixinha vermelha e da caixinha vermelha para o relógio que ficava em cima da porta que dava para a sala do prefeito Krovic. Ela formigava toda. Sentia frio no estômago. Ela entrou para fazer mais uma anotação na agenda do prefeito, mas sua mão tremia tanto que a caneta deixou uma mancha feia no papel. Café. Hora do café. Ela precisava tomar um pouco de café.

Parada ao lado da máquina, observando o café respingar, respingar, respingar dentro da cobertura de vidro, Agathe dançava jogando o peso de uma perna para outra, cantando uma música que falava de "O garoto que eu amo", que sua avó lhe ensinara quando ela era menininha. Ela a tinha cantado para Stopak quando eles começaram a andar juntos. Foi só depois, quando ficou mais velha, que ela entendeu o quão maliciosa era a letra. Aquilo a deixava feliz. Ela ficava feliz em lembrar da avó e dos velhos tempos com Stopak e da emoção daquilo tudo (e da malícia), e ficou feliz em pensar na caixinha vermelha e nas travessuras que estavam por vir. De qualquer forma, ela estava feliz. Não era a música. Era a caixa e a esperança que a deixavam feliz. Uma caixinha cheia de esperança, como a Caixa de Pandora, mas sem as coisas ruins. Só a esperança e um pouquinho de malícia e ela ficaria feliz em deixar aquilo escapar para o mundo.

A máquina de café soltou seu último ronco, como Stopak logo antes de se virar na cama à noite, e Agathe serviu duas xícaras: uma para si e outra para o bom prefeito Krovic. Então, com dois biscoitinhos de gengibre equilibrados no pires, ela percorreu o gabinete, passou por sua mesa e entrou na sala do prefeito. Antes mesmo de abrir a porta, ela o ouviu assobiar "O garoto que eu amo".

— Faz muito tempo que não ouvia essa música — disse ele e pegou o pires. — A minha avó costumava cantar.

— A minha também — respondeu Agathe.

— Ela era uma mulher travessa, a minha avó.

Agathe deu risada.

— A minha também. Ela era filha de piratas, sabia?

— Duvido!

— Não, de verdade. Era filha de piratas ou era uma princesa russa perdida. Ninguém sabia. Foi encontrada quando era muito pequena, vagando pela praia certa manhã, chupando o polegar e segurando uma manta de veludo com listras vermelhas e douradas. Um agricultor gentil a acolheu e a tomou como sua. Mas eu acho que ela devia ser mais pirata do que princesa. Imagine só, ensinar uma música daquelas para uma menininha!

— Todas as coisas são puras para os puros — Tibo respondeu. Ele apontou com a caneta e perguntou: — Aquilo ali é para mim?

Agathe não entendeu.

— A caixa da Braun? É um presente para mim?

Ela ficou surpresa e um pouco acanhada de ver o pacote escarlate pendurado em sua mão esquerda.

— Isto? Ah, isto! Isto. Não. Não é para você. Desculpe, eu comprei na hora do almoço. Devo ter apanhado por engano. Não. Não é para você. Desculpe. É só para mim. Bom, é isso. Não.

Agathe começou a recuar pela porta, mas Tibo a chamou de volta.

— Está tudo bem, Sra. Stopak? Quer dizer, as coisas em casa. Eu sei que você e Stopak... bom, é um momento triste. Nós todos sentimos muito. Se precisar tirar um dia ou dois, de folga, podemos dar um jeito. Posso pedir para uma das moças do Departamento de Contabilidade da Prefeitura para vir para cá. Não é problema.

Agathe assumiu expressão solene.

— É muita gentileza de sua parte, prefeito Krovic, mas, de verdade, as coisas estão bem agora. As coisas estiveram ruins, mas agora melhoraram. De verdade. Estão muito melhores.

— Fico feliz por saber — disse o prefeito. — Olhe, não vou mais precisar de você hoje. Por que não tira o resto da tarde de folga?

Aquilo deixou Agathe muito feliz; afinal, ela tinha algumas roupas novas que queria experimentar. Ela lhe agradeceu e saiu da sala. De trás da porta, ela o ouviu exclamar:

— E obrigado pelo café!

O bom prefeito Krovic.

O sol ainda brilhava nos chafarizes da praça da Cidade quando Agathe saiu da Prefeitura. Com o casaco jogado em cima do braço, ela ia esmagando o cascalho ao longo do bulevar que acompanhava as margens do Ampersand. Ela ia andando alegremente pela avenida, passando das poças de sol às manchas escuras da sombra dos olmos e de volta ao sol, balançando a bolsa no ritmo dos passos que acompanhavam "O garoto que eu amo", que tocava dentro de sua cabeça. Na rua Aleksander, ela parou na delicatéssen para comprar pão, queijo e presunto cozido, mas saiu com tudo isso e ainda mais: uma caixinha verde de *papier mâché* com morangos, os primeiros da estação, uma garrafa de vinho, uma barra de chocolate e, no fundo da sacola, junto com o pacotinho cor de escarlate da Braun, duas garrafas de cerveja.

— Se santa Walpurnia fizer a parte dela, ele precisará reunir suas forças — disse ela a si mesma.

Havia um gato preto enrolado perto das latas de lixo no pé da escada que levava ao pequeno apartamento do casal Stopak. Agathe parou para pegá-lo no colo e afagá-lo.

— Gatos pretos dão sorte — disse ela —, mas tenho toda a sorte de que preciso nesta caixinha, de modo que você vai ter que ficar aqui hoje à noite.

Ela colocou o gato de novo no chão e começou a subir a escada.

A sacola estava ficando pesada e as alças se afundavam na pele de seus dedos, mas ela mal notava. A caixinha vermelha fazia tudo parecer leve.

Agathe fechou a porta do apartamento com a nádega e esvaziou a sacola de compras na mesa da cozinha. Pegou uma faca afiada e cortou o pão, ajeitou o queijo e o presunto com esmero em um prato, arrumou bem tudo, como devia ser, com as garrafas de cerveja enroladas em um pano molhado no parapeito da janela.

Ela estava satisfeita.

— Nada para queimar, nada para ressecar. Pronto para comer.

Mas ela resolveu deixar o vinho para Stopak abrir. Aquela poderia ser a tarefa dele: uma tarefa de homem. Então ela pegou a caixinha, trancou-se no banheiro e abriu as torneiras.

O vapor subiu e encheu o banheiro enquanto ela tirava a roupa. Agathe desabotoou o vestido. No espelho em cima da pia, outra Agathe fez a mesma coisa. A Agathe do banheiro, a nossa Agathe, olhou para ela com ar de aprovação. A Agathe do outro lado do espelho retribuiu o olhar e sorriu. As duas Agathes deixaram o vestido amarelo escorregar dos ombros e sussurrar até o chão. A nossa Agathe pegou o vestido dela e pendurou em um gancho atrás da porta. Ela iria precisar dele mais tarde. A Agathe no espelho provavelmente fez a mesma coisa, mas era impossível ter certeza, porque ela tinha puxado uma cortina modesta de vapor por cima de sua janela. Deste lado, na Ponto em que o trânsito anda pelo lado direito e onde a pinta de Agathe ficava só um pouquinho acima do lado esquerdo do lábio, esta Agathe tirou a roupa de baixo e fez uma bola com ela. Ela não ia precisar mais daquilo.

Nua e bem-torneada, com sua beleza luminosa, ela abriu o pacote da Braun. O sensato coletinho grosso, o presente da senhora da loja, que ela tinha ganhado de brinde. Tinha sido um gesto gentil. Agathe sorriu e o colocou de lado, em cima da banqueta de madeira verde do banheiro. E, então, havia uma camada de papel de seda cor-de-rosa. Um punhado de flores de lavanda caiu no chão quando ela abriu o pacote. Agathe deu risadinhas e se abaixou para recolhê-las, pegando uma por uma, entre a ponta do polegar e do indicador, entre as lajotas do chão. Ela não reparou em como o movimento fez com que seu próprio cheiro se misturasse ao do banheiro cheio de vapor. Tibo teria reparado.

Em um momento ou dois, Agathe tinha tirado a lingerie nova do pacote. Ela ergueu as peças na frente da janela de vidro fosco e as admirou, admirou sua transparência furta-cor, sua maciez, seu caráter de não ser quase nada. Ela se inclinou por cima da banheira fumegante e as pendurou na cordinha em que costumava pendurar as meias para secar, à noite. Presas ali, ela podia admirá-las enquanto estivesse deitada na banheira.

Com cuidado, Agathe juntou todo o papel de seda do pacote e o dobrou como um livrinho elegante.

— Vou guardar para o Natal — disse ela.

No fundo da caixa da Braun, ainda havia uma camada púrpura de botões de lavanda. O cheiro era maravilhoso: limpo, claro e de verão. Com o nariz enfiado na caixa, Agathe o absorveu profundamente, segurou o cheiro nos pulmões, saboreando-o. Então, ela esvaziou a caixa na banheira e remexeu os botões.

Ela colocou a caixinha no chão, bem longe do vapor ou da água escorrida que pudessem estragá-la (era uma lembrança a ser guardada com carinho) e entrou na banheira.

Ela era uma deusa. Ticiano não teria sido capaz de fazer-lhe justiça. Ela era Diana banhando-se em um lago na floresta, longe dos olhos dos mortais. A água se apressava em ondulações, ansiosa para tocá-la. Batia na beirada da banheira quando ela se movia, afundando cada vez mais, cantando com alegria relaxada. Agathe prendeu o cabelo para cima para mantê-lo fora da água e mechas escuras se enrolaram em sua nuca com o vapor que subia. Ela ergueu os olhos para a sua nova lingerie extravagante e sorriu. Imaginou a reação de Stopak, o que aquilo o levaria a fazer, as coisas a que ela se submeteria (de boa vontade) pelo bem dele.

Ela olhou para seu corpo, rosado por causa do calor da água, os dedinhos dos pés agitados embaixo da torneira longínqua, os seios em forma de melões, com os bicos rosados, banhados em água com aroma de lavanda, entre frondes escuras que se moviam como anêmonas negras na batida da maré na banheira.

Agathe, há muito tempo sem ser tocada, acariciou a si mesma. E parou. Ela esticou a mão para pegar o sabonete. Ensaboar-se era permitido para uma mulher de respeito, casada, mas apenas se ensaboar. Através de dentes cerrados, ela soltou um pequeno urro de fúria e frustração.

— Aaah, Walpurnia, é melhor você me atender!

Então ela prendeu a respiração e se afundou debaixo d'água.

Quando Stopak chegou do trabalho naquela noite, Agathe estava sentada em sua cadeira perto da janela, usando o mesmo vestido mais uma vez. Ela se levantou com o som da chave dele na fechadura e correu até a porta para recebê-lo.

Stopak ficou parado feito um poste enquanto ela o beijava e, apesar de Agathe ter fingido para si mesma que não tinha percebido, até aquilo tinha sido mais uma rejeição minúscula, mais uma corrente de ar frio na casa. Ela o pegou pela mão e o conduziu à cozinha.

— Comprei um vinho — disse ela. — Foi um capricho, já que hoje o dia está tão bonito. Mas eu não consigo abrir. Você abre, Stopak, você que é um homem grande e forte.

E ela fez "ooohs" e "aaahs" olhando para os músculos dele.

Stopak sentou-se à mesa e tirou a rolha da garrafa. Foi o único som que se ouviu no apartamento, e soou como um tiro de pistola. Havia duas taças na mesa. Stopak pousou a garrafa entre elas. O vinho ficou lá sem ser servido, um ponto de exclamação vermelho em cima da mesa.

— Sirva um pouco de vinho para mim, seu bobo — disse Agathe e conseguiu dar uma risada.

Ele encheu as duas taças e entregou uma para ela. Ela tomou um gole.

Ele esvaziou a dele e encheu de novo. Ela forçou outra risada.

— Nossa, querido, você deve estar no clima.

— Nos últimos tempos — disse ele —, eu estou sempre no clima.

— Que bom. Ah, que bom — disse Agathe. — Gosto de um homem com apetite.

E, sem soltar o fôlego, ela disse, em um sussurro cheio de pânico, o nome·
— Walpurnia.

Ela deu um passo apressado na direção da mesa.

— Pronto, deixe-me ajudar.

Ela se sentou e começou a empilhar pão e queijos e presunto em um prato para ele. Ela fez um enorme sanduíche aberto, brilhando com manteiga amarela no pão, com uma crosta que brilhava como se estivesse envernizado, com sal e presunto por cima. Ela o ergueu e entregou a ele. Queria dar-lhe na boca, como as mães alimentam seus filhos, como amantes dão comida um para o outro.

— Eu sou capaz de comer sozinho — disse ele com frieza. — Eu não sou um... — Mas ele não disse aquela palavra.

Mesmo agora, meses depois, ele não conseguia dizer aquela palavra. Em vez disso, começou a estender a mão para o outro lado da mesa e foi pegando coisas para si, largando-as no prato à sua frente, engolindo tudo com raiva.

Agathe fingiu que não tinha reparado. Ela se ateve ao plano. Iria desfrutar de um piquenique com seu homem. Ainda não estava quente o suficiente para pegar uma cesta e ir para o parque, mas eles fariam a mesma coisa ali e haveria amor mais uma vez.

Ela tinha uma conversa planejada, coisas sobre as quais queria falar, e continuou falando sobre elas, mesmo quando ficou óbvio que ela falava sozinha.

— Achei que poderíamos fazer uma viagem no fim de semana do feriado. Tinha um folheto, bom, uma pilha grande de folhetos, na recepção da Prefeitura. Vão trazer de volta o navio de passeio a vapor... você se lembra, aquela coisa velha que tinha antes, hoje é quase uma antiguidade. Não faço ideia de onde deve estar, mas vai voltar. Nós podíamos ir até as ilhas. Podíamos visitar o seu tio em Traço. Nós não o vemos há muito tempo, tirando, bom, aquela vez, mas não falamos muito com ele. Você gosta dele. Eu gosto dele e ele sempre foi simpático com a gente. Eu não pediria para ele nos hospedar, mas se nós ficássemos naquela pousadinha perto do defumatório, pode ser que a gente consiga. É meio estranha, mas não deve custar caro. Nós temos condições de pagar, e pode ser bom passarmos uns dias fora. Você deve ter algumas folgas, e a cidade toda fecha mesmo para o fim de semana de feriado. Não adianta nada abrir se ninguém virá à loja.

E ela continuou falando e falando assim, sozinha, estalando feito uma máquina de costura alinhavando uma fileira interminável de palavras, fazendo barulho com a boca porque era a única coisa que afastaria o silêncio, e, se o silêncio se instalasse, ela ia ter que olhar para ele, sem dizer nada, e ele poderia olhá-la com aquela mistura de tédio e desgosto, e aquilo devia significar que ele a achava chata e repelente, apesar de ela não ser nada disso. Ela não era. Ela sabia que não era. Era Stopak que tinha ido para o lado errado. Mas ela poderia curá-lo, e conversar à mesa não era parte da cura. De acordo com o plano, a cura viria mais tarde, só umas duas horas mais tarde.

— E cortinas para o quarto. Pensei que vermelho seria uma boa mudança. Para animar o lugar. Geralmente fazem liquidação na Braun nesta época do ano e deve haver algum retalho velho jogado no porão. Aposto que sou capaz de encontrar alguma coisa que seria perfeita para fazer cortinas e posso até forrar a sua poltrona antiga.

E ela prosseguiu e prosseguiu, até que:

— Não quer mais? Mas você não quer morangos? Eu comprei especialmente para você. Guarde para mais tarde. Aposto que consigo seduzir você com eles mais tarde. Vá se sentar e ler o seu jornal. Vou arrumar tudo. Você teve um dia difícil.

E a cadeira raspa no chão e o jornal farfalha e as molas do sofá suspiram.

Agathe ficou em pé na frente da pia, esfregando a louça e cantando "O garoto que eu amo" baixinho para si mesma, mas sua voz estava um pouco embargada e seus olhos ardiam. Quando terminou, ela esvaziou a pia e enxugou toda a bancada com cuidado. Secou a louça e guardou. Pendurou o pano molhado no suporte na frente do forno para deixar arejar e pegou uma faca velha da gaveta, na mesa da cozinha, e começou a caçar gordura. Agathe passou a ponta cega da lâmina por todos os cantos da cozinha: pela borda esmaltada do fogão, embaixo da tampa, onde o cano passava pela parede, em cima dos armários, ao longo das tábuas do assoalho. Raspas minúsculas, quase imperceptíveis de gordura, soltaram-se com a faca e penduraram-se à lâmina. Ela as mandou embora com a água da pia, encheu um balde de água quente com sabão e limpou tudo.

Ela tinha calculado que aquilo ia demorar quase exatamente duas horas (só o tempo de Stopak examinar cada gota de tinta do jornal vespertino). Ela sabia. Esse era o tempo que demorava toda noite. Ninguém era capaz de aproveitar um jornal como Stopak. E então, quando tivesse terminado, a cozinha estaria limpa, a cozinha onde eles voltariam a se encontrar para o café na manhã seguinte, como amantes à mesa mais uma vez, a cozinha onde ele iria abraçá-la e olharia em seus olhos e reconheceria que ela o tinha salvado. Ia ser tão maravilhoso. Como a manhã depois do casamento deles. Como um novo casamento. Ela estava secando a última porta do armário quando ouviu as molas do sofá voltarem a ranger e Stopak levantou-se para ir para a cama. Ele saiu sem proferir nenhuma palavra. Não deu boa-noite. Não deu aviso de que estava saindo. Silêncio. Ela ouviu quando ele se sentou na cama. Um sapato caiu. Outro sapato caiu. Suspiros. Agathe pegou seu balde e esvaziou na pia. Ela olhou para as mãos. Rosadas. Ásperas. Ela abriu a torneira da água fria com força e segurou sob o fluxo da água até os canos começarem a berrar e a bater nas paredes. Melhor. Mais calma.

De qualquer maneira, havia um pote de creme na penteadeira. Ela pensou em pegar punhados dele e passar em Stopak. Não. Não. Não. Não era o plano. Ela deixou tudo arrumado e atravessou o apartamento, até o lugar em que Stopak estava deitado como um cadáver na cama.

— Olá — sussurrou ela, sedutora, e acendeu o abajur na penteadeira dela.

Stopak soltou algum grunhido de reconhecimento.

— Eu estava tentando dormir — disse ele.

— Eu sei. Sinto muito. Não vai demorar.

Agathe deixou o vestido amarelo cair no chão, a seus pés. Ela o chutou para longe com a ponta do sapato e ficou lá, parada, seminua, envolta em fiapos de gaze cor-de-rosa. Ela se abaixou, sem necessidade, para pegar o vestido, foi até o guarda-roupa e o pendurou na porta. Os olhos de Stopak quase a perfuravam.

— O que você acha? — perguntou ela, empertigando o corpo, passando os dedos nas lascas de tecido que a decoravam.

Ele, deitado na cama, não disse nada.

Agathe atravessou o quarto mais uma vez e se sentou no banquinho na frente da penteadeira. Suas meias sussurraram uma contra a outra, e ela cruzou as pernas com elegância, e ouviu-se um ruído metálico quando ela abriu a tampa de um frasco de creme com aroma de lavanda. Ela pegou um pouco com os dedos e começou a esfregar vagarosamente nas mãos. Bem devagar. Observando-o pelo espelho enquanto fazia isso, ela lhe mandava beijos e fazia carinha de criança para ele.

— Você não pode me odiar. Foi tão caro. E mal me cobre aqui... — e ela apontou — ou aqui... — e apontou de novo. — E é tão fino. Aposto que você enxerga através do tecido, seu menino mau. Não pode espiar.

Ela viu pelo espelho que Stopak não conseguia tirar os olhos dela, e fingiu estar dando bronca nele.

— Está vendo! Eu disse que não era para espiar e você está espiando. Você está olhando diretamente para mim. Seu maldoso, maldoso, Stopak. Muito maldoso. — Ela fez um biquinho para ele no espelho ao voltar a se levantar.— Mas não culpo você. É tão bonito, e o preço vale a pena, se pensar bem. A senhora da loja disse que fadas os tecem com pedaços de algodão que roubam dos frascos de aspirina em noites de lua cheia, de modo que por isso devem ser muito preciosos, mas...

Ela começou a se arrastar do pé da cama em direção a ele, contorcendo-se feito uma tigresa.

— Se um homem grande e forte como você tivesse isto nas mãos, provavelmente seria capaz de rasgar tudo em frangalhos. Você poderia simplesmente arrancar de mim com os dentes, igual a um lobo, não é mesmo, seu homem mau, mau, mau?

Stopak jogou as cobertas para longe.

— Preciso ir ao banheiro — disse ele.

— Agora? Você tem que ir ao banheiro agora?

— Tenho. Agora. Vou ao banheiro.

— Tudo bem, então. Eu espero. Só vou ficar aqui esperando. Não demore muito, seu garoto mau. Estou vestindo tão pouca coisa que vou congelar até a morte sem o grande e forte Stopak.

Stopak não voltou. Depois de um tempo, Agathe tirou os sapatos e entrou embaixo das cobertas. Quando ela acordou novamente, o lado da cama de Stopak ainda estava vazio e ela ouvia barulhos vindos de outro lugar no apartamento. Ela se levantou, enrolou-se em um penhoar e saiu tropeçando pelo corredor. Sob os pés, ela sentia os nós da madeira do assoalho nos lugares em que atravessavam o linóleo. Havia sons de coisas rasgadas vindos do banheiro. Agathe ficou assustada. Tentou abrir a porta, mas estava trancada.

— Stopak! Stopak, está tudo bem? O que você está fazendo aí dentro?

— Está tudo bem. Estou trabalhando.

— Como assim, "trabalhando"? Stopak, devem ser três da manhã. O que os vizinhos vão pensar?

Ele veio até a porta. Agathe era capaz de escutá-lo bem do outro lado do painel fino de madeira.

— Só estou trabalhando, mais nada. Achei que o lugar estava precisando de uma arrumação. Já faz um bom tempo desde que fizemos a decoração aqui.

Agathe estava quase berrando.

— Pelo amor de Deus, Stopak, já faz um bom tempo desde que nós fizemos muitas coisas. Venha para a cama. Faça uma dessas coisas. Para o inferno com a sua decoração, Stopak. Venha para a cama. Existem homens em Ponto que ficariam contentes com uma oferta destas.

— Cite um! — berrou ele. — Apenas cite um!

Mas a porta continuou fechada.

Agathe ficou do lado de fora em silêncio por um momento ou dois, até voltar a ouvir o barulho do papel sendo arrancado da parede, e retornou pelo corredor, jogou a lingerie no chão e foi para a cama, desta vez nua, e chorou.

Quando a manhã chegou, o apartamento estava em silêncio mais uma vez. Agathe se levantou e cambaleou até o banheiro. As paredes estavam nuas e havia um cheiro de umidade no ar. Stopak tinha passado uma demão de tinta nova em todos os detalhes em madeira e preenchido vários buraquinhos no gesso, mas ele tinha deixado o lugar arrumado, a não ser por um par de pedacinhos enrolados de papel que Agathe enxergava escondidos embaixo da banheira. Ela arrastou os pés até a pia e resmungou para seu reflexo no espelho. Que bagunça. Uma Górgona. Não é para menos que ele não quis. Ela abriu as torneiras e esfregou o rosto até ficar limpo. Seus olhos ainda estavam vermelhos, mas ela não podia fazer nada a esse respeito. Agathe estava exausta. Ela se sentia como se tivesse passado a noite dormindo em cima de um monte de pedras. Seu tórax doía de tanto soluçar, seu peito estava congestionado, o nariz entupido e inchado do tamanho de uma beterraba, e todas as suas juntas rangiam.

— Isso é o que significa ser velha — disse ela.

Mas a Agathe do espelho respondeu:

— Você não é velha. Não permita que ele a envelheça.

Agathe estendeu a mão para o banquinho do banheiro, onde o coletinho de brinde ainda estava bem dobradinho. Ela o pegou e enfiou pela cabeça. Não percebeu o impacto minúsculo dos últimos poucos botões de lavanda que caíram no chão.

— Está vendo? Uma senhora com uma blusinha de velha!

Não era verdade.

A figura triste de olhos vermelhos no espelho era mais chamativa e erótica do que o truque sedutor que ela tinha tentado aplicar na noite anterior.

O coletinho grosso colava-se às suas curvas como calda doce e mal beirava o limite da decência. Agathe não podia ser descrita como nada além de suntuosa: isso estava além dela. Ela caminhou de pés descalços até a cozinha. Sua intenção era de que o lugar estivesse cheio com o cheiro de bacon e de café e de pães de canela. Em vez disso, tinha cheiro de alvejante e terebintina dos pincéis que Stopak tinha lavado na pia. Ela gemeu, tirou-os dali, colocou em uma caneca velha e limpou os restos de tinta.

— Ah, de que adianta? — balbuciou ela. — De que adianta? Porcaria!

Agathe parou de limpar. Jogou a esponja na pia, colocou o bule de café no fogão e saiu da cozinha batendo os pés. Voltou pisando firme também, brava, e tirou o bule do fogão.

Ela saiu de novo e se sentou no banquinho na frente da penteadeira.

— De que adianta, porcaria?

Isto aqui ia demorar um pouco.

— De que adianta, porcaria?

Ela penteou o cabelo com fúria. Os fios caíram ao redor do rosto em rolinhos bem escuros.

— De que adianta, porcaria?

Ela se levantou e foi até uma cômoda, pegou uma calcinha limpa, uma calcinha visível, uma calcinha enorme, velha, cinzenta, cheia de furos e confortável, e vestiu.

— Blusa de baixo e calçolão. Uma blusa de baixo e uma calçola de velha. Porcaria! Porcaria! Porcaria!

Agathe se sentou na frente do espelho e se maquiou, sem nunca parar seu mantra de xingamentos, exceto quando o pincelzinho carregado de tinta vermelha escura pairou por cima de sua boca. Então ela ficou xingando por dentro. Isso significa que precisou segurar a raiva dentro de si até ter tirado o excesso de tinta com um beijo em um lenço de papel e, então, através dos lábios perfeitos, ela cuspiu coisas horrorosas para o espelho.

Então se sentiu melhor.

— Melhor. Sim, muito melhor. Coloque um pouco de cor na cara, garota, e enfrente o mundo.

No espelho, a cama desfeita parecia um mapa de auxílio humanitário dos Andes.

— Para o inferno com a porcaria da cama... Stopak que arrume.

Ela enfiou a mão no guarda-roupa e tirou de lá seu vestido azul, aquele com o acabamento em branco, escorregou para dentro dos sapatos e saiu do apartamento.

Estava escuro na escada. Ela desceu com cuidado, com a mão no velho corrimão de madeira, a outra no poste de pedra central. Agathe ficou contente por chegar à rua. Ela desceu do último degrau bambo da escada e estava prestes a sair apressada para o trabalho, quando...

— Bom dia, Agathe!

A mão de Agathe tinha disparado em direção ao peito. Hektor. Ela detestava Hektor. Ela o detestava porque ele era lindo: todo moreno, alto e perigoso. Sempre com aquele mesmo casaco preto arrastando no chão, no inverno e no verão, o cabelo escorrido e desarrumado, o rosto tão pálido, os olhos tão quentes quanto os de um santo ou de um demônio. As mulheres olhavam para ele e ficavam imaginando coisas em voz alta; mulheres que Agathe conhecia, mulheres casadas, decentes, que deviam ser mais espertas, mulheres que deviam saber o valor de um bom homem, com emprego fixo, em vez de falar daquele jeito de um gastador como Hektor. Então, Agathe escolheu detestá-lo, sendo ele da família ou não.

Ela detestava tudo a respeito dele, dos sapatos sem engraxar ao bigode ridículo que o deixava com cara de ratazana. E ele era sujo. Fedia a bebida e cigarros baratos. Um banho faria bem àquele rapaz. Ela desviou o olhar com rapidez daqueles olhos azuis gélidos e o detestou mais um pouco.

— Bom dia, Hektor. Sinto muito. Não posso convidar você para entrar. Estou indo para o trabalho.

— Ah, não faz mal. — Ele colocou um cacho de cabelo preto atrás da orelha. — Na verdade, vim aqui falar com Stopak.

— Stopak também não está. Mas o que você quer com ele?

— Agathe, você me surpreende. Isso é jeito de falar? Você por acaso não tem um cigarro, tem? Não, você não faz esse tipo de coisa. Não você. Não Agathe. E por que eu preciso ter desculpa para fazer uma visita ao meu próprio primo? Meu primo preferido no mundo todo. Meu primo querido.

— Bom, ele não está aqui. Não sei onde ele está, mas sei que não tem nenhum dinheiro, então pode deixar seu queridíssimo priminho em paz!

Ela fez menção de avançar, mas Hektor se recusou a sair da frente e ficou parado, sorrindo do alto, enquanto ela se esgueirava pelo lado dele e se apressava até o fim da rua. Na esquina da rua Aleksander, ela poderia ter pegado o bonde que margeava o Ampersand, mas ainda era cedo, de modo que ela resolveu ir tomar um café no Anjo Dourado em vez disso.

Agathe atravessou a rua e parou na extremidade da ponte Verde para esperar o bonde da rua do Castelo. Ela observava o fim da rua Aleksander com nervosismo. Claro que Hektor logo apareceu descendo a rua. Ele a viu. Olhou bem para ela e recurvou os lábios. Ela viu o seu bigode subir um pouco de um lado. Um sorriso torto idiota. Que coisa era aquela? Ficar olhando para uma mulher decente daquele jeito, como se ele soubesse de alguma coisa. Ele não podia saber de nada. O que havia para saber?

O bonde estava chegando e ela estendeu o braço para fazê-lo parar. O cobrador tocou o sino de ferro para avisar que ia parar e Agathe entrou direitinho na plataforma, na parte de trás. Quando o bonde partiu, ela olhou para trás e viu Hektor na frente do Três Coroas, um lugar mal frequentado, com homens que faziam apostas e brigavam. Nas noites de sábado, eles se espalhavam pela calçada, cuspiam e discutiam. Agathe viu Hektor se aproximar de um homem vestido com um suéter rasgado. Eles conversaram. O homem deu um cigarro a Hektor. Ele ainda estava olhando bem para ela quando o bonde atravessou a ponte e fez uma curva.

O bonde sacudia. Agathe voltou os olhos para frente. Por toda a cidade de Ponto, pessoas iam para o trabalho sob o sol. Agathe as observava enquanto seu bonde corria pela cidade. Um casal que se despedia com um beijo matutino na parada seguinte, uma mulher que se virava para acenar enquanto saltava para a plataforma de trás. Um garotinho de short chutava uma bola vermelha pela calçada, ao levar o jornal para casa, com um cachorro pardo saltitando na ponta de uma corda ao lado dele. Ela ouviu os latidos dele irem sumindo à medida que o bonde se apressava pela longa avenida que leva à minha catedral. Agathe ergueu os olhos com frieza quando a sombra do grande domo caiu por cima do bonde que passava. Acordes dramáticos de órgão e o movimento de um coral de anjos deviam ter soado. Nada. Ela não sentiu nada. Nenhum assombro, nenhum brilho protetor, nada. Talvez um pouco de raiva e frustração, mas, fora isso, nada.

O sol de maio atravessava as folhas jovens e finas dos limoeiros da avenida, e Agathe viu, em silhueta, passarinhos diminutos voando entre os galhos. Eles batiam as asas com fúria (mais rápido do que o olho era capaz de registrar), e isso parecia exauri-los porque, de repente, eles recolhiam as asas e caíam pelo ar como pequeninos torpedos em posição de descanso, caíam, caíam, caíam, por um piscar de olhos, e, então, abriam as asas e voltavam a batê-las. Eles estavam por todos os lados, entre as árvores, batendo as asas, voando, caindo.

Agathe esticou o pescoço para observá-los, enquanto o bonde continuava a avançar, sacudindo pelo caminho.

"Olhe só para eles", ela pensou. "Por que estão fazendo isso? Qual pode ser o significado disso?"

E então ela, de repente, se sentiu boba e se concentrou com muita força na bolsa equilibrada sobre seus joelhos recatados. Não significava nada. Era só o que eles faziam. Alguns pássaros estendiam as asas e deslizavam infinitamente sobre oceanos, alguns tinham que bater as asas como se fossem um relógio para ir de galho em galho. O que isso pode significar? Nada! O que significa o fato de uma mulher adulta ficar procurando sentido nisso? Alguns pássaros voam assim, alguns pássaros voam assado, as folhas nascem nas árvores, as folhas caem das árvores, um homem a deseja, um homem deixa de desejá-la, um bebê nasce, um bebê morre. Não há nada além disso. Não há nenhum significado nisso. Não quer dizer nada.

Agathe sentiu seus olhos se encherem e rapidamente enfiou a mão na bolsa em busca de um lencinho e enxugou as lágrimas com uma ponta dobrada antes que estragassem sua maquiagem.

O cobrador do bonde tocou o sino.

— Próxima parada, rua do Castelo!

Ela se levantou, cambaleou até o fundo do bonde e desceu. O Anjo Dourado ficava logo depois do cruzamento. Agathe parou na beira da calçada, esperou o trânsito passar e atravessou a rua. Quando as portas envidraçadas se fecharam atrás dela, todo o barulho da rua desapareceu, como se tivesse sido excluído, educadamente, por algum tipo de mordomo. No interior, o lugar respirava calma e vapor, e aromas de café, e canela, e amêndoas, e paz, e boas-vindas. Era uma catedral do café, e bem no meio, como um órgão enorme que brilhava sob domos de cobre brilhante e envolto em canos de latão polido, a máquina de café, gigantesca e fumegante, jorrava sinfonias de sabor.

Agathe soltou um suspiro profundo e tirou as luvas. Todas as mesas estavam ocupadas, mas as banquetas altas ao longo do balcão ainda estavam livres. Agathe detestava sentar-se ali. Não era digno de uma mulher distinta. Ela sentia que, empoleirada ali, as pessoas iriam olhar para ela. Ela tinha razão, as pessoas olhariam. Os homens, por não conseguirem se conter, as mulheres, porque sabiam que eles não se seguravam.

Agathe sentou-se na banqueta bem no fim do balcão. Era estranho. Ela teve que subir a saia um pouco mais do que gostaria. O tecido se esticou por cima de seus quadris um pouco mais colado do que era do seu gosto. As pessoas olhavam. Os homens reparavam na maneira como as meias dela se enrugavam um pouco no calcanhar. As mulheres reparavam que eles reparavam.

Na outra ponta do balcão, o dono, Cesare, estava parado feito uma estátua entalhada. Tudo nele era preto, menos a camisa branca reluzente. O cabelo era penteado com brilhantina preta. O bigode, fino como se fosse desenhado a lápis, era preto-carbono, seus olhos, seu terno, sua gravata, os sapatos brilhantes que se recurvavam para cima na ponta, tudo era preto, e o pano branco imaculado que estava pendurado em seu braço só fazia tudo ficar ainda mais preto.

Ele avançou para anotar o pedido de Agathe, mas uma voz veio ríspida de algum lugar das profundezas da máquina de café.

— Pode deixar que eu atendo, Cesare.

— Certo, Mamma — disse ele, e voltou a ficar muito imóvel. Cesare era bom em ficar muito imóvel. Era capaz de ficar assim durante muito, muito tempo.

E então, de dentro do órgão de café, Mamma Cesare apareceu. Ela era pequenininha, mal conseguia enxergar por cima do balcão, mas era formidável: uma mulher guerreira de bolso. Tudo que era preto em Cesare era cinza-ferro nela. Cabelo preso para trás em um coque apertado, da cor e da textura do ferro, meias de lã cinza-ferro nas pernas arqueadas, sapatos que deviam ser pretos, mas que tinham desbotado alguns tons por causa do uso constante, enquanto ela percorria quilômetros todos os dias, entre as mesas, e um vestido que tinha sido preto quando ela o vestiu nos primeiros dias de sua viuvez. Mas aquilo tinha acontecido décadas e incontáveis lavagens antes.

Mamma Cesare sacudiu-se de um quadril para o outro pela passagem atrás do balcão e parou na frente de Agathe. Dali, no assoalho que ela tinha lustrado com quase 50 anos de pés arrastados, Mamma Cesare ergueu os olhos para Agathe, equilibrada em sua banqueta alta, e sorriu feito um tubarão.

— Quequetuqué?

— Um café, por favor, e um bolinho de maçã.

— Toma só o café. Não precisa do bolinho.

Agathe se irritou.

— Mesmo assim, eu gostaria de comer um bolinho. Um café e um bolinho de maçã, por favor.

— Só café.

— Escute, quem é a cliente aqui? Cliente tem sempre razão.

— Não se a cliente está errada — disse Mamma.

— Você fala com todos os clientes dessa maneira?

Na outra ponta do balcão, Cesare estava começando a se mover. Antes ele tinha pigarreado, mas Mamma ergueu a mão e ele parou.

— Os clientes com quem eu falo assim são os clientes com quem eu preciso falar assim. Você não precisa do bolinho. O bolinho vai envelhecer você. Você não pode deixar ele envelhecer você. Você não é velha.

Agathe desmoronou na banqueta.

— Só o café — disse.

Demorou algum tempo para o café chegar. Mamma Cesare teve que arrastar os pés de volta ao órgão de café, servir leite em uma jarra de estanho, moer sua mistura especial de grãos preto-azulados, forçar assobios enfumaçados dos canos, operar alavancas, apertar botões e construir um monte de creme no arremate volumoso que espumava na xícara.

Ela levou a bebida até Agathe, ergueu os braços e colocou-a com cuidado no balcão.

— Café — disse ela. — Nada de bolinho.

Então Mamma Cesare virou o pires com gentileza. Ali, de um lado, havia um tabletinho de chocolate do tamanho de um bocado: duas camadas, branco embaixo e escuro meio amargo em cima, marcado com a imagem de uma xícara de café minúscula.

— Nada de bolinho.

— Como é que você sabia? — perguntou Agathe.

— Às vezes, eu sei. Às vezes, eu vejo as coisas. Às vezes, as pessoas me contam as coisas.

Agathe ficou acanhada.

— Que pessoas? Quem sabe? Quem mais sabe dos meus assuntos?

Mamma Cesare deu um tapinha reconfortante na mão dela.

— Não são estas pessoas. São só pessoas que eu conheço. Elas vêm aqui, às vezes conversam comigo. Tome seu café. Vamos conversar.

Agathe deu um gole no café e olhou para o fundo da xícara.

— Não sei sobre o que conversar — disse ela.

— Que tal conversar sobre ele? — Mamma Cesare fez um sinal com a cabeça na direção da porta, onde um homem alto estava acomodado em uma mesa elevada, ao redor de uma coluna de ferro ornamentada. — Aquele é o prefeito Tibo Krovic.

— Eu sei — respondeu Agathe. — Eu trabalho para ele. As vozes não lhe disseram isso?

Mamma Cesare soltou um pequeno som de enfado, mas fingiu não reparar.

— Toda manhã, o bom prefeito Krovic vem aqui e se acomoda na mesma mesa. Toda manhã, ele pede um café vienense forte com muitos figos secos, bebe, chupa uma balinha de menta do saquinho novo que ele traz todos os dias e deixa o resto na mesa. Toda manhã. Sempre a mesma coisa, tão regular quanto o relógio da Prefeitura. E por que ele faz isso? Ele faz isso porque é distraído e esquecido? Não! Não o bom prefeito Tibo Krovic. Por acaso algum homem é capaz de administrar uma cidade como Ponto se for distraído e esquecido? Não. Ele faz isso porque sabe que eu gosto de balinhas de menta e que, se ele viesse aqui todos os dias e me desse um saquinho cheio, eu teria que recusar. Com educação, é claro, mas provavelmente ia ser um motivo de ofensa e eu perderia um bom cliente, já ele ia perder um lugar para tomar um bom café. O bom prefeito Krovic é inteligente.

— Ele é um homem muito simpático — respondeu Agathe. — Eu gosto de trabalhar para ele.

— Um homem simpático... pah! Coma um pedaço de chocolate.

Agathe ergueu o tabletinho entre dois dedos gulosos. Sentiu-o derreter um pouco com o calor de sua pele e ficou com vontade de comer tudo de uma vez só, mas, em vez disso, deu uma mordidinha cuidadosa na metade e colocou o resto de volta no pires. Algumas migalhinhas grudaram em seu batom. Ela as tirou dali com a ponta da língua, feito uma gatinha. Homens olharam. Demorou séculos.

— A única coisa que eu estou dizendo — falou Mamma Cesare — é que você precisa de um homem. Eu sei, eu sei... você olha para mim e acha que eu não sei. Eu sei. Este aqui — ela fez um gesto pelo balcão, apontando Cesare, parado feito uma estátua preta —, de onde você acha que ele veio? E a única coisa que eu estou dizendo é que, quando a gente precisa de um homem, tem que garantir que seja um homem bom. Qualquer uma consegue pegar os homens ruins. Tem muito homem ruim por aí. Os bons são mais difíceis.

Agathe quase deu risada.

— O prefeito Krovic é o meu patrão. Ele não está interessado em mim... e eu não estou interessada nele. Sou uma mulher casada, de respeito.

— Que dorme sozinha. Pode falar se eu estou errada.

Agathe olhou dentro de sua xícara mais uma vez.

— Não, você não está errada.

— Café, chocolate. Beba, coma.

Agathe obedeceu feito uma colegial.

— Não estou dizendo para você se jogar na cama com Tibo Krovic. Mas a hora está chegando, minha menina, e você pode se dar bem pior, bem pior. Termine de beber o café.

Agathe engoliu tudo. Ficou com um bigode branco espumoso.

— Agora, vire a xícara para baixo, gire três vezes e devolva para mim. Use o pires. Não encoste mais na xícara.

Agora foi a vez de Agathe olhar para ela com desaprovação.

— Você está zombando da minha cara — disse ela. — Você não pode ler a minha sorte em uma xícara de café. Ninguém lê xícaras de café. É nas folhas de chá. As pessoas leem folhas de chá.

— Dá logo essa xícara aqui! — disse Mamma Cesare. — Folhas de chá, xícaras de café, não faz diferença. No velho país, eu sou bruxa, de uma longa linhagem de bruxas. Se eu falo que sou capaz de ler o futuro na água do seu banho, você deveria escutar.

Mamma Cesare virou a xícara e olhou com atenção para as marcas leitosas lá dentro.

— Hm, como eu pensei. Nada. Eu sabia.

— Não diga isso. Eu devo ter algum futuro. Não diga "nada". Diga o que você vê! Conte.

Mamma Cesare fez um barulho de impaciência com a garganta.

— Eu vejo você fazendo uma viagem sobre a água para encontrar o amor da sua vida, vejo que você voltará para falar comigo às dez da noite e vejo que vai se atrasar para o trabalho.

Agathe se sentou ereta na banqueta e olhou ansiosa para o relógio. A mesa alta perto da coluna estava vazia, só tinha sobrado um saquinho quase cheio de balinhas de menta e as grandes portas duplas iam se fechando em silêncio.

— Preciso ir — disse ela. — Vou me atrasar para o trabalho.

Ela desceu desajeitada da banqueta e o vestido subiu, de maneira inapropriada, em uma coxa.

— 10 horas — disse Mamma Cesare. — Tem uma coisa que eu quero mostrar a você. Agora, ande logo.

— Pelo amor de Deus, não posso voltar às dez. É tarde.

— 10 horas. Você paga o café quando vier. Eu não vou esperar.

Agathe bateu a porta ao sair e se apressou pela rua do Castelo.

Lá fora, o sol ainda brilhava forte. Agathe parou na frente da grande janela encurvada do Anjo Dourado, calçou as luvas e deu uma conferida em seu reflexo no vidro.

Mamma Cesare acenou para ela de trás do balcão com uma mão nodosa que apareceu por cima do mogno, como o último vislumbre de um marinheiro se afogando, prestes a desaparecer sob as ondas. Tudo estava claro, tudo estava direito, Agathe estava pronta para trabalhar, mas teria que se apressar.

Por cima do barulho do trânsito, ela imaginou que era capaz de escutar o maquinário começando a girar nas torres da catedral, pesos se movendo, correntes se esticando, grandes engrenagens de metal girando. Agathe se apressou pela rua do Castelo sem nem se dar muito ao trabalho de conferir seu reflexo na vitrine das lojas. Quando chegou ao estabelecimento de Verthun Smitt, a grande loja de ferragens, com fachada dupla, ela viu o prefeito Krovic à sua frente, acabando de pisar na ponte Branca. Em algum lugar colina acima, portas se abriam na parte de cima da face oeste da catedral e um apóstolo de cobre pintado com um halo de latão reluzente estava se preparando para rolar para fora em seu carrinho, e um demônio preto esmaltado estava pronto para fugir durante mais uma hora.

O prefeito Krovic tinha atravessado a ponte e caminhava elegante pela praça da Cidade, mas Agathe vinha logo atrás, um pouco sem fôlego. Ela se apressou.

Uma senhora ergueu seu guarda-chuva vermelho (sinceramente, um guarda-chuva em um dia como este?) e acenou com ele.

— Prefeito Krovic, prefeito Krovic, uma palavrinha, por favor. É sobre a escola do meu neto.

E o bom prefeito Krovic, que sempre parava para escutar o povo de Ponto, parou para ouvir a senhora com o guarda-chuva vermelho quando a primeira batida das 9 horas, da profunda garganta de bronze, encheu a praça da Cidade. Agathe passou trotando, na direção da escadaria da Prefeitura.

— Bom dia, prefeito Krovic — arfou e ele lançou um aceno de cabeça educado para ela. Agathe nem chegou a reparar nos patinhos que grasnavam nas águas do Ampersand, que ela tinha acabado de atravessar.

No interior da Prefeitura, Peter Stavo fazia muito barulho com seu balde no pé da escadaria verde.

— Eu acabei de lavar isso aí! — berrou ele, enquanto Agathe corria para sua sala.

— Desculpe, eu vou tomar cuidado.

Ela tirou o sapato e trotou escada acima.

Quando chegou da praça, um instante depois, o bom Tibo Krovic viu que a imagem dos dedos dos pés de Agathe ainda estava evaporando da pedra e soltou um suspiro.

Na metade do corredor que levava ao seu escritório, Tibo parou no meio do tapete azul grosso e olhou com admiração para o grande quadro pendurado na entrada da câmara do conselho: *O cerco de Ponto*. E lá estavam o prefeito Skolvig e meia dúzia de amigos, resistindo na torre da antiga Casa da Alfândega, ainda atirando nos invasores, enquanto eles saqueavam a cidade. A graciosa cantaria das janelas tinha sido meio destruída pelos tiros, todos, menos Skolvig, estavam combalidos e cheios de ataduras e ele se postava lá, com um paletó preto bem masculino, com uma gola de babados de renda engomada, o braço erguido em um gesto de encorajamento, incentivando-os a mais uma rodada de tiros de fuzil. Tibo se viu parado na frente do quadro, como se fosse um espelho, erguendo o braço para imitar Skolvig, e, em sua pose, ele ficava imaginando: "Será que eu teria feito isso? Será que eu seria capaz?"

O nome de Tibo já estava escrito em dourado nos painéis de madeira que registravam todos os prefeitos de Ponto: "Tibo Krovic" brilhava no último lugar, no fim de uma longa fila que passava por Anker Skolvig e remontava a épocas em que não havia um sobrenome para Vilnus, Utter ou Skeg, homens perdidos no fundo de um poço da história, que existiram apenas como restos de selos quebrados em pedaços de pergaminho trancados na caixa da carta régia.

No interior da câmara do conselho, por todas as paredes e dos dois lados de janelas com vitrais, penduravam-se retratos dos prefeitos de Ponto: homens com suíças magníficas usando jaquetões respeitáveis, desaparecendo na escuridão sombreada do verniz amarelado e alcatroado. No silêncio da câmara vazia, Tibo sentou-se um pouco em sua cadeira grandiosa e escolheu um lugar na parede à sua frente. "Ali", ele pensou. "É ali que eu vou ficar, acho." E, por um momento, imaginou todas as mesas dos conselheiros retiradas, os lustres acesos e a câmara cheia de convidados, bebendo em sua saúde antes de ele deixar a Prefeitura pela última vez. E depois? Haveria tempo para consertar o portão do jardim, mas, e depois disso, o quê?

Tibo se imaginou trêmulo pela Prefeitura, com sua bengala, bem na hora do café da manhã, e entrando na sala dos conselheiros. Ele se viu dando conselhos sábios a um novo prefeito e a uma nova geração de conselheiros que se reunia, toda semana, sob seu retrato, e crescia alimentada por histórias do que Tibo Krovic tinha feito por Ponto. Ele viu o sorriso acanhado deles. Ele os viu olhando para o relógio e se lembrando de reuniões urgentes enquanto tentavam, com educação, fugir dali. "Mas volte de vez em quando", eles diziam. "Tibo Krovic é sempre bem-vindo. Não. Não. Fique e termine o seu café. Sirva-se de biscoitos."

E a porta se fechava com educação e ele ficava sozinho.

— Isso está a anos de distância — disse Tibo, com tristeza, e voltou para o corredor, passando mais uma vez por *O cerco de Ponto*. Apesar do sangue e da fumaça de pólvora, Anker Skolvig, de repente, pareceu presunçoso. — Para você era fácil — disse Tibo e abriu a porta de seu gabinete.

Agathe já estava trabalhando na correspondência da manhã quando ele chegou. Ele sorriu para ela quando passou por sua mesa e entrou na sala mais ao fundo. Ele não podia evitar. Ele tentava, mas tudo nela o emocionava: a maneira como ela segurava aquele envelope, a maneira habilidosa e eficiente como manejava o abridor de cartas, o jeito delicioso como ela pegava os selos "especiais" do velho pote de geleia na mesa dela, com a ponta da língua no canto dos lábios, as pálpebras que abriam e fechavam, o seu cheiro, o seu sorriso.

— Bom dia mais uma vez, prefeito Krovic — disse Agathe.

— Olá, Sra. Stopak. Sinto muito pelo atraso.

E o tapete municipal, espesso, parecia tão instável quanto melado sob os pés de Tibo, quando ele cobriu os últimos poucos passos até sua mesa. Ela o observava. Ela sabia. Ela era capaz de ver como ele se sentia. Ele sabia. Mas, quando Tibo olhou de novo através da moldura da porta, Agathe nem tinha se mexido na cadeira. Ela rasgou o último envelope, tirou a carta lá de dentro e a juntou à sua pilha.

Sem nem se virar, ela avisou:

— Logo levo a correspondência. Quer outro café?

Tibo colocou o casaco em um cabide de madeira por cima do chapeleiro, no canto de sua sala.

— Acabei de tomar um, obrigado — respondeu ele. E depois disse: — *Outro* café? Como é que você sabia?

Ele enfiou a mão no bolso do paletó, pegou uma caneta e sentou-se à mesa de trabalho. Do outro lado da sala, eu olhei para ele como uma Mamãe Noel maternal, suspensa no brasão da cidade.

— Que grande ajuda você dá — ele me falou, irritado.

Agathe ouviu o que ele tinha dito através da porta da sala.

— Falou alguma coisa?

— Não, eu só estava falando sozinho — respondeu Tibo. — É a idade que está me pegando.

— Às vezes, é o único jeito de se ter uma conversa sensata. — Ela lhe entregou as cartas. — O prefeito de Trema escreveu. Alguma coisa sobre as comemorações do aniversário da carta régia da cidade dele. Está convidando uma delegação de Ponto. Está em cima da pilha.

Tibo desdenhou.

— É para isso que serve o meu trabalho. Você sabe como os pontenses detestam os tremenses. Mas acho que preciso dar uma olhada. Obrigado por fazer essa observação. E o que quis dizer quando falou "outro café"?

Agathe percebeu que Tibo não fazia ideia de que ela tinha estado no Anjo Dourado mais cedo e, por alguma razão, decidiu que não queria que ele soubesse.

— Desculpe, foi um ato falho. Não é nada. Quer um café? Foi o que eu quis dizer. Só um pouquinho? Não?

— Não, obrigado — respondeu Tibo.

— Certo. Como quiser. Você tem uma sessão no Fórum dos Magistrados às 10h30. Só para lembrá-lo. O escrivão disse que são as coisas rotineiras de sempre. Bêbados e homens que espancam a esposa, na maior parte.

Agathe fechou a porta ao sair.

Tibo se levantou, deu a volta na mesa e tornou a abri-la. Durante aproximadamente uma hora que ele ainda tinha até sair para o fórum, haveria vislumbres dela.

Às 9h25, ele já tinha examinado toda a correspondência. A maior parte era bobagem e podia esperar até a tarde. Às 9h27, ele pediu a Agathe que retornasse à sua sala para que pudesse ditar algumas cartas urgentes. Quando ela se sentou e cruzou as pernas, Tibo se esforçou muito para olhar pela janela, estudando o domo da catedral.

— Ao excelentíssimo prefeito Zapf, Prefeitura, Trema — disse ele, com eficiência. — Preciso de duas cópias desta. Início. Caro prefeito Zapf, o prefeito e o conselho de Ponto receberam o seu convite para comparecer às comemorações do aniversário da carta régia da cidade de Trema. Depois da devida consideração, o prefeito e o conselho de Ponto decidiram rejeitar este insulto maldisfarçado. O senhor não pode acreditar que a história de traição, fraude e negociações dissimuladas possa ser apagada com uma oferta de cerveja e sanduíches rançosos, preparados de qualquer jeito, naquele bordel que faz as vezes de Prefeitura. Falando por mim mesmo, eu preferia me transformar no brinquedinho de um regimento de cavalaria turca a sujar os meus sapatos com a visita ao seu vilarejozinho sórdido. No entanto, compreendo que os turcos estão totalmente ocupados com as mulheres dos conselheiros de Trema. Atenciosamente etc. Pode ler o que anotou, por favor, Sra. Stopak?

Foi o que ela fez.

— Não gostei de "bordel" — disse Tibo. — É uma palavra muito dura. Escreva "meretrício". É bem mais simpático.

Agathe fez algumas marcas minúsculas com a ponta do lápis.

— Meretrício — disse ela. — Está anotado, duas cópias.

Tibo olhou para ela da janela.

— Está pronta para a próxima?

Ela assentiu.

— Para o prefeito Zapf de Trema. Início. Caro Zapf, obrigado pelo convite. Espero retribuir o favor em breve. Estou planejando uma pescaria daqui a dois fins de semana. No lugar de sempre. Traga cerveja. Até mais, Tibo. Só uma desta, Sra. Stopak, e envie em um envelope comum, não no oficial da Prefeitura, e não guarde nada no arquivo, obrigado. Ah, e é melhor marcar como correspondência pessoal. Obrigado, por enquanto é só isso.

Agathe se levantou para sair e Tibo observou enquanto ela se afastava, esperando pela última visão dela antes de se acomodar mais uma vez à mesa de trabalho. As teclas da máquina de escrever de Agathe começaram a bater e o papel começou a rodar na sala ao lado, e Tibo ficou escutando, imaginando.

Às 10 horas, os sinos da catedral tocaram sobre a praça mais uma vez. Tibo conferiu o relógio e se preparou para sair para o fórum.

As três cartas já estavam a sua espera em uma pasta na mesa de Agathe. Ela as estendeu para ele quando passou.

— Para assinar, prefeito Krovic.

Tibo deu tapinhas nos bolsos, encontrou uma caneta e assinou duas cartas. Ele escreveu alguma coisa com rapidez no último envelope, dobrou de qualquer jeito e colocou dentro da carteira.

— Este vestido é muito bonito — disse ele. — Você está muito bonita hoje. Bom, como sempre, para falar a verdade. Muito bonito.

— Obrigada — disse Agathe, com modéstia.

— Muito. Bonito. — Tibo estava começando a gaguejar. — A cor. Bonita. E aquele... — Ele fez um gesto vago para o acabamento branco que Agathe tinha demorado tanto para costurar no lugar certo. — É muito... — Tibo então detestou a si mesmo. Ele era capaz de se colocar na frente do conselho e falar a respeito de qualquer coisa, discutir qualquer coisa, convencer qualquer um de qualquer coisa, dar qualquer ordem, mas na frente desta mulher ele só ficava balbuciando "bonito" para ela. — Bonito — disse ele mais uma vez. — Certo. Fórum.

Tibo guardou a caneta no bolso e saiu do gabinete, passando por Anker Skolvig e seus gestos heroicos com a mão, e de volta à praça.

O fórum de Ponto não é um prédio municipal dos mais inspiradores, e o medo que Tibo tinha do lugar só fazia crescer à medida que se aproximava dele. Os fundadores da cidade, que o construíram, fizeram um péssimo trabalho. Eles escolheram um arenito barato, com cor de esterco, e a chuva o tinha encharcado e formado bolhas e as geadas de inverno tinham arrancado folhas inteiras de pedra podre das paredes.

Agora, a minha imagem esculpida em cima da porta era indefinida e escorrida (quase inchada), como se eu tivesse sido arrastada para fora do Ampersand como alguém que tivesse cometido suicídio uma semana antes.

Do lado de fora, na entrada, os "clientes" do fórum se juntavam todos os dias em aglomerados sujos, fumando, xingando, brigando. A calçada ali era marcada por bolhas nojentas de cuspe, chiclete e pontas de cigarro. Tibo desprezava aquelas pessoas. Ele as odiava por tê-lo transformado em seu prefeito. Ele queria ser prefeito de pessoas honestas e trabalhadoras, que varriam a calçada na frente de casa e que davam banho nas crianças antes de colocá-las em lençóis brancos e limpos para dormir. Mas ele tinha que ser prefeito dessa gente também. Ele também era o prefeito da escória. Independentemente de se darem ao trabalho de votar ou não, eles eram dele. Ele tinha de protegê-los (de si mesmos e uns dos outros), e daria sua vida por eles. Ele sabia disso (da mesma maneira que Anker Skolvig), mas não esperava que eles se sentissem felizes ou agradecidos, nem que pintassem seu retrato em poses heroicas, nem mesmo que dissessem "obrigado". Tibo posicionou a boca em uma linha reta e caminhou com firmeza, passando por eles. Ninguém falou com ele. Um ou dois o olharam com raiva. Alguém cuspiu, mas acertou a calçada suja e não ele.

Por dentro, o fórum era tão feio quanto por fora: tudo pintado em tons de lama municipal, amarelo biliar sobre marrom cocô de bebê ou verde gato morto, o cheiro do balde de alvejante se misturava ao da gordura e dos cigarros velhos da multidão, e, como sempre, inevitavelmente, havia uma lâmpada quebrada ou faltando em algum lugar.

Tibo olhou para dentro do fórum. O lugar estava deserto, a não ser por Barni Knorrsen, do *Pontense Vespertino*, sentado no reservado da imprensa, lendo um jornal. O fórum estaria tranquilo até as sessões começarem. Ninguém gostava de ter de abandonar os cigarros e as cuspidas antes que fosse realmente necessário.

— Olá, Barni — disse Tibo.

— Bom dia, prefeito Krovic. Alguma coisa interessante para a gente hoje?

— Acredito que não... só os bêbados e os espancadores de mulher de sempre, segundo fui informado.

— Faz um tempão que não temos um bom assassinato!

— E por sorte isso estaria fora da minha alçada — respondeu Tibo. — Mas, escute, Barni, eu estava querendo mesmo encontrar você aqui. Tem uma coisinha de nada que eu queria mostrar... pode ser que vire uma reportagem no jornal. Veja, diga o que acha. — Tibo enfiou a mão no bolso do casaco e tirou a carteira. Ali estava a segunda cópia da carta de Agathe para os tremenses, dobrada de modo que as palavras "Particular. Confidencial." rabiscadas a caneta em um lado ficassem para cima.

— Não, não é isso — disse Tibo, e ele colocou o pedaço de papel na aba de madeira larga do reservado da imprensa. Barni demorou para reparar, de modo que o coitado de Tibo teve que prosseguir com a pantomima de remexer na carteira por um bom tempo. — Não, não, não é isto também. — Meu Deus, ele só tinha quatro bolsos para examinar. Não era para menos que Barni nunca tinha passado para um jornal importante. — Acho que eu devia simplesmente tirar tudo e recomeçar do início. — Finalmente, Barni pegou o jornal dobrado e deixou a carta cair no chão do reservado de imprensa e a cobriu com o pé. "Será que este homem, algum dia, engraxa os sapatos?", Tibo ficou pensando. Voltou a guardar tudo dentro da carteira. — Desculpe tê-lo feito perder tempo. Vai aparecer.

— Não se preocupe com isso, senhor prefeito.

Do outro lado do recinto, uma porta se abriu e o escrivão com vestes negras fez um aceno com a cabeça para Tibo.

— Precisamos do senhor na bancada agora. A sessão está prestes a começar.

Tibo assentiu com a cabeça.

— Desculpe, Barni, preciso ir. Estou ocupado, sabe como é. Falo com você depois sobre o outro assunto.

Quando Tibo tomou seu lugar no tablado do tribunal, precisamente às 10h30, ele olhou para o reservado da imprensa vazio e sorriu.

Às 11 horas, Tibo já tinha dado conta dos primeiros dois casos do dia: um velho bêbado que tinha passado a noite na cadeia e o estivador que tinha chegado em casa, depois de uma noite de bebedeira, e batido na mulher com a tábua da cozinha, quando ela perguntou onde estava o pagamento dele. O bêbado foi bem fácil. Não havia o que fazer para ajudá-lo. Ele não tinha dinheiro para pagar uma multa: cada centavo que conseguia espremer dos passantes, tocando uma sanfona que chiava, em esquinas castigadas pelo vento, era gasto com a vodca ordinária mais barata que ele pudesse encontrar. Era possível vê-lo todos os dias, sentado em um banco embaixo do grande azevinho, no antigo cemitério, bebendo direto da garrafa. Ninguém o incomodava, e era assim que ele gostava. O inverno seguinte iria encontrá-lo congelado no chão, em cima de um monte de folhas marrons e duras de azevinho, e ninguém ficaria de luto (muito menos ele próprio). Mas, na noite anterior, algum policial novo e zeloso o tinha encontrado dormindo, agarrado a uma garrafa envolta em papel de seda lilás, e resolveu cumprir sua obrigação.

— Então, você passou a noite na cadeia? — disse Tibo com o tipo de voz que as pessoas reservam para tias velhas.

— Sim, senhor! Sim, senhor! — Falou o velho bêbado através de cordas vocais gastas pelo vômito.

— É melhor do que dormir no cemitério, suponho.

— Sim, senhor! Sim, senhor! Mas logo acaba. Sim, senhor!

— Ofereceram um bom café da manhã a você?

— Sim, senhor! Sim, senhor! Mas eu não comi. Não sou do tipo que gosta de comer.

— Não — disse Tibo. — Imagino que não. Certo. Escute. Eis o que eu vou fazer. Vou deixar que sua punição seja o tempo que já passou preso. Mas não quero voltar a vê-lo outra vez, ou as consequências serão severas.

— Sim, senhor.

— Compreendeu bem?

— Sim, senhor.

— Certo, pode ir.

O velho saiu do cercadinho arrastando os pés. Por todo o seu redor, enquanto passava, os outros se afastavam dele e do fedor de seu casaco de lã grossa, um cobertor nojento, ensebado com anos de sua própria sujeira. De sua cadeira alta, na frente do tribunal, Tibo era capaz de ler em seus rostos exatamente a mesma coisa que sentia por eles. Por mais baixo que tivessem chegado, não eram tão pobres a ponto de não ter ninguém para desprezar. Tibo ficou imaginando quem olhava para baixo e o desprezava.

— Próximo caso! — berrou o escrivão. — Pitr Stoki.

Um homenzinho que andava mancando sentou-se no cercado. Tibo o observou. Havia uma insolência matreira nele. Arrogância: um homem que caminhava com os ombros. Stoki se sentou no cercado, olhando de um lado para o outro com desafio no olhar, fungando repetidamente e coçando a ponta do nariz com um dedo encurvado.

Tibo se inclinou do assento.

— Sr. Stoki, é acusado de atacar sua esposa. É culpado ou inocente?

Yemko Guillaume, o advogado mais gordo de Ponto, levantou-se para falar. Do outro lado do salão, Tibo escutou seus joelhos estalarem. A barriga de Guillaume era tão grande que se dependurava em dois volumes, ele tinha peitos como montes de gelatina, e Tibo ficou lá tentando não olhar diretamente para o umbigo peludo que saltava da parte da frente da camisa, onde faltava um botão. Aquilo fez com que ele pensasse na feira do condado, quando camponeses gordos chegavam das proximidades e tentavam enganar os responsáveis pelas barraquinhas de diversões, espiando pelas frestas das tendas para assistir às atrações paralelas.

— Eu represento o Sr. Stoki — disse Guillaume. Sua voz saía em chiados estranhos, como os tubos altos de um órgão, entupidos de banha de porco. — O Sr. Stoki se declara inocente.

Então, o escrivão chamou o policial, um homem de meia-idade, sólido, com suíças respeitáveis, que falou sobre ter sido chamado até a casa de Stoki quando vizinhos reclamaram de berros e mobília quebrada, e sobre o olho roxo da Sra. Stoki, e sobre a história que ela contou, que ele anotou na hora, palavra por palavra, naquele exato caderno, a respeito do que aconteceu.

— E o Sr. Stoki estava sóbrio naquele momento?

— Não, Excelência, o Sr. Stoki não estava sóbrio naquele momento.

— Então, o Sr. Stoki estava bêbado naquele momento?

— Ah, o Sr. Stoki estava, sem dúvida, bêbado naquele momento.

No cercado, Stoki fungou mais um pouco e olhou com ódio para o policial, agitando os ombros feito um lutador de boxe. O policial não se impressionou nem um pouco e fungou em resposta.

No tablado, Tibo acenava com a ponta da caneta, para assinalar que Guillaume agora tinha permissão para falar.

— Policial, chegou a ver o meu cliente bater na esposa? — perguntou ele.

O policial balançou em cima de suas botas grossas e grandes.

— Pelos céus, não, senhor! Na minha experiência, gente como ele tem temperamento incontrolável e não é capaz se conter, mas sempre consegue se segurar quando um policial está por perto.

Tibo soltou uma bronca.

— Tente ater-se à pergunta, por favor, policial.

— Isso não faz diferença, Excelência. Não tenho mais perguntas. — Guillaume retornou a seu assento, descendo gradualmente como um balão em queda e, de repente, murchando em cima da cadeira que reclamava, guinchava, cedia.

— Só temos mais uma testemunha — disse o escrivão. — A queixosa.

Tibo a reconheceu. Ele a via no tribunal toda semana. Quando o escrivão disse "só os bêbados e os espancadores de mulher de sempre", esta costumava ser a mulher espancada. Ela era conhecida: um fiapo pálido e rígido de mulher com olhos acanhados e uma dureza de punhos fechados que tomava todo seu corpo. A mesma mulher toda semana. Os mesmos golpes. As mesmas lágrimas. Os mesmos gritos. A mesma mulher, vez após outra.

O bom prefeito Krovic ficou todo duro de fúria e falou com ela em voz sem emoção e sem modulação.

— Preciso dizer, Sra. Stoki, que não é obrigada a fornecer evidências contra seu marido.

Do cercado, Stoki assentiu com um movimento brusco com a cabeça e limpou o nariz com violência. Ela captou o sinal.

— Não — disse ela. — Eu quero fornecer. — Ela ergueu a mão para fazer o juramento, e pouco a pouco a história foi saindo. Os olhos dela passavam de Tibo para o homem no cercado, enquanto fazia sua narrativa.

Não, o marido não estava bêbado. Não, ele não tinha ficado fora de casa naquela noite. Sim, eles tinham discutido, mas a culpa era dela. Não tinha sido nada. Ela o tinha irritado. Não, com toda a certeza ele não tinha batido nela.

Tibo viu o braço voltar para trás.

Sim, a cadeira quebrou, mas isso tinha sido porque ela caiu nela de mau jeito. Ela sempre fora desastrada assim... sempre caía e quebrava as coisas.

Tibo ouviu o tapa. Tibo a viu cair.

Era tudo um erro. Os vizinhos tinham se exaltado por nada. Ele era um bom homem, um bom marido.

Tibo viu um menininho em pé com os punhos erguidos, lágrimas rolando pelo rosto e o punho enorme do pai batendo nele e lançando-o para o lado. Aquilo tudo tinha sido há tanto tempo. Era aquilo que ele precisava tentar lembrar. Tudo há tanto tempo. Ele não era mais um menininho.

— Sr. Guillaume, tem mais alguma pergunta?

— Nenhuma pergunta, Excelência. Só gostaria de convidá-lo a julgar o caso e dispensar o meu cliente do tribunal.

Tibo pousou a caneta em cima do caderno à sua frente e beliscou a ponta do nariz entre dedos cansados por um momento, antes de falar.

— Levante-se, por favor, Sr. Stoki.

O homenzinho se levantou no cercado e ajeitou os punhos da camisa cheio de confiança.

— Sr. Stoki, é minha obrigação considerar todas as evidências apresentadas perante este tribunal, decidir quem está dizendo a verdade, quanto dessa verdade está sendo contada, e chegar a uma decisão. Ninguém conta toda a verdade, independentemente do que promete quando chega aqui. Eu preciso separar o joio do trigo. Depois de ouvir com cuidado o testemunho da sua esposa, cheguei à conclusão de que ela é a maior mentirosa que eu já ouvi, e que o senhor é tão culpado quanto poderia ser. A sentença deste tribunal é de trinta dias de prisão.

Antes que o martelo de Tibo descesse, Yemko Guillaume já estava segurando com força a beirada da mesa e se esforçando para ficar em pé.

— Excelência — sibilou ele. — Este é o erro mais estupeficante que já presenciei em todos os meus anos de atuação nos tribunais. Será que é necessário lembrar a Vossa Excelência que é obrigado a julgar o caso com base nas evidências apresentadas e apenas nas evidências apresentadas... não no que o senhor acredita que possa ser o oposto delas?

Tibo parecia entediado.

— Isso é verdade. Mas eu presido este tribunal e, se quiser apelar de minha decisão, sempre é possível falar com o juiz superior. — Ele se voltou para o escrivão. — Quem está no circuito no momento?

— É o juiz Gustav — disse o escrivão.

— O juiz Gustav — disse Tibo a Guillaume. — E por acaso ele não está em Trema neste exato momento?

— Está, sim, senhor — disse o escrivão.

— Sim, senhor — disse Tibo. — Trabalhando naquele grande caso de assassinato?

— Sim, senhor — disse o escrivão.

— Sim, senhor — disse Tibo. — Mas ele deve estar livre em mais ou menos uma semana, não?

— Sim, senhor — disse o escrivão.

— Sim, senhor — disse Tibo. — Então pronto, Sr. Guillaume. O juiz Gustav deve estar aqui em cerca de uma semana e tenho certeza de que ele terá uma visão muito confusa da minha decisão e soltará o seu cliente. Até lá, ele vai para a cadeia. Policial, leve-o!

A barriga gigantesca de Guillaume subia e descia. Seu rosto estava ficando azul de fúria.

— O senhor será removido do posto por causa disso... para sempre!

— Sr. Guillaume, tenho quase certeza de que tem razão, e, se tiver, vou ter muito mais tardes livres, não vou? Mas isso será apenas daqui a uma semana, e até lá este homenzinho — ele apontou furioso com a caneta na direção do cercado, como se estivesse desferindo golpes — vai estar trancado, em segurança. — Tibo ouviu o sangue cantar em suas orelhas. Ele teve de lutar contra o ímpeto de berrar.

Ficou com os olhos fixos no rosto gordo de Guillaume e disse:

— Sra. Stoki, escutou o que foi dito. O seu marido vai para a cadeia durante sete dias. Se ainda estiver em casa quando ele voltar, então que Deus a ajude, a senhora merece tudo que recebe. Esta sessão está encerrada.

O primeiro toque da badalada das 11 horas da catedral se perdeu no golpe do martelo de Tibo, mas, na cidade, às margens do Ampersand, ao longo do canal, nas docas, nas repartições municipais que batiam continência ao redor da praça da Cidade, o sino chamou Ponto para tomar café.

Senhoras fazendo compras na rua do Castelo de repente ergueram os olhos e ficaram imaginando: "O Anjo Dourado... que tal ir até lá comer um doce?" Na loja de departamentos Braun, o balcão de corseletes esvaziou, a perfumaria foi abandonada, a chapelaria ficou deserta e o café do andar mais alto, de onde dá para olhar para o outro lado da rua, na mesma altura de uma Walpurnia de pedra, por cima de uma enorme porta em painéis do Banco Ampersand, transformou-se em uma floresta de pedestais de bolos folheados a prata, repetidos ao infinito em paredes espelhadas que fariam jus a Versalhes.

No gabinete do prefeito, Agathe colocou o bule de café no fogo, esperou um pouco, serviu duas xícaras escuras e desceu com cuidado a escada dos fundos até a sala de Peter Stavo, com porta de vidro. Ele viu que ela estava triste. Ele não disse nada. Ela não disse nada. Ele comeu dois biscoitos de gengibre e ofereceu o pacote a ela. Ela os recusou, de modo que ele comeu os dois que seriam para ela. Eles terminaram de tomar o café e Agathe saiu.

— Pobre menina — disse Peter, e pegou suas palavras cruzadas.

No fórum, Tibo estava na sala de vestir do magistrado, jogando água no rosto e dizendo baixinho.

— Foi há muito tempo. Tudo aconteceu há muito tempo.

O café que o escrivão lhe tinha trazido esfriava em cima da mesa.

Uma hora depois, quando os sinos tocaram de novo, Agathe começou a trabalhar na segunda leva de correspondência do dia. Enquanto trabalhava, ela olhou para o local em sua caixa de correspondência onde a caixinha escarlate da Braun tinha ficado apenas um dia antes. Ela parou de pensar no assunto. Ela trabalhou com mais afinco. E daí já era 1 hora da tarde. Um único *bong* profundo e grave cantou pela cidade e fez com que uma espiral rodopiante de pombos flutuasse por cima do Palácio do Bispo. Almoço. Tibo levantou-se da cadeira do juiz. As portas do fórum foram fechadas e trancadas, de maneira abrupta, pelo lado de dentro.

— Tem compromisso para o almoço, senhor prefeito? — perguntou Yemko Guillaume.

Tibo tinha a intenção de dizer alguma coisa a respeito de sanduíches em sua sala, mas ficou tão estupefato que nenhuma palavra saiu.

— Nesse caso, por favor, junte-se a mim. Estou convidando. O meu táxi está esperando. O meu táxi está sempre esperando. — Guillaume saiu com seu corpanzil pela porta lateral do fórum e entrou no táxi que o esperava com o bom prefeito Krovic arrastando os pés atrás dele, como um rebocador dirigindo um enorme navio de batalha para fora do porto.

Guillaume acenou de maneira vaga com sua mão enorme.

— Por favor, sente na frente, senhor prefeito. Eu gosto de me esparramar um pouco — sibilou ele. — O motorista sabe aonde ir. Eu sempre almoço no Macaco Verde. Acredito que seja adequado.

E, aparentemente exausto de tanto esforço, ele se jogou em seus dois assentos como um suflê que murchava e não disse mais nada.

Quando Tibo saiu do fórum com Yemko Guillaume, Agathe estava atravessando a praça da Cidade, em direção à padaria da esquina. Já havia uma fila de escrivães e vendedoras que desejavam comprar sanduíches, bolos e tortas recém-assadas, conversando sobre o dia, gabando-se da noite anterior, dando risada. Agathe apertou bem os lábios e se recusou a escutar.

No final, depois de uma longa espera que consumiu parte de seu horário de almoço, Agathe chegou à frente da fila e comprou um sanduíche de queijo e uma maçã.

"Isto aqui é um assalto em plena luz do dia", ela pensou ao examinar o troco.

No Macaco Verde, Yemko Guillaume se acomodou em uma espreguiçadeira gigantesca no canto do salão, e dois garçons, de uniforme branco com gola prussiana e botões dourados, empurraram uma mesa com rodinhas na frente de sua barriga intimidadora. O *maître* olhou com ar de aprovação. O famoso advogado Yemko Guillaume *e* Vossa Excelência, o prefeito Tibo Krovic, almoçando juntos ali, em seu estabelecimento... Perfeito, perfeito demais.

— Não queremos entrada — disse Yemko baixinho. — Hoje eu gostaria de comer... eu gostaria de comer... deixe-me ver... — Seus olhos rolaram para o alto e se demoraram nas ninfas de coxas rosadas dando cambalhotas explícitas no teto pintado. — Eu gostaria de comer alguma coisa tão gostosa quanto aquilo. Uma jovem gazela, executada sob a lua nova por virgens núbias e amolecida em leite materno, servida com a última tigela de arroz de um vilarejo asiático que passa fome, adoçado com os berros de um bebê abandonado morrendo de sede sob um sol implacável. Não? — Ele olhou com ar indagador para o *maître*. — Não tem isso? Então, omelete, por favor. E um copo d'água. Senhor prefeito?

Tibo conseguiu dizer com voz esganiçada.

— Isso me parece ótimo.

Os garçons se retiraram, tão obsequiosos quanto eunucos.

— Eu não como muito — disse Yemko. — Isto... — ele abriu os braços para indicar sua enormidade — é um distúrbio glandular.

— Percebo — disse Tibo. — Sinto muito.

— Por saber que eu estou doente ou porque achou que eu era um comilão glutão? — Tudo que Yemko dizia parecia vir com uma sobrancelha erguida no fim.

Ao lado da fonte, na praça da Cidade, Agathe mastigou o restinho de seu sanduíche rançoso. "Eu poderia ter preparado um almoço melhor do que este pela metade do preço", ela pensou.

Antes de voltar para o trabalho, ela se apressou pela rua do Castelo até a grande loja de ferragens de fachada dupla de Verthun Smitt e comprou uma caixa de lata azul esmaltada.

— A partir de agora, vou trazer meus próprios sanduíches — disse ela, e voltou mais uma vez para a praça.

Foi bem aí que um táxi que andava vergado parou na frente do fórum e chacoalhou em cima das molas quando Yemko Guillaume se arrancou lá de dentro.

— Precisamos nos separar novamente aqui — disse ele, e envelopou a mão do prefeito Krovic na sua.

— Por que me convidou para almoçar? — perguntou Tibo.

— Porque você tinha razão — disse Guillaume. — Aquele abrutalhado bate na mulher. Deve achar que, só porque sou advogado, não tenho amor pela justiça. Nunca confunda justiça com lei. Nunca confunda o que é bom com o que é certo. Nunca parta do princípio de que aquilo que é certo deve ser o que é bom. Você fez a coisa certa. Não! Está vendo como é fácil? Você fez com que eu começasse a fazer isso agora! Você fez uma coisa boa. É por isso que o chamam de o "bom" Tibo Krovic... Você sabia disso? "O Bom Tibo Krovic"... como "Alexandre, o Grande" ou "Ivan, o Terrível". Deve quase valer a pena viver para receber um nome desses. Foi uma coisa boa, mas não foi a coisa certa. A lei não deve ser desprezada. É o único escudo que o restante de nós tem para nos proteger das pessoas "boas". Por isso, vou relatar o que houve com o juiz Gustav. Eu preciso fazer a coisa "certa". Não tenho escolha. Você é um homem perigoso para estar na cadeira do juiz.

— Compreendo — disse Tibo. — Obrigado pela omelete.

Os sinos da minha catedral bateram às 2 horas. Só havia mais um caso naquele dia. O escrivão chamou "Hektor Stopak!" e entregou os papéis a Tibo.

"Stopak", Tibo imaginou. "Será que é o Stopak, o Stopak de Agathe? Certamente deve haver outros homens com o nome de Stopak, não?"

Hektor ocupou o cercado. Um homem bem alto, um bigode bastante ousado, moreno, bonito, de um jeito sujo e desgrenhado. Jovem. Jovem demais para ser o Stopak de Agathe.

— Sr. Stopak, estou vendo pela ficha de acusação — Tibo bateu nos papéis com a caneta — que foi acusado de um distúrbio à paz bem sério, na taverna das Três Coroas... muitos gritos e xingamentos, uma boa quantidade de móveis avariados e um dos seus colegas clientes enviado para o hospital com o nariz quebrado e diversos outros ferimentos menos sérios. Tenho aqui comigo o relatório médico. Declara-se culpado ou inocente?

Yemko Guillaume se içou para cima das pernas mais uma vez como um zepelim se erguendo na ponta de um cabo.

— Estou representando o Sr. Stopak, Excelência.

— E qual é a alegação do seu cliente?

— Culpado, Excelência.

— Circunstâncias atenuantes?

— Vossa Excelência está disposto a escutá-las?

— Não se forem excessivas.

— Então me deixe apenas dizer que o Sr. Stopak é um artista de alguma promessa considerável... um pintor. Como tal, ele anda com um certo tipo de — Yemko fez uma pausa para acoplar mais uma sobrancelha erguida a sua frase — companhia boêmia. Ele próprio tem temperamento artístico e seus colegas artistas compartilham dessa disposição fogosa.

— Eu não tinha me dado conta de que o Três Coroas era um ponto assim tão frequentado pela iniciativa artística — disse Tibo. — Seria uma escola estabelecida?

— É mais um "ponto de encontro", Excelência — Yemko respondeu. — As circunstâncias do incidente estão todas relacionadas na ficha de acusação.

Uma discussão entre irmãos artistas ficou acalorada, depois de terem consumido bebidas alcoólicas...

— *Et cetera, et cetera, et cetera* — interrompeu Tibo.

— Eu não havia me dado conta de que Vossa Excelência era catedrático em latim. Sim, de fato, senhor, uma história conhecida, com frequência ensaiada no tribunal de Vossa Excelência. No entanto, fico contente em informar ao tribunal que, nesta manhã mesmo, meu cliente arrumou emprego com seu primo. — Yemko se virou com um som sibilante e apontou para um homem de rosto inchado e olhos tristes, apertado em um macacão branco no fundo do tribunal. — O Sr. Stopak mais velho é empresário, pintor e decorador de caráter impecável, desconhecido do tribunal...

"Ah, não inteiramente desconhecido do tribunal", pensou Tibo.

— ...que está preparado para oferecer emprego em tempo integral e renda regular ao meu cliente.

— Então, ele pode pagar uma multa? — perguntou Tibo.

— O meu cliente agora estaria em posição de fazer algum tipo de ressarcimento ao tribunal, sim, Excelência.

— Muito bem. Sr. Stopak, por favor, levante-se. Tendo em vista as circunstâncias, e a sua ficha que não pode ser exatamente desconsiderada, o tribunal vai multá-lo em cem. O proprietário do Três Coroas afirma que o senhor causou prejuízo avaliado em cento e vinte, de modo que o mais provável é que sejam sessenta e mais sessenta para o homem cujo nariz foi quebrado.

— Já estava quebrado — disse Yemko.

— Podemos concordar em cinquenta, então? Assim ficam duzentos e dez.

— Com dez por semana, Excelência.

— Não, Sr. Guillaume, acho melhor trinta por semana, agora que o seu cliente tem um emprego decente. — E ele se inclinou para frente em seu assento para avisar: — Se deixar de pagar uma única semana, Sr. Stopak, vai ter que pintar o interior de uma cela.

Aquela tinha sido a ordem do dia.

Eram quase 3 horas da tarde quando Tibo terminou a papelada, atravessou a cidade a pé e voltou ao seu gabinete, na praça da Cidade. Sandor, o contínuo, já tinha entregado o *Pontense Vespertino*, e Agathe deu o jornal para ele sem proferir palavra quando ele passou por sua mesa. Tibo desdobrou o jornal e sentou-se à sua mesa para ler. A manchete anunciava:

PREFEITO KROVIC DESPREZA TREMA

E, embaixo dela, em letras menores, ao lado de um retrato de Tibo com ar soturno, havia uma linha fina:

REVIDA INSULTO DE ZAPF, DE TREMA

E, depois, em letras bem pequenas:

Exclusiva de Barni Knorrsen

com a carta de Tibo trançada em uma espécie de reportagem embaixo.

Agathe colocou uma xícara de café na mesa ao lado do jornal, com dois biscoitos de gengibre no pires. Ele agradeceu.

— Stopak... ele é instalador de papel de parede, não é?

— É isso mesmo — respondeu ela. — Ele tem uma loja própria. Por que pergunta?

— Por nada. Ele estava ocupado hoje?

— Não sei. Acho que sim. Ele saiu de casa muito cedo... antes de eu acordar. Por quê? Está precisando de algum serviço?

— Não, acho que não. Mas tenho trabalho a fazer. É melhor eu começar logo.

Agathe deu uma cutucada no jornal dobrado com uma unha escarlate e deu meia-volta para sair.

— Escreveram "meretrício" errado — disse ela. — Entre tantas palavras para errar! E depois de você ter tanto trabalho, ainda por cima. — E a porta se fechou atrás dela, com um suspiro de perfume.

Assim que ela saiu, Tibo levantou-se da mesa de trabalho e abriu a porta novamente. Depois ficou lá sentado, por um momento, bebericando o café e admirando a vista do outro lado dos chafarizes, na direção da catedral, antes de começar a trabalhar. Agathe tinha preparado uma pilha bem organizada de cartas para ele assinar. Havia outra pilha, em uma pasta vermelha, de couro, que ele sabia que precisaria ler, e o contrato para construir a nova delegacia de polícia na zona norte, e aquele negócio sobre a escola que ele tinha prometido examinar para a avó do guarda-chuva vermelho. Mas, por enquanto, Tibo bebericava o café e observava os pombos voarem ao redor da catedral, retornando a seu poleiro depois de seus alardes e excursões de hora em hora.

Uma brisa entrou pela janela. Tibo a observou se aproximar, remexendo os elmos na avenida que beira o Ampersand, enevoando os chafarizes na praça, agitando as cortinas finas de sua sala, farfalhando os papéis em sua mesa e dali seguindo, invisível, para a sala de Agathe. Ele sabia que o vento devia ter tocado nela, roçado seus lábios, enchido sua boca... ela devia tê-lo respirado e nem reparou.

— Sra. Stopak — chamou ele. — Que perfume é esse que está usando?

— Por que diabos quer saber isso, prefeito Krovic?

— Não é nada. Desculpe. Esqueça que perguntei.

Tibo abriu a pasta de couro vermelha e começou a ler.

— É Taiti — respondeu ela.

E Tibo ficou repetindo para si mesmo, vez após outra, enquanto trabalhava:

— Taiti, Taiti, Taiti.

A palavra se misturava ao ruído da máquina de escrever de Agathe, ao som dos chafarizes e ao rugido dos bondes, enquanto Tibo trabalhava, até ficar escuro demais para enxergar.

Se ele tivesse pedido, Agathe iria passar a noite toda ali para ajudar, mas ele não pediu e ela limpou a mesa e trancou as gavetas um pouco depois das 5 horas. Ela era capaz de sentir o desespero frio se assentando em seu peito, como um pedregulho de rio que foi batendo em cada costela, até pousar na boca do estômago, onde ficou. Quando Agathe virou a chave nas gavetas da mesa, pegou-se dizendo:

— Lar é aquele lugar onde precisam deixar você entrar.

Sua avó tinha dito isso para reconfortar... a promessa aconchegante de que ela nunca seria expulsa. Agora parecia a ameaça de uma sentença de prisão, e ela disse de novo:

— De que adianta, porcaria?

A caminhada até em casa doeu. Não tinha sido como na noite anterior, um passeio alegre para um lugar feliz, mas uma caminhada longa e poeirenta, passando por ruas quentes no fim de um dia cansativo. Ela não se apressou. Seus pés doíam, uma dor que ardia e queimava a cada passo, e que dava a impressão de que a pele na sola dos pés estava pronta para se separar dos ossos.

Quando chegou à delicatéssen, na esquina da rua Aleksander, a Sra. Oktar estava na calçada, varrendo entre os caixotes abertos de frutas que estavam à mostra e tirando a poeira da rua das pilhas de maçãs. Ela parou para acenar. Agathe retribuiu o aceno.

O gatinho preto que tinha se enrolado nas canelas de Agathe na noite anterior espiava de trás de um caixote de laranjas.

— Ele é seu? — perguntou ela.

— Não — respondeu a Sra. Oktar. — Sempre há gatos por aqui. Eles se reproduzem. Passam o dia todo deitados ao sol nos quintais e as noites fazendo gatinhos. Não é uma vida ruim... e eu não me importaria de experimentar... mas tenho contas para pagar e nenhum salmão defumado sobrando para desperdiçar com bichos como este.

Agathe enfiou a mão embaixo da caixa de laranja e ergueu o gatinho até seu rosto, afagando seu pelo com um sopro.

— Eu gosto dele — disse ela. — Vou levá-lo para casa. Ele só precisa de um pouco de amor.

— Assim como todos nós — disse a Sra. Oktar. — Mas também um pouco de leite, de talco antipulga e de salmão defumado. — A Sra. Oktar era uma vendedora maravilhosa, uma vendedora notável, mas, assim como todos nós, era vítima das circunstâncias. E, apesar de ela ter uma delicatéssen muito boa, era, de todo modo, uma delicatéssen, e, assim como todas as outras de Ponto, não tinha talco antipulgas no estoque. — Posso providenciar o leite e temos salmão defumado, mas não temos talco antipulgas. Se eu fosse você, deixava o gato para amanhã. Ele não vai a lugar nenhum.

— Eu gosto dele — disse Agathe. — Ele vai para casa comigo. Vou comprar só as outras coisas. Compro o talco antipulgas amanhã, na cidade.

— Você é uma moça tola, mas que seja, na sua cabeça... mas não só na sua *cabeça*. Um conselho de quem tem experiência, Sra. Stopak, ouça quem sabe das coisas... em todos os lugares que não quiser deixar nenhum homem ir além do Sr. Stopak, é lá que terá pulgas. Amanhã, quando estiver na cidade para comprar o talco antipulgas do nosso Sr. Gato aqui, talvez devesse levar um pouco para si mesma.

Com um gesto cheio de experiência, a Sra. Oktar abriu uma sacola de papel pardo e ajeitou lá dentro uma caixa de leite e um pacote de papel de salmão defumado. O gatinho se contorcia deliciosamente nos braços de Agathe, lutando contra seu peito enquanto ela o acariciava.

— Ah, fique quietinho, gatinho travesso. Espere só um ou dois minutos.

— Deu 4,50 — disse a Sra. Oktar e estendeu a outra mão. — Pelo mesmo preço, estou disposta a incluir outra sacola para o gato. Não faria mal nenhum ser um pouco higiênica, não é verdade?

Agathe colocou o gato na sacola e ele olhou para ela com ar de reprovação lá do fundo. Suas quatro patinhas esparramadas se abriram para os cantos, mas ele pareceu bem contente, até ela erguer a sacola pela alça e ele ficar pendurado no ar. Então, ele ficou balançando, sem equilíbrio, tentando andar no piso incerto de sua prisão, miando de dar dó.

Agathe colocou a mão no fundo da sacola de papel para lhe dar a segurança de que havia algo sólido sob suas patas e soprou o pelo do gato com gentileza, para chamar sua atenção.

— Shh, shh, shh, não fique com medo, gatinho. Logo vamos chegar à sua casa.

Ela sentia o calor das patas dele, mesmo através da sacola grossa de papel. Seu peso, em delicioso movimento, escondido e no escuro, fechado e oculto contra sua própria pele, trouxe uma lembrança antiga para ela.

— Você logo estará em casa. Como todos nós... você só precisa de um pouco de amor. Então, venha para casa comigo e eu vou cuidar de você.

Pela segunda noite seguida, Agathe subiu a escada até seu apartamento com um pacote de esperança pendurado por uma cordinha em seu dedo, mas, quando chegou ao patamar, sentiu-o escorrer pelo fundo da sacola e formar uma poça a seus pés.

A porta do apartamento estava entreaberta. Quando Agathe a empurrou para entrar, ouviu vozes vindo lá de dentro: vozes de homem. Ela fez uma pausa com a mão na maçaneta e escutou com atenção. Stopak (ela reconheceu sua risada roncada) e depois aquela outra voz. Agathe abriu a porta e entrou.

— Hektor, que surpresa! E eu torcendo para que estivéssemos sendo assaltados.

Stopak e Hektor estavam sentados juntos à mesa da cozinha, um pelotão de garrafas de cerveja vazias se enfileirava entre eles.

— Ah, não faça assim — disse Stopak. — É só uma comemoraçãozinha. Eu e meu novo sócio. — Stopak inclinou o gargalo da garrafa de cerveja que segurava na mão fechada para o outro lado da mesa, para Hektor.

— Seu novo sócio? Seu novo sócio! — Agathe estava estupefata. — De repente, o negócio de colocação de papel de parede ficou tão amplo que você achou que precisava dividir os lucros um pouco, é isso? Você não está conseguindo dar conta da demanda, é isso? E ele! Por que ele? Tudo que ele sabe sobre colocação de papel de parede dá para contar nos dedos de um pé!

Agathe saiu da sala pisando firme e se jogou na cama, o único lugar da casa em que ela podia ter privacidade, um lugar onde Hektor, pelo menos, nunca iria se aventurar.

Mas ele se aventurou. Ela estava deitada com o rosto enterrado no travesseiro, o cabelo solto e espalhado em montanhas aleatórias a seu redor, a blusa para fora da saia e desabotoada, ainda louca da vida com a novidade de Stopak, quando Hektor entrou e falou.

— Você está agindo como se Stopak tivesse desistido — disse ele.

— Hektor, vá embora.

— Olhe, eu não quero incomodar nem nada. Mas, só para você saber, eu não sou sócio de Stopak.

— Hektor, apenas vá embora. — A voz de Agathe estava meio abafada pelo travesseiro.

— Eu vou, eu vou. Só não fique zangada com Stopak. Ele fez uma coisa boa. Eu tive algumas complicações e ele me ajudou. Ele me deu um emprego, mas eu não sou sócio dele e não quero ter participação nos lucros. Nada disso. É só um emprego. Stopak é o patrão. Eu sou apenas um funcionário.

Agathe ergueu a cabeça do travesseiro. Estava com os olhos vermelhos e lacrimosa mais uma vez. Ultimamente, Agathe tinha consciência de que parecia estar sempre aborrecida, ou à beira do aborrecimento. Ela puxou o cabelo para trás e o prendeu, um gesto que fez sua blusa se abrir, revelando a blusinha de baixo. Ela se apressou em fechar os botões e alisou a saia.

— Hektor, eu não me importo que ele tenha contratado você. Eu não me importo se ele contratar Ivan, o Terrível. Acho que ele deve ter contratado você porque Ivan, o Terrível recebeu uma oferta melhor. Provavelmente Ivan, o Terrível deve saber o mesmo a respeito de colocação de papel de parede que você, mas eu não me importo! Hektor, apenas vá embora.

— Certo — disse ele. — Eu vou, mas tem mais alguém que quer falar com você.

Agathe ergueu os olhos do último botão, achando que seria Stopak, envergonhado e arrastando os pés. Em vez disso, lá estava Hektor, segurando duas sacolas de papel.

— Acho que ele está com fome.

Ela pegou as sacolas e não disse nada. Hektor ficou esperando, torcendo por uma palavra, e, como não veio, ele disse:

— Aliás, nós terminamos o banheiro.

Ele recuou e fechou a porta. Depois de um momento, ouviu-se o barulho de mais uma garrafa aberta, o vidro grosso marrom se encontrando em um brinde e risadas.

— Porcaria de homens idiotas — disse Agathe. Ela tirou o gato da sacola e o colocou na cama. — Você é o único homem de quem eu gosto — disse ela. — Eu não gosto de Hektor porque ele é ruim. Ele pode ser bonito, mas ele é ruim, por isso nós não gostamos dele, não é mesmo, gatinho? E eu não gosto de Stopak porque ele não gosta de mim. Então, pronto! Não, nós não gostamos de Hektor, de jeito nenhum. — Agathe olhou para a porta do quarto, bem fechada, e deixou que seus dedos repousassem nos botões da blusa mais uma vez, lembrando que estavam abertos, imaginando o que Hektor poderia ter visto. — Pronto — ela disse de repente. — Está na hora do jantar. — Ela abriu a caixa de leite e mergulhou os dedos no líquido. Depois ofereceu para o gatinho, que os lambeu todo entusiasmado com a língua áspera e cor-de-rosa, que repuxava a pele dela. — Experimente um pouco disto aqui! — Ela arrancou uma tira de salmão defumado, e o gato pulou para cima do peixe feito um tigre. Agathe deu uma risada. — Vou ter que ir ao circo buscar um chicote e uma cadeira, seu gato mau. Mas não vá se animando tanto. Não é toda noite que se janta salmão defumado na residência dos Stopak. Isso aqui é só para lhe dar as boas-vindas. Amanhã serão os restos para gatos da peixaria.

Agathe passou mais um tempinho dando comida para o gato e daí, como salmão defumado é salgado e ele ficou com sede, ela lhe deu mais leite, pingando da ponta de seus dedos.

Uma porta bateu na cozinha e Hektor disse alguma coisa a respeito de:

— Chega dessa porcaria de cerveja!

E, depois, alguma coisa sobre:

— O Três Coroas.

E uma cadeira raspou no chão, a porta da entrada bateu, e o apartamento ficou em silêncio.

Agathe pegou o gatinho e deitou na cama com ele, aninhado em seu peito. Ele ronronou com o ronronar entrecortado de um moedor de café, quando ela coçou suas orelhas. Ele ronronava, ela coçava. Ela coçava, ele ronronava. Bem devagar e em silêncio, os dois caíram no sono juntos, e Agathe ficaria deitada ali até de manhã se não tivesse sido acordada pelo som do gatinho se aliviando, sem a menor vergonha, em suas cortinas e dando coices pelo tapete.

Agathe levantou-se da cama com um salto, em uma chuva de papel à prova de gordura e restos de salmão.

— Não! Gato mau! — berrou ela, e o gato mergulhou para baixo da cama para se esconder. Agathe não tinha ideia do que fazer em relação ao xixi do gato nas cortinas. A avó dela saberia. Ela teria algum antídoto à mão: vinagre ou raspas de nabo e bicarbonato de sódio, algo assim. Mas Agathe tinha noção suficiente para saber que não deveria deixar secar. Ela correu até a cozinha e voltou com um bule de água fria, que despejou por cima da mancha. "Vou deixar de molho", ela pensou. "Mal não pode fazer." E então, olhando pela janela, ela viu que a noite tinha se instalado. Olhou para o relógio. Quase 9h30. Mamma Cesare! Ela calçou os sapatos e correu.

A rua estava vazia e silenciosa. A loja dos Oktar estava fechada. Não havia ninguém por ali, e o som dos saltos de Agathe voltava para ela com um eco das portas trancadas e das janelas fechadas do outro lado da rua. Enquanto ela corria para a esquina da rua Aleksander, ouviu o grito estridente de banshee* do bonde que se aproximava, seu sino tocando. Ela imaginou os rastros de meteoro das fagulhas que se soltavam das rodas, na grande curva que leva à ponte, e se apressou, mas, quando chegou ao cruzamento, o bonde já se afastava da parada e se encaminhava para a ponte Verde.

Agathe caminhou lentamente até o abrigo de ferro fundido e se sentou. O próximo bonde devia chegar em dez minutos. Ela se acomodou no banco e fechou bem o casaco, esticou as meias, abotoou as luvas. Ela abriu o estojinho de pó compacto e olhou no espelho, suspirou aborrecida, voltou a desabotoar uma luva e a puxou com os dentes, umedeceu um dedo com saliva e esfregou uma sobrancelha desobediente para colocá-la no lugar. Conferiu no espelho de novo. Assim estava bom: um pouco mais respeitável. Ela segurou a luva em uma das mãos e contou as moedas do bolso do casaco com a outra. Era o suficiente para chegar até a rua do Castelo. Às vezes, dez minutos são muito tempo.

Agathe se recostou no banco e olhou para a rua, um pouco temerosa, na direção do Três Coroas. Não havia sinal de ninguém vindo, e, quando eles no final fossem expulsos, o último bonde já teria passado. Ninguém estava

---

*Banshee: demônio feminino da morte (folclore irlandês).

saindo. Ela se levantou e foi até a porta do abrigo, segurou-se em um poste de ferro fundido e olhou pela rua, para o outro lado da ponte, na direção da minha catedral, em cima da colina em que se localiza. O resto de sol que ainda brilhava de noite refletia como fogo nos domos e pináculos, e a catedral rodopiava em uma nuvem de pombos ao redor de sua cabeça, como a capa de um toureiro. Agathe, de repente, ficou com inveja daqueles pombos.

Talvez eles não tivessem um banheiro recém-pintado, mas os pombos não se incomodavam muito com esse tipo de coisa, de acordo com a experiência dela, e tinham um lugar para dormir onde eram bem-vindos, onde teriam uma recepção calorosa, um lugar de danças, de contato físico borbulhante, um lugar para criar os filhotes, um lugar onde alguém sentiria falta deles, ainda que apenas por uma noite, se tivessem um acidente com um falcão ou com um carrinho de varrer na rua. Ela suspirou.

— O que eu tenho? Um gatinho que faz xixi nas cortinas!

Ela se sentiu solitária e ridícula.

Ela devia estar se esgueirando para fora de casa para encontrar-se com um amante rico que a levaria para dançar, lhe daria um bife para comer e murmuraria bobagens ardentes em sua orelha antes... antes... Antes de quê?

— Não sei antes de quê — disse Agathe. — Mas vou saber quando chegar, e não é "antes" de esperar o bonde parar para ir falar com uma senhora com a qual eu nunca tinha falado "antes" desta manhã.

Ela fez uma dancinha, sapateando de salto a salto no abrigo da parada de bonde.

— Dez minutos! Dez minutos. Vou dar dez minutos a eles. Se não estiver aqui quando eu contar até cem, vou para casa.

E ela começou a contar enquanto dançava.

— Um elefante, dois elefantes, três elefantes...

Quando ela chegou a "cento e sessenta e três", o bonde estava esperando no cruzamento, seu único farol brilhando no crepúsculo.

Ele fez um barulhão para se posicionar, diminuiu a velocidade, permitiu que Agathe erguesse a saia e subisse a bordo e saiu fazendo barulho mais uma vez, na direção da ponte.

Agathe tinha o bonde só para si. Ela se sentou aprumada, os joelhos unidos, segurando a bolsa em cima das coxas. O cobrador disse:

— Tudo bem aí, queridinha?

E Agathe detestou aquilo. Ela sabia que ele iria dizer alguma coisa idiota assim.

Por que ele não podia simplesmente dizer: "Boa noite, para onde vai?" ou "Pois não, senhorita?" ou algo educado e direto? Mas não, tinha que ser "Tudo bem aí, queridinha?", como se essa exibição animadinha de bravata e um bonde vazio de repente fossem acender a libido dela e fazer todas as suas roupas caírem do corpo. Ela lançou um olhar gélido para ele, um daqueles "arrepiantes", e disse:

— Rua do Castelo — com ênfase pesada em — por favor.

— Vão ser...

Mas Agathe o interrompeu e mostrou uma coluna de moedas na palma da mão com a facilidade de um mágico.

— Acho que está certo — disse ela, em tom definitivo.

O cobrador tirou uma passagem curta e verde da máquina que estava pendurada em sua cintura e foi se posicionar na plataforma de trás. Ele ficou olhando para ela de lá, pendurado por um braço no poste do degrau, balançando por cima da calçada que passava correndo.

O desgosto de Agathe era infinito. Ela se recusou a premiá-lo com um olhar que fosse, mas as árvores em que ela tinha observado os passarinhos naquela manhã agora passavam apenas como sombras. Em vez disso, ela se concentrou em ler os anúncios que corriam pela beirada do teto, com uma pequena lâmpada leitosa ardendo entre cada um deles.

Cansado, irritadiço, perdeu a alegria?
Experimente
Pílulas Pepto!

E lá estava a foto de um velho, pulando de uma cadeira de rodas para dar cambalhotas. Sua bengala voava pelos ares atrás dele. "Que idiotice", pensou Agathe. "Uma bobagem. Por que um homem, em uma cadeira de rodas, precisaria de uma bengala? Quer dizer, se você vai rodando para todo lugar, para que precisa de bengala? Como será que o gato está? E se ele fez xixi na cama... ou coisa pior? Essa seria uma bela surpresa para Stopak."

E daí ela pensou: "O primeiro líquido que se derrama naquela cama em muito tempo", mas fingiu que não, porque aquela seria uma coisa grosseira e nojenta de se dizer.

Palazz Kinema. Um novo programa toda quinta-feira.
Sessões Duplas e Noticiário Semanal.
Telefone: Ponto 2727

"Bom, esse pelo menos é bem profissional. Diz tudo que é necessário saber. Não vou ao cinema há um tempão. Talvez..."

USE
GRAXA
"ETÍOPE"
E OS SEUS SAPATOS VÃO BRILHAR FEITO UM ETÍOPE!

"Não acho isso muito simpático. Eu não ia querer que alguma mulher africana simpática, acomodada em um bonde na Etiópia, ficasse pensando se o "alvejante Ponto" seria capaz de deixar a privada dela tão branca quanto eu. Eu não ia gostar disso nem um pouquinho. Será que tem bonde na Etiópia? Será que tem privada? Ah, nossa."

O cobrador balançava em seu poste como um acrobata, percorrendo a extensão da plataforma em alta velocidade e então dando um salto, agarrando o poste e se balançando de volta para a plataforma. Agathe o ignorou com a maior violência e agressividade que era possível usar para ignorar alguém. "Claro", ela pensou. "O papo-furado falhou, então agora ele vai tentar agir como um macaco para me inflamar."

BORA-BORA COLA
A SENSAÇÃO DO SABOR
É TÃO REFRESCANTE QUANTO O MAR

"Doce demais. Eu me lembro de ter experimentado uma vez na balsa. Fiquei enjoada. Pode ter sido a balsa. Mas não acho que consigo tomar de novo.

Aliás, só de olhar para esse anúncio eu já fico enjoada." Ela desviou o olhar com rapidez.

O último anúncio da fileira era escrito em letras brancas sobre fundo vermelho. Nada de slogan. Nenhum truque. Dizia:

LAR INFANTIL SANTA WALPURNIA.
VOCÊ JÁ PENSOU EM ADOÇÃO?

"Não!", Agathe pensou. "Sim. Não. Não!"

O cobrador tocou o sino.

— Esta é a rua do Castelo. Rua do Castelo, próxima parada.

Agathe saltou do bonde e correu pela rua, do mesmo jeito que tinha feito naquela manhã, batendo os saltos na calçada enquanto o relógio da torre da catedral rangia e virava em cima dela. O primeiro sino das 10 horas já estava tocando quando ela chegou ao Anjo Dourado, e o lugar estava quase completamente escuro. Persianas pesadas de velino tinham sido puxadas por cima das janelas, e a última delas se desenrolava por cima da porta de entrada, puxada para o lugar certo por um punho escuro que se parecia com uma alcachofra. Agathe bateu no vidro com os dedos enluvados. A persiana parou de descer. O punho esticou só um dedo que apontava com insistência para a esquerda, de volta à rua do Castelo. Então a persiana continuou a descer e as luzes atrás dela se apagaram.

Agathe ficou sem saber o que fazer. Bateu de novo na porta de vidro. Nada aconteceu. Ela esperou, nada aconteceu.

— Ah, fala sério — ela disse. — Eu não me atrasei! Bem, quase nada. Não me atrasei mesmo. Não cheguei atrasada. Cheguei bem na hora. — Ela bateu no vidro de novo. Nada aconteceu. — Ah, minha nossa, faça-me o favor! — Agathe aborreceu-se e desistiu. Deu meia-volta e começou a caminhar para casa, mas, a apenas duas lojas para cima da rua, lá estava Mamma Cesare, parada na frente de uma porta aberta.

Ela disse:

— Você não se apressou. Nós dissemos 10 horas

Agathe só conseguiu ficar olhando para ela feito uma trapalhona e disse:

— Mas... mas... estou esperando ali na rua há dez minutos.

— Bom, foi uma grande tolice, não foi? Você não viu quando eu apontei?

— Mas eu não fazia ideia do que você estava apontando.

— Agora já sabe — respondeu Mamma Cesare. — Entre rápido.

Ela se inclinou para puxar Agathe escadinha acima e fazer com que passasse rápido pela metade aberta da porta de entrada dupla, para dentro do vestíbulo quadrado com piso de pequenos ladrilhos em um xadrez de preto e branco.

A porta se fechou com um clique proibitivo. Mamma Cesare encaixou uma barra de ferro no lugar, para trancá-la.

— Agora estamos bem isoladas — disse ela. Com as duas mulheres ali dentro, Mamma Cesare, pequenina, morena e recurvada, e Agathe, alta, curvilínea e ampla, o pequeno aposento estava quase explodindo de tão cheio. — Vamos, para lá, ande — disse Mamma Cesare, abrindo as mãozinhas em leque como se Agathe fosse uma manada que precisasse ser enxotada para cima, subindo mais dois degraus e atravessando portas de vaivém com a metade envidraçada, cuja tinta descascava. — Por aqui. Por aqui. Venha atrás de mim — disse ela, mas a passagem estava escura e Agathe caminhava devagar, colocando cada dedo do seu delicado pé no chão, que parecia coberto de areia e fazia barulho quando se pisava nele.

— Para onde nós estamos indo? — perguntou ela.

— Ah, garota, pare de fazer confusão. Olhe. — Mamma Cesare deu um empurrão de mau jeito em uma porta à direita, invisível na escuridão, mas conhecida dela, e ela se abriu para o Anjo Dourado, iluminado pelas luzes da rua do Castelo, as mesas todas no lugar, as cadeiras sobre elas com as pernas para cima, à espera do esfregão furioso da manhã seguinte. — Está vendo? É o café. Estamos entrando pelo lado, mais nada. Está feliz? Você precisa ter mais confiança. Não. O que eu estou dizendo? Você é mulher. Não pode confiar em ninguém. Principalmente, não pode confiar em si mesma.

A porta voltou a se fechar, deixando-as no corredor escuro, ainda mais escuro por causa da luz que tinha brilhado pouco antes.

— Tem quatro degraus aqui — disse Mamma Cesare.

Agathe ouviu os pés calçados em sapatos baixos se arrastando e os seguiu, com uma das mãos apoiada na parede ao lado dela, chutando cada um dos degraus com a ponta do dedão do pé, para ter certeza de onde estava. E, então, se ouviu um clique suave, o som de uma maçaneta virando e outra porta se abrindo no escuro. A mão de Mamma Cesare se fechou ao redor do pulso dela e a puxou para dentro do aposento. A porta se fechou, o quarto se encheu de luz, e Mamma Cesare pulou para abraçá-la, tão ansiosa quanto um cachorrinho.

— Bem-vinda, bem-vinda. Muito obrigada por ter vindo. Muito obrigada. Estou mesmo muito feliz de ver você aqui.

Era um quarto estranho, com oito lados, mas não era octogonal, apenas um espaço que sobrou quando o resto do edifício foi construído a seu redor. As paredes estavam forradas de papel francês antigo, com estampa de guirlandas de rosas, unidas por fitas cor-de-rosa por cima de um fundo cor de creme, que tinha desbotado para cor de burro quando foge.

— Stopak iria gostar disto — disse Agathe para si mesma. — É difícil ajustar as fitas. Muito desperdício, principalmente em um quarto como este. Muitos cantos.

O lugar era velho, mas limpo e arrumado. Havia duas janelas, mas Agathe não fazia ideia da vista que deviam ter. Não davam para a rua do Castelo, com certeza. Talvez dessem para algum pátio oculto.

Havia quadros nas paredes: um me retratando ao pentear a minha barba, que toda mulher respeitável de Ponto mantém à vista da cama; outro de um barco de pesca vistoso, mergulhando no tipo de tempestade que teria feito com que o navio de batalha mais resistente voltasse correndo para o porto; um de dançarinas ensaiando (mas o observador tinha de compreender que essas dançarinas eram da variedade pobre mas honesta, do tipo que não aceitava visitas masculinas, que vivia sempre lutando por sua arte, mas que não tinha dinheiro para pagar a conta de gás e, por consequência, dançava no escuro). E havia também, na mesma parede da minha imagem, mas um tanto mais baixa e um pouco mais para a esquerda, uma imagem de santo Antônio, com aparência infeliz, enquanto vários demônios puxavam as roupas e o cabelo dele, mas certo de que a felicidade estava logo ali, na próxima esquina, assim que ele se livrasse deles (coisa que estava prestes a fazer a qualquer minuto, disso se tinha certeza).

Havia um guarda-roupa enorme com porta espelhada, escuro, tão grande que tocava o teto, gotejado de frutas entalhadas, que abrangia um canto do quarto e preenchia duas paredes, uma cama de casal com estrutura de latão, coberta com uma colcha feita à mão, que arrastava no chão dos dois lados, e uma penteadeira com um espelho inclinado que bloqueava uma porta de armário. Agathe viu-se refletida infinitamente, entre o guarda-roupa e a penteadeira, enquanto Mamma Cesare dançava pelo quarto, dando-lhe as boas-vindas.

— Estou tão feliz que você tenha vindo. Passei o dia inteiro pensando. Aqui. Sente. — Mamma Cesare deu um empurrãozinho de leve nela e Agathe largou o peso em cima da cama, que rangia. — Não tem cadeira! — disse Mamma Cesare.

Ela inchou o peito todo e aprumou o corpo, assumindo o máximo de sua altura, as mãos na cintura, inclinada para trás, olhando para Agathe da maneira que os fazendeiros olham para os animais de criação gordos, na arena de exposições. Aquilo deixou Agathe nervosa. Ela não conseguia pensar em nada para dizer.

— Tire o casaco — disse Mamma Cesare. — Vou preparar um chá para nós.

— Não vai fazer um café? O seu café é maravilhoso.

— Aquilo é para o meu trabalho. Para você, uma visita, eu preparo chá.

Mamma Cesare abriu o guarda-roupa. Havia uma gaveta funda na parte de baixo que deslizou para fora com um suspiro fácil. Ela enfiou a mão lá dentro e tirou uma bandeja japonesa com um bule de porcelana marrom e outro de cobre em um suporte, uma lamparina, uma caixa de fósforos, duas xícaras de porcelana fina, uma dentro da outra, em cima de uma camada barulhenta de pires, outro pires com limão e uma faca em uma latinha com dobradiça na tampa, coberta com bandeiras pintadas e imagens douradas de espadas e lanças e, no meio, o retrato de um homem barbudo magnífico, vestido com uma camisa vermelha.

Mamma Cesare pegou o bule de cobre vazio, pediu licença:

— Um momento, por favor — e precipitou quarto afora.

E assim Agathe ficou lá para fazer aquilo que qualquer pessoa faria em seu lugar. Ela pulou sentada na cama uma ou duas vezes, deleitando-se com seus rangidos extravagantes, por um instante lutou contra seus instintos de bisbilhotar e, então, porque a vida é preciosa, rendeu-se a ele. Agathe não era o tipo de mulher que iria abrir gavetas ou olhar dentro de armários, mas a regra das visitas comportadas dá conta de que as coisas à mostra em cima de uma penteadeira estão, definitivamente, à mostra.

O espelho balançou solto em sua moldura, virando um pouco para baixo e olhando para a bateria de potes e poções no tampo da penteadeira. Não havia nada digno de nota: os presentes de Natal com aroma de lírio do vale, que se esperaria de uma senhora de certa idade, um pratinho de porcelana com grampos de cabelo e algumas bijuterias desajeitadas dentro, e uma fotografia minúscula em uma moldura de prata. Quando Agathe a pegou, sentiu a parte de trás de veludo esfregar-se suavemente contra sua mão. Vermelho. Gasto até ficar ralo, como se a imagem fosse manuseada com frequência. Agathe ficou imaginando: a mulher morena baixinha, sentada na frente do espelho toda manhã, toda noite, dando beijos nela. Será que era isso que acontecia? Agathe olhou mais uma vez para o veludo oculto e encaixou os dedos nos lugares gastos. Só podia ser isso. Uma coisa sagrada. Uma relíquia. Ela olhou para a foto no porta-retrato. Havia um rapaz alto, magro feito um pau, com o cabelo preto da cor do pelo de um garanhão, penteado para trás bem rente à cabeça, um bigode tão fino e rebuscado que devia ser o trabalho de quinze minutos, prendendo o fôlego, com uma navalha, ou quinze segundos com um lápis de sobrancelha. Suas bochechas eram cadavéricas. Seus olhos, brasas. Falavam de ancestralidade, que remontava aos templos fenícios sombreados por oliveiras. Ele usava um terno completo pesado. O tecido parecia ser à prova de balas, e havia uma corrente de relógio pendurada no bolso do colete. Uma das mãos estava enganchada nela pelo polegar, em um gesto casual, ao passo que o resto do seu corpo era rígido e reto como um prumo. A mão livre estava apoiada na mulher minúscula sentada na cadeira à sua frente (não era bem um gesto de conforto e conexão, mas sim o agarro de um policial, segurando-a ali, forçando-a para baixo, mantendo-a ali naquela cadeira, fosse essa a sua vontade ou não).

— Esse é o meu marido — disse Mamma Cesare e fechou a porta com o calcanhar. — Esse é Pappa. Meu Cesare. No dia do nosso casamento. Nós saímos direto do gabinete do prefeito e fomos tirar a foto. Fizemos todo mundo esperar. Nós éramos mesmo muito pomposos.

Ela colocou o bule de cobre no suporte e um pouquinho de água derramou-se na bandeja, antes de ela acender o pavio da lamparina. Um fantasma de chama azul dançou em um círculo preguiçoso, suspirou, queimou firme.

A mulher baixinha pulou para cima da cama. Seus pés ficaram balançando bem longe do chão. Ela estendeu a mão para pegar a fotografia e fez um gesto para que Agathe se sentasse ao seu lado, enquanto a água esquentava.

— Meu Cesare — ela beijou a fotografia. — Que homem ele foi. Aiyy! — Mamma Cesare pulou em cima da cama que reclamava. — Ouviu isso? Range! Range! Range! Nós fomos casados 28 anos e gastamos esta cama. — Ela pulou de um lado para o outro mais um pouco. — Não que eu esteja reclamando. Que vida nós tivemos. Você precisava ter uma vida igual. Isto que era homem. Este era um homem de verdade!

Mamma Cesare olhou para a foto durante um longo momento e deu mais um beijo nela; então, se virou para Agathe, que estava a seu lado.

— Eu sei o que você está pensando. Está olhando para mim e vendo esta senhora de idade, baixinha. Uma senhora de idade tão avançada. O que ela sabe sobre camas que rangem? Esta senhora de idade — ela apertou a fotografia com força contra o peito — sabe bastante sobre camas que rangem e, melhor do que isso, ela sabe bastante a respeito do amor. Há o amor e há as camas. O amor é bom e as camas é, é, é.... as camas são fantásticas! Mas, quando a gente tem amor e camas junto em um lugar — ela deu um tapa na coxa de Agathe com a mão —, é o melhor. É o bom Deus cuspindo nos dedos e esfregando nas janelas sujas onde os anjos esquecem de limpar, e ele está dizendo: "Olha aqui dentro. Olha o que está à sua espera. Olha o que eu estou fazendo por você!"

— Faz muito tempo que eu não tenho isso — disse Agathe.

— Eu também — disse Mamma Cesare. — Mas eu me lembro.

— E eu esqueço.

— Eu sei. É por isso que estou tão preocupada com você. É só olhar pela janela com o homem errado, e o que você verá não é tão bom.

O pequeno bule de cobre começou a derramar na bandeja, e Mamma Cesare saltou da cama para dar um jeito nele. Ela pegou chá na lata pintada, colocou a água, mexeu e esperou, espiando por cima do bule.

— Por que você falou comigo hoje de manhã? — perguntou Agathe. — Como sabe tanta coisa a meu respeito?

— Eu sou uma bruxa de uma longa linhagem de bruxas. Não é tão difícil. A gente vê um homem que está morrendo de fome e sabe que ele quer pão. Ele não precisa pedir. A gente vê só de olhar. Qualquer pessoa que olhar para você é capaz de ver que está morrendo de fome.

— Mas o meu marido não consegue ver.

Mamma Cesare serviu o chá.

— Acho que talvez ele esteja vendo muito bem. Acho que ele talvez seja um homem faminto, um homem com medo demais para compartilhar o que ele tem com você, um homem que tem medo de morrer de fome e, por isso, deixa você passar fome sozinha. Isso é muito ruim. Pronto — Mamma Cesare entregou a ela uma xícara e um pires. — Beba cada gota disto e não diga nada. Nenhuma palavra. Em vez disso, escute.

Agathe soltou os dedos entrelaçados e pegou o chá. Mamma Cesare se acomodou ao lado dela na cama que rangia. Era como se sentar ao lado da vovó quando o vento fazia barulho descendo pela chaminé e as histórias começavam: "Era uma vez..." Agathe tomou um golinho do chá. Estava quente. Uma rodela de limão roçou nos seus lábios.

Mamma Cesare disse:

— Há muito, muito tempo, no velho país, houve uma guerra.

Agathe estava prestes a perguntar: "Que guerra?", mas Mamma Cesare fez com que ela se calasse com uma sobrancelha.

— Eu disse que não era para falar nada. E não importa qual guerra. Para pessoas como nós, nunca importa qual guerra. Generais, reis e presidentes, eles têm guerras diferentes, mas para nós, o povinho, só há uma guerra. Mesmo assim, espero que você nunca aprenda isto. Então, há muito, muito tempo, no velho país, houve uma guerra. Mas nós somos o povinho que vive no alto da montanha, bem longe. Nós não nos importamos com a guerra deles. Ela não nos afeta. Talvez, um dia, ouvimos as armas trovejarem das montanhas, talvez, uma noite, vimos o fogo, mas tudo estava longe. Então, um dia, houve tiros na nossa rua e, à noite, quando acabou, havia um soldado morto, estirado embaixo de um arbusto, sem a cabeça no lugar onde ela deveria estar.

O quarto ficou em silêncio, a não ser pelo som de xícaras de chá e de pires. Depois de um momento, Mamma Cesare disse:

— Então, nosso vilarejo voltou a ser o de sempre, até que, uma noite, houve uma luta nos nossos campos. Homens gritaram. Eles bateram nas nossas janelas e nas nossas portas. Os cachorros latiram. Nós não abrimos a porta. De manhã, quando estava tudo calmo, havia um soldado azul sentado embaixo de uma árvore no pomar do meu pai, sem o coração no lugar onde ele deveria estar. Então, nós enxotamos os porcos e o levamos para o cemitério e o enterramos. Naquele dia, todos os homens se reuniram na escadaria da igreja para decidir o que fazer. Esse aqui disse que deveríamos continuar fora da guerra, que não é da nossa conta. Aquele lá disse que a guerra está na nossa estrada e nos nossos pomares, e batendo nas nossas janelas à noite... é tarde demais para ficar de fora. Esse acolá disse que o nosso vilarejo sempre foi azul e que os jovens devem ir lutar pelos azuis, mas um outro disse que o azul está acabado e o vermelho vencerá, por isso devemos nos juntar ao vermelho. Continuou assim o dia todo. Ficou acalorado. Eu fui para casa fazer sopa.

Mamma Cesare se inclinou para conferir o chá de Agathe.

— Terminou? Não diga nada.

Agathe inclinou a xícara para ela ver. Ainda havia um pouquinho sobrando.

— Tire o limão. Coloque no pires. Beba cada gota. Então, eu fiz a sopa. E, no dia seguinte, quando fui ao poço, disseram que Cesare partira para a luta.

Agathe secou a xícara com um gole e colocou-a com decisão no pires.

— A que lado ele se juntou? Azul ou vermelho?

— Você terminou? — Mamma Cesare examinou a xícara. Ficou satisfeita. — Ninguém sabe a que lado ele se juntou. Ninguém é capaz de saber qual é o melhor: azul ou vermelho. Ninguém é capaz de saber qual é o pior. Nós odiamos os dois, mas somos forçados a lutar. Se somos vermelhos, então os azuis virão para incendiar o vilarejo. Se somos azuis, então é o vermelho que virá. Então os velhos disseram que mandamos os nossos garotos para os dois lados e dissemos para cada um deles que era deles que nós gostávamos. E eles deixaram o vilarejo, os rapazes, e tiraram a sorte com uma moeda para escolher um lado, mas nunca contaram para mais ninguém qual foi, porque um lado vencerá e o outro lado perderá, e os dois lados irão morrer, mas alguém voltará e ninguém levará a culpa por matar mais ninguém. Nunca, jamais!

— Deve ter ficado apavorada — disse Agathe.

— Achei que o meu coração estava se partindo — disse Mamma Cesare.

— E o pior de tudo é que não posso dizer nada, porque Cesare não é meu. Cesare vai se casar com a minha melhor amiga.

— A sua melhor amiga! — Agathe engoliu em seco com a emoção daquilo. Aquilo era tão bom quanto qualquer coisa que ela pudesse assistir no Palazz Kinema, na rua George... não, era melhor! Esta era uma história real de amor e guerra. Ela se imaginou na cadeira do cinema, com um saquinho de balas em cima do joelho, ouvindo acordes de trompete, um rufar de tambores, erguendo os olhos, enxergando o retângulo bruxuleante de luz azul que parte da cabine de projeção, a fumaça de cigarro subindo e se encaracolando através dela, os créditos subindo na tela: "O Vermelho e o Azul. Estrelando...". Quem deveria ser? Sim, "Horace Dukas como Cesare, e apresentando [um sussurro de violinos] Agathe Stopak como Mamma". Seria necessário trabalhar isso. Precisamos achar um nome melhor. E uma melhor amiga... precisamos de uma melhor amiga. Cesare precisa de um melhor amigo também, e eles têm que deixar o vilarejo juntos na calada da noite e daí, em uma estrada qualquer iluminada pelo luar, eles tiram a sorte e... que horror... acabam em lados opostos e tentam fazer um acordo com alguns outros rapazes do vilarejo para que possam ficar do mesmo lado, mas não adianta nada.

E ali está Horace Dukas, parado sob a lua cheia, transpassada por fiapos de nuvens, e ele diz: "Rapazes, isto aqui nunca vai dar certo. Não podemos escolher lados como se fosse um jogo de futebol na praça do vilarejo. Não podemos deixar o gordinho sem fôlego sozinho, para ver se vai viver ou morrer. Então, vocês não querem lutar contra seus irmãos ou primos. E daí? Quem vocês escolheriam matar? Ninguém quer matar, ninguém quer morrer, então vamos apenas aceitar o dado como cair e montar na nossa sorte. Vocês são todos meus irmãos, e eu não prejudicaria nenhum de vocês para salvar o vilarejo, mas cada um de nós morreria com prazer pelo nosso lar, pelas nossas plantações e pela nossa mãe. Se precisarmos morrer, não é melhor que um amigo faça isso? Pelo menos, assim, não morremos sozinhos!"

A câmera percorre todo o grupinho. Com sorrisos desesperançados, eles apertam as mãos, abraçam-se, dão tapas nas costas uns dos outros. Cada um vai para o seu lado. Corta para uma tomada demorada da lua cheia e fecha em preto.

— A sua melhor amiga... qual era o nome dela?

— Cara.

— Nome bonito.

— Moça bonita.

— Ela era alta e loira?

— Ela era baixinha e morena como eu. Como todas as moças do nosso vilarejo. Ninguém tinha o suficiente para comer. Muito morena. Ela tinha um pouco de bigode.

"Isso não é muito bom", Agathe pensou. "Podemos ignorar isso... licença artística. Às vezes, o cinema é mais real do que a realidade. Estou vendo: Com Aimee Verkig no papel de Cara, sua melhor amiga."

Mamma Cesare disse:

— Vire a xícara de chá para baixo, gire três vezes e entregue para mim com a mão esquerda.

A xícara fez um barulho de raspagem quando Agathe a girou no pires.

— Então, o que aconteceu a seguir? — perguntou ela.

— Nada. Durante muito tempo. — Mamma Cesare virou a xícara para cima e começou a examinar as folhas de chá lá dentro, buscando imagens, procurando histórias. — Não tem nada aqui que nós já não soubéssemos antes. Olhe, tem uma escada, mas todo mundo sabe que Stopak é instalador de papel de parede, e aquela gota de chá no fundo é uma viagem por água.

— Ah, nem se incomode com isso. Sempre tem uma gota que sobra no fundo, e você me disse, hoje de manhã, que eu iria atravessar a água para encontrar o amor da minha vida.

Mamma Cesare lançou a ela um olhar encorajador.

— Então, você encontrou?

— Não fui a lugar nenhum. Só ao trabalho. Conte-me sobre Cesare e o vilarejo e o vermelho e o azul.

Mamma Cesare ficou em silêncio por um momento. Ela segurou a xícara inclinada, meio solta em sua mão, como se estivesse prestes a escorrer de seus dedos. Os olhinhos brilhantes que tinham esmiuçado o futuro de Agathe um momento antes agora olhavam para um passado distante. Depois de um tempo, ela disse:

— Não aconteceu nada. Não ficamos sabendo de nada. Claro que nos preocupamos, mas a guerra ficou longe, então parecia que o plano estava funcionando. Ficamos no vilarejo naquele verão. Precisamos trabalhar em dobro nas plantações com todos os rapazes fora, e daí, no inverno, as camas ficaram duas vezes mais frias à noite. As neves vieram. Elas nos protegeram. Nada conseguia atravessar as passagens. Íamos de casa em casa e ficávamos todos juntos, contando histórias e cantando. Economizava madeira se nós ficássemos todos ao redor do mesmo fogo. Mas, sempre, os corações estavam na neve com os nossos rapazes, e Cara fungava e soluçava no meu ombro por causa de Cesare, e, por favor, Deus, que Cesare voltasse para se casar com ela. E eu estou lá sentada, na frente de um fogo de cinzas, meus dedos azuis, sem dizer nada, escutando, escutando os lobos uivando na montanha, e odiando-a em silêncio.

Agathe imaginou a cena: uma cabaninha, preta contra a tempestade de neve, uma única luz brilha de uma janela quadrada pequena, a câmera fecha. Vemos duas mulheres em uma cozinha humilde. Estão enroladas em xales para se proteger da tempestade de inverno. Aimee Verkig, no papel de Cara, fala baixinho, em tom comovente, sobre seu amor pelo heroico Cesare, lágrimas enchem seus olhos, ela repousa a cabeça no peito da linda Agathe Stopak, que mira a tempestade, impassível como mármore, fria como a tempestade de neve, com a mão no cabelo de Cara eee.... CORTA!

— E então era verão mais uma vez — disse Mamma Cesare —, e as coisas começaram a ficar feias para os azuis. Alguns deles passaram apressados pelo vilarejo. Era fora do caminho deles, mas eles sabiam sobre nós, e sobre como o nosso vilarejo tinha sido leal, e nos disseram que era melhor sairmos dali porque os vermelhos estavam chegando. Nós dissemos que íamos ficar e eles disseram que sentiam muito, mas teriam que explodir a ponte do outro lado do vilarejo, e foi o que fizeram. Eles atravessaram e explodiram a ponte. Não que fosse uma ponte muito boa, e eles não explodiram muito bem, mas deixaram um buraco no meio, de modo que não dava mais para usar. Daí, no dia seguinte, os vermelhos chegaram.

— Aposto que vocês os enganaram. Aposto que correram todos para as ruas, para comemorar sua chegada — disse Agathe.

A tomada abre com um close-up de árvores em flor, passarinhos cantando, abre para mulheres, crianças, velhos, correndo pela rua, jogando flores nos soldados que marchavam.

— Deve estar de brincadeira! Nós gritamos com eles. Nós os chamamos de todos os nomes feios que pudemos pensar. Os velhos ficaram na rua e exigiram saber por onde eles tinham andado. O mundo inteiro sabia que aquele era o vilarejo mais vermelho de todo o país... não havia nenhum mais vermelho... mas, quando aqueles azuis covardes passaram correndo por aqui, onde estavam as forças vermelhas cheias de coragem? Como nós podemos nos defender se todos os nossos rapazes estão fora, com os exércitos dos vermelhos? Todas as mulheres do vilarejo ficariam felizes de servir de diversão para uma dúzia de soldados vermelhos corajosos, mas, depois dos horrores impetrados pela escória azul cheia de doenças, esse seria um ato perigoso e nada patriótico. E todas nós, as moças, gritamos e escondemos o rosto no xale. O capitão ficou muito impressionado. Ele disse como sentia muito e estendeu mil condolências pelo nosso sofrimento, que era tão grande quanto qualquer coisa sofrida por seus homens, e tudo isso contaria como parte da grande iniciativa de libertação nacional, e será que nós tínhamos alguma coisa para beber? E daí, quando eles tinham bebido todo o vinho que estava à mostra e todo o vinho que nós escondemos para eles procurarem, o capitão disse que sentia muito, mas era preciso haver mais um pequeno sacrifício. Ele disseram que precisavam consertar a ponte e, mil desculpas, mas isso significava que precisava explodir a casa de alguém e jogar na garganta. A cidade toda prendeu a respiração, mas nós sabíamos o que ele iria dizer e, como previsto, o capitão disse que a melhor casa para explodir, mil e mais mil desculpas, se não se incomodassem, era a casa do pai de Cara.

Agathe engoliu um pouquinho em seco de tanto deleite, que rapidamente se transformou em pavor atrás da mão que lhe cobriu o rosto.

— Não! Ela deve ter ficado perturbada. Ela berrou? Ela desmaiou?

— Ah, você não conheceu Cara. Ela era igual a gelo. Ela foi até o capitão e sentou-se no colo dele, enlaçou o pescoço dele com os braços e disse: "Ah, capitão, eu conheço uma casa muito melhor, muito maior, feita de pedras boas de verdade, muito mais próxima do rio, e que pertence ao único azul horroroso deste vilarejo inteiro. Nós o expulsamos da cidade. Então, pode ter certeza de que ele nunca mais voltará. Não precisamos desse tipo de gente por aqui." Foi isso que ela disse. Eu me lembro como se tivesse sido ontem. Vejo o rosto dela como estou vendo o seu.

Mamma Cesare ficou imóvel por um momento e então disse:

— Você sabe de quem era a casa, não sabe?

O coração de Agathe batia forte dentro do peito. Sim, ela sabia.

— Era a casa de Cesare.

— A casa de Cesare — assentiu Mamma Cesare, em um gesto grave. — E é claro que, naquela tarde, ouvimos as explosões.

Agora Agathe enxergava tudo. A linda porém desalmada Aimee Verkig dando risada enquanto beija o capitão vermelho bêbado (interpretado, com muita dramaticidade, por Jacob Maurer) bem em sua boca cruel. Aldeões ultrajados ficam olhando, descrentes. Eles se recusam a falar com ela na rua. Dão-lhe as costas quando ela se aproxima. Trabalhando nos campos sob o sol implacável, ninguém compartilha um gole de água com ela. Caminhando para casa no escuro, ela escuta sua própria maldição sussurrada das sombras. Apavorada, ela vai para a única casa onde tem certeza de que estará segura. Ali, emoldurada pelo batente da porta, está a linda Agathe Stopak. Dentro de sua choupana humilde, o fogo arde calorosamente, uma mesa está servida com pão fresco e frutas de verão.

Aimee Verkig, interpretando a infiel Cara, corre até ela. "Você tem que me ajudar", soluça. "Eu estava errada. Cometi um erro. Deixe que eu me esconda aqui." A linda Agathe Stopak olha para ela com desprezo. Ela dá um passo atrás e bloqueia a porta. Seu rosto é uma máscara cruel quando diz: "Não precisamos desse tipo de gente por aqui." Ela bate a porta. Aimee Verkig desaba contra ela, chorando. Fecha em preto eeeeee CORTA!

— Como você deve ter odiado essa mulher — disse Agathe. — Aposto que o vilarejo todo quis que ela morresse.

— Não exatamente. Eu fiquei com ódio dela, claro, mas eu era a sua melhor amiga, e tinha o direito de odiá-la, mas ninguém mais tinha esse direito. Acredito que todo mundo entendeu. Qualquer pessoa teria feito a mesma coisa. A minha casa, a casa de Cesare, vamos explodir a casa de Cesare... vai saber se algum dia Cesare irá mesmo voltar para casa. Mas ele voltou. Estava amanhecendo. Um pequeno grupo de viajantes traçava seu caminho pelo vale rochoso. Da montanha do outro lado, veio um assobio de pastor, bem alto. Outro grupo se aproximou. Uma onda de reconhecimento. Os dois grupos de rapazes do vilarejo se encontraram na encruzilhada em que tinham se separado sob a lua cheia, tanto tempo antes. Estavam cansados e malcuidados, magros, rígidos, endurecidos pela batalha. Acima de tudo, estavam em menor número. Onde está Francesco? Onde está Luigi? Francesco não voltará, e Luigi ficou para trás, em Sand Ridge. Mas eu estive em Sand Ridge. Nós todos estivemos em Sand Ridge, mas nunca mais falaremos disso. Com tristeza, o pequeno grupo de sobreviventes continuou a subir as montanhas.

Corta dos soldados que estão voltando para uma porta que se abre no vilarejo que desperta, a primeira da manhã. A linda Agathe Stopak dá início a seu dia de trabalho, vassoura na mão, arrumando sua choupana humilde, porém imaculadamente limpa. Ela começa o dia (como começa todos os dias) com uma oração. "Pai nosso que está no céu, permita que hoje seja o dia que os nossos rapazes voltem para casa, para nós, mas, se for necessário esperar mais um pouco, mantenha-os em segurança sob seus cuidados, até voltarmos a nos encontrar." Vemos Agathe em close-up, uma tomada demorada de seu rosto, olhos fechados, lábios movendo-se lentamente em devoção, enquanto os acordes suaves de um órgão tocam ao longe. Os olhos dela se abrem. Ela olha para o vale. Será que enxergou alguma coisa? Pode ser? Depois de tantos meses de espera? Serão eles? E será que Cesare está com eles? Deve estar. Ele deve estar a salvo. Agathe larga a vassoura e corre para fora do vilarejo.

Corta de novo para os soldados que estão voltando, liderados pelo discreto e corajoso Cesare, interpretado por Horace Dukas em atuação reveladora. Já veem Agathe correndo em sua direção. Eles acenam. Eles comemoram. Eles se encontram. Ela os abraça, por sua vez. "Querido Chico! Caro Zeppo! É tão bom ver você, Beppo!" [podemos decidir os nomes depois] e então ela se vira, a música cresce, ela olha no rosto do homem que ama com uma paixão secreta. Cesare! "Bem-vindo de volta ao lar", ela diz, com suavidade. Ela deita a mão em seu braço, em um gesto fraternal. "Cara vai ficar cheia de alegria." Mas há algo no olhar de Cesare, algo que diz: "Durante todos estes meses solitários de luta, de matança e de sofrimento, eu só carreguei a imagem de uma mulher no meu coração. Que Cara seja condenada ao inferno, é você que eu quero. Você e só você, para sempre!" E Cesare, representado com muita sensibilidade por Horace Dukas, toma a moça em suas mãos fortes e a beija. Segure a cena, feche nos dois, feche em um buraco de agulha eeee CORTA!

— Ele chegou ao vilarejo no meio da noite — disse Mamma Cesare. — Os cachorros estavam latindo. Todo mundo sabia o que isso significava. Ninguém mais estava com medo. A guerra terminou. Ouvi o barulho. Olhei da minha janela. Eu o vi. Eu não disse nada. Fiquei com a minha porta fechada. Não disse nada.

— Então, o que aconteceu? Para onde ele foi?

Mamma Cesare quase caiu da cama.

— Está louca? Este é um rapaz! Passou meses longe, na guerra, e ficou o tempo todo só pensando em uma coisa e em quando iria conseguir essa coisa. Está louca? Ele foi procurar Cara.

Agathe ficou estupefata.

— Ele foi procurar Cara! Depois de tudo que ela tinha feito? E você deixou?

— Claro que eu deixei. Não sou eu a louca.

Isso é difícil. Agora complicou. Agathe achou que poderia exigir algumas revisões de roteiro muito forçadas, mesmo para o tipo de público sofisticado que poderia se atrair por uma produção com Agathe Stopak e Horace Dukas.

— Certo — disse ela. — Você deixou. E daí, o que aconteceu?

Mamma Cesare disse:

— Eu não estava lá. Como posso saber o que aconteceu? Só sei que ele voltou para o vilarejo antes do amanhecer e, dessa vez, quando ele passou pela minha casa, eu esperei um pouco e fui atrás dele com o pouquinho de dinheiro que tinha e a minha malinha de roupas. E daí, na encruzilhada, ele estava me esperando, olhando para trás, para a estrada por onde eu vinha. E eu disse: "Quero ir com você", e ele disse: "Você serve." E foi isso.

— Foi isso? Foi isso? Não tem jeito de ser só isso. Como é que você sabia que ele iria abandonar o vilarejo mais uma vez? Por que ele faria isso? O que o levou a essa decisão? Ele voltou para casa depois da guerra para ir atrás da moça que ele amava... por que irá deixar tudo isso para trás mais uma vez? Não é natural.

Mamma Cesare sacudiu a cabeça.

— Eu sabia que ele nunca ficaria. Não quando visse a placa que eu pintei no lugar em que a casa dele devia estar: "Cara fez isto", em letras brancas, bem grandes. Deve ter brilhado ao luar.

O queixo de Agathe caiu. Ela não sabia se reagia com horror ou admiração por uma mulher tão determinada a ficar com o homem que adorava. Ela sussurrou:

— Então, você deixou Cara para se casar com um dos outros rapazes?

— Que outros rapazes? — perguntou Mamma Cesare perguntou. — Mais ninguém voltou para casa. Aquele vilarejo estava morto, e eu não iria ficar para o enterro. Cesare e eu fomos embora para a América.

— E terminaram em Ponto.

— É uma longa história, e eu, de repente, fiquei cansada. A coisa que eu queria mostrar a você vai ter que esperar. Você volta de novo outra noite?

Agathe disse que voltaria sim, claro, e que Mamma Cesare precisava descansar, e agradeceu muito pelo chá, enquanto caminhavam juntas, com passos incertos, pelo corredor até a rua, e principalmente pela história de Cesare, e, é claro, pela leitura da sorte.

— Ah, eu me esqueci disso — disse Mamma Cesare. — Diga-me, quem é Achilles?

— Não conheço Achilles nenhum — respondeu Agathe. — Eu conheço um Hektor e não gosto muito dele.

— A sua xícara diz que você conheceu Achilles. Talvez tenha sido hoje. Eu nunca erro. Sou uma bruxa de uma longa linhagem de bruxas. Você conhece Achilles. Ele é seu amigo.

Agathe disse:

— Eu vou lembrar. Boa noite.

Ela fechou a porta atrás de si e saiu para a rua do Castelo. No alto da colina acima, os sinos da catedral marcaram meia-noite. Alguns momentos depois, dando um desconto para o tempo que o som demora para percorrer a cidade, mesmo em uma noite limpa de verão em Ponto, o condutor e o cobrador do último bonde que circulava levantaram do assento no degrau de trás, jogaram os cigarros para longe, em arcos acesos e brilhantes de estrelas cadentes, voltaram a atarraxar a tampa das garrafas de café e tiraram o bonde da garagem. Quando ele tinha rodado pela cidade, passando pelo Teatro da Ópera escuro, onde a produção atual do *Rigoletto* não tinha conseguido impressionar nem a crítica nem o público, pela praça do Museu, ao longo da rua George para encontrar o gerente do Palazz Kinema à espera de sua condução habitual para casa e de volta em uma curva em formato de gancho de casaco para o ponto em que a avenida da Catedral encontra a rua do Castelo, Agathe já estava em pé na parada, banhada pela luz amarelada de um poste. Ela se sentou na parte de trás do bonde. Não reconheceu o gerente do Palazz Kinema quando ele desceu na parada antes da dela. Ficou com os olhos fixados modestamente no chão até ele passar e levantou-se quase imediatamente, quando o bonde voltou a se movimentar, segurando na parte de trás, enquanto ele cruzava o Ampersand.

Do outro lado da ponte Verde, quando o bonde a deixou, ela ficou em pé por um instante, deleitando-se com a tranquilidade, o barulho da água correndo sob os arcos, o voo farfalhante de dois patos que brilharam entre os postes de luz, a escuridão reconfortante do Três Coroas, o barulho mecânico distante, que ia diminuindo, do bonde que se afastava para fora de seu campo de visão, invisível, mas ainda telegrafando sua existência de trás para frente, através dos cabos que reclamavam e dos trilhos que reverberavam. Subiu a escada até seu apartamento, entrou no quarto na ponta dos pés, largou as roupas como se fossem uma poça seca sob o luar e se deitou, tristonha, ao lado de Stopak, que roncava.

Antes de o sono a tomar, o gatinho colocou as garras para fora, subiu pela roupa de cama e se enfiou, ronronando, embaixo da mão dela.

— Boa noite, Achilles — disse Agathe, e dormiu.

Pela manhã, a rixa de Tibo com o prefeito de Trema ainda era notícia de primeira página no *Pontense Diário*. Quando ele parou na banca da esquina para comprar o jornal matutino, havia um grande cartaz amarelo do lado de fora do mostruário:

KROVIC & ZAPF — GUERRA

Uma mancha molhada marcava o lugar onde um cachorro tinha passado e feito xixi em um canto. Na fila para o bonde, três homens liam a reportagem: um deles segurava o jornal, dois amigos esticavam o pescoço por cima de seus ombros. Era diferente da versão da noite anterior apenas pela adição de algumas declarações do prefeito Krovic, que tinha se negado, com veemência, a confirmar qualquer coisa. Na metade da última coluna, sob a palavra "DIGNO", que aparecia sem aviso no meio de uma frase, havia uma citação do prefeito Krovic, que teria dito:

> "Não faço ideia de como a correspondência particular entre mim e o prefeito Zapf de Trema tenha possivelmente chegado a domínio público, a menos que seja parte de alguma tentativa deliberada de semear a discórdia entre as duas cidades. Por consequência, eu me nego a aumentar a irritação dos tremenses com qualquer comentário sobre a questão."

Os outros passageiros saudaram Tibo com acenos de cabeça de aprovação.

— Diga a eles, prefeito Krovic — disse uma senhora gorda com chapéu de feltro, cutucando o jornal com um dedo gorducho e dando risada.

— Toda a presunção de Trema vem à tona mais uma vez — disse o cobrador. Ele tocou o sino.

O bom Tibo Krovic se pegou lutando contra a tentação de se sentir culpado. Será que devia se sentir culpado? Por que haveria de se sentir culpado? Será que estava enganando o povo de Ponto? Dificilmente. Como poderiam dizer que ele os enganara? Ele havia escrito uma carta nervosa a Zapf. A carta existia. Ele tinha se recusado a dizer qualquer coisa a respeito dela aos jornais. Então, como é que isso poderia ser considerado enganação? Mas, de todo modo, era bom para os pontenses odiarem os tremenses. Isso fazia com que o time de futebol da cidade jogasse melhor, fazia com que as crianças estudassem mais para as provas de soletrar da província, fazia com que os jardineiros dos parques municipais tirassem as ervas daninhas das floreiras com um pouco mais de atenção e que a Banda da Brigada Anti-incêndio lustrasse os capacetes de latão até ficarem um pouco mais brilhantes. "É isso que você chama de lustro?", o chefe da banda dizia. "Você não está em Trema, meu rapaz!" E, antes que ele marchasse até o coreto no parque Copérnico com seus colegas no domingo à tarde, o homem que tocava o sistro teria lustrado tanto o capacete que o metal estaria fino. Era bom para eles. Tibo engoliu sua consciência.

Quando chegou ao trabalho, sua mesa estava vazia. Não havia pastas de documentos do conselho para examinar, nenhuma carta de contribuintes irritados para solucionar, nenhum plano de novas redes hidráulicas ou pedido de substituição de bondes do Departamento de Transportes. Nada.

— O que temos na agenda para hoje? — perguntou ele a Agathe.

— O senhor tem um casamento a realizar às 5 horas. A moça ruiva da administração da balsa. Parece que foi uma decisão tomada às pressas. Sem confusão. É só realizar e voltar logo pela escada dos fundos, mas, tirando isso, nada. — Ela fechou a agenda e olhou para ele, com um sorriso.

— Nada?

— Nadinha.

— Nenhuma carta?

— Havia uma de uma aluna de escola pedindo informação para que ela pudesse fazer um projeto de aula sobre a vida na Prefeitura, pedindo para vir fazer uma visita.

— Bom, precisamos escrever a resposta dizendo que sim — falou Tibo.

— Já escrevi. É o que o senhor sempre diz. Desde que comecei a trabalhar aqui, nunca recusou a ninguém.

Tibo suspirou.

— Então é isso. Nada.

— Nadinha. Vou trazer um café.

Tibo pegou sua caneta e ficou batucando com ela na beirada da mesa. Então ele parou.. ah, quantas canetas tinha quebrado daquela maneira. Ele se recostou na cadeira e inflou as bochechas, passou os dedos no cabelo e o deixou todo eriçado, mas logo abaixou tudo de novo. Já estava entediado. Ele começou a desenhar, no cantinho do mata-borrão da mesa, formas arredondadas aleatórias que se uniam para formar uma mulher curvilínea e sorridente que, por acaso, era muito parecida com Agathe e que, por acaso, não estava usando roupa nenhuma. Ela voltou com o café dele e o encontrou rabiscando com muita concentração.

— Entediado? — perguntou ela.

— Muito. Eu, supostamente, sou o prefeito. Eu, supostamente, sou essencial.

Ela riu dele.

— As férias estão chegando. As pessoas estão desacelerando. Não é sua culpa. Não dá para inventar atividades para o conselho desempenhar.

— Mesmo assim... não posso passar o dia inteiro sentado aqui sem fazer nada. É a mesma coisa que aceitar dinheiro sob falsos pretextos.

— Vá dar uma caminhada, então — sugeriu ela. — Fique de olho nas coisas. É provável que alguém venha incomodá-lo a respeito de alguma coisa... algum trecho rachado de calçada, algum cano que está vazando ou algo assim.

Tibo não se entusiasmou.

— O que você vai fazer?

— Tenho bastante coisa para preencher o meu dia — disse ela com firmeza.

— Posso ajudar?

— Não, não pode. Vá dar um passeio. — E ela saiu da sala gingando.

Tibo olhou para o mata-borrão. Mal dava para distinguir as formas que ele tinha desenhado antes. Ele as retraçou com a ponta da caneta, fez com que retomassem a vida e, então, bronqueou a si mesmo com raiva e rabiscou tudo com violência.

O bom prefeito Krovic deixou o café esfriando na mesa e saiu da sala pisando firme.

— Vou fazer uma inspeção — disse ele.

E Agathe gritou enquanto ele se afastava:

— Se alguém perguntar, vou dizer que saiu para dar uma volta.

Tibo desceu a escada fria de mármore verde e saiu para o clarão da praça da Cidade. Pensou em visitar a livraria da esquina, mas descartou a ideia. Bobagem: ele já tinha uma casa cheia de livros. Se quisesse mais, a Sra. Handke, a bibliotecária da Prefeitura, podia encomendar qualquer coisa que ele desejasse. Então, nada de livraria. Ele saiu da praça, virou à esquerda na margem do Ampersand e cumprimentou com um aceno de cabeça dois homens que estavam sentados em um banco sombreado e fresco, fumando cachimbo.

— Lindo dia — disse ele.

— Lindo dia, prefeito Krovic — disseram eles.

E foi tudo.

Havia uma senhora empurrando um carrinho enorme, carregado de compras e uma criancinha com a cara amarrada, que estava de carona no para-choque, e um cego com óculos azuis bem escuros, que passeava com um cachorro que arfava. O homem parou, enfiou a bengala embaixo do braço e pegou uma garrafa de água de dentro do casaco, segurou-a no alto e derramou alguns jorros aleatórios nos lugares que achou que a boca do cachorro poderia estar. Um pouco do líquido entrou.

Quando fez a curva na rua George, Tibo fez uma anotação mental para conversar com o engenheiro da Prefeitura para mandar reparar os cochos para animais nos bebedouros. Seria algo bom de se fazer. Rua George. Virada à direita para o Palazz Kinema. Não, isso não seria correto, não durante uma volta de inspeção. Virada à esquerda para praça do Museu. Sim: a nova exposição. Ideal. Era exatamente o tipo de coisa que um prefeito sem ter o que fazer deveria olhar.

Longas faixas de lona estavam penduradas entre as pilastras na fachada do museu, estampadas com a imagem de um leão alado que anunciava:

A GLÓRIA DE VENEZA

Elas esvoaçavam ao vento feito as velas de um galeão em repouso quando Tibo passou por baixo e caminhou até as portas envidraçadas pela metade, onde atendentes elegantes de jaquetões com botões de latão esperavam para receber os visitantes.

— Bom dia, prefeito Krovic — disseram eles ao abrir as portas para ele.

— Bom dia — respondeu ele. — Eu quis dar uma passada aqui.

Eles assentiram, sorriram como quem quer agradar e de algum modo seguraram a vontade de esfregar as mãos.

"Será que isso pode mesmo ser um emprego?", Tibo ficou imaginando. "Dois homens adultos ali, em pé, o dia todo, abrindo portas para as pessoas e acenando com a cabeça para elas. Isso não pode estar correto. Nossa, deve haver vários turnos deles para cobrir os feriados, e as folgas, e os dias em que algum deles fica doente, exércitos de homens com jaquetões enfeitados, abrindo portas sem parar. Isso mereceria um exame."

As portas se fecharam mais silenciosas do que uma tampa de caixão, e Tibo absorveu a tranquilidade do lugar. Aquilo o lavou. Ele adorava o museu. Ele o amava desde que era garoto, quando a mãe o levava lá, a bordo do bonde. Tibo se lembrava da surpresa daquilo, da emoção da cabeça amazônica encolhida em sua vitrine, escura e com aparência de couro, os lábios costurados juntos com cordões de couro, as pálpebras fechadas em paz, a coisa toda do tamanho de um punho, e só o cabelo escorrendo com o lustro das asas de um corvo, para provar que aquilo já tinha sido um homem, um guerreiro malsucedido, um jogador com uma mão ruim, mas um jogador afinal, um jogador de todo modo. E o leão empalhado (bom, meio leão, só a metade da frente) atacando de um patamar de capim seco e retorcido, com a boca aberta em uma caverna de dentes e morte vermelha. Tibo se lembrou da primeira vez que o vira: como ele tinha feito uma curva e deparado com ele, e como um aperto de pânico tinha tomado conta de seu coração. Ele era capaz de se ver ali, um macaquinho nu e sem pelos, paralisado de terror em uma savana de linóleo marrom, observando a morte chegar de uma vitrine, e seu pirulito de limão, como um planeta verde brilhante empalado em um palito, caindo da mão e se estilhaçando no chão.

Ele então caminhou entre os pilares de granito do museu e logo à frente, nas sombras, enxergou um garotinho com um casaco azul e uma mãe com montes de sanduíches em uma cesta para comer no parque, mais tarde.

— De quem são estes quadros, mãe?

— Nós os compartilhamos, querido. Eles pertencem a todos. Você pode vir vê-los sempre que quiser. Eles pertencem a você.

Aquela alegria. Ele nunca a tinha perdido.

— São meus. Eles pertencem a mim.

Tibo deu uma olhada atrás da última pilastra de uma fileira. O garoto e a mãe não estavam mais lá.

O bom prefeito Krovic seguiu a escada curta que se curva para cima até a galeria, observado por dois pontenses esquecidos, que olhavam para baixo de dois vitrais sujos. Tibo achou o carpete muito bonito. "Não é municipal, de jeito nenhum", ele pensou. "Importante. Metropolitano. Talvez precisemos mesmo de homens para abrir a porta, afinal de contas."

O corredor superior do museu de Ponto tem nas paredes paisagens tediosas, óleos bobos em tom de melado, com vacas enfiadas até os joelhos em lagoas e olhando fixo de molduras enormes, ou ovelhas vagando, cambaleantes, através de névoas impenetráveis, e algumas obras devocionais, peças de altar dedicadas à minha honra e esse tipo de coisa. Tibo as ignorou e caminhou ligeiro até a galeria principal.

A coleção de bules de café Waldheim tilintou em sua vitrine quando ele passou. Ele nem notou. Tibo não enxergava nada além da ampla tela que enchia a parede dos fundos da galeria. Ele se apressou na direção dela. Ele queria correr e segurá-la como um homem que tinha passado anos na prisão mais profunda e mais escura, de súbito solto para os braços de sua amada. Era tão adorável que ele se esqueceu de respirar, adorável de um jeito indescritível (ou, pelo menos, foi o que Tibo pensou, mas isso não é o tipo de coisa que seja permissível em uma história).

Nas histórias, a descrição é compulsória, então imagine uma pintura enorme, quase em tamanho natural. Imagine caminhar na clareira de uma floresta no verão, bem como o jovem caçador no canto inferior esquerdo fazia. Imagine cachorros saltitando ao seu lado. Imagine um alforje de flechas nas suas costas. Imagine o sol brilhando que atravessa as árvores em grandes bocados cremosos de luz. Imagine a quentura daquilo. Imagine a sede do jovem caçador e de seus cachorros. Imagine como eles ansiaram por aquela lagoa cristalina. Imagine sua tristeza quando ele abre os galhos e encontra uma deusa se banhando ali, carnuda e branca, belos flancos leitosos, ombros de marfim, seios rosados. Imagine serventes, náiades dríades, ninfas ou algo do tipo, de todas as cores e tamanhos, em vários estados de nudez ou de transparência molhada. Imagine veludos ricos e estampados, estendidos sobre as pedras, e peles de leopardo tão macias e fofas que ondulam com as brisas que passam. Imagine o olhar paralisado da deusa furiosa, descoberta em seu toalete, humilhada, violentada. Imagine o horror. Era isso que Tibo via. Isso e a imagem de uma linda cidade à beira-mar, rica com as ondas de seu vasto império oceânico, aonde coisas maravilhosas como essa iam para poder nascer.

Ele poderia ter passado o dia todo ali, deixado para lá toda sua inspeção, para inspecionar apenas esse único tesouro, mas, quando se lembrou de voltar a respirar, reparou, preenchendo o banco na frente do quadro, as costas largas de Yemko Guillaume. Tibo resolveu sair em silêncio. Ele poderia voltar mais tarde, e estava prestes a dar meia-volta quando Yemko falou.

— Bom dia, prefeito Krovic — disse ele.

— Oh. Ah. Quer dizer... bom dia, Sr. Guillaume. — Apesar do almoço juntos no dia anterior, havia algo em Yemko Guillaume que deixava o prefeito Tibo Krovic pouco à vontade, e ainda havia aquela questão de pedir para que ele fosse removido de seu posto. — Eu não... quer dizer... Como diabos sabia que eu estava aqui?

Yemko apontou para as paredes com sua bengala.

— Vi o seu reflexo no vidro daquele pequeno e inexpressivo Canaletto. Eu lhe pergunto: vidro! Vidro é um anátema ao óleo. E Canaletto! Meros instantes de férias da Grande Turnê! Da maneira como esses quadros foram pendurados, o curador devia pender na forca.

O prefeito Krovic teve certeza de que Yemko estava esperando, havia algum tempo, por uma oportunidade para fazer aquela distinção bem verbal. Ele não fez nenhum comentário, mas, se Yemko ficou decepcionado, não demonstrou.

— Não quer sentar ao meu lado, prefeito Krovic? — convidou ele. — Vamos passar alguns momentos juntos, comungando em adoração silenciosa aos mestres.

Tibo conseguiu se encaixar em uma ponta do enorme banco de couro que Yemko tinha ocupado. Fez um leve som de flatulência quando ele se ajeitou. Ele não disse nada. Tentou expulsar da cabeça todos os pensamentos a respeito do que aquilo devia estar parecendo. Mandou embora da cabeça a imagem de uma bicicleta antiga, daquelas que têm uma roda grande e outra pequena. Tentou relaxar. Tentou esquecer a si mesmo, tentou esquecer onde estava, na companhia de quem, quem era. Em vez disso, ele se imaginou nu, caminhando naquela lagoa fresca e verde que banhava os pés de Diana. Ele se imaginou afundando nela. Ele se imaginou erguendo os olhos e vendo...

— Você não acha que Diana guarda enorme semelhança àquela sua secretária... como é mesmo o nome dela? Sra. Stopak?

— Sem dúvida que não! — disse Tibo. Pessoas tinham se virado para olhar. Ele tinha sido um pouco assertivo demais. Ele modulou a voz para um sussurro de igreja: — E, aliás, como conhece a minha secretária?

— Prefeito Krovic, você é uma personalidade em Ponto. Todo mundo o conhece. Todo mundo sabe tudo sobre o senhor, e a Sra. Stopak compartilha seu status mítico. Peço desculpas se lhe causei qualquer ofensa.

Tibo limpou a garganta de leve.

Eles voltaram a ficar em silêncio até que, depois de um intervalo decente, Yemko disse:

— Sempre fiquei imaginando o que as pessoas pensam dessas coisas adoráveis — e agitou a bengala para as paredes com uma expiração chiada. — Agora que suas bíblias só servem para juntar pó na prateleira, agora que não lhes ensinamos nada sobre Homero, nada sobre os grandes mitos, sobre os quais a nossa civilização se fundou, qual pode ser o significado desses quadros tão, tão adoráveis? Uma mulher bonita com cabelos flamejantes e uma cabeça decepada em uma bandeja, um nu pálido em uma lagoa de bosque rodeada por serventes jovens, olhando fixo para um homem e seu cachorro. O que isso pode transmitir?

— Talvez as compreendam como coisas bonitas — sugeriu Tibo. — É possível, penso, apreciar a beleza sem compreendê-la.

— Acha que talvez eles as compreendam como coisas bonitas? — Havia uma floresta de sobrancelhas erguidas acoplada à observação. — Como coisas bonitas? Está dizendo que eles olham para uma moça com uma cabeça morta em uma bandeja e dizem a si mesmos: "Mas que moça adorável!"? Ou que olham para a pele pálida e iluminada de Diana, sem saber que ela está prestes a transformar aquele olhar maldoso em um raio de rancor divino, e transformar o pobre Acteão em um cervo, para ser dilacerado por seus próprios cachorros, e dizem a si mesmos: "Minha nossa, mas que belezura! Eu não acharia nada ruim levá-la ao Palazz no sábado à noite. E, aliás, que cachorrinho bonitinho." Algo assim?

— É — Tibo respondeu com simplicidade. — Algo assim. Afinal de contas, é um cachorro bem bonitinho mesmo.

Yemko suspirou.

— Bom prefeito Krovic, a coisa mais maravilhosa no senhor... e digo isto com calor e admiração genuína... é que sinceramente acredita nisso. Acredita honestamente em compartilhar essas coisas lindas com pessoas que nunca serão capazes de compreendê-las, e que nunca poderiam entendê-las. Acredita nisso.

— Acha que sou tolo, não é mesmo?

— De jeito nenhum. De jeito nenhum. — Yemko deu um aceno tranquilizador com a mão gorda. — Eu admiro a sua falta de cinismo. Gostaria de compartilhar dela. Gostaria mesmo. De verdade.

— Não é uma questão de tolice nem de cinismo. É um simples fato da vida. As pessoas são capazes de admirar, as pessoas são capazes até de amar e nunca chegar perto de compreender. Elas amam a Deus, mas nunca alegam compreendê-lo. Duvido que exista um único homem em Ponto que compreenda a esposa, e, ainda assim, eles as amam.

— Alguns deles — observou o advogado.

— Ah, a maior parte deles! Mas, bom, preciso acreditar que é certo compartilhar essas coisas. Eu sou um democrata.

Yemko quase deu risada ao ouvir isso.

— É — respondeu ele. — Essa ideia antiquada, baseada na ficção bem-educada de que todas as opiniões têm peso igual. De algum modo, parece que só se estende ao campo da política, nunca a questões como encanamentos ou navegação oceânica ou tradução do sânscrito. — Seu corpo amplo tremeu com um suspiro. — Bom prefeito Krovic. Pobre e bom prefeito Krovic, deve me prometer que nunca vai desapontar esse povo com o qual tanto se preocupa. Eles iriam dilacerá-lo membro a membro. Você seria o Acteão deles. E prometa-me que, se algum dia deparar com Diana no bosque, permitirá que eu ajude.

— Não vai chegar a isso — disse Tibo. — Mas agradeço, e, se algum dia chegar, vou bater à sua porta.

Houve uma pausa. Tibo sugeriu um almoço.

— Não. Obrigado, não. Acho que não consigo encarar — respondeu Yemko.

— Uma outra vez, então — disse Tibo.

— Uma outra vez. — E, com grande esforço, Yemko estendeu a mão. — Adeus por enquanto, prefeito Krovic. Se não se importa, acho que vou ficar aqui com Diana mais um pouquinho.

— Claro que não. Ela pertence a você, afinal de contas. — E Tibo se retirou com um sorriso.

Ele quase tinha chegado ao corredor mais uma vez quando Yemko lhe disse:

— O meu escrivão escreverá ao juiz Gustav hoje à tarde. Compreende?

Sem se virar, o prefeito Krovic disse:

— O convite para o almoço ainda está de pé.

Tibo retornou pelo corredor de paisagens sombrias e, bem como a administração do museu exigia, seguiu a rota estranha e cheia de voltas do prédio, passando pelo diorama do cerco de Ponto, passando pelo manuscrito não publicado do almirante Gromyko, com o traçado do Ampersand, e, em seguida, como sempre é inevitável e triste, pela loja de suvenires.

Descrições supostamente são compulsórias em histórias, mas não há necessidade de descrever um lugar como aquele. Uma loja de museu é bem parecida com outra qualquer, com seus lápis de suvenir, suas borrachas de suvenir e seus apontadores de suvenir, os tipos de coisas para as quais qualquer criança de respeito faria bico em circunstâncias normais, mas que, em uma visita a um museu, se tornam mais preciosas do que a própria vida, são mais cobiçadas do que rubis, mais valorizadas do que as riquezas das Índias. Lojas de suvenir de museus são construídas sob uma fundação sólida de artigos de escritório e sobre esta vêm camadas de pôsteres, réplicas e livros sensatos do tipo que as tias dão de presente no Natal, explicando o mecanismo dos motores a vapor ou a vida privada dos pinguins.

Tibo ignorou tudo aquilo. Ele era filho único e não era tio de ninguém. Em vez disso, foi direto para uma estante de arame com cartões-postais coloridos na parede dos fundos e pegou um de Diana e Acteão. Examinou-o de perto. Não havia dúvida, sob uma certa luz, em um certo ângulo, um observador casual poderia, se fosse desavisado, ver, talvez, uma leve seme- lhança com Agathe Stopak, puramente superficial, é claro. Tibo estendeu a mão para devolver o cartão à estante, pensou melhor, remexeu no bolso do colete em busca de algumas moedas, entrou na fila atrás de uma criança saltitante e sua mãe que suspirava, e foi só então que ele reparou, em outra prateleira, em outro cartão-postal. Este aqui era diferente: não era um car- tão de suvenir do quadro à mostra no museu, mas estava em uma daquelas colunas de prateleiras giratórias em que um cartaz em cima anunciava:

As melhores imagens do mundo

Tibo o via passando, uma vez por segundo, à medida que a criança saltitante girava com maldade a prateleira giratória.

— Com licença — disse ele para a mãe que suspirava. — A senhora se importa? — Ele estendeu a mão e parou a torre de cartões.

A mulher o ignorou, puxou a criança para longe e sibilou por entre os dentes alguma coisa a respeito de ser bonzinho.

Tibo estendeu a mão e pegou o cartão. Era uma outra deusa, mas uma deusa diferente, de cabelo escuro, como Agathe, não a loira insípida da floresta, também nua, mas não exposta de maneira acidental, deliberada e provocativamente nua; também não tinha um olhar furioso por trás de um braço erguido. Esta aqui estava deitada em um sofá forrado de cetim, olhando lânguida de um espelho, expondo as costas em forma de violoncelo e as nádegas redondas (que tinham exatamente a cor de manjar turco salpicado de açúcar de confeiteiro bem fino, de dar água na boca), segurando os cabelos para cima dos ombros em mechas ao redor de dedos macios e brancos, olhando para fora do espelho com olhos que diziam: "Sim, é você, finalmente. Eu estava esperando há séculos. Entre e feche a porta." Esta aqui, esta era Agathe. O bom prefeito Krovic olhou no verso do cartão.

Havia a divisão impressa de sempre com "Este lado para a mensagem" — "Este lado para o endereço", um quadrado cinza com "Afixe o selo aqui" e em duas linhas na parte de baixo dizia: "*Vênus ao espelho*, The National Gallery, Trafalgar Square, Londres."

A fila avançou. Tibo entregou os dois cartões à auxiliar. Eles tremiam em seus dedos. O barulho de um batendo contra o outro encheu o recinto. O prefeito Krovic não esperou o troco. Os atendentes, com seus blêizeres com botões de latão, parados à porta, assustaram-no enquanto ele enfiava apressado o pacotinho no bolso interno do casaco e saía do prédio.

— Bom dia, prefeito Krovic.

— Sim. Adeus! — disse ele com um gritinho e correu escada abaixo.

Não demorou muito para Tibo começar a se sentir muito tolo. Ele tinha comprado dois cartões-postais, mais nada. Cartões-postais do tipo que eram vendidos no ambiente respeitável do Museu de Ponto, não o tipo de coisa que os marinheiros traziam para casa dos mercados de Tânger. Eram imagens de um tipo que podia ser mostrado a crianças na escola. Elas eram *de fato* mostradas para crianças de escola quase todos os dias, pelo amor de Deus. Aliás, o prefeito e o conselho de Ponto não estariam cumprindo sua obrigação para com os jovens da cidade se imagens dessa natureza não estivessem amplamente disponíveis em todas as salas de aula. Esses cartões-postais eram celebrações puras e saudáveis da forma humana. Eles representavam auges coroados da arte e da cultura europeias. E, no entanto, Tibo estava quente, de modo injustificável, e pela segunda vez naquele dia ele se pegou lutando contra a sensação de sentir-se muito, muito culpado. Ele olhou para o relógio. Era quase meio-dia.

Na loja de departamentos Braun, garçonetes de uniforme preto bem engomado estariam coletando pilhas de pires, ajeitando os bules de café e tirando migalhas de doces das toalhas com escovas brancas de pelo de cavalo. Ponto estava pensando no almoço, e Tibo já tinha folgado bastante. Voltou pela margem do Ampersand, dirigindo-se para a praça da Cidade mais uma vez, e, enquanto caminhava entre elmos, ele se pegava, de vez em quando, dando tapinhas no bolso do casaco, só para ter certeza de que o pequeno retângulo duro ainda estava lá e, de vez em quando, entre tapinhas, ele olhava para trás, para a calçada percorrida, como se temesse que algum cidadão prestativo pudesse, de repente, tocá-lo no ombro e dizer: "Prefeito Krovic, por acaso deixou cair isto aqui?"

Ninguém fez isso. Quando Tibo chegou à Prefeitura, os cartões ainda estavam em seu bolso. Ainda estavam em seu bolso quando ele subiu a escadaria de mármore verde até sua sala, ainda estavam lá quando entrou e ainda estavam lá quando, pela primeira vez desde que tinha despedido Nowak, o tesoureiro da Prefeitura, por beliscar três datilógrafas, ele fechou a porta que dava para a sala da Sra. Stopak. O bom prefeito Krovic tirou os cartões do bolso. Sem abrir o pacote, ele os colocou na gaveta da mesa de trabalho e trancou.

A xícara de café que Agathe tinha lhe trazido naquela manhã ainda estava no pires, tiritando embaixo de uma nata de leite. Tibo a colocou de lado e tirou o papel de seu mata-borrão emoldurado em couro. Ele o virou. O lado de baixo estava limpo e nu. Ele o colocou no lugar. Alisou o papel. Assegurou-se de que o conjunto de tinta e pena e o calendário de mesa estavam bem centrados e prontos para uso. Ele se recostou na cadeira. Tudo estava certo. Arrumado. Nada estranho nem fora do lugar. Bom.

Tibo Krovic se levantou e voltou a abrir a porta para a sala de Agathe. Ela ergueu os olhos da máquina de datilografia e sorriu. Ela tinha aquele mesmo visual, com o cabelo para cima e as mechas macias que se encaracolavam no pescoço, aquele mesmo olhar que dizia: "Você, finalmente. Eu estava esperando há séculos. Entre e feche a porta."

— Está tudo bem? — perguntou ela.

— Está, obrigado. Tudo ótimo.

— Tem certeza?

— Tenho. É só o café que me deu. Esqueci de tomar. Vou ter que jogar fora.

Tibo voltou para sua sala e reapareceu um momento depois com a xícara de café.

— Eu posso fazer isso — disse Agathe.

— Não, tudo bem. Não se incomode. — E ele percorreu o corredor com cuidado, na direção do banheiro masculino, onde lavou a xícara, tirou a marca deixada pelo leite com o polegar sob a água corrente e inalou golfadas calmantes de ar carregado de alvejante. O velho Peter Stavo era perfeccionista.

As mãos de Tibo estavam úmidas. Ele as passou pelo cabelo e puxou o colete para baixo, esticando-o. No espelho, ele viu o prefeito de Ponto mais uma vez. O prefeito de Ponto não é o tipo de pessoa que compra cartões-postais questionáveis. Foi o prefeito de Ponto que caminhou de volta pelo corredor, passando pelo quadro da última defesa do prefeito Skolvig e pelas placas com o nome dourado de todos os seus predecessores, mas foi Tibo Krovic que passou pela mesa da Sra. Stopak e a viu, sentiu o cheiro de seu perfume, pensou sobre aqueles cartões-postais e ficou com a cabeça cheia de ideias. Ele se apressou até sua sala e se sentou.

— Quer alguma outra coisa? Mais café? — ofereceu Agathe. — É que estou pensando em sair para o almoço daqui a pouco.

Tibo estava prestes a dizer a ela que não se incomodasse quando ergueu os olhos e a viu lá, parada do outro lado de sua mesa.

— Não, está tudo bem, obrigado. De verdade. Obrigado.

— Então, como foi sua inspeção?

— Foi ótima. Ótima mesmo.

— Viu alguma coisa que precisa ser feita? Algo que necessite ser trabalhado?

— Algumas coisas. Coisinhas. Nada com que se preocupar. Quem sabe um trabalhinho para o engenheiro da Prefeitura, e talvez eu tenha uma conversa com o diretor de Arte e Cultura a respeito de pessoal. Podemos falar a respeito disso mais tarde.

— Tudo bem — disse Agathe. — Depois do almoço.

— Certo — Tibo hesitou. — Tem algum plano? Suponho que vá se encontrar com Stopak.

— Não. Eu tive um acesso e comprei uma lancheira nova para mim, preparei alguns sanduíches gostosos, e vou saboreá-los na praça, perto do chafariz. Muitas moças fazem isso.

— Sim, eu já vi — disse Tibo.

Eles ficaram sem assunto. Então, em vez de falar: "Pelo amor de Deus, Agathe, vamos simplesmente sair daqui, correr até a balsa, velejar até Traço, reservar um quarto em um hotel e passar a noite toda lá, bebendo champanhe e fazendo amor até enjoarmos, e só voltar para casa de manhã!", Tibo não disse absolutamente nada.

— Certo, então — disse Agathe. — Vou deixar que prossiga.

— Certo. Está bem. Aproveite o seu almoço. — E Tibo enterrou-se dentro de sua caixa de entrada vazia até ela sair. Ele esperou, escutando com atenção. Ele foi até a porta que ligava suas salas. Ela definitivamente não estava mais lá. Ele olhou pelo canto da porta na direção da mesa dela. Ela não estava lá.

Tibo saiu do gabinete, do carpete municipal espesso e azul, e foi para o corredor externo de chão duro que levava à escada de trás. Se descesse e passasse pelo pequeno guichê de vidro de Peter Stavo, ele chegaria à praça. Ele subiu, passou pelo Departamento de Planejamento, passando pelo engenheiro e pelo escriturário da Prefeitura; passou pelo Licenciamento e Entretenimento, três pisos acima, onde a escada ficava estreita e ia dar em uma porta fechada.

Tibo pegou um molho de chaves do bolso e examinou-o. Abriu a porta e entrou em uma salinha branca. A poeira do gesso apodrecido cobria o chão. Havia escadas e baldes empilhados contra as paredes, formatos sem nome envoltos em lençóis cinzentos e quatro degraus de madeira que levavam a outra porta diminuta. Tibo subiu mais uma vez e entrou no céu. Rodeou-se de azul, como a minha estátua de pé na reentrância mais alta da catedral, envolto no azul do céu em cima de sua cabeça até a mancha escura no horizonte, que podia ser a balsa voltando para casa. Azul.

Ele olhou lá para baixo, para a praça, entre os pombos e as pessoas que faziam compras e os escrivães da Prefeitura que iriam para a casa de tortas, à procura de Agathe, da silhueta de seu andar. E lá estava ela, sentada na beirada do chafariz, inclinada para trás, deixando que o sol banhasse seu rosto ao virá-lo para o céu, com a bolsa e a lancheira guardadas em segurança a seus pés.

O bom prefeito Krovic olhou para ela, para o seu vestido azul, para a sua lancheira azul esmaltada, para o céu amplo e aberto por cima de Ponto, refletido na água reluzente do chafariz, e tudo isso esmaecia perante o azul de centáurea dos olhos dela, que ele fingia ver brilhar do outro lado da praça e, de repente, ele se pegou dizendo "cerúleo". Tibo era assim. Às vezes acontecia. Sem nenhuma razão que ele pudesse identificar, lindas palavras se formavam em sua mente. "Siroco" era uma, e "cariátide" era outra. Cerúleo, siroco, cariátide. E então, em outros dias, ele precisava se esforçar para se lembrar das coisas. "Qual é a palavra para uma pilastra entalhada em forma de mulher?", e "cariátide" permanecia fora de alcance, logo além da lembrança, até que ele começava a se perguntar: "Será que estou ficando velho? Será que estou perdendo a memória?"

Ultimamente, ele tinha começado a encontrar hastes grossas e eriçadas crescendo entre suas sobrancelhas. Tibo não parecia ser um homem vaidoso, mas admitia para si mesmo que estava tendo dificuldade para mantê-las sob controle e, em uma noite dessas, tinha pensado que talvez sangrasse até morrer depois de uma tentativa nada bem-sucedida de tirar com a navalha pelos indesejados que brotavam de suas orelhas, como se ele fosse um lobo. "Velho. Eu estou ficando velho", ele suspirava.

Mas, em momentos como este, em momentos que ele olhava para Agathe Stopak durante todo o tempo desejado, quando era capaz de absorvê-la toda, Tibo não pensava em envelhecer.

Um vento veio de Traço e enrolou a bandeira da cidade em volta dele. Tibo pegou um canto com a mão fechada e deu um beijo no pano. Ainda estava olhando para Agathe quando o soltou.

Não demorou muito para os sinos da catedral começarem a tocar mais uma vez. Os escrivães, as vendedoras e Agathe começaram a retornar do almoço. Quando ela chegou ao gabinete, o bom prefeito Krovic já estava sentado à sua mesa, no mesmo lugar em que ela o havia deixado. O jornal aberto nas palavras cruzadas feitas pela metade, a xícara de café vazia e as pilhas de migalhas de biscoito: tudo aquilo contava uma história.

— Prefeito Krovic, o senhor deveria comer melhor — disse Agathe e recolheu as migalhas com a mão em concha.

— Hoje à noite vou comer algo adequado.

— Espero que sim. Quer redigir as cartas agora?

Ela foi até sua mesa buscar um caderno, voltou, sentou-se na cadeira verde na frente da mesa de Tibo e copiou uma carta dele para o engenheiro da Prefeitura e outra para o diretor de Artes e Cultura.

— Acha que precisamos de homens para abrir as portas do museu para os visitantes? — perguntou Tibo a ela.

— Eles só fazem isso?

— Acho que sim.

— Então não tenho certeza — respondeu Agathe. — Quanto pagamos a eles?

— Também não sei. É por isso que desejo falar com o diretor.

— Bom — Agathe hesitou. — Eu não gostaria de ver ninguém perder o emprego, mas, por outro lado, como contribuinte...

— É, foi o que eu pensei.

— Mais uma pergunta — disse Agathe — e então eu decido. Esses porteiros, o museu de Trema também os tem?

— Uma pergunta vital que vai ao cerne da questão, como sempre — disse Tibo. — Vou me assegurar de perguntar ao diretor.

A tarde passou devagar em tique-taques de relógio, batidas de teclas na máquina de escrever e xícaras de café. O *Pontense Vespertino* chegou e Tibo ficou contente de ver que tinha sido expulso da primeira página por um incêndio na fábrica de balas de alcaçuz Arnolfini. Nenhum ferido, produção de volta ao normal até o dia seguinte. O jornal matutino ainda estava dobrado em cima de sua mesa com uma dica de palavra cruzada alardeando seu triunfo vazio para a sala.

— Minha avó sempre dizia que não se deve olhar pela janela de manhã — disse Agathe.

— Porque você pode precisar de alguma coisa para fazer à tarde. Sim, obrigado, Sra. Stopak, sempre gostei dessa piada.

— Bom, agora tem alguma coisa para fazer. São quase 5 horas. O casamento, está lembrado?

— Sim, eu me lembro. A moça da balsa. Como é mesmo o nome dela?

— Kate.

Enquanto Tibo se ocupava vestindo o paletó e alisando a gravata, Agathe pegou o jornal da mesa dele e olhou para o papel por um momento. Ela disse:

— 24 vertical. É "impi"... um regimento zulu é um "impi".

— O quê?

— Impi.

Tibo só pôde sacudir a cabeça.

— Eu suei em cima disso durante horas. Como consegue?

— Eu sou brilhante — respondeu ela.

— É, Sra. Stopak, é brilhante mesmo. Uma honra para as escolas de Ponto. Kate?

— Kate.

— E?

— Simon. Ela é a ruiva que usa o vestido um pouco apertado demais para ela. Ele é o rapaz cheio de espinhas que não sabe como se meteu nessa confusão. Está tudo escrito nos formulários, como sempre.

— Kate e Simon. Kate e Simon. Kate e Simon. Certo. Faça-os entrar.

— Estou indo — disse ela e saiu da sala com aquele caminhar fácil e gingado que surpreendia Tibo exatamente tanto quanto suas habilidades com as palavras cruzadas.

Um momento depois, Agathe voltou conduzindo os participantes do casamento. Tibo tinha tirado o púlpito de madeira do armário no canto e agora estava atrás dele, sob as armas de Ponto, embaixo da minha imagem sorridente, ele próprio sorrindo para lhes dar as boas-vindas. Mas eles estavam tristonhos.

Tibo olhou para Kate, uma coitada gorda e ruiva, e a única palavra que lhe veio à mente foi "infeliz". Um vestido infeliz, um queixo infeliz, pernas infelizes de mesa de bilhar e um tom de gengibre infeliz. Infeliz. Ela caminhava atrás do rapaz, Simon, empurrando-o para frente, levando-o, de má vontade, a fazer sua declaração perante o prefeito. O rosto dele era um vermelhão de acne, uma praga bíblica de bexigas purulentas (o tipo de coisa que tipos santificados teriam condenado como exibição chamativa de excesso de zelo), vestido com um terno verde que certamente não tinha sido feito para ele.

O bom prefeito Krovic saiu de trás do púlpito para apertar-lhes as mãos (seu famoso cumprimento com as duas mãos, em que ele apertava com a direita, com sua famosa firmeza, e colocava a esquerda por cima, só para enfatizar a profundidade sincera de suas boas-vindas genuínas).

— Simon — disse ele em tom caloroso. — Kate.

Eles balbuciaram alguma coisa.

— Estão sozinhos? — perguntou Tibo.

Eles se entreolharam. Voltaram a olhar para ele.

— Não há mais ninguém aqui? — Tibo tentou mais uma vez.

O rapaz disse:

— Tinha a moça que nos fez entrar.

— Sim, a Sra. Stopak... minha secretária. Mas não trouxeram um amigo? E os pais de vocês?

Simon olhou para os sapatos, ou pelo menos para o pedaço deles que despontava por baixo das barras gigantescas da calça.

— Meu pai não quis vir — disse ele. — Acha que eu sou louco. Não quer se envolver de jeito nenhum.

— E a minha mãe está trabalhando — disse Kate.

Tibo olhou para eles. Jovens. Eram apenas jovens. Crianças. Ele não tinha nada que casar crianças. Certamente não tinha nada que casar crianças cujos pais não se importavam se estavam ou não casados... não se importavam o suficiente para se assegurar de que acontecesse.

— Não posso casar vocês — disse ele.

— Pode sim — disse o rapaz. — Nós precisamos casar.

— Vocês precisam casar. Vocês querem casar?

Eles se entreolharam, o rapaz cheio de espinhas e a moça avermelhada infeliz.

— Nós precisamos nos casar — disseram juntos.

E Tibo percebeu, com um aperto, que não podia impedir aquilo. Ele não tinha direito de impedir aquilo. Eles eram apenas mais um casal de pontenses que ele não podia proteger, nem mesmo de si próprios. Mas então, ele pensou, talvez gostasse mais deles por isso. Talvez eles fossem pessoas melhores... mais parecidas com o tipo de gente que ele queria para sua própria cidade por causa disso. Pessoas comuns, feias e malvestidas que "precisavam" se casar. Talvez uma cidade como Ponto precisasse disso: uma noção de vergonha junto com uma noção de orgulho. Uma sem a outra não faria sentido. Uma sem a outra seria perigosa.

— Não posso casar vocês sem testemunhas — disse e chamou Agathe para a sala. — Sra. Stopak, estes dois gostariam que você e Peter Stavo fossem testemunhas do casamento deles. Acha que pode encontrar Peter e pedir que venha até aqui?

— Claro que sim — disse ela. — Vou levar Kate para me ajudar a procurar.

Agathe estendeu a mão e fez um sinal com a cabeça. Havia um sorriso no gesto e, talvez, algo como uma piscadela. Kate foi até ela. Simon e o bom Tibo Krovic ficaram sozinhos, frente a frente, um de cada lado do púlpito. Tibo limpou a garganta. Simon deu um sorriso sem jeito.

Tibo resolveu voltar à sua cadeira e relaxar.

— Acho que devemos nos sentar — disse ele. — Pode ser que elas demorem.

— Vou ficar em pé, obrigado — respondeu Simon.

Então Tibo se sentou à mesa e ficou olhando para as costas do rapaz. Ele tinha escolhido se sentar, agora seria tolo e sem jeito voltar atrás e ficar em pé. Simon tinha escolhido ficar em pé. Ele não podia mudar de ideia e sentar. Estavam os dois presos ali, virados para a mesma direção, fingindo fascínio por mim, com os braços abertos feito uma borboleta barbuda presa a um escudo. Não ajudava na conversa, mas o prefeito Krovic tinha visão perfeita da nuca de Simon, rosada e irritada onde a navalha do barbeiro tinha passado naquela manhã. As pontinhas de três espinhas formavam uma fileira de vulcões sanguinolentos ao longo da gola da camisa.

Não havia nada a dizer. Tibo passou um tempo examinando o jornal vespertino.

— Tem certeza de que não quer sentar? — ofereceu ele.

— Não, vou ficar em pé. — O rapaz meio que virou a cabeça para falar. O movimento detonou uma erupção em seu pescoço. Uma mancha de sangue se espalhou pela gola da camisa.

— Tudo bem — disse Tibo.

E, finalmente, depois de um século, Agathe voltou. Trazia Peter Stavo consigo, que tinha recebido a ordem de tirar o macacão marrom e estava com aparência respeitável e elegante; além disso, ela tinha operado um pequeno milagre em Kate. O rapaz se voltou para olhar para ela, e seu rosto avermelhado se abriu em um sorriso. De algum modo, no período em que passaram afastadas, Agathe tomou Kate e transformou-a em uma noiva. Ela mudou seu penteado, amarrou um lenço em seu pescoço, fez algo com o pequeno estoque de maquiagem que sempre carregava na bolsa, e Kate segurava nas mãos um buquê de flores azuis. Tibo as reconheceu. Elas tinham saído do vaso prateado que permanecia em oferenda constante na frente da imagem da última defesa do prefeito Skolvig. "Por que não?", pensou Tibo. Isso é pelo menos tão corajoso quanto qualquer coisa que Skolvig tenha feito.

Peter Stavo se adiantou e colocou-se ao lado de Simon. Eles apertaram as mãos.

— Desejo-lhe tudo de melhor — disse Peter, e Agathe tomou seu lugar ao lado de Kate, sorridente.

Todos estavam sorrindo, Tibo percebeu. Agathe pegou aquela coisinha acanhada e cheia de vergonha nas mãos e a fez feliz. Ele se colocou atrás do púlpito, leu as palavras e, quando chegou a hora de Kate e Simon darem as mãos, Agathe pegou o buquezinho de flores e se colocou de lado, segurando-o, com os olhos baixos.

Tibo já tinha lido aquelas palavras tantas vezes, e agora parecia que nunca as tinha escutado, até aquele momento. A elas faltava tudo que uma cerimônia na igreja podia fornecer. Não havia poesia, nem grandiosidade, nem emoção. Era uma simples amostra de burocracia, um selo oficial, igual a uma licença de cachorro ou um certificado de falcoeiro, mas de repente, naquele dia, Tibo achou aquilo estranhamente emocionante. Ele leu a fórmula sem graça em voz alta para Simon repetir, hesitante, depois dele, e, ao ler as palavras, imaginou que as proferia para Agathe, em direito próprio.

Lá estava ela, com seu vestido azul, olhando humildemente para o centro de um ramalhete azul emprestado, enquanto ele se prometia para ela e mais ninguém, para sempre, e sentiu sua própria tolice, sentiu a tolice daquilo tudo: a mesma noção idiota de vergonha, convenção e conformidade que tinha forçado aqueles dois jovens a ficarem juntos e o afastava de uma mulher como Agathe.

Quando ele disse: "Pode beijar a noiva", havia lágrimas nas bochechas de Tibo.

Agathe ergueu os olhos, as viu ali e soltou um solucinho também.

— Seu molenga! — proferiu ela sem emitir som e se virou para enxugar os olhos. Eles tinham enganado um ao outro.

E foi assim que terminou aquele momento, não com uma fuga sorrateira pela escada dos fundos, mas ali, nos degraus da frente da Prefeitura, com sorrisos e risadas e uma chuva de confete que Peter recuperou das bandejas embaixo dos furadores de papel de uma dúzia de escrivães e tirou do bolso enquanto Tibo exclamava, em tom de incentivo:

— Xis!

Houve tempo para um trago no Fênix:

— Só um. Não, de verdade, nada mais. Ah, tudo bem, você está me forçando. Mas só mais um e pronto!

E eles se despediram com abraços.

— O lenço? Fique com ele. Não seja boba, é um presente de casamento!

E se apressaram para casa; Tibo foi caminhando rápido pela rua do Castelo; Agathe ficou esperando na parada de bonde, na esquina da praça da Cidade; Peter subiu a escada até seu apartamento, no andar de cima do segundo melhor açougue de Ponto; e os jovens, Kate e Simon, saíram correndo juntos, dando risadas colina abaixo para o futuro... fosse lá qual fosse.

Agathe olhou para eles e tentou decidir o que estava sentindo. Inveja? Pena? Nostalgia? Raiva? Virou-se para o outro lado com um suspiro.

Um vento frio soprou pela rua do Castelo, e, antes que seu bonde chegasse, demorou-se perto de Tibo, trazendo até ele o som da risada de Kate e as batidas de seus pés no calçamento, já que Simon a fazia correr por cima dos paralelepípedos. Uma criança infeliz: era assim que ele a tinha classificado. Agora repreendia a si mesmo por causa disso. Os dois eram crianças comuns, enfadonhas e feias, cambaleando às cegas para uma vida comum, enfadonha, feia e malfadada, mas pelo menos não iam sozinhas.

"Infeliz?", pensou Tibo. "Mas que diabo, Krovic, quando foi que se tornou tão altivo e poderoso?"

O bonde chegou. Ele tinha perdido a onda de funcionários de escritório e vendedoras apressadas. Agora estava tranquilo, era mais fácil conseguir um assento entre mais alguns poucos passageiros, incluindo dois assemelhados a ele: homens de meia-idade, prósperos e bem-vestidos, que tinham se demorado um pouco demais em alguma taberna da cidade, porque não tinham nenhum motivo para voltar com pressa para casa.

Depois de sete paradas, o bom prefeito Krovic desceu na banca da esquina e virou em sua rua, caminhando por baixo de cerejeiras, até que, na metade do quarteirão, do lado direito, chegou a seu portão. Parecia que ele se escorava no muro em busca de apoio, do mesmo modo que faz um bêbado de sábado à noite contra um poste. "Preciso fazer alguma coisa a esse respeito", Tibo pensou. "Preciso mesmo." Ele se abaixou sob a bétula em que o sino de latão estava pendurado, para o caso de visitas, e notou uma borboleta pousada nele, batendo as patinhas tão finas quanto pelo de cavalo na borda. Na outra ponta do caminho, enquanto procurava a chave de casa grande e preta nos bolsos, Tibo teve certeza de ouvir um toque diminuto.

Alguns minutos antes, no centro da cidade, em cima do segundo melhor açougue de Ponto, Peter Stavo entrou em um apartamento, cuja cozinha fumegava com cozido e bolinhos fritos, e deu um beijo na esposa gorda que tinha passado aqueles trinta anos na frente do mesmo fogão. Ela o espantou para longe com um pano de prato e um estalar de lábios e reclamou:

— Você chegou cedo hoje! E andou bebendo.

Mas quando teve certeza de que ele estava de costas para ela e tinha se acomodado na cadeira com o jornal, ela olhou para ele e sorriu.

E do outro lado de Ponto, quando o bonde se afastou da ponte Verde, Agathe fez um esforço para colocar os ombros para trás e caminhar ereta e alta como um choupo, curvilínea como um pino de boliche, e dobrar a esquina na rua Aleksander, passando pela delicatéssen dos Oktar e subindo a escada para o apartamento onde Hektor raspava uma frigideira queimada em cima do lixo, no patamar.

— Ah — disse ele. — Desculpe. Eu e Stopak... Você se atrasou para chegar em casa, então pensamos em preparar um lanche.

Havia fumaça no patamar. Era ainda mais espessa dentro do apartamento.

— Vocês ligaram para os bombeiros? — Agathe perguntou com frieza.

— Ahh, não faça assim — disse Hektor. — Peço desculpas, Agathe. Sinceramente.

— Onde está Stopak?

— Está lá dentro. Está dormindo um pouco. — Hektor deu uma risadinha idiota. — Uma sonequinha. Só isso. O dia foi longo.

— Então, vocês passaram o dia inteiro colocando papel de parede no Três Coroas, é isso?

A única coisa que Hektor encontrou para dizer foi:

— Ahh, não faça assim. Peço desculpas, Agathe. Sinceramente.

Ela olhou para ele, com o cigarro pendurado embaixo do bigode ralo, uma faca cega em uma das mãos, uma frigideira negra com alguns traços prateados na outra, e quase riu. A vida dela tinha se transformado naquilo.

— Jogue fora — disse ela. — Simplesmente jogue na lata de lixo. Está estragada. Não adianta recuperar. Para mim, não serve mais.

Ele ia dizer "desculpe, Agathe" mais uma vez, mas pensou melhor. Deixou a panela cair e voltou a tampar a lata de lixo.

— Vou fazer um sanduíche para você — disse Agathe e, na cozinha, fatiou pão, cortou presunto e torceu a tampa de potes de picles com toda a fúria gélida de uma harpia. Hektor não disse nada. Ele comeu tudo, agradeceu e foi embora.

Quando Stopak acordou no sofá, às 4 horas da manhã, com uma dor no pescoço e uma secura enjoada na boca, seu prato de sanduíches ainda estava no lugar em que Agathe tinha deixado, equilibrado em cima de sua barriga.

E era assim que as coisas aconteciam com Tibo e Agathe: todo dia era sempre a mesma coisa. Sem variação. Eles acordavam pela manhã e pegavam o bonde para o trabalho em extremidades diferentes da cidade, e ela se ocupava e ficava triste porque não existia ninguém no mundo que se preocupasse e gostasse dela, enquanto, logo do outro lado da porta, o bom Tibo Krovic se sentia arrasado porque não havia nada nem ninguém, no mundo inteiro, que ele desejasse, a não ser a Sra. Stopak.

Eles enganavam um ao outro. Eles fizeram isso no casamento, quando Agathe pensou que Tibo tinha derramado uma lágrima sentimental, sem nunca considerar que ele, talvez, estivesse chorando de frustração, porque a desejava e não podia possuí-la. E Agathe o enganou quando chorou de inveja do bebê gorducho que crescia na barriga de Kate, e ele nem percebeu. Eles enganavam um ao outro todos os dias, de mil maneiras diferentes, sendo que nenhum dos dois ousava admitir o vazio, nenhum dos dois ousava expressar sua dor, cada um deles sem disposição para confessar a verdade a respeito de sua vida. Eles quase, quase enganavam a si mesmos.

E, no entanto, eles reconfortavam um ao outro. Agathe com sua beleza curvilínea e animada (ela não podia evitar o fato de ser bonita) e Tibo com sua bondade. Tibo não podia evitar o fato de ser um homem bom. Eles aqueciam um ao outro com esses pequenos dons: bondade e beleza. São coisas preciosas. Sua oferta sempre é escassa.

E, em dias medidos pelos toques do carrilhão da catedral e pelo tilintar das xícaras de café, e nas semanas medidas em fitas novas para a máquina de datilografia ou em reuniões com o Comitê de Parques e Recreação, eles se apegavam um ao outro em segredo, cuidavam um do outro sem terem consciência, curavam as feridas um do outro. Quando Agathe passava a manhã olhando para sua lancheira esmaltada de azul que a esperava em cima da mesa, no lugar em que uma caixinha da Braun, certa vez, tinha se aninhado, quando o ponto alto do dia dela era levá-la até o chafariz e fingir surpresa e deleite ao descobrir os sanduíches que ela mesma tinha preparado para si naquela manhã, também era o ponto alto do dia de Tibo. Estar ali, no alto da sacada secreta, ao lado do mastro da bandeira, no céu, observando-a, cuidando dela? Era o sustentáculo de sua vida.

Ou, quando Tibo ia para casa sozinho, para a casa velha no fim do caminho ladrilhado de azul, e se sentava na cozinha, enquanto o queijo ia endurecendo na omelete daquela noite e ele mergulhava em uma pasta cheia de documentos do conselho, com a esperança de encontrar Agathe lá dentro, com a esperança de tirá-la da cabeça, ela estava no apartamento da rua Aleksander, em cima da delicatéssen dos Oktar, pensando nele.

Quando Stopak ficava lá, deitado em silêncio e com frieza, roncando, sem reparar na mulher bonita, roliça e cheirosa a seu lado, ou quando Hektor se colocava na cozinha dela, fritando linguiça em seu fogão e se virando para cuspir em sua pia, com um cigarro queimando marcas escuras no lugar em que se apoiava sobre a mesa dela, enquanto Stopak cochilava no sofá da sala ao lado, então a primeira coisa que Agathe pensava era: "O prefeito Krovic jamais faria isso. Aposto que o prefeito Krovic jamais iria se comportar dessa maneira. Não consigo vê-lo fazendo isso."

Quando ela ficava deitada na cama acariciando o gato Achilles, que cresceu embaixo de sua mão e se transformou em um gato forte e esguio, com garras feito sabres, ela sempre ia dormir desejando tudo de bom para ele.

— Boa noite, Achilles — dizia ela. — Boa noite, Achilles. Boa noite, prefeito Krovic. Boa noite.

E sozinho na casa grande no fim do caminho ladrilhado de azul, na outra extremidade da cidade, o prefeito Krovic a escutava e rolava na cama por baixo da colcha de retalhos que sua mãe tinha feito quando ele era menino, puxava-a até as orelhas e dizia, meio dormindo:

— Boa noite, Sra. Stopak. Que Deus a abençoe e a guarde.

Está vendo como eles cuidavam um do outro?

Mas os verões são curtos em Ponto. Ventos frios começaram a soprar sobre o Ampersand com mais frequência, e, às vezes, não há abrigo à disposição.

O dia em que a carta chegou foi assim: uma coisa enorme e branca, assemelhada a um floco de neve; estava em cima da mesa de Tibo quando ele chegou ao trabalho, trazendo o inverno em suas dobras. Agathe tinha dado conta de todo o resto da correspondência, tinha aberto os envelopes com destreza, desdobrado as páginas, alisado, fixado cada uma ao envelope com um clipe de papel, ajeitado em uma pilha organizada na mesa dele, embaixo do peso de papel de ferro que parecia uma maçaneta preta amassada. Mas não esta. Ela estava lá berrando feito uma sirene, alardeando para os outros envelopes a qualidade de seu papel, seu conteúdo de alta gramatura, sua borda rebuscada, seu forro de tecido, e escritas à mão, no canto superior esquerdo com caneta-tinteiro, cheias de certeza, estavam as palavras: "Estritamente particular e confidencial."

Tibo pegou a carta. Ele a sopesou na mão. Ele a equilibrou, diagonal a diagonal, entre as pontas dos dedos, onde os cantos do papel forte se enterravam em sua pele como verrumas minúsculas. Ele soprou e viu o envelope girar ali. Ele o jogou em cima da mesa. Estava empurrando a cadeira para trás, para poder se levantar e ir até a porta pedir um café a Agathe, quando ela apareceu com uma xícara e um pires na mão.

— Não quero ser enxerida — disse ela, parecendo preocupada.

— Não, tudo bem — disse Tibo. — Faz um tempinho que estou esperando isto. Eu sei o que é.

— Certo — disse Agathe. Mas ela ficou onde estava, com as mãos unidas pelos pulsos, em pé na frente da mesa dele. Tibo enfiou o dedinho embaixo da aba do envelope e o rasgou. A ponta irregular do forro de tecido azul anil saltou para fora, como uma ferida. Ele leu alto para ela.

— Caro Krovic, como tenho certeza que já sabe, o advogado Guillaume considerou adequado fazer uma queixa formal contra a sua conduta em um caso recente. Você é um bom homem, Tibo Krovic, faz um bom trabalho, e precisamos de mais gente como você. Todo mundo tem direito a meia hora de loucura de vez em quando, e não há mal nenhum, e até Guillaume diz que seu cliente mereceu o que aconteceu. Se o caso é como ele alega, não preciso dizer a você que a situação de fato seria muito séria, mas, se puder me dizer agora que a coisa toda é pura bobagem, isso me basta. Estou escrevendo isto de próprio punho e de meus aposentos, não é necessário dizer que nada disso irá adiante. Sei que você pode esclarecer tudo com muita rapidez, meu rapaz.

Estava assinado com um floreio: "Juiz Pedric Gustav."

Tibo largou a carta em cima da mesa com um suspiro de decepção.

— Então é isso.

— Como assim, é isso? A carta é adorável.

— Ah, Sra. Stopak, leia bem! É um convite à renúncia.

Agathe pegou a carta da mesa com um gesto brusco.

— Escute — disse ela. — Escute. Diga que é besteira e acaba aqui, sei que você pode esclarecer tudo, nada disso irá adiante. Ele quer que você fique. Ele está pedindo para que fique. Não é um convite à renúncia.

— Sra. Stopak, o máximo que pode dizer é que é um convite à mentira.

— Ah, não seja tolo. Ninguém está pedindo para que minta.

— O juiz Gustav está. Essa coisa toda de meia hora de loucura e de como Yemko Guillaume sabe que seu cliente merece, tudo que recebeu. Se Guillaume tivesse pensado isso por um minuto, ele nunca teria se queixado ao juiz, se Gustav acreditasse que eu tenho uma perna sobre a qual me firmar ele teria pedido a sua secretária que me escrevesse a carta, não entraria nessa coisa sigilosa de escrever no segredo de seus próprios aposentos fechados. É um convite muito gentil, muito generoso, muito agradável, à renúncia.

Agathe empurrou a carta pela mesa com a ponta de borracha do lápis.

— Deixe-me escrever a ele. Posso datilografar alguma coisa em um minuto. Não precisa fazer nada.

— Sra. Stopak, eu teria que colocar meu nome nela. Eu teria que assinar.

— Não, eu posso assinar. Posso dizer que você estava fora.

— Eu sei que está tentando ser gentil, mas não. É ridículo. Não.

— Ridículo! Agora eu sou ridícula, é isso? — Ela jogou a carta do juiz Gustav do outro lado da mesa. — Faça como quiser, então. Eu posso ser ridícula...

— Você não é ridícula. Não quis dizer você.

— Bom, eu posso ser ridícula, mas pelo menos não sou... — ela parou para retomar o fôlego. — Pelo menos não sou afetada!

— Afetada? — disse Tibo. — Afetada. Você acha que eu estou agindo com afetação. Dizer a verdade é afetação, é isso?

Agathe saiu da sala pisando firme.

— Ah, vá em frente e renuncie, se é o que deseja fazer — disse ela. — Veja se eu me importo.

E ela bateu a porta, sentou-se à sua mesa e chorou, secando lágrimas quentes dos olhos porque ela se importava. Ela se importava muito. Ela teve que ficar lá, sentada, enquanto Tibo batia as coisas em sua sala à procura de papel. Ela teve de entregar a ele quando, finalmente, desistiu da caçada e saiu para pedir ajuda. Ela ficou sentada, escutando a caneta dele raspar no papel enquanto ele escrevia, sentindo a ponta arranhar sua pele ao encostar no papel. Ela lhe entregou um envelope e pegou um único selo vermelho da caixa em sua gaveta, e, quando ele saiu da sala, a caminho da caixa de correio, ela ficou sentada e o observou enquanto ele se afastava.

— Não acho que você seja ridícula — disse ele, sem se virar para ela.

E, bem baixinho para que ele não pudesse ouvir, Agathe disse:

— Não acho que você seja afetado.

E então ela chorou mais um pouquinho, porque não podia compartilhar isso com ele, não podia protegê-lo nem podia tomar o problema para si.

Ela fazia o que podia. Desempenhava bem seu trabalho. Ela preparava café para ele. Ela lhe contava histórias engraçadas sobre o gato Achilles e se negava, total e completamente, a fazer uma palavra de fofoca que fosse (ah, então tudo bem, mas você não pode contar para ninguém) a respeito do que a esposa do escriturário da Prefeitura tinha aprontado no piquenique do curso de catecismo. Ela levava o jornal vespertino para ele, mas nunca, jamais mencionava a vida doméstica ou Stopak ou Hektor.

E Tibo fazia o que podia por ela. Ele era um patrão bondoso e cheio de consideração. Ele sempre era educado, sempre pedia com gentileza tudo que precisava que ela fizesse, nunca fazia com que trabalhasse além do expediente, sempre garantia que havia biscoitos para o café dela e, às vezes, até um bolo, nunca, jamais mencionava que era louco por ela e que a desejava além do suportável. E, acima de tudo, ele zelava por ela com devoção, independentemente de isso significar que ele tinha que levantar de sua mesa uma dúzia de vezes por dia para abrir a porta entre as duas salas ou correr feito um louco assim que ela saía na hora do almoço para que ele pudesse se colocar na torre da Prefeitura para observá-la. Tibo fazia o que podia. Ele sentia a dor dela. Ele a reconhecia como se estivesse refletida em um espelho e, por causa disso, zelava por ela.

E era isso que ele estava fazendo naquele dia, no fim do verão, quando Agathe sentou-se na beirada do chafariz e sem querer derrubou a lancheira dentro d'água.

Olhe agora lá para o alto da Prefeitura, como o bom Tibo Krovic fez naquele dia, como ele fez na lembrança tantos dias e tantas noites desde então. Olhe para a praça, cheia de gente, algumas felizes, algumas irritadas, algumas solitárias, algumas amadas, moças bonitas e comuns, aquele velho bêbado imundo com sua sanfona quebrada que chiava pendurada em um braço, o policial se aproximando para fazer com que ele seguisse para outro lugar, o cachorro preso em uma corda, o bonde que passava chacoalhando. Olhe para aquele dia. É uma tarde ensolarada do início de setembro, o último respiro do verão. As flores nas janelas fazem mais um esforço corajoso, as cestas penduradas lutam por mais um arroubo de cor, um último toque glorioso de trombeta para superar os gerânios municipais de Trema, as árvores ao longo do Ampersand estão desafiando o outono, os gansos entre as ilhas recusaram todas as providências de voar para o sul. E tudo aquilo, flores, árvores, folhas, aves, cães, bêbados, vendedoras, todos fazem coro juntos: "Nunca será inverno!", porque ali, no meio da praça, está a prova. A Sra. Agathe Stopak, alta e curvilínea e de um cor-de-rosa cremoso, sentada na beirada do chafariz, permitindo que raios de sol a beijem.

Olhe para ela sentada ali. Olhe para ela através dos olhos do bom Tibo Krovic. Olhe para o seu contorno, a curva e a linha. Olhe para o seu pé, que pousa sobre a pedra com a leveza de uma pena, os dedos aparecendo no bico da sandália, o arco redondo de seu calcanhar, a ponta do tornozelo, o volume da panturrilha, o côncavo da parte de trás do joelho e assim por diante, subindo até onde a seda de bolinhas do seu vestido guarda a promessa de coxa e do alto da meia e da fivela firme da liga. Olhe para sua curva suave, descendo a ladeira a partir de seu queixo, dando a volta na garganta, por cima dos peitos que superariam as estátuas de um templo hindu, a impossibilidade matemática evidente da sua cintura, o volume da barriga, as nádegas que se espalham e se assentam e aceitam a beirada de mármore do chafariz. Olhe para ela enquanto se move, sua graça, sua alegria, sacudindo aquele pano xadrez por cima do joelho, uma Salomé sedentária.

Ela se vira para pegar um sanduíche da lancheira, todas as juntas em movimento, cintura, ombro, cotovelo, pulso e nós dos dedos, curva, reta e ângulo, até a pontinha do dedo que agora, só por um instante, resvala na tampa da lancheira e a empurra, e ela começa a se inclinar. E este é o momento que dura para sempre. Este é o momento em que o bom Tibo Krovic fica fora do tempo, tão acima do tique-taque do relógio quanto está acima da praça. Porque a lancheira da Sra. Stopak está se movendo. Ela está escorregando da beirada do chafariz. Está escorregando para dentro da água com tanta lentidão quanto uma calda grossa em uma cozinha de inverno, e Tibo começa a correr. Através da porta ao lado do mastro da bandeira, um salto do topo dos quatro degraus de madeira, para dentro do quartinho branco mais abaixo com seus baldes, suas escadas, seus panos de proteção e seus montes disformes de gesso esfarelando, um embate com a fechadura e saindo para a escada dos fundos, quando a porta bate atrás dele, caindo, pulando e desabando feito uma pedra, descendo três andares, passando por Licenciamento e Entretenimento, passando pelo escriturário da Prefeitura e pelo engenheiro da cidade, passando pelo Departamento de Planejamento, para o corredor externo que ladeia seu gabinete, atravessando a porta de vidro e, antes que ela tivesse tempo de voltar a se fechar sobre as dobradiças, passando pelo carpete azul espesso, descendo a escadaria de mármore verde que leva à porta de entrada e à praça da Cidade onde, bem ao lado do chafariz, a Sra. Stopak se vira, desgostosa, para pescar a lancheira encharcada.

O bom prefeito Krovic faz uma pausa antes de sair para o sol. Ele puxa o colete com firmeza, ajeita os punhos da camisa, passa os dedos no cabelo, expira fundo pela boca e inspira pelo nariz com um assobio, até que seus pulmões estejam cheios e sua respiração tenha acalmado. E então, no exato instante que o salto do seu sapato pousa nos paralelepípedos lisos e cinzentos da praça da Cidade, o mecanismo do relógio dele volta a se mover, o tique vira taque e o tempo recomeça.

— Seria uma honra se você permitisse que eu pagasse o seu almoço — disse ele e, por algum motivo, só Deus sabe por quê, sentiu a necessidade de se dobrar ao meio, inclinando o corpo feito um hussardo em alguma opereta vienense.

"Isso não é maneira de convidar uma mulher para sair", Tibo pensou. "Não uma mulher casada... não uma mulher casada que é sua funcionária! Meu Deus, Krovic, onde estava com a cabeça?"

O grande coração do bom prefeito Krovic se apertou porque ele sabia do erro que tinha cometido. Ela iria rejeitá-lo, caçoaria dele, iria acusá-lo no meio da praça da Cidade, apontar para ele para que os munícipes dessem risada, e esse seria o fim de tudo: ele teria de renunciar. Ele seria rechaçado da cidade. Sua vida de serviços prestados acabaria em desgraça quando ela o expusesse como pervertido e namorador. Mas ela não fez nada disso. Não fez. A Sra. Agathe Stopak se virou para ele, apertando os olhos por causa do sol, deu risadinhas feito uma menina e disse:

— Eu ficaria honrada em aceitar.

E então ela fez uma mesura, um gesto tão tolo, mecânico e exagerado quanto o dele tinha sido, mas feito com tanta graça que deixaria o pretendente mais atrapalhado à vontade. Ela jogou a lancheira que pingava de volta para dentro do chafariz, como se não tivesse a menor importância, como se não passasse de uma caixa de lata cheia de pão molhado. Depois pegou o braço dele, moldou seu corpo ao dele para saírem da praça e atravessar a ponte Branca, e Tibo derreteu.

Mas algo mudou em Agathe também. Naquele único instante em que ela viu Tibo ali parado e estendeu o braço para pegar sua mão, algo mudou. A tristeza dela foi embora. Ela, de repente, se viu querida e desejada mais uma vez.

Ali estava um homem, não um homem qualquer, veja bem, mas o prefeito de Ponto, o próprio prefeito Tibo Krovic, que tinha se dado ao trabalho de convidá-la para almoçar. E por que não? Ela era uma mulher bonita, uma companhia agradável. Que mal podia haver? Não havia nada ali. Ninguém teria como fazer objeção ou achar ruim. Mas, mesmo assim, Agathe sentiu uma emoção estranha naquilo. Ela quase se sentiu como se fosse uma amante. Não se sentiu como uma esposa nem como uma secretária, mas quase como uma amante e, para dizer a verdade, até um pouquinho maliciosa e, acima de tudo, mudada.

Ela se aproximou mais de Tibo enquanto caminhavam juntos pela rua do Castelo (provavelmente estava perto demais). Por um instante, ela se viu pensando: "Se fosse Stopak que a tivesse convidado para almoçar, será que você caminharia assim com ele?" Mas uma vozinha na sua cabeça respondeu rápido, como se estivesse só esperando uma pergunta assim: "Se Stopak algum dia a convidasse para almoçar, você por acaso estaria caminhando de braço dado com o prefeito?"

Eles caminharam juntos, lado a lado, atravessando a praça, pela ponte Branca e subindo a rua do Castelo, Agathe dando passos em cima dos saltos e um gingado amplo e confortável de balançar o quadril. Ela se movimentava deliciosamente ao lado dele, com um vestido fino, branco com bolas pretas e grandes. Lufadas de perfume de rosas se erguiam dela à medida que o topo de sua cabeça roçava o queixo dele. Quando caminhava, ela se remexia, e, quando a consciência ofendida reclamava: "Pare com isso, Agathe Stopak! Você é uma mulher casada, de respeito!", ela mal conseguia se segurar para não ronronar e se esfregar em Tibo como uma gata em uma perna de mesa. Ela sentia seu cabelo roçando no queixo dele enquanto caminhavam. Ela ficou imaginando se, estando assim tão perto, ele não estaria olhando para o decote do vestido dela de cima. E aí ela se deu conta de que não se importava. Ela queria que ele olhasse seu vestido. Aliás, ela ficaria absolutamente ofendida se ele não olhasse. Ela deu uma olhada rápida para cima para ver se o pegava no flagra e virou os olhos para baixo mais uma vez, satisfeita.

As portas com dobradiças pesadas do Anjo Dourado se fecharam atrás deles, e foi só então que a Sra. Stopak sentiu o leve aperto do pânico em seu coração. Se aquele fosse um filme de Stanley Korek, este seria o momento em que o pianista pararia de tocar, o salão ficaria em silêncio e todos os olhos se voltariam para eles. Mas esse tipo de coisa não acontece em cafés de respeito, como o Anjo Dourado. Não há pianistas lá, e, se houvesse, em qualquer momento que um cliente valoroso e respeitado como Tibo Krovic escolhesse honrar o estabelecimento com sua presença para o almoço, fosse na companhia de sua secretária ou de qualquer outra pessoa, então ele podia estar certo de receber apenas o serviço mais impecável.

Cesare era uma estátua de obsidiana atrás daquele balcão: terno preto, gravata preta, cabelo preto lustroso penteado para trás, sobrancelhas pretas cuidadosamente moldadas, que se espelhavam embaixo do nariz em um bigode preto-azulado, mas, durante apenas uma fração de um momento, o molde de ferro de seu rosto se moveu. Agathe viu. Ela percebeu quando entrou pela porta: um toque minúsculo no rosto, uma erguida microscópica das sobrancelhas, um contorcer de lábios quase invisível, um ar nos olhos que dizia: "Mamma mia, o prefeito de novo, duas vezes no mesmo dia e agora com uma mulher, ainda por cima. Inacreditável. Incrível!", antes de retomar o autocontrole e despachar um garçom para recebê-los com nada mais do que um desvio de olhar rápido.

— Lugar para dois, senhor? — o garçom, prestativo, levou-os até um canto reservado e escuro na parede dos fundos.

— Acho que prefiro sentar à janela, por favor — disse Tibo. — Se for possível. — Ele se virou pata Agathe com um sorriso inquisitivo, e ela assentiu.

Uma mesa à janela, à vista de toda a Ponto. Então, como poderia haver qualquer coisa de escandaloso nisso?

A mesa tinha quatro lugares, e, enquanto o garçom tirava os dois extras, Tibo e Agathe se acomodaram.

— O cardápio, madame, senhor. Senhor, a carta de vinhos. Vou trazer um pouco de água.

E o garçom se retirou.

De repente, os dois ficaram sem jeito. Agathe perguntou:

— Quer se sentar nesta cadeira para olhar a vista da janela?

— Não — respondeu Tibo. — Prefiro olhar para você.

Agathe olhou para os dedos entrelaçados e resistiu à tentação de ficar remexendo inutilmente no guardanapo.

— Quer beber alguma coisa? — disse Tibo e abriu a pasta cor de creme que continha a carta de vinhos.

— Melhor não. O que o patrão vai dizer se eu voltar meio alegre para o trabalho?

Foi uma coisa tão idiota de se dizer, uma piada tão sem graça, e ela pareceu tão menina e tão travessa quando disse aquilo, que Tibo não pôde fazer nada além de rir dela.

— Vamos ficar com a água, então — disse ele.

E as coisas melhoraram depois disso.

Eles conversaram sobre tudo, começando com a epidemia de piolhos na Escola Ocidental para Meninas.

— Dizem que os diabinhos só vivem em cabeças limpas, mas não é verdade. Sempre tem uma cabeça suja no lugar em que começa. Eu estava na farmácia outro dia e me disseram que não havia um único frasco de remédio contra piolho em toda Ponto. Fico com coceira só de pensar.

Tibo prometeu que entraria em contato com o Departamento de Saúde Pública para se assegurar de que algo seria feito.

Então passaram para a performance escandalosa com o hipnotizador no Teatro da Ópera, na semana anterior.

— Bom, eu não sou pudica — disse Agathe.

— Não mais do que eu — disse Tibo.

"Ai, que bom", pensou ela. "Ah bom!"

Mas o que ela disse foi:

— E eu gosto de rir tanto quanto qualquer pessoa, mas você soube o que aconteceu quando a Sra. Bekker subiu ao palco?

— Ouvi dizer — e Tibo assentiu com gravidade.

— A pobre coitada ensina latim na Academia. Como é que ela pode andar de cabeça erguida depois de uma coisa daquelas? Como é que ela vai manter a ordem em sala de aula se metade da cidade viu suas calcinhas? Ouvi dizer — Agathe olhou por cima do ombro para ver quem podia estar ouvindo. — Ouvi dizer que o Departamento de Licenciamento e Entretenimento estava prestes a intervir, mas um dinheiro mudou de mãos. O Teatro da Ópera está lotado toda noite, mãos foram molhadas.

O rosto de Tibo se anuviou.

— É melhor que isso não seja verdade. Todo mundo na Prefeitura sabe que vai perder o emprego se uma coisa dessas acontecer. Isto aqui não é Trema, sabe?

O garçom voltou e ficou ali pairando, com um sorrisinho.

— Estão prontos para fazer o pedido?

Eles estavam com os cardápios nas mãos, sem abrir, inclinados por cima da mesa, com as cabeças quase encostadas em um convite aberto às lêndeas e se entreolharam e, por algum motivo, caíram na risada mais uma vez.

— Sinto muito — disse Tibo. — Na verdade, ainda não escolhemos. O que está bom hoje?

— Tudo está bom todos os dias, senhor — respondeu o garçom.

Tibo ficou imaginando por que o rosto do homem nunca abandonava a expressão de sobrancelhas arrogantes.

— Bom, o que está especialmente bom hoje?

O garçom recolheu os menus com mãos experientes.

— O linguado veio fresco do porto hoje pela manhã. Fui eu mesmo que escolhi, e ainda estava se debatendo nas caixas. E o senhor iria gostar de um Chablis para acompanhar.

— Ah, por que não? — disse Tibo. — Só se é jovem uma vez.

Agathe olhou para ele fingindo horror e colocou a mão agitada em cima do peito, como se estivesse prestes a desmaiar.

— Pare de criar confusão — Tibo sorriu. — Eu falo com o patrão.

O garçom trouxe uma cesta de pão. Eles comeram com uma taça de vinho.

A comida chegou: peixe suave, macio e delicioso, com legumes crocantes. Eles comeram. Tomaram a segunda taça de vinho. A bebida efervesceu na língua deles, preencheu-os e os refrescou, animou-os e os restaurou. Eles riam muito.

E então, com o café, ela lhe contou sobre Sarah, a moça bonita que trabalha no caixa atrás do vidro no segundo melhor açougue de Ponto.

— Ela teve azar no amor — disse Agathe.

— Sarah? — perguntou o bom prefeito Krovic.

— Sarah — disse Agathe. — Estive lá no sábado e ela estava com cara de morte e eu lhe disse: "Querida, você está bem?", e ela respondeu: "Estou me sentindo péssima... não dormi nem um pouco e estou com o coração partido. Você foi a única pessoa que reparou. Obrigada." E me deu o troco.

— Sarah? — disse Tibo, surpreso. — Estive lá no sábado e ela me vendeu meio quilo de linguiça. Não percebi nada de errado.

— Eu percebi — disse Agathe com um suspiro. — Eu reconheci os sintomas.

Quando ela disse as palavras "eu reconheci os sintomas", o grande peso da tristeza que Agathe tinha jogado no chafariz, junto com a lancheira, de repente veio correndo pela rua do Castelo, forçou a entrada no café e foi se sentar à mesa, ao lado dela. "Eu reconheci os sintomas": que confissão. Era um reconhecimento de coração partido, um relatório de danos, mas ainda não era uma bandeira de rendição.

Tibo colocou a mão na dela. A mesa era pequena. Eles estavam sentados perto, e por um ou dois segundos seus braços ficaram lá, juntos, os dedos dele quase na dobra do cotovelo dela, os dela roçando a apreciável lã do paletó dele e, depois, uma espécie de pressão ao longo do braço dela, onde as mãos se encontraram e se apertaram por um momento, dedo a dedo, um gesto reconfortante, um toque de Tibo que dizia: "Eu reconheço os sintomas. Eu também. Eu reconheço os sintomas."

Mas, mais do que isso, era um toque: a primeira vez que um homem tocava em Agathe com afeição em... bom, em muito tempo, e era gostoso ser tocada. Uma mulher como Agathe precisa ser tocada.

Ela absorveu aqueles poucos momentos e os armazenou. A alegria daquilo desapareceu dentro dela como gotas de chuva em uma plantação seca, e lá no fundo algo que parecia morto começou a crescer e florescer mais uma vez.

— Você e Stopak... — perguntou Tibo. — As coisas não estão felizes?

— Não... as coisas não estão felizes há muito e muito tempo.

— O bebê?

— É, suponho que tenha sido o começo de tudo. Suponho. A pequenininha. A jovem alma. Deus a abençoe. Não passa nem um dia... sabe como é.

— Sei sim. Sei sim. Você vai voltar a vê-la.

— Vou — respondeu Agathe. — Vou sim. — O "sim" vazio dos despojados. De repente, ela foi acometida por um nariz escorrendo e fungou para passar... com bem mais barulho do que esperava. — Mas vai demorar muito tempo — ela suspirou.

— Você quer... — Tibo estava com dificuldade de terminar suas frases, mas de algum modo parecia não fazer diferença. Eles se compreendiam

— Não — Agathe sacudiu a cabeça. — Um problema compartilhado é um problema dobrado, minha avó costumava dizer. Obrigada, prefeito Krovic, mas não adiantaria nada. Não há nada que possa ser feito em relação a isso, e o que não pode ser curado precisa ser suportado.

— Você é muito corajosa — disse Tibo.

— Não sou corajosa coisa nenhuma. Às vezes eu só quero fugir. Eu li sobre a costa da Dalmácia. Faz calor lá.

— Mas aqui faz calor — disse Tibo. Ele nunca tinha imaginado que qualquer pessoa, muito menos a Sra. Agathe Stopak, pudesse sonhar com uma vida fora de Ponto. Que possível atração poderia haver nisso? Ponto tinha um rio tão lindo quanto outros rios, patos simpáticos, praias próximas, monumentos históricos... estava tudo nos panfletos na recepção da Prefeitura.

Nada daquilo parecia ter ocorrido a Agathe.

— Agora está calor aqui — admitiu ela. — Hoje está calor. Mas não pode durar. Nada dura... isso eu descobri... e, daqui a pouco, vai fazer um frio de congelar mais uma vez. Neve nas ruas durante semanas, escuridão na hora do almoço.

— Ah, não é bem assim — disse Tibo.

— Bom, é quase assim. E dura meses. Na costa da Dalmácia faz calor o ano todo e há castelos, praias pedregosas e cidadezinhas antigas adoráveis onde os venezianos costumavam velejar.

Os venezianos... Tibo retornou na mente à exposição na Galeria Municipal e àquela imagem de Diana linda e nua, com a lagoa da floresta se desdobrando em ondinhas a seus pés.

— Às vezes — disse Agathe — eu compro um bilhete de loteria e aí, durante todo o mês, eu carrego a costa da Dalmácia na minha bolsa. Minha casinha à beira-mar na costa da Dalmácia. Para mim. Nada de Stopak. Eu e um bom homem que me ame e que leia Homero para mim, que me traga taças de vinho, bom pão e pratos de azeitonas, enquanto eu estou em uma banheira de água fresca.

"Ai meu Deus", pensou Tibo Krovic. "Ai meu Deus. Ai minha santa Walpurnia. A Sra. Agathe Stopak deitada em uma banheira de água fresca. Ai meu Deus." Ele, de repente, se lembrou dos cartões-postais guardados em um saquinho de papel, no fundo de sua gaveta. "Ai meu Deus. Ai minha santa Walpurnia."

— Você gosta de azeitonas? — perguntou com voz esganiçada.

— Se eu ganhar na loteria, vou aprender a gostar de azeitonas e vou aprender a amar Homero.

— Então eu levaria azeitonas para você.

Agathe riu. Parecia o momento certo para tirar sua mão da dele, quando havia um sorriso para encobrir o gesto, de modo que pareceria tão normal não tocar quanto parecera tocar.

— Eu levaria — insistiu Tibo. — Eu levaria azeitonas para você.

— Você é um homem bom, prefeito Krovic — disse ela. — E eu gosto de Homero. Parece que encaixa.

Ela sorriu com isso e ainda estava sorrindo quando Tibo foi pagar a conta. Parecia que ele encaixava. Um homem bom que gostava de Homero. Mas aquele era Tibo Krovic, o prefeito de Ponto. Claro que ele não iria, não podia, não tinha como querer dizer...

— Está pronta? — disse Tibo sobre o ombro dela.

— Sim, estou pronta — disse Agathe. — Estou pronta.

Ela observou que ele deixou a conta no pires presa por algumas moedas. Aquela não era uma despesa que pudesse ser cobrada do conselho. Eles caminharam juntos pela rua do Castelo ao sol, pela ponte que cruza o Ampersand até a praça da Cidade, ainda de braços dados como antes, ainda tão próximos como nunca, só que dessa vez, na volta, a sensação era outra.

— Devo deixá-la aqui — disse Tibo.

— Aqui? Não vai voltar ao trabalho?

— Vou. Daqui a pouco. Tenho coisas a fazer. Só algumas coisas, antes. Vejo você mais tarde. — Tibo parecia desconcertado.

"E deve ter mesmo", Agathe pensou. "Ah, eu sou bom o bastante para convidá-la para almoçar, bom o bastante para segurar a sua mão... e dar uma olhadinha rápida no decote da frente do seu vestido de cima, isso seria adorável, Sra. Stopak, mas vou voltar para o trabalho sozinho, Sra. Stopak. Muito obrigado, Sra. Stopak."

Mas a única coisa que ela disse foi:

— Certo.

E saiu brava, batendo os saltos na escada a caminho de sua sala, xingando por dentro. "Parece que eu encaixo. Parece que eu encaixo mesmo! Bom, não vai me experimentar para ver se serve, Sr. Todo-Poderoso Krovic, e estou informando de graça!" Ela foi soltando fumaça pelas ventas por todo o trajeto escada acima, até sua sala, onde jogou a bolsa na mesa e encheu o bule de café com colheradas irritadas de pó.

Claro que, se a Sra. Agathe Stopak tivesse olhado pela janela mais ou menos naquele momento, teria visto Tibo Krovic na praça, olhando para dentro do chafariz mais ao sul e coçando a cabeça. A água era mais funda do que ele imaginava e ali, no fundo, ele enxergava a lancheira azul esmaltada da Sra. Stopak. Um único biscoito de água e sal inchado se desintegrava na superfície da água. Tibo tirou o paletó, dobrou-o com cuidado com o forro para fora, como tinha sido ensinado a fazer aos 8 anos, e o colocou em um pedaço limpo de calçamento. Ele dobrou a manga da camisa até ficar tão apertada quanto um torniquete, bem acima do cotovelo, ajoelhou na beirada do chafariz e começou a tentar pegar a caixa de lata. O prefeito Tibo Krovic sempre tinha noção aguda da própria dignidade e tinha consciência de que sua pose, com a cabeça para baixo, o assento da calça para cima, inclinado e todo esticado, talvez fosse um pouco menos do que heroica. Aliás, trouxe-lhe à mente um daqueles curtas-metragens desesperadamente engraçados que gostavam de mostrar entre os longas-metragens principais no Palazz Kinema. "O homem rodopiando com a escada deve estar para chegar", Tibo pensou, "mas o terrier só vai sair correndo com o meu paletó depois que eu cair na água."

Ele se esticou um pouco mais. A água atingiu a manga da camisa, mas ele só conseguiu roçar a caixa de lata com os dedos. Ela se arrastou pelo fundo do chafariz e chegou um pouco mais perto. Dessa vez, Tibo conseguiu enfiar um dedo embaixo da tampa, içou a caixa e deixou a água escorrer. No interior havia uma confusão de pão que ele jogou no meio de um aglomerado de gerânios. Ele olhou para a lancheira. "Vai ficar tudo bem", pensou. Os poucos pedacinhos massudos que ficaram presos nos cantos ele limpou com seu grande lenço de pano verde. "Mas, se eu a convidar sempre para almoçar, ela não vai mais precisar disto aqui, de todo modo."

Tibo pegou o paletó e atravessou a praça em direção à Prefeitura, onde a Sra. Stopak pareceu ridiculamente contente de ter sua lancheira de volta.

— Foi isso que foi fazer? — soltou ela, toda alegre. — Obrigada, prefeito Krovic. Eu pensei que... Não. Nada.

— Não. Diga. Você pensou o quê?

— Nada. Nada. Fiz um pouco de café. Quer?

— Não, obrigado — respondeu ele. — Tenho trabalho a fazer.

A partir daquele exato momento, Tibo Krovic, um homem que nunca tinha amado uma mulher antes, soube, sem a menor sombra de dúvida, que amava Agathe Stopak. Ele soube, da maneira como saberia que um elefante tinha entrado em sua cozinha, não que ele algum dia tivesse visto um elefante, mas algo tão grande e tão cinza e tão enrugado não podia ser outra coisa além de um elefante. Então, tão óbvio quanto um elefante, aquilo era amor. Ele entrou na sala interna, mas deixou a porta aberta na esperança de que a Sra. Stopak passasse por ali de vez em quando. Ela não passou. Mas ela percebeu que estava se distraindo bastante do trabalho. Ela se pegou parando para olhar para a lancheira que estava em cima de sua caixa de entrada (no lugar em que a caixinha da Braun tinha deixado sua marca na memória pouco tempo antes). Ela olhava para ela como se fosse feita de pós da lua: um objeto estranho de outro mundo onde os homens eram gentis e se esforçavam um pouco e, mais do que tudo, onde eles não tinham vergonha.

— Parece mesmo que ele encaixa — sussurrou ela para si mesma. — Um homem bom que gosta de Homero. Parece que ele encaixa.

De seu lugar à mesa de trabalho, a Sra. Agathe Stopak se virou para olhar para a porta aberta para a sala do prefeito, na esperança de que ele pudesse aparecer ali para pedir café, ou clipes de papel, ou ditar-lhe uma carta. Mas ela estava com medo de chegar perto para o caso de ela o ver, e provavelmente dava no mesmo, porque, logo do outro lado da porta, o bom Tibo Krovic estava sentado à sua mesa em silêncio, com um lápis preso entre os dentes, segurando a respiração enquanto prestava atenção para ver se escutava o mais tênue dos sons dela, ou erguendo o nariz na direção da porta aberta, caçando o perfume dela.

Às 5 horas da tarde, a Sra. Agathe Stopak arrumou a mesa, trancou a gaveta e saiu do gabinete. Logo do outro lado da porta, o prefeito Tibo Krovic ouviu quando ela saiu. Ele ouviu quando ela arrumou os papéis, fechou a gaveta, trancou. Ouviu quando ela caminhou em silêncio pela sala. Imaginou o cor-de-rosa perfeito da sua boca ao soprar a chama minúscula que aquecia a cafeteira. Sentiu quando ela saiu deixando um rastro de perfume atrás de si. Escutou com muita atenção, à espera do boa-noite dela, e rezou para que não viesse, porque ele não podia confiar em si mesmo para responder. Sussurrou seu próprio boa-noite silencioso para ela e ficou lá sentado, feito um caçador de tocaia, enquanto o relógio tiquetaqueava 10 minutos dolorosos, só para ter certeza de que ela tinha ido embora, só para ter certeza de que ela não retornaria.

E durante todo o tempo que ele passou sentado, esperando, observando, a Sra. Agathe Stopak estava parada no meio da escada, com uma mão no corrimão, respirando em sussurros porque, no meio da escada, ela percebeu que, pela primeira vez, tinha se esquecido de dizer "boa noite" ao prefeito, e sabia por quê. Ela não teria conseguido. Parada ali, na escadaria de mármore verde, ela sentiu um calor repentino e estranho se enrolando dentro dela e correu para fugir daquilo.

Em sua sala, o prefeito Tibo Krovic pegou uma caneta e começou o trabalho que deveria ter feito naquela tarde (os contratos que ele deveria ter aprovado, as cartas que ele deveria ter assinado, as inscrições de licença e os alvarás de fábricas nos quais deveria ter "dado uma olhada"), e no fim de tudo, quando os sinos da catedral bateram as 7 horas, Tibo saiu de seu gabinete e desceu os degraus de mármore verde da Prefeitura, atravessou a praça e a ponte Branca. Os patos que nadavam no Ampersand grasnaram com educação quando ele passou. Morcegos que se aninhavam sob os arcos esvoaçavam em amplos rasantes em sua caça pelas mariposas da noite. Tudo tinha mudado. As cores estavam um pouco mais nítidas, o canto dos pássaros um pouco mais doce, cada grasnar individual, de cada pato individual, nadando embaixo da ponte do outro lado do Ampersand, estava um pouco mais "grasnante", alegre e desafiador. Por todo o trajeto na rua do Castelo, Tibo tentou se ver nas vitrines pelas quais passava. "Nada mal", ele pensou. "Alto. Nada gordo. Não magro, mas não gordo demais para um homem que tinha sido prefeito durante vinte anos." Resolveu comprar um terno novo. Dois ternos novos. E sapatos. O prefeito de uma cidade como Ponto precisava ter boa apresentação. Ele merecia isso. Ponto merecia isso.

E, enquanto Tibo caminhava elegante pela rua do Castelo, admirando-se nas vitrines pelas quais passava, a Sra. Agathe Stopak estava parada na frente do fogão em seu apartamento na rua Aleksander, fritando presunto com ovos em uma frigideira brilhante com uma espátula de madeira, olhando através da janela da área de serviço para a cidade que escurecia e imaginando o que ele estaria fazendo enquanto aquela nova sensação estranha que a tinha encontrado na escada e a seguido até em casa no bonde se enrolava em seus ombros e se esfregava em suas pernas.

— Você vai sair hoje à noite? — perguntou ela quando colocou o prato na frente de Stopak e de seu jornal vespertino.

— Vou.

— Com Hektor?

— É. Alguma objeção?

— Quando ele vai chegar?

— Por volta das 8 horas. Talvez antes.

— É melhor comer, então.

E ela fez planos para um banho bem longo e quente.

Alguns minutos depois, enquanto a Sra. Agathe Stopak estava parada na frente de sua pia, deixando ir embora a água engordurada da louça lavada e dando uma última olhada pela janela, onde não havia nada para ver agora além de uma imagem esfumaçada dela olhando do vidro, o bom Tibo Krovic estava se acomodando em sua cozinha com um prato de arenque e batatas fritas e um caderno de anotações aberto na mesa à sua frente.

Ele tomou notas: uma lista de coisas que tinha decidido comprar para Agathe. Doces, principalmente manjar turco, macio, cor-de-rosa e irresistível, a essência do hedonismo, um símbolo do outono, tão doce. E frutas cristalizadas, para dar um toque especial. E gengibre coberto de chocolate. E balas de chocolate. E livros: um Homero novo. Não, velho, velho e corroído pelo amor. Encontre um. Saia à caça. Perfume. Taiti, ele lembrava o nome. Ele lembrava todos os dias. Aliás, ele tinha adicionado Taiti à lista de palavras bonitas que gostava de dizer a si mesmo, de vez em quando. Dizer aquilo trazia-lhe à mente o cheiro da Sra. Stopak, e, quando ele a dizia, imaginava-se com uniforme da marinha, deitado em areias brancas como ossos, sob uma palmeira que se encurvava, com a Sra. Stopak aninhada em seu braço dobrado, com primaveras nos cabelos. Perfume. E calcinhas. Os homens compravam calcinhas para as mulheres que amavam, não compravam? Será que ele ousaria fazer isso? Entrar em uma loja e comprar calcinhas? O prefeito Tibo Krovic? Comprar roupa de baixo de mulher? Ele riscou bem forte a palavra "calcinhas" e ficou olhando para ela. Era uma reprimenda e um desafio. Na linha seguinte, ele escreveu "lingerie" e deixou assim. Talvez o dia chegasse, no final das contas. Bom, talvez chegasse. Tibo encheu uma página inteira do caderno, mas descobriu, ao reler, que muitas das coisas que tinha anotado eram presentes que ele gostaria de receber: o conjunto de correspondência com capa de couro que ele vira na vitrine da Braun, uma caneta de prata, até as meias finas que ele tinha listado na verdade não eram para ela, de jeito nenhum, ele reconheceu. Não de verdade.

— Posso adicionar mais coisas à medida que forem me ocorrendo — disse ele e rapidamente adicionou "bilhetes de loteria" na última linha.

Tibo ficou sentado à mesa durante muito tempo, lendo e relendo a sua lista e observando as imagens que cada palavra provocava em sua mente, em devaneios. Ele experimentava agora sentimentos que nunca tinha conhecido ou que tinha enterrado por tanto tempo que se acreditava imune a eles. Ele se surpreendeu. Só ler a palavra "lingerie" fazia algo se erguer em seu peito. Ele largou a caneta e ergueu os olhos do caderno.

— Estou apaixonado — declarou para a cozinha escura. — Eu amo você, Sra. Agathe Stopak. Eu amo você. — Ele falou de novo e jogou o arenque frio na lata de lixo embaixo da pia. Como é estranho o fato de que, sempre que o amor chega ou se vai, todo pensamento sobre comida desaparece. Por sorte, às vezes, o amor fica; se não, todos nós iríamos morrer de fome.

— Eu amo você, Sra. Agathe Stopak — disse mais uma vez quando estava subindo a escada, e mais uma vez, mais várias vezes, quando se deitou na cama e foi dormir.

Do outro lado da cidade, na rua Aleksander, a Sra. Stopak estava deitada em sua própria cama, limpa e quente, e sentindo-se formigar depois de um longo banho. A sensação estranha que lhe viera no trabalho nunca mais a deixara. Tinha se aconchegado nela no trajeto de bonde até em casa, tinha se enrolado ao redor dela no fogão e estimulado seu dorso na água no banho, e agora estava deitada a seu lado na cama, tão quente, pesada e ronronante quanto Achilles. Aquilo fazia com que ela se sentisse culpada: culpada e deliciosa. Fez amizade com ela. E então era de manhã.

A cama continuava vazia. Agathe não se assustou. Colocou as cobertas de lado e passou os pés para o chão. Estava frio. Ela correu para o banheiro, passando por Stopak no lugar em que ele estava deitado na sala, desabado, de bruços sobre o canapé, com o rosto pendurado na direção do chão, roncando e babando. Ele ainda estava lá, imóvel, uma estátua de banha, quando ela voltou para o quarto e deixou o penhoar cair no chão com um suspiro. Ela saiu do círculo amassado de algodão quente, jogou a peça para cima com a ponta do dedo do pé, pegou no ar, fez uma bola com as duas mãos e jogou na cama. Ela se movimentou, em parte como ginasta, em parte como dançarina burlesca, toda poderosa e provocadora e inconsciente de sua graça cheia de curvas. Ela parou na frente da cômoda velha com a frente arredondada e inclinou-se com facilidade, vergando o corpo, abrindo um pouco, tão suave quanto a gaveta onde ela guardava suas calcinhas, e ali, no fundo, estava a caixa vermelha brilhante da Braun.

Ali parada, como um entalhe em marfim de Pandora, ela colocou a caixa na palma da mão e olhou para ela, reembalada, reamarrada, guardada como se nunca tivesse sido aberta, e hesitou.

— Não é por ele — disse ela ao espelho. — Por mim. Eu.

Dessa vez, quando Agathe abriu a caixa, ela a despedaçou, rasgou o papelão, destroçou o papel de seda, puxou a fita e a deixou cheia de nós. Em um segundo, aquilo se transformou de relíquia de um martírio sangrento em um monte de lixo: nada além de uma embalagem velha e usada. Ela jogou tudo no chão e chutou com o pé de unhas pintadas. Agathe era uma mulher muito modesta (modesta em todos os sentidos), mas viu-se examinando o espelho da penteadeira mais uma vez, observando a si mesma enquanto vestia as tiras minúsculas e transparentes de lingerie, e reconheceu sua beleza, viu que era até desejável. Ela permitiu que seus dedos traçassem suas próprias curvas, observou-os enquanto se arrastavam e então, quando voltou a olhar para o espelho, ficou surpresa de ver que a mulher ali olhava para ela com a pontinha da língua cor-de-rosa aparecendo por entre os lábios entreabertos. Era uma expressão faminta. Agathe ficou corada. Ela se apressou em se vestir. Uma blusa branca simples, uma saia de lã discreta em cinza-carvão, talvez um pouco delineada demais, talvez um pouco apertada demais nos quadris e estreita demais na panturrilha, mas discreta e modesta o suficiente, o tipo de coisa que a secretária do prefeito poderia usar sem atrair um só sussurro de comentário, mesmo que aquilo a forçasse a rebolar um pouco quando caminhava. Ela alisou o tecido por cima das nádegas com as costas das mãos e, sim, ali, foi capaz de sentir a insinuação da calcinha especial, de leve. Só muito de leve.

Quando Agathe saiu de casa naquela manhã, fazendo uma pausa longa o suficiente para colocar uma caneca de café no chão, próxima à mão de Stopak e sacudi-lo pelo ombro no caminho da porta, ela caminhava com resolução e graça nos passos. Quando o cobrador do bonde olhou para ela daquele jeito, com o tipo de olhar que dizia: "Estou me esforçando muito para não assobiar para você", ela retribuiu o sorriso com a sugestão de uma piscadela, e deixou os dedos se demorarem na palma da mão dele quando entregou o dinheiro da passagem. A sensação estranha da noite anterior ainda estava com ela: a falta de ar, a animação que dava um toque novo a tudo, um chiado elétrico que a percorria. Continuava lá. Continuava lá quando Agathe se apressou pela rua do Castelo, captando vislumbres de si mesma nas vitrines por onde passava (não que estivesse atrasada para o trabalho, simplesmente sentia o ímpeto de correr, e lutou contra ele). Na esquina, ela viu Mamma Cesare passando um pano nas mesas do outro lado da grande janela panorâmica do Anjo Dourado, interrompeu o avanço por um momento e bateu no vidro com os nós dos dedos, até a senhora de idade erguer os olhos e ver seu sorriso.

— Você está linda — disse ela sem proferir som.

Agathe respondeu com uma mímica:

— Obrigada!

Jogou um beijo e prosseguiu apressada por seu caminho. Ela atravessava a multidão como uma libélula por cima de uma lagoa, refletindo cores e luzes em seu caminho, com o casaco verde-garrafa, o cabelo, os sapatos e a bolsa reluzindo, e a lancheira azul esmaltada brilhando fosca na mão.

Essa mesma sensação elétrica também permaneceu com Tibo. Acordou-o cedo e fez com que ele se apressasse para o trabalho sem tomar café da manhã. Antes que qualquer pessoa chegasse para trabalhar, ele colocou um envelope na mesa de Agathe Stopak, bem no meio, de modo que fosse a primeira coisa que ela veria ao sentar-se. Tibo pegou sua caneta-tinteiro, escreveu: "Sra. Stopak" no meio do envelope e sublinhou. Ele queria que parecesse abrupto, oficial e profissional, mas não antipático, da mesma maneira que ele escreveria um recado para qualquer um de seus funcionários, mas o amor tinha mudado tudo, até sua caligrafia. Tibo achava que qualquer pessoa que olhasse para aquele envelope e visse aquelas duas palavras saberia, no mesmo instante, que tinham sido escritas por um homem para a mulher que ele amava. Seria como se cada carta que ele tinha escrito na vida fosse ser lida em voz alta na praça da Cidade, como se um inventário de sua biblioteca estivesse afixado nas portas da Prefeitura e uma biografia, composta por uma vida inteira de espiões do governo, tivesse saído em capítulos nas páginas do *Pontense Vespertino*. Tudo que ele era naquelas duas palavras.

Tibo pegou o envelope e olhou para ele mais uma vez. Duas palavras. Não havia mais nada ali. Ele colocou o envelope mais uma vez na mesa de Agathe e foi para sua sala pela porta de ligação. Mas, um momento depois, retornou, pegou o envelope e jogou de maneira casual por cima do mata-borrão da Sra. Stopak. Ficou olhando para o objeto ali jogado. Será que estava casual o bastante? Ele passou pela mesa, da mesma maneira que uma pessoa que estivesse atravessando a sala para falar com o prefeito passaria e, por acaso, desse uma olhada na mesa de Agathe Stopak. O envelope gritou para ele como uma sirene. Ele o pegou mais uma vez e jogou de novo. Não adiantou nada. Tibo pegou o envelope, e dessa vez, parado na porta de ligação para sua própria sala, ele o jogou pelo ar na direção da mesa de Agathe. Ele pousou no cesto de papel dela. Ele o pegou e largou em cima de seu mata-borrão ao passar ligeiro pela sala vazia. Milagre dos milagres, caiu bem em pé, apoiado no canto, escorado no grampeador dela.

Tibo olhou para o relógio. Ainda havia tempo, calculou, para levar o envelope para baixo e colocar no meio da correspondência. Ele pegou uma caneta e completou:

Gabinete do prefeito
Prefeitura
Praça da Cidade
Ponto

Então ele pegou o envelope, desceu a escada dos fundos com pressa e o colocou na abertura em meia-lua no vidro da frente da sala do chefe dos mensageiros. Tibo estava sem fôlego. Passou os dedos no cabelo e puxou a parte da frente do colete. Ele se recompôs. Estava pronto para subir as escadas com o porte do prefeito de Ponto.

Mas, bem quando ele alcançou o primeiro degrau, a porta da sala do chefe dos mensageiros se abriu e o velho Peter Stavo apareceu.

— Ah, prefeito Krovic — disse ele. — Que bom vê-lo. Sinto incomodá-lo, mas esta carta acaba de chegar. É para Agathe, que trabalha no seu gabinete. Como está mesmo indo para lá, fiquei imaginando se o senhor se importaria...?

E, enquanto Tibo dava conta de Peter Stavo, Agathe subia a escadaria de mármore verde correndo com o casaco pendurado no braço. Ela entrou na sala com ansiedade.

— Bom dia — disse ela, mas não obteve resposta. — Prefeito Krovic? — ela deu uma espiada pela porta, para a sala dele. — Prefeito Krovic? — Estava vazia. Decepcionada, Agathe pendurou o casaco, conferiu o cabelo no espelho do estojinho de pó compacto, resolveu que estava bom e começou a preparar o primeiro bule de café do dia.

Sandor, o mensageiro, já tinha feito a entrega da correspondência, e o correio da manhã estava em uma caixa na mesa dela. Enquanto o café esquentava no bule, Agathe se sentou e começou a trabalhar, mas mal tinha rasgado o primeiro envelope quando voltou a erguer os olhos da mesa e ficou olhando fixo para a porta, feito um cachorro esperando pela chave na fechadura. Agathe se levantou e pegou um guardanapo na pilha ao lado da máquina de café.

Ela se apressou para a sala de Tibo, desdobrou o guardanapo e colocou em cima da cabeça, ao mesmo tempo em que fez uma mesura na frente do brasão da cidade.

Agathe me disse:

— Aquilo que eu falei antes... sobre Stopak, sabe? Bom, não quero ofender, mas você não ajudou em nada. E agora tem isso. Isso com o prefeito Krovic. Com Tibo Krovic. E supostamente é sua função falar pelas mulheres de Ponto, e você sabe que eu não sou uma moça má, mas, às vezes... bom, acho que a gente fica querendo coisas demais. Você sabe como são essas coisas, imagino. Então, não espero milagres e não estou pedindo que vá contra qualquer princípio, mas, se puder, por favor, tente ser bondosa e compreensiva e até, quem sabe, um pouquinho generosa. Isso seria agradável. — Então ela disse, com educação: — Obrigada. — Fez mais uma mesura e tirou o guardanapo da cabeça ao sair da sala.

Quando Tibo entrou com a carta, Agathe já estava de volta à sua mesa, separando a correspondência nas pilhas organizadas de sempre. Tibo parou à porta e olhou para ela com o tipo de assombro e deslumbramento com que poderia ter olhado para um quadro ou para o nascer do sol. Ela era linda de tirar o fôlego, cheinha, pálida, rosada e feminina, as cores e as curvas do interior de uma concha. Ela se inclinou por cima de sua mesa quando ele passou, absorvendo o perfume dela profundamente.

— Chegou isto para você — disse ele.

— Ah, obrigada — disse Agathe. — Por que será que não chegou com o resto da correspondência?

— Porque quem enviou fui eu.

Agathe deu uma olhada no envelope e sorriu, reconhecendo a caligrafia tão familiar do prefeito. Ela rasgou o envelope e abriu. Dentro dele, havia dez bilhetes de loteria e um recado, mas, quando ela ergueu os olhos para agradecer, Tibo já estava se afastando. Ele não parou para olhar para trás até que a porta de sua sala estivesse fechada com segurança atrás de si e ele pudesse se colocar, com as mãos para trás, de encontro à madeira, e respirar fundo sem fazer barulho, para esperar as batidas em seu peito amainarem.

— Pronto — disse ele. — Está vendo? Foi bem fácil. É só uma carta. Nada mais. Realmente, não tem nada de mais.

Ele tirou o paletó e se sentou à mesa para trabalhar um pouco enquanto, a poucos metros de distância, Agathe em sua mesa olhava do envelope que tinha nas mãos para a porta dele e da porta dele para o envelope que tinha nas mãos e de volta mais uma vez, sacudindo a cabeça de alegria e descrença.

— Bilhetes de loteria — sussurrou ela. — Bilhetes de loteria... dez bilhetes de loteria. Ele quer que eu tenha a minha casinha na costa da Dalmácia. Bilhetes de loteria.

Ela os tirou do envelope e espalhou em cima da mesa e uma folha de papel dobrada caiu. "Cara Agathe", o recado dizia; não "Cara Sra. Stopak." Ela reparou nisso. "Espero que tenha gostado do nosso pequeno almoço de ontem tanto quanto eu. Se quiser se juntar a mim mais uma vez hoje, ficarei encantado. Fica por minha conta." E estava assinado com simplicidade: "Tibo."

Vinte minutos depois, os vinte minutos mais longos da vida de Tibo, Agathe estava parada na frente da porta da sala dele segurando uma xícara de café com dois biscoitinhos de gengibre no pires. Com a mão livre, a mão que segurava uma folhinha dobrada de papel timbrado do conselho, ela bateu e, sem esperar resposta, entrou na sala feito Vênus voltando para casa no Olimpo, depois de uma longa tarde passada deixando pastores loucos de amor. As nuvens cinzentas se abriram com sua chegada. O sol que entrava pelas persianas abertas beijou seus perfeitos dedos dos pés quando passaram pelo carpete, e Tibo ergueu os olhos de seus papéis para ela com o tipo de olhar que homens sentados na cadeira elétrica lançam para garotos portadores de telegramas que chegam sem aviso à câmara de execução.

Inclinando-se por cima da mesa dele, Agathe colocou a xícara com cuidado no mata-borrão. O bom prefeito Krovic fez um esforço heroico para não olhar pela frente da blusa dela, que se abria convidativa na sua cara. Ele disse a si mesmo que não tinha reparado nas estruturas incrivelmente minúsculas, adoravelmente transparentes que ele, quase com toda a certeza, tinha vislumbrado ali e se forçou a olhá-la bem nos olhos quando ela disse:

— Isto chegou para o senhor, prefeito Krovic.

Ela lhe entregou o papel dobrado e saiu balançando da sala.

Recostado em sua cadeira, Tibo abriu o bilhete e leu. Dizia: "Vou ficar encantada de me juntar a você para o almoço." Ele ficou tão estupefato que nem reparou quando Agathe suspirou "obrigada" ao passar pelo brasão da cidade na parede.

Durante o resto da manhã, eles ficaram acanhados demais para se falar. Uma declaração havia sido feita (fosse lá o que fosse), mas um parecia concordar com o outro no ponto em que não havia mais nada a ser dito até que os sinos da catedral declarassem que estava na hora do almoço.

A máquina de escrever de Agathe bateu, seu telefone tocou, o bule de café esvaziou e se encheu até que, a distância, na praça, os pombos se ergueram feito um véu de viúva por cima da catedral e, um ou dois segundos depois, o "gong" polido e suave do sino chegou à Prefeitura e Tibo apareceu à porta de sua sala.

— Parece que é 1 hora — disse ele. — Você...? — Tibo quase disse: "me quer", mas não falou.

— Sim, estou pronta — respondeu Agathe. — Só vou pegar meu casaco.

Tibo já estava esperando ao lado do porta-chapéus, com o casaco dela nas mãos, segurando-o para ela, pronto para que ela enfiasse os braços e ele o ajeitasse sobre seus ombros. Um sopro de Taiti chegou até ele enquanto ela agitava o corpo para o casaco ficar no lugar.

— Hoje está mais frio — disse ela.

— Está. Muito mais. Sim.

E houve mais um momento assustador quando eles ficaram imaginando, os dois, se era assim que o almoço seria: um desfile de comentários tolos e vazios a respeito do clima, um arrastar de pés acanhado quando os dois tinham esperança de que fosse uma valsa, sem escapatória para o acanhamento deles, durante uma dolorida hora inteira.

Agathe pegou o braço de Tibo ou ele o ofereceu, agora já não fazia muita diferença, já que era o que os dois queriam.

— Você comprou bilhetes de loteria para mim — disse ela quando eles atravessaram a ponte e chegaram à rua do Castelo.

— É, comprei — respondeu Tibo.

— Foi muita gentileza. Muito obrigada.

— Foi só uma bobagem. Não foi nada mesmo.

— Por quê?

— Por quê?

— Sim, por que comprou bilhetes de loteria para mim?

— Você não joga na loteria? Ontem. Achei que tinha dito. Não disse? Achei que tinha dito que jogava na loteria todo mês.

— Eu disse, sim. Foi gentil de sua parte lembrar.

— Eu lembro — disse Tibo. — Você joga na loteria e, quando ganhar, veja bem, "quando" ganhar... vai comprar uma casa na costa da Dalmácia.

Agathe poderia ter dado um abraço nele por isso, mas ele olhou para ela e disse, até ríspido e muito profissional:

— Chegamos.

E abriu a porta grande e reluzente do Anjo Dourado.

Dessa vez, o vislumbre de reconhecimento que se espalhou pelo salão foi suficiente para fazer as sobrancelhas escuras e italianas de Cesare dispararem quase até o teto. O honorável prefeito! Duas vezes no mesmo dia, dois dias seguidos! E com a mesma mulher! Nos dois dias! O choque da chegada deles fez os garçons terem espasmos. De lados opostos do salão, de todos os cantos, quatro deles avançaram, erguendo-se na ponta dos pés, tão leves e altivos quanto gigolôs em um salão de tango argentino. Mas cada um deles, ao se movimentar, fez uma varredura com os olhos no café por instinto, avistou um irmão garçom na metade do passo, retornou aos calcanhares, ergueu-se, avançou, deu uma olhada silenciosa em Cesare, que estava imóvel atrás do balcão, lançando sinais com os olhos, como um semáforo secreto na forma das sobrancelhas, mandando recados para um e para outro, até que cada um deles, por sua vez, parou e retornou à posição inicial, confuso.

Sobrou para Mamma Cesare salvar a honra do Anjo Dourado. Ela deu um passo à frente e, de algum ponto abaixo do peito de Tibo, disse:

— Mesa para dois? Por aqui, por favor.

Pequena e morena, Mamma Cesare avançou na frente deles feito um cogumelo mágico conduzindo duas crianças perdidas em um conto de fadas.

— Esta é uma boa mesa — ela disse, sem deixar espaço para discussão. — Querem que eu traga o cardápio ou confiam em mim para trazer o que está bom?

Tibo se sentou e sorriu por cima da mesa para Agathe.

— Apenas traga o que estiver bom — disse ele.

— Muito bem — disse Mamma Cesare. — Vocês dois conversam. — E ela saiu.

— Então, sobre o que vamos conversar? — perguntou Tibo.

— Bilhetes de loteria... acho que devemos conversar sobre bilhetes de loteria. Você ia me dizer por que os comprou para mim.

Tibo esfregou a mão no rosto, em um gesto acanhado.

— Você não se incomoda, não é mesmo? Eu não gostaria de ofendê-la.

— Bobo. Claro que não me ofendeu. Está tudo bem. Sinto muito. Foi um presente adorável. Não importa por que os comprou para mim. — Agathe baixou os olhos para a toalha de mesa e traçou o padrão do tecido com a ponta da unha até que Tibo fez com ela parasse, colocando sua mão por cima da dela.

Era a segunda vez que ele se tocavam em dois dias, a segunda vez na vida.

— Eu comprei bilhetes de loteria para você porque quero que seja feliz. Eu só quero que você seja feliz. Percebi, bom, há algum tempo, que quero que você seja feliz desde que a conheci. Se eu pudesse comprar para você aquela casa na costa da Dalmácia, eu compraria. Mas não posso, por isso comprei bilhetes de loteria para você, em vez disso. Você merece. Você merece presentes. Você merece tudo.

Uma pausa se instalou. Um momento de silêncio em que nada foi dito e nada aconteceu, além do polegar de Tibo se mexer com suavidade e lentidão, para trás e para frente, nas costas da mão de Agathe. Ele fazia pressão ali, ali, no montinho fofo de carne entre o polegar e o indicador dela, esfregava com tanta suavidade que Agathe sentia que sua pele poderia a qualquer momento se desfazer sob o toque dele. A sensação lhe veio do tempo em que era pequena, quando estava passando uma temporada na fazenda dos primos e ficou doente. A sua pele, na época, tinha ficado com a mesma sensação, antes de acontecer, antes de ela ficar doente, como se estivesse em carne viva, sensível e aberta, como se nem estivesse ali e como se não houvesse nada para protegê-la do mundo, e cada toque era como uma brasa quente.

— Deram a mesa da janela para nós mais uma vez — disse ele depois de um tempo.

— É. Daqui a pouco, esta vai ser a "nossa mesa". — E aí ela ficou se perguntando se não tinha ido longe demais e se apressou em completar: — Desculpe.

— Por que está pedindo desculpa? — perguntou Tibo. — Pare de se desculpar. Você não tem nada de que se desculpar. Quem a ensinou a fazer isso?

— Só achei que pareci um pouco presunçosa — disse ela. — Como se esperasse que você me convidasse para almoçar todos os dias. Como se isso fosse se transformar em algo regular.

— Acho que eu gostaria que isso acontecesse — disse o prefeito. — Acho que eu gostaria que isso fosse algo regular. Se você quiser.

— Eu quero. Iria gostar muito disso. Se você também gostar. — E então, depois do tempo que demora para absorver a realidade nua e crua, ela arrematou: — Tibo.

O prefeito reparou.

— Você me chamou de "Tibo" — disse ele. — Nunca tinha feito isso.

Ela apertou a mão dele e sorriu.

— Você que começou. Você me chamou de "Agathe".

— Eu não ousaria!

— Mas chamou, chamou sim! Naquele recado que mandou com os bilhetes de loteria dizia "Cara Agathe". Eu reparei. Foi a primeira vez que me chamou de qualquer outra coisa que não fosse "Sra. Stopak".

Tibo limpou a garganta e assentiu.

— É — disse ele devagar. — E você acredita que eu consegui fazer a coisa toda em um pouco menos de um bloco e meio de papel de recado? Florestas inteiras foram derrubadas para que eu pudesse escrever uma dúzia de palavras e convidá-la para almoçar.

Eles ficaram em silêncio por um momento, olhando um para o outro por cima da mesa, e então uma porta se abriu no fundo do café e Mamma

Cesare saiu de lá, carregando uma braçada de pratos fumegantes. Enquanto ela abria seu caminho pelo meio das mesas, Tibo e Agathe se soltaram, encolhendo os dedos, e finalmente se afastaram, com um último puxão magnético, até que, quando Mamma Cesare chegou, estavam lá sentados recatados, respeitáveis, decentes e unidos apenas pelos olhos.

— Espaguete — Mamma Cesare fez o anúncio óbvio. — Venham amanhã, vão comer nhoque.

— Hoje, fico contente por comermos espaguete — disse o prefeito Krovic, mas sem nunca desviar o olhar do rosto de Agathe.

— Muito bom — Mamma Cesare sorriu. Ela pousou na mesa uma cestinha de pão crocante e observou: — Pão, pão bom — e ofereceu vinho e água, saladas, azeite e vinagre, e desempenhou todos os rituais sacramentais do café italiano, salpicando o prato deles com caracóis de parmesão e brandindo seu pimenteiro como um cassetete fálico impraticável.

Quando ela se afastou mais uma vez, Tibo disse:

— Fale mais sobre você.

— Eu já falei demais sobre mim ontem. Fale-me sobre você.

Tibo se debateu com uma bocada de espaguete por um momento, até que, quando sentiu que era possível falar com certa dignidade, disse:

— Não há nada para contar. Você sabe tudo. A cidade inteira sabe tudo. Essa é a minha grande tragédia: não ter nada que as pessoas não saibam.

— Eu não sei quase nada sobre você — disse Agathe.

— Acho difícil de acreditar. Pelo que eu sei, não há nada que aconteça em Ponto que lhe seja desconhecido.

— Coisas bobas. Coisas triviais. Pó antipiolho e hipnotismo. Só bobagem. Eu sei que você é um homem bom, Tibo Krovic, e é gentil e bonito...

— Bonito!

— Sim. À sua maneira, é muito, muito bonito. É quieto, honesto, confiável, calmo e gentil, mas eu não sei absolutamente nada sobre você.

Tibo olhou para ela por cima da cestinha de pão, com uma garfada de espaguete entre o prato e a boca de Agathe, e viu coisas nela que nunca, jamais tinha visto antes em nenhuma outra mulher. Houve um tempo (será que tinha sido há dez anos, há vinte anos, ou há ainda mais tempo?) em que dias assim deviam ser lugar-comum, quando Tibo Krovic, um jovem de Ponto em ascensão, devia ser visto nos cafés da cidade, no Anjo Dourado ou até mesmo no Macaco Verde, dando risada alta demais, bebendo um pouco além da conta, rodeado por amigos, de mãos dadas com alguma moça adorável em um canto reservado e escuro, fingindo não notar que ela imaginava cortinas e vestidos de noiva, fazendo planos para enviar-lhe flores pela manhã, fazendo planos para sair com a irmã dela na semana seguinte. Ele devia ter feito isso naquela época. Deveria ter havido dezenas de moças, dúzias delas, uma depois da outra. Sucedendo-se anualmente, de braço dado com ele no baile beneficente de Natal, um desfile de vítimas complacentes, enroscadas em seus lençóis ou até, imagine só, uma que chegasse e ficasse e nunca cansasse. Só uma. A certa. Uma que fosse engrossar o pulso, a cintura e o tornozelo, inchada no quadril, moldando o colchão em curvas e vazios familiares e se enchesse, florescesse e frutificasse, uma vez após a outra, uma casa inteira de crianças rosadas e inteligentes. Naquela época seria natural, mas não agora. Agora ele tinha perdido sua chance. Nem mesmo os jardineiros dedicados do Departamento Municipal de Parques e Recreação seriam capazes de produzir narcisos em outubro.

Agora, estar sentado ali, naquele lugar, daquele jeito, com uma mulher como Agathe Stopak, era uma maravilha e um milagre. E, no entanto, era verdade. Agora, com as primeiras geadas logo ali na próxima curva, depois de um longo verão vazio, em que não houve tempo para braçadas de mulheres, nada de dúzias jogadas, viradas, enroscadas nos lençóis; apenas duas, ou talvez uma breve terceira (coisa que é muito, muito menos do que uma). E aqui estava ele com Agathe. Haveria algo de que se gabar nas dúzias, algo com jeito de bar, com um ar de cigarro e com um gesto de afinar as pontas dos bigodes, e poderia haver algo verdadeiramente heroico em uma, uma que fosse única, mas havia algo de dar dó e patético e sem graça nas três: três que nunca ficaram, nunca se demoraram, nunca estalaram. Tibo pensou nelas e se sentiu envergonhado, porque agora ele sabia (já sabia fazia 24 horas inteiras) o que era amar. Ele amava Agathe. Ele estava apaixonado por Agathe. As vezes anteriores... tinham sido como doenças. Ele sabia disso. E agora ele tinha encontrado a cura.

Ela se inclinou um pouco para frente, com a cabeça por cima do prato, e, enquanto abria os lábios e colocava as tiras macias de massa na boca, ele sentiu o coração bater mais rápido.

— Desculpe — disse ela, e limpou a boca com o guardanapo.

— Não. Não. Eu a estava encarando. Eu. Minha culpa. Sinto muito. — Ele não conseguia desgrudar os olhos dela.

— Uma coisa — disse ela para romper o silêncio.

— Desculpe, não entendi.

— Conte-me uma coisa sobre você. Diga-me qual é o seu nome do meio.

— Não tenho. Eu me chamo apenas Tibo Krovic.

— Não — disse Agathe, cheia de decisão. — Você é o "bom" Tibo Krovic. É assim que o chamam. Você sabia?

— Sabia. Alguém me disse, certa vez. É um fardo.

— Mimi — disse Agathe.

— O seu nome do meio? O seu nome do meio é Mimi?

— Você acredita que era o nome da minha avó? Eu sei. É ridículo.

— Eu acho adorável — disse Tibo.

— O bom Tibo Krovic não é um mentiroso muito bom. Agora é sua vez. Pode perguntar.

Ele parou para refletir, transformando um pedaço de pão em migalhas enquanto olhava com muita atenção para o teto.

— Tudo bem — disse ele. — Diga-me o que seria necessário para fazê-la feliz.

— Isso não é muito justo, não é mesmo? Eu pergunto qual é o seu nome do meio, e você pergunta o que é necessário para me fazer feliz!

— Desculpe — disse Tibo. — Foi demais. Você tem razão. Eu não devia ter perguntado. Desculpe.

Agathe largou o garfo.

— Não estou ofendida. É uma boa pergunta. É uma pergunta que eu faço a mim mesma e você sabe disso, Tibo. Eu não faço ideia. Não tenho a menor noção. Deve haver algo. Deve haver alguém.

— Mas você tem Stopak — disse Tibo. Saiu parecendo uma pergunta.

— Não — respondeu Agathe. E foi só isso.

Eles olharam um para o outro por cima da mesa então, tantas mensagens, avisos, desejos, súplicas e incentivos naquele olhar, tudo sem ser dito, tudo compreendido, meio acreditado e meio imaginado.

— Não. — disse Tibo.

— Não — Ela voltou a pegar o garfo. — Mas, bom, as regras do jogo estão claras agora, então é sua vez. Diga-me. O que seria necessário para fazer você feliz?

— Eu? — perguntou Tibo.— Eu sou feliz. Sou perfeitamente feliz.

— Bom, isso é muito bom — disse Agathe. — Isso é ótimo. Mas eu não acredito em você. Ah, não faça esta cara de ofendido para cima de mim. Qual foi a última vez que você riu?

— Agora mesmo. Há apenas um minuto. Com você.

— E antes disso, quando?

Tibo estava tendo problemas para lembrar.

— Fica difícil quando você coloca assim. Eu rio o tempo todo. Rio. Rio sim.

— Acredito — disse Agathe. — E os seus amigos?

— Muitos.

— Não é saudável ter muitos amigos, a qualidade deve estar acima da quantidade quando se trata desse assunto. E não estou falando de pessoas que conhecem o prefeito de Ponto. Estou falando de pessoas que conhecem Tibo Krovic, pessoas que sabem quanto açúcar ele coloca no café.

— Eu não uso açúcar — disse Tibo.

— Eu sei. Há anos preparo o seu café. Quem mais sabe disso?

Tibo deu uma esticada cheia de ressentimento no último laço de espaguete em seu prato.

— Acho que não estou mais gostando desse jogo — disse ele. — Você é boa demais nele.

Agathe estendeu o braço por cima da mesa e ofereceu-lhe a mão. Ela sussurrou:

— Sinto muito, sinto muito. — E então, com os dedos entrelaçados nos dele, ela perguntou: — Quanto de açúcar eu uso?

Tibo ficou envergonhado.

— Desculpe, eu não sei. Você é que sempre faz o café.

— Está vendo? — ela riu. — Você se saiu melhor do que eu. Tem um a mais do que eu na sua lista.

Tibo não disse nada.

— Pode perguntar, sabe? Você tem minha permissão para perguntar.

Havia tantas coisas que Tibo queria perguntar, mas resolveu ir devagar durante um tempo.

141

— Muito bem, então, Sra. Agathe Stopak, quanto de açúcar você coloca no café?

— Só uma colher. Uma e mais nada. Isso faz com que sejamos amigos oficiais agora?

— Acho que sim, faz — disse ele e se inclinou para frente, para dar um beijo na ponta dos dedos dela, mas, bem neste exato momento, avistou Mamma Cesare dirigindo-se para a mesa deles e, então, soltou a mão de Agathe com um suspiro mal-humorado.

— Está tudo bem? — perguntou a senhora.

— Adorável — responderam em uníssono, rígidos.

— Que bom, adorável, muito bem. Trago cafés agora, muito bem.

— Acho que só a conta — Tibo deu uma olhada para Agathe para conferir. — Nós precisamos voltar ao trabalho. E podemos tomar café lá.

Mamma Cesare fungou sua desaprovação.

— Talvez vocês possam tomar café, mas não é tão bom quanto o meu. Vou trazer a conta. Amanhã vocês comem nhoque. — E saiu arrastando os pés.

Mais uma vez do lado de fora na rua do Castelo, Tibo perguntou:

— Você gosta de nhoque?

— Não tenho bem certeza do que é nhoque — disse Agathe. — Mas, bom, amanhã é sábado.

Por um instante, Tibo não soube muito bem por que aquilo fazia diferença. Nhoque (pequenas bolinhas de batata) podia ser comido qualquer dia da semana em que se tivesse vontade, mas aí o peso todo de sábado se abateu sobre ele. Sábado. O fim de semana. Dois dias inteiros sem trabalhar. Dois dias inteiros sem uma desculpa para ver Agathe.

— É — disse ele. — Sábado. Tem alguma coisa planejada?

— Não exatamente. Não. Na verdade, não. — Ela esperava que Tibo tomasse aquilo como convite, mas ele não respondeu nada.

Eles caminharam mais um pouco e ela tentou de novo.

— E você? Tem alguma coisa programada?

— Bom, não ria, mas eu pensei em fazer compras. Talvez comprar um terno. Ou até dois.

Agathe faz um "aaaaaaaah" de gozação.

— Ah, não faça isso! Eu disse que não era para rir.

— Não estou rindo. É, você provavelmente está precisando mesmo de um terno novo.

Eles continuaram andando pela rua do Castelo em silêncio, Agathe ao lado dele com aqueles passos amplos, fáceis e gingados que faziam os homens se virarem e olharem para ela quando passava, Tibo alto, reto e elegante, cada um imaginando se o outro era capaz de ler seus pensamentos.

Tibo não disse: "Que se danem os meus ternos. Para o diabo com os ternos. Você é capaz de imaginar todas as coisas que eu gostaria de comprar para você? Você é capaz de imaginar todas as coisas que eu lhe daria de presente, todos os dias, se eu pudesse? Vestidos novos, sapatos novos, peles e joias e lingerie, lingerie linda, linda, e doces e confeitos, e flores e champanhe, e bibelôs e bobagens, besteiras e tranqueiras e nadinhas de nada."

E a Sra. Agathe Stopak não respondeu: "Você sabe que tipo de calcinha eu estou usando? Consegue ver? É capaz de adivinhar? Muito, muito obscena. Minúscula. Absurda. Será que você consegue imaginar o tipo de mulher que usaria uma calcinha assim? Espero que eu não caia embaixo de um bonde no caminho de casa. O que iam pensar de uma calcinha como esta na enfermaria, só Deus sabe."

— É, um terno novo — disse Tibo. — E eu achei que podia dar uma olhada na banda de metais no parque Copérnico, no domingo.

— No domingo?

— É, no domingo, à 1 hora

— À 1 hora?

— No parque Copérnico, à 1 hora — disse Tibo com ênfase. — É a última apresentação do ano. Sempre marca o fim do verão. As andorinhas vão embora, os grous voam para o sul, os gansos desaparecem no Ampersand.

Agathe deu risada.

— E a banda da Brigada Anti-incêndio guarda as tubas! Vamos lá, prefeito Tibo Krovic, você me prometeu uma xícara de café!

E ela começou a correr, batendo os saltos na ponte Branca e adentrando a praça da Cidade. Antes de ela ter atravessado a metade, Tibo também já estava correndo.

O prefeito Krovic iria se lembrar daquela tarde em seu gabinete como a primeira de sua vida. O amor é assim: dá um gosto novo a tudo, pinta tudo de cores diferentes, acaricia os nervos com uma sensação formigante, faz as coisas mundanas e tediosas voltarem a ser suportáveis. O café daquela tarde, que foi feito no mesmo bule velho que tossia, arrotava e cuspia na mesa do lado da porta, desde quando qualquer um era capaz de se lembrar, foi diferente de qualquer café que Tibo já tivesse tomado. Para começo de conversa, ele mesmo o tinha preparado (era a primeira vez que ele fazia seu próprio café na Prefeitura em muito tempo) e Agathe ficou sentada em sua mesa e deu risadas altas enquanto ele caçava a lata de café, errava o lugar da colher e espalhava açúcar pelo chão. Mas ela deu um sorriso gracioso quando ele lhe entregou a xícara, e deixou os dedos se demorarem sobre os dele por muito mais tempo do que era necessário quando o pires passou de mão em mão entre eles.

E então eles conversaram, mas com alegria dessa vez, sobre como gostariam que a vida fosse, não como era: não em uma cidadezinha fria do norte, mas no litoral de um mar quente e escuro como o vinho; não rodeada por milhares de pessoas sem que nenhuma delas soubesse quanto açúcar colocar em uma xícara de café, mas com apenas uma pessoa que soubesse, mas isso não fazia diferença, porque havia vinho para beber.

Os pedacinhos de verdade vinham em sentenças e meias frases, e, entre eles, falavam do programa da semana no Palazz Kinema, e como eram maravilhosas as tortas de uva-passa que a avó de Agathe costumava fazer, e como hoje em dia não dá mais para consegui-las, nem por amor nem por dinheiro, e como era ter 9 anos e pescar na ponta do píer e colocar caranguejos em uma caixa para assustar a sua mãe com o barulho de arranhões e de estalos das pinças que eles faziam no meio da noite, ou como é horrível ficar sozinho, sem amor, e como é estranho que só se encontram romãs nos mercados durante algumas poucas semanas.

Do lado de fora, os sinos da catedral soaram mais uma vez. E mais outra. O céu começou a avermelhar.

— Precisamos trabalhar — disse Tibo.

— É, precisamos — disse Agathe.

— Eu tenho trabalho a fazer — disse ele.

— Eu também.

— É.

— Leve a última xícara de café consigo, se quiser.

— Sim, obrigado. Vou levar.

Tibo caminhou de costas para dentro de sua sala, olhando para Agathe durante todo o trajeto, por cima da borda da xícara que se erguia até seus lábios como um brinde, olhando-a bem nos olhos e caminhando de costas até fazer a curva para dentro de sua própria sala, através da porta para onde o carpete era grosso e onde ele ficou, de maneira bem repentina, sozinho.

— Eu realmente preciso trabalhar — disse ele em tom alto o suficiente para que ela escutasse.

— E eu também — respondeu ela.

— Não, estou falando sério.

Tibo se sentou à sua mesa e pegou uma das pastas vermelhas de Agathe, abriu e ficou lá sentado, olhando para os papéis de maneira inútil. Sua mente estava ocupada pensando nela: não havia espaço para a baboseira municipal.

— Nós nos importamos com a altura regulamentar das lápides? — perguntou ele bem alto.

— Novas regras para os funerais no cemitério e coisa e tal. Vai ser tudo discutido pelo Comitê de Parques na terça-feira. Coloquei os papéis na sua pasta.

Agathe respirava com esforço e resmungava do outro lado da porta e havia muitas batidas ruidosas, cadeiras se arrastando no chão, o barulho de mobília mudando de lugar.

Tibo se levantou para investigar.

— O que você está fazendo aí?

E ele a encontrou entrando em sua sala, debatendo-se com uma mesinha. Ela a trazia encaixada na frente dos quadris, tentando empurrá-la e fazê-la passar pela porta, para a sala interna.

— Surpresa! — Agathe sorria feito uma boba. — Pensei em trazer isto para cá. Talvez possamos trabalhar juntos um pouco. Vai ser mais rápido. Eu trouxe os biscoitos também.

E lá estavam eles, um pacote de biscoitos de gengibre, equilibrados na beirada da mesa que ela carregava.

— Largue isso — ordenou Tibo.

— Não quer que eu me sente com você?

— Não quero que você se machuque. Dê isso aqui.

Ele pegou a mesa e colocou bem perto da sua, encostada, bem na frente de sua cadeira, um pouquinho de território estranho anexado ao lado de seu mata-borrão.

— Vou pegar a sua máquina de escrever — disse ele.

Agathe saltitou atrás dele com sua cadeira e uma resma de papel timbrado do conselho.

— Isso aqui é divertido — disse ela ao se sentar e folhear um caderno.

— Isso é insanidade — disse Tibo e olhou para ela e sorriu e sacudiu a cabeça. — Loucura.

Mas eles executaram o trabalho, passando os biscoitos por cima da mesa, mordendo, mastigando e jogando as migalhas no carpete em montinhos disformes, passando longos minutos imóveis, olhando um para o outro, apenas olhando, tomando muito cuidado para só olhar quando o outro também olhasse, e pilhas de papel começaram a se erguer nas mesas, passadas de um lado para o outro e fechadas em segurança em pastas tediosas, apropriadas e solitárias.

E então Tibo estendeu a mão por cima da mesa e acendeu o abajur. Sombras se ergueram nos cantos da sala.

— Está tarde — disse ele. — Passam das 5 horas.

— Eu posso ficar — disse Agathe.

— Não. Não deve. É melhor não. — Havia uma espécie de alerta em sua voz e um apelo. — É fim de semana. Você tem direito.

— É — disse ela. Agathe se levantou e se espreguiçou, toda linhas e curvas, movimento, beleza e tristeza. Fim de semana. Aquela palavra de novo. Dois longos dias. O período solitário. E todo aquele tempo, noite e manhã, a balsa iria para Traço e voltaria com casais apoiados na amurada ou se dando as mãos na proa, ou rindo no salão, e então, quando chegassem às ilhas, eles pegariam as malas e sairiam correndo pelo píer para encontrar uma pousada com lareira fumegante e encanamento ruidoso, e cairiam na cama com uma garrafa, ririam e rolariam e amariam, mas Agathe não estaria entre eles, e no domingo, à uma hora, Tibo estaria acomodado no parque Copérnico com a banda da Brigada Anti-incêndio. — É. Acho que é melhor eu ir andando — disse ela.

O balde de Peter Stavo fez barulho no patamar. O esfregão dele fez um barulho molhado e chiado, como se fosse uma lula em fuga.

— Só vou levar a mesa de volta ao lugar.

— Não — disse Tibo. — Não seja tola. Eu faço isso. Você pode ir embora.

— Tudo bem. Obrigada. Boa noite — e ela fez uma pausa — Tibo.

— Boa noite, Agathe. Boa noite, Sra. Agathe "uma colher rasa" Stopak.

Ela sorriu para ele e, com alguns passos lépidos, já estava mais uma vez na frente da porta.

— Foi divertido, não foi? O almoço e tudo mais. Agradável.

— Foi maravilhoso — disse Tibo. — O almoço, e o café e isto. Tudo.

— Tudo. Sim.

Ele ouviu o barulho do porta-chapéus balançando e a imaginou vestindo o casaco. Bem baixinho, escutou quando ela disse "tchau" para Peter Stavo, e então o lugar ficou em silêncio.

Exatamente da mesma maneira que cada momento com Agathe, de repente, se tornara muito mais vívido e nítido, o mundo assumiu um tom sépia para Tibo quando ela saiu do gabinete. Havia uma viagem de bonde até em casa, um jornal vespertino, uma tigela de sopa da panela que ele tinha preparado três dias antes, um banho e uma cama, e ele não se lembrava de nada disso. E daí era sábado, e as batidas, o pulsar, a dor de dente começaram de novo. Agathe, Agathe, Agathe: o nome dela, rodando e rodando em sua mente.

— Lojas! — disse Tibo si mesmo enquanto virava a xícara de café meio cheia na pia. — Ternos. Vamos lá, Krovic, faça um esforço.

Ele deu uma rápida apalpada nos bolsos, só para checar se a carteira e as chaves estavam no lugar adequado, bateu a porta, de modo que a grande caixa de correspondência de latão tremeu, e saiu pelo caminho ladrilhado de azul. Gotas de orvalho esperavam em uma franja na beirada inferior do sino pendurado perto da rua, e Tibo reparou em umas poucas folhas amarelas de sua bétula penduradas no portão tombado sobre o degrau no fim do caminho.

— Preciso fazer alguma coisa a respeito disso — disse ele. —Preciso mesmo.

Os bondes que servem Ponto em um sábado são bem diferentes dos que rodam pelas ruas nos outros dias da semana. No sábado, eles ficam cheios o dia todo, e não apenas quando carregam as pessoas para o trabalho, logo de manhã cedinho ou de volta, mais uma vez, no fim de uma tarde longa e cansativa. No sábado, os bondes ficam cheios de crianças (pirralhos de cara azeda, arrastados contra a vontade para as lojas com as mães, tropas deles com toalhas enroladas enfiadas embaixo do braço, a caminho dos banhos municipais ou voltando para casa, tremendo, com o cabelo ensopado e achatado contra a cabeça), tias e avós vestidas com esmero para um café com torta na Braun, ou voltando, cada uma com sete pacotes grandes amarrados com barbante de cortar o dedo; irmãs mais velhas em grupinhos fechados dando risadinhas, preparando-se para o baile de sábado, irmãos mais velhos que gostam de viajar na plataforma elevada, em pé contra a grade com os amigos, virados para trás e falando alto demais para que metade dos passageiros ali sentados se apavore com o artigo mais recente do *Pontense Vespertino* a respeito das gangues de navalhas que podem estar atacando a cidade e a outra metade fique lá, torcendo para que um galho apareça sem aviso lá em cima e varra o bonde como se fosse um sabre.

O prefeito Krovic não se incomodava com isso. No caminho para a cidade, o cobrador permitiu que eles compartilhassem a plataforma na parte de trás do bonde e eles foram conversando, abaixando-se nas curvas com um guincho das rodas de ferro enquanto Tibo lia o jornal, com um braço enganchado no suporte branco, os joelhos moles, o quadril dançando ao absorver o movimento.

— Despreocupado — disse Tibo a si mesmo.

Ele imaginou que as pessoas na calçada deviam achar que ele estava com um ar de pirata ali pendurado. Ninguém reparou.

O bonde diminuiu a velocidade para sua última curva para a avenida da Catedral, andou mais devagar e sacudiu. O prefeito Krovic se virou e deu um passo para trás para descer da plataforma, pousando com firmeza no calçamento de pedra com graça de bailarino, alto e confiante, e ergueu o jornal à altura dos olhos e o estalou em uma saudação cortês.

Quando o bonde foi desaparecendo atrás das casas, o cobrador acenou para ele e sorriu.

— Bom dia, prefeito Krovic — gritou ele.

Tibo abriu a carteira e tirou dali um envelope dobrado. De um lado, dizia: "Prefeito T. Krovic, Prefeitura, praça da Cidade, Ponto", e, do outro, dizia: "cebolas, linguiça, frango, lentilhas, cenouras, livro" e, sublinhado duas vezes, "ternos". Tibo gostava de ter uma lista. Ele passou os olhos por ela e planejou seu dia.

— Livro — pensou. — Na Knutson.

Tibo esperou até que um caminhão de carvão da Schmidt e Hodo passasse devagar e, então, entrou no meio do trânsito e correu para o outro lado da rua. Há um largo lance de degraus de pedra que forma um beco, que vai da avenida da Catedral na direção do lugar em que a Commerz Plaz se une à rua Albrecht e a cerca de dois terços da descida, à direita, fica a livraria Knutson. A escada que leva à loja se abre para o beco em um leve leque, com um corrimão de ferro no meio por segurança e, no fim, um par de janelas arredondadas grandes, preenchidas com pequeninos painéis de vidro verde antigo, todo cheio de bolhas e vincos, de modo que olhar para os livros lá dentro é a mesma coisa que tentar espiar uma biblioteca no fundo de uma lagoa perdida. A fachada da loja é pintada de verde, um verde-escuro e empoeirado, da cor de uma planta aspidistra na sala de uma tia-avó, e, apesar de a tinta parecer fina, não tem rachaduras nem bolhas. Escritas por cima da porta, em letras douradas de desenho clássico, estão as seguintes palavras:

I. KNUTSON, COMERCIANTE DE LIVROS MODERNOS, ANTIGOS E DE COLECIONADOR

Tibo adorava aquele lugar. Ele adorava todos os momentos que já tinha passado ali e contava todos eles do "ping" alto e confiante do sino quando abria a porta até que ele voltava a tocar mais uma vez atrás dele, quando saía.

Tibo ainda tinha em sua estante o primeiro livro que tinha comprado na Knutson: uma aquisição de infância que fizera em um dia de chuva, quando a água pingava da barra de seu casaco e fazia uma poça em forma de anel no piso de madeira escura, como um copo proibido colocado em cima da mesa de casa.

— Tudo naquela caixa tem o mesmo preço — tinha dito a Sra. Knutson. — Oferta especial: cada um custa um.

Tibo se lembrava de ficar ali, refletindo sobre o que comprar. Ele demorou tanto que a Sra. Knutson foi embora e o marido dela estava no caixa quando Tibo lhe entregou dois volumes velhos.

— E então, meu rapaz, quanto vamos cobrar de você por estes livros?

Tibo se lembrou das sensações de acanhamento e preocupação que o invadiram na ocasião. O dinheiro era curto: tão curto que ele não podia se dar ao luxo de executar caprichos. Ele ansiava pelo dia em que pudesse fingir não contar os centavos. Quando falou, a voz saiu meio seca e esganiçada:

— A sua senhora me disse que todos tinham o mesmo preço: um por cada um.

O Sr. Knutson ergueu uma sobrancelha acima do aro dos óculos.

— Bom, a minha senhora não devia ter dito essa grande tolice, porque ela não examinou a caixa da forma como você a examinou. — O dono da loja parou para refletir. — Por esse preço, você só pode comprar um. Então, qual você quer?

— Obrigado — disse Tibo. Ele sabia que estava sendo testado.

Uma grande questão se impunha sobre ele, aquele rapazinho (um menino) que ousava impor sua dignidade, aqui, na livraria Knutson, e exigia seus direitos enquanto pingava marcas no chão.

— Obrigado — disse ele. — Vou levar este. — E colocou o dedo na lombada de um Dante ilustrado.

— Tem certeza? — perguntou Knutson. — Certeza absoluta? Você ainda pode mudar de ideia. Pode levar o outro se quiser.

— Não, obrigado. Vou ficar com este mesmo.

— Então vou embrulhar para você. — O Sr. Knutson desenrolou uma medida de papel pardo do rolo que estava pendurado na ponta de sua mesa, rasgou-o bem reto na largura e embalou o livro com graça cheia de experiência. Estendeu a mão para pegar a moeda.

— Sinto muito — disse Tibo. — Só tenho cinco.

— Então agora eu tenho de devolver quatro? Rapaz, não sabe o que está fazendo comigo. Está me matando. — O Sr. Knutson acionou a alavanca da gaveta da caixa registradora e a abriu com um toque metálico. Ele contou quatro moedas na mão de Tibo com um gesto de má vontade e constipado e ficou olhando duro para ele o tempo todo, até ele chegar à porta. — Você fez a escolha certa, vale quatrocentos — disse o Sr. Knutson.

Tibo ficou boquiaberto.

— Sinto muito, muito mesmo. Vou devolver, é claro.

Mas Knutson ergueu a palma da mão em um gesto de proibição.

— Claro que não vai devolver, é claro! Você e eu fizemos um acordo. Um acordo é um acordo, rapaz... deve aprender isso. Ninguém foi enganado aqui. Ninguém jamais é enganado na loja de Knutson. Jamais. É uma questão de honra. Mas por favor, pelo amor de Deus, leve-o para casa embaixo do casaco. Está chovendo lá fora. — E a mão dele passou do gesto de impedimento para um aceno de dispensa.

O mesmo ping frio e cortante do sino que mandou Tibo de volta para o beco naquele dia agora lhe dava as boas-vindas à loja mais uma vez. E lá dentro tudo continuava igual, menos o lugar em que o Sr. Knutson certa vez se colocara e onde agora estava a Sra. Knutson, sozinha, um apoio de livro único, um volume ímpar.

Ela o recebeu calorosamente como: "Prefeito Krovic!", apesar de que, depois de tanto tempo, depois de conhecê-lo desde que era menino, ela teria o direito de usar só o seu prenome.

Mas a Sra. Knutson parecia achar que era bom para sua loja ter o prefeito de Ponto como cliente e sentia um orgulho de posse, maternal, em usar o seu título adequado... Não era qualquer amante dos livros que vinha para ficar entre as prateleiras, pegar um livro, abri-lo, testar a lombada, examinar a folha de rosto e conferir, sim, ali está, o "e" na página quarenta e seis quando devia ser "a", não era um cliente qualquer, mas sim o bom Tibo Krovic, o prefeito de Ponto em si, sabe?

— Prefeito Krovic — anunciou ela para a loja toda. — É sempre um prazer recebê-lo. Há algo específico que podemos encontrar para o senhor hoje?

— Sra. Knutson — Tibo estendeu a mão. — A senhora parece ótima e tão adorável como sempre. Só vou dar uma olhada, obrigado.

— Muito bem, prefeito Krovic. Não se apresse. Um cliente como o senhor, prefeito Krovic, é sempre bem-vindo na Knutson... desde que era menino e olhe só agora... olhe!

Mais para o fundo da loja, cabeças começavam a aparecer por entre os corredores de prateleiras: a cabeça de clientes menos favorecidos, que olhavam por cima de seus óculos professorais ou os tiravam mesmo da frente dos olhos e deixavam que ficassem pendurados, impacientes, de correntes finas de ouro, na corporificação física de um estalo de desaprovação: "Tsk!"

— E é sempre um prazer estar aqui — disse Tibo em tom suave e tranquilizador. Ele deu tapinhas na mão dela, reparou nos nós dos dedos grossos, as veias azuis aparecendo através da pele branca, macia, fina como papel.
— Vou só dar uma olhada.

— Sim, prefeito Krovic, é o que deve fazer. Dê uma olhada por aí. Sempre se encontra alguma coisa na Knutson.

Tibo se escondeu entre as prateleiras, acenando gestos de desculpas com a cabeça para os outros clientes à medida que ia passando ("Desculpe", "Desculpe", "Bom dia", "Com licença") e navegando, com tanta certeza quanto tinha demonstrado na Prefeitura, por Primeiras Edições Modernas, por Drama, por Poesia, por Teologia e Religião, uma ampla seção tão vazia e inexplorada quanto a Amazônia, onde (sem que Tibo soubesse nada disso) gerações de amantes impacientes tinham se agarrado em atitudes de blasfêmia, e avançando até Viagem, Exploração e Etnografia para Clássicos.

— Bom dia, prefeito Krovic. — Yemko Guillaume preenchia o sofá de couro abandonado no fundo do corredor como uma morsa preenche um banco de areia no Ártico. Seus joelhos eram forçados a se separar pelo volume solto da barriga imensa, os braços se crucificavam ao longo do espaldar e a cabeça pendia por cima do *Pontense Diário*, que fazia uma ponta como a de um pagode chinês em cima de seu nariz.

Ele pegou o jornal entre dois dedos parecidos com linguiças e o ergueu.

— É o prefeito Krovic, não é mesmo? Ouvi quando foi anunciado.

— Olá, Guillaume. Nós nos cruzamos o tempo todo.

— Infelizmente, não mais nos tribunais. Eu soube o que aconteceu. Sinto muito, sinceramente.

— Não guardo rancor de minha parte. O que fez foi inteiramente correto.

— Mas não foi, infelizmente, a coisa "boa" a se fazer — disse Yemko. — Não foi o que você teria feito. Sinto um imenso pesar por isso.

Houve um momento sem jeito de silêncio entre eles, até que Yemko pigarreou um pouco e disse:

— Desculpe minha falta de educação. Não quer se sentar e se juntar a mim? — Ele fez uma espécie de movimento de balanço para o lado e abriu um espaço no sofá que reclamava, mas, quando Tibo olhou para a fatia ínfima de almofada livre que Yemko tinha conseguido expor, voltou a pensar no papo dos dois na galeria e disse:

— Obrigado. Acho que vou ficar em pé.

Yemko sorriu para ele com um ar compreensivo e disse:

— Eu me lembro daquele dia na exposição, quando lhe falei a respeito da minha carta para o juiz Gustav.

— Sinceramente, não há necessidade de estender esse assunto. Eu compreendo.

— Não, não — disse o advogado. — Eu aceitei a sua absolvição. Eu ia falar de outras coisas. Eu me lembro que conversamos sobre os poetas antigos que não são mais lidos. — Ele fez um gesto para as paredes, para as prateleiras cheias do chão ao teto. — Veio aqui para refrescar a memória, Krovic? Eu faço isso, de tempos em tempos. Acredito que eu abuse enormemente da hospitalidade da pobre Sra. Knutson.

— Nós de fato fazemos o fornecimento de diversas bibliotecas públicas de Ponto, sabe? Elas são mesmo muito boas.

Yemko foi incapaz de segurar um calafrio e fez o tipo de cara que se vê em um *maître* quando alguém pede vinho tinto para acompanhar peixe.

— Tenho certeza de que qualquer biblioteca à qual você se dedica não pode ser nada menos do que adorável — disse ele. — Mas prefiro não usá-las. Prefiro não usar nada que carregue o adjetivo "público". Parece que sempre há a ameaça implícita da possibilidade de se esbarrar com os próprios clientes.

— Eu esbarro com os meus clientes o tempo todo — respondeu o prefeito Krovic.

— Mas só *a maioria* dos seus clientes são criminosos e desqualificados... *todos* os meus são assim.

Tibo se sentou em uma ponta do sofá e cruzou os braços. Ele perguntou:

— Já pensou em comprar livros próprios... livros que possa ler em casa, a salvo do olhar do cliente detestável?

— Bom, parece-me ser um desperdício terrível se tudo que eu jamais possa desejar está bem aqui. Eu tenho me deliciado com o mesmo volume de Catulo há... bom, há muito tempo, e tenho uma espécie de objeção teológica à compra de livros... parece-me injusto levá-los embora. Eu, com frequência, fico imaginando o que livreiros podem comprar que seja a metade tão precioso quanto os bens que eles vendem.

— Vitivinicultores — disse Tibo. — São os vitivinicultores.

Yemko rolou o corpo para frente um pouco, em menção de fazer uma mesura. Era o reconhecimento físico de um oponente de peso, sua maneira de observar: "Você compreendeu, muito bem." Um bocejo gigantesco se propagou por ele e ameaçou deslocar sua mandíbula, e ele disse:

— Mas, bom, ainda não me disse... está aqui para se debruçar sobre Diana e o pobre Acteão? Pode encontrá-los ali. — Fez um gesto para uma coluna alta e estreita de prateleiras perto da janela. — Ovídio. *Metamorfoses...* a única coisa que ele escreveu que vale algo, mas, bom, quem de nós é capaz de acender uma vela que permaneça acesa por dois mil anos? Quem de nós vai ser lembrado duas semanas depois que partir?

— Temos o velho Knutson — disse Tibo. — Ele é lembrado.

— Eu não me lembro dele.

— E duvido que ele iria se incomodar com isso. Mas a Sra. Knutson se lembra, e faz mais do que duas semanas.

Yemko parecia que estava com dificuldade de ficar acordado. As páginas em forma de barraca do *Pontense Diário* eram um refúgio cada vez mais tentador.

— Desculpe-me, Krovic, mas esse é só um sentimento tolo, não um memorial duradouro. A Sra. Knutson logo vai ser varrida pelo fluxo do tempo que tudo apaga, e aqueles de nós que nos lembramos dela logo iremos atrás. Algumas poucas batidas rápidas de coração a partir de agora e já não haverá mais ninguém para se lembrar que a livraria Knutson algum dia chegou a ser uma lembrança para alguém.

— O amor é assim. É pessoal. Se você ama, um mausoléu não faz a menor diferença.

Yemko olhou para ele com olhos azuis aquosos durante um bom tempo, e então disse:

— Ah, meu caro, meu caríssimo Krovic. Isto aqui é pior do que eu pensava. — Ele abriu o jornal, colocou por cima do rosto e se acomodou para voltar a dormir. A entrevista obviamente tinha chegado ao fim.

Tibo se levantou e atravessou para o outro lado do salão, onde passou algum tempo examinando prateleira após prateleira de Homero. Havia alguns livros muito bonitos ali, edições austeras encadernadas em couro, livros sensacionais com enfeites rebuscados, livros em brochura, livros que podiam ser comprados por metro para passar décadas sem ser abertos em prateleiras sombriamente respeitáveis. Mas ele encontrou o certo: aquele que ele queria comprar para Agathe. Era um livro que tinha sido amado, mas não demais, usado, mas não com rudeza. Ele se regozijava entre capas macias de camurça cor de vinho tinto, a cor de uma libação. Ele ficaria bem ao lado de uma tigelinha de azeitonas em um aposento ensolarado. Tibo o ergueu até o nariz e absorveu o cheiro de uma praia quente, areia e alecrim. Encheu sua mão com o peso de uma espada e o repuxo de uma corrente raivosa. Aquele era o livro.

Sem fazer barulho, com cuidado para não acordar Yemko, ele se virou para ir embora, mas, de trás, do sofá, escutou um meio sussurro:

— Dê-me mil beijos, depois cem... mais mil, cem a seguir... outros mil e mais cem. E quando tivermos esbanjado todos esses milhares, rasgue a nota e nunca conte... a menos que alguém considere nossos beijos doentios e deixem tantos com rancor.

— Seu amigo Catulo? — perguntou Tibo.

— Catulo — concordou Yemko. — Tome cuidado, Krovic. Algumas pessoas acreditam que beijos sejam mesmo doentios, e, às vezes, a conta é dificílima de pagar.

Não havia mais nada a dizer. Tibo saiu.

Em pouco tempo, depois de um diálogo gritado, cheio de carinho e acanhamento, com a Sra. Knutson ("Volte sempre, prefeito Krovic. É sempre um prazer vê-lo aqui, prefeito Krovic!"), Tibo estava de volta ao beco, com o livro de Agathe na mão.

A Sra. Knutson era tão calorosa, tão entusiasmada, tão orgulhosa dele e, no entanto, quando o sininho da loja tocou atrás dele, Tibo se viu balbuciando:

— Ela não faz a menor ideia se eu coloco ou não açúcar no café... não tem a mínima noção.

Ainda sacudindo a cabeça com suavidade, o bom prefeito Krovic seguiu o beco até Commerz Plaz.

Seu primeiro instinto foi ir à Braun em busca dos ternos que tinha prometido a si mesmo, mas, depois de pensar um pouco, decidiu-se pela Kupfer e Kemanezic. Seria mais caro, possivelmente, era um lugar menor com estoque reduzido, mas o tipo de lugar em que haveria apenas mais alguns poucos clientes, o tipo de lugar em que ele podia achar que experimentaria um terno sem que uma multidão de matronas corpulentas surgisse do salão de chá para ficar lá, tirando as migalhas de bolo do peito durante meia hora, enquanto o observavam e davam conselhos e dicas de moda sem palavras, e assentiam com a cabeça, sorriam e sugavam os dentes em ruídos conspiratórios: o tipo de lugar que, apesar de não ser exatamente privado, ainda era menos um show de horrores. Isso era importante para Tibo.

Caminhando por Commerz Plaz, ele passava o livro de Agathe de uma mão para outra, deixando o ar soprar pelas marcas úmidas e amassadas que as palmas de suas mãos tinham deixado no pacote. O medo de comprar roupas nunca tinha abandonado Tibo Krovic: a mesma tensão que ele sentia quando menino, quando observava a mãe juntar os últimos centavos para comprar uma calça ou passava a noite inteira suspirando com a ideia do trajeto até a loja de sapatos no dia seguinte, continuava com ele. A culpa era avassaladora. Ela o queimava, e, mesmo agora, a perspectiva de entrar na loja de um alfaiate o deixava com a boca seca e as palmas das mãos úmidas. O prefeito Krovic teria desperdiçado de bom grado seu último centavo com Agathe Stopak pelo prazer de vê-la sorrir, ele não conseguia passar pelo homem fedorento da sanfona na praça da Cidade sem deixar cair uma moeda no seu chapéu ensebado, mas ele recuava com a indulgência hedonista de uma camisa nova, e a ideia de *dois* ternos novos estava começando a parecer um excesso babilônico. Mas, como tudo mais em sua vida (até os últimos dias), a ida à Kupfer e Kemanezic tinha sido planejada e pensada.

Fazia parte de um sistema, o desígnio de viver, que Tibo tinha inventado para si mesmo como maneira de seguir em frente na vida, apesar de só ele saber que isso incluía não vivê-la, de jeito nenhum. E agora que ele tinha colocado o plano em ação, não podia mais mudá-lo nem recuar. Tibo Krovic estava tão comprometido em comprar dois ternos novos na Kupfer e Kemanezic quanto o bonde nº 17 estava comprometido em percorrer a avenida da Catedral.

E, da mesma maneira que o bonde nº 17 teria parado de supetão se tivesse encontrado a Sra. Agathe Stopak em seu caminho, Tibo virou a esquina na rua Albrecht e parou. Ela estava ali.

Agathe tinha chegado cedo à cidade e ficou matando tempo com o nariz apertado contra a vitrine da loja de animais de estimação Pelo e Pena, trocando beijos com os cachorrinhos em caixas cheias de serragem do outro lado do vidro. Agathe tinha inveja deles. Tinha inveja de sua inocência, de sua falta de vontades, de seu contentamento, de sua ânsia irrefreável por amor. Ser um cachorrinho deve ser uma coisa maravilhosa, ela pensou: só ficar lá esperando pela primeira pessoa que o quisesse, sair atrás dela e amá-la. A vida era mais complicada para as damas de Ponto... mesmo que elas não tivessem nenhum desejo além do desejo do cachorrinho. Ela apertou os dedos contra a vitrine com um pouco de tristeza e continuou andando.

Quando Tibo a encontrou, ela estava olhando a vitrine da loja de sapatos Ko-Operatif e olhando para os próprios pés e de volta à vitrine. Tibo teve vontade de correr até ela, agarrá-la pela mão, puxá-la pela porta e comprar tudo. Ele queria comprar todos os sapatos da loja. Ele queria fazer com que ela sentasse em um daqueles bancos de couro vermelho que havia lá dentro, abrir o talão de cheque, chamar uma vendedora e dizer: "Tamanho trinta e sete feminino. Vamos levar um de cada! Não! Dois de cada. Quer dizer, um par de cada!" Ele queria dizer: "Agathe, este é um par de botas forradas de pele e você pode usá-las todos os dias de inverno e nunca mais vir trabalhar com os dedos dos pés frios. Este é um par de sapatos de salto alto cobertos de lantejoulas, e você pode usá-los quando sairmos para dançar. Olhe só para estes! E para estes! E para as bolsas que combinam."

Ele disse:

— Olá, Agathe.

Ela ergueu os olhos, contente, surpresa e encantada ao vê-lo. Deu um passo à frente para cumprimentá-lo. Com a mão meio erguida, deteve-se e disse:

— Ah, Tibo. Olá!

E sua mão continuou subindo até roçar seus lábios.

— Comprando sapatos? — perguntou ele, como um idiota.

— Não, para dizer a verdade, não. — Ela apontou pela vitrine para um par de botas de inverno. — Só estava pensando naquelas ali. A neve logo vai chegar. O que você acha?

— Faça uma loucura — disse Tibo. — Dê um presente a si mesma.

— Quem sabe eu faça isso, depois do dia de pagamento, mas me parece uma extravagância terrível. Afinal de contas, tenho um par perfeito de galochas, mas...

— Mas seus dedos dos pés ficam frios — disse Tibo.

— Ah, ficam mesmo, ficam mesmo. Os seus não ficam? E quando os meus pés ficam frios, demora uma eternidade para esquentarem de novo.

De repente, Tibo encontrou coragem para dizer:

— Você pode esquentar os seus pés em mim.

Mas Agathe continuou falando. Ela disse:

— Sabe, aposto que não há uma única loja na Dalmácia que venda galochas ou botas de inverno. Não há demanda. Na Dalmácia, todo mundo tem os dedos dos pés quentes. Desculpe, o que você estava dizendo mesmo?

Tibo sorriu e respondeu:

— Nada.

O trânsito fluía na rua Albrecht, bondes lotados passavam fazendo barulho, alguns carros e um caminhão velho e cinzento, carregado com restos do açougue, com pedacinhos de osso e carne projetando-se para fora, a caminho da fábrica de fertilizante, e bem no alto daquilo tudo, na altura do telhado onde os apartamentos são pequenos e baratos, e os cravos nos parapeitos das janelas são cobertos de fuligem, passarinhos passavam voando como pontos pretos contra o céu, cantando. Ninguém os escutava. E, na esquina do beco, onde um dente-de-leão bem dourado tinha formado explosões de estrelas amarelas e pompons brancos como papel, um após o outro, durante todo o verão, como uma exibição lenta de fogos de artifício que dura um mês, um gato com olhos azuis passou. Ninguém viu. Porém, mais tarde, na memória, Tibo encontrou tudo aquilo registrado ali, as flores com sua bela cor sulfurosa e o gato bem-criado com sua fita e seu sino que só o canto dos passarinhos que passavam abafava.

— O que está fazendo aqui? — perguntou Agathe.

Parecia um catecismo, e a resposta deveria ter sido: "Estou aqui para conhecê-la e desfrutar de você para sempre." Mas Tibo disse:

— Vim comprar um terno para mim.

— Ah, sim, eu me lembro. Posso acompanhá-lo? — perguntou ela, da mesma maneira que perguntaria se ele queria outra xícara de café.

"Posso acompanhá-lo?", para ver sua humilhação íntima, como uma visita ao médico, como se fosse uma espectadora, enquanto seus ouvidos eram lavados ou seus calos eram raspados.

— Posso acompanhá-lo?

— Sim, claro — disse Tibo. — Claro. — E ofereceu-lhe o braço.

A Kupfer e Kemanezic ficava a apenas duas lojas de distância: uma porta de vidro com persiana de linho marrom e uma única vitrine ampla com um manequim de bigodes que tinha permanecido no mesmo lugar, tão impassível quanto um sentinela, sem nunca alterar a pose ou o penteado, desde que tinha assumido seu posto havia cinquenta anos, nem quando o sol bate através do vidro o dia inteiro e ameaça derreter o bigode de cera, nem no inverno, quando é obrigado a aguentar a humilhação de encarar a rua Albrecht ao exibir as mais recentes combinações peso-pesado. Ele ficava lá, sólido e firme, resistindo a tudo, a corporificação do tipo de serviço que um cliente da Kupfer e Kemanezic poderia esperar.

— Imperturbável — murmurou Tibo para si mesmo ao passar sob o olhar do manequim, e abriu a porta da loja para Agathe. — Imperturbável, uma palavra agradável... não tão bacana quanto "cotovelo", talvez, mas com um sabor parecido de clareza que rola na boca e, agora, contendo uma espécie de encantamento.

Agathe ergueu os olhos inquisidores para ele.

— Nada — disse Tibo. — Desculpe. Só... Nada.

Do lado de dentro, a loja era infinita: um longo cânion de carpete com padronagem sóbria que se estendia entre paredes avultantes de prateleiras de madeira e gavetas marcadas com "meias azuis" ou "meias pretas" e numeradas de acordo com o tamanho, e bem longe, na outra ponta, Tibo e Agathe se viram caminhando na direção de si mesmos, lado a lado, em uma fileira de espelhos. Foi uma imagem repentina e surpreendente, com um ar nupcial incomodativo. Um homem e uma mulher daquele jeito, tão próximos, nervosamente confortáveis, acanhadamente à vontade. Eles deram uma olhada um no outro no reflexo e rapidamente se viraram para o outro lado, como se tivessem sido pegos fazendo algo furtivo.

— Senhor, madame. — Era o próprio Kemanezic, esplêndido em uma camisa branca reluzente com um lenço vermelho-escarlate flamejando no bolso da lapela e um amor-perfeito minúsculo quase escondido no azul escuríssimo da gola. E então, com reconhecimento repentino, ele arrebanhou uma cadeirinha dourada na direção de Agathe e ordenou que ela se sentasse com um leve toque na parte de trás de sua perna.

— Ah, prefeito Krovic. É um prazer dar-lhe as boas-vindas à Kupfer e Kemanezic. Em que podemos ajudar?

— Um terno, eu estava pensando — a voz de Tibo soou anasalada e contida.

— Sim, senhor.

E como um mágico que aparece com uma cobra viva, Kemanezic de repente estava com sua fita métrica na mão. Ela chicoteou e se enrolou em Tibo, marcando o tamanho de seu peito, dos ombros, o comprimento dos braços, a cintura e...

— A madame gostaria de dar uma olhada nestas amostras de tecido? ...a parte interna da perna.

Kemanezic tirou um bloquinho com capa de couro do bolso interno e fez algumas anotações rápidas.

— Acho que temos tudo de que precisamos, prefeito Krovic. Se puder escolher o tecido e voltar daqui a duas semanas, podemos ter a prova pronta.

Tibo sentiu-se derrotado.

— Sim — disse ele. — Claro. Daqui a duas semanas. — E, depois de selecionar rapidamente dois materiais diferentes do livro de amostras, voltou-se para a porta.

— Mas, nesse ínterim, o prefeito vai precisar de algo para vestir — disse Agathe. — Um modelo de linha. Deve ter algo. Neste azul, acredito. — Ela estendeu o livro de amostras, aberto em um tecido macio em espinha de peixe.

— De linha? — Kemanezic hesitou. — Vou checar, Sra. Krovic. — E ele se retirou.

Eles ficaram, então, sozinhos na loja, Tibo e Agathe. Ele olhou para ela agradecido e disse:

— Obrigado.

Agathe abriu um sorriso solidário.

— Eu não sabia o que dizer — falou Tibo.

— E ele confiava nisso. Não se pode deixar que as pessoas mandem em nós.

— Eu me viro bem com o delegado de polícia ou com o escriturário da Prefeitura... o problema são só — a voz dele baixou para um sussurro trêmulo — os alfaiates.

Agathe olhou para os dedos dos pés.

— Você reparou?

— Sim. Ele a chamou de "Sra. Krovic"... eu reparei.

— Nós deveríamos corrigi-lo.

— Deveríamos mesmo — Tibo concordou, mas havia na sua voz um ar de moleque e de relutância de quem pede só mais cinco minutinhos.

Eles se entreolharam, tentando segurar as risadinhas, até que o Sr. Kemanezic voltou, trazendo consigo um garoto de rosto leitoso que cambaleava embaixo de braçadas de ternos e que lhes devolveu sua frágil solenidade.

O Sr. Kemanezic abriu as cortinas de um cubículo, de modo que os anéis chacoalharam.

— Faça o favor, prefeito Krovic.

Kemanezic tinha o dom: ele se encontra em mães, em professores muito bons e nos mordomos maldosos dos filmes do Inspektor Voythek, de fazer com que o pedido mais simples e mais simpático pareça uma ameaça de gelar o sangue. Ele era capaz de colocar uma compulsão de torcer o braço em uma respiração. Disse:

— Gostaria de experimentar estes, prefeito Krovic?

Da mesma maneira que um governador adentrando o corredor da morte diria: "Está na hora, filho."

Tibo olhou nervoso para Agathe, mas ela o enxotou com um gesto breve com a mão.

As cortinas se agitaram no cano mais uma vez, e Tibo ficou sozinho em uma salinha minúscula de madeira. Havia uma luminária fraca com globo de vidro fosco no teto, um espelho aparafusado à parede esquerda, dois ganchos de casaco lado a lado na parede direita e uma cadeira pequena, de

163

madeira vergada marrom, enfiada em um canto. Ele sentou e desamarrou os sapatos, levantou-se e os tirou com a ajuda dos pés, apoiando o dedão no calcanhar. Tirou o paletó e pendurou em um dos ganchos de casaco, abriu a calça, segurou-a com cuidado pelas barras e a prendeu embaixo do queixo até que os vincos estivessem apropriadamente alinhados e a pendurou nas costas da cadeira. Ela deslizou com um suspiro e fez uma sanfoninha no chão. Tibo a recolheu e estendeu por cima do assento. Ficou lá.

Olhou no espelho com pesar. Meias pretas, pernas brancas, fraldas da camisa soltas.

— Eu pareço um peru — sussurrou ele para si mesmo e inflou as bochechas. Ficou imaginando como qualquer mulher, ainda mais a Sra. Agathe Stopak, rosada e curvilínea e com aroma de Taiti, jamais poderia olhar para ele e desejá-lo. — Mas, normalmente, você não iria começar pela calça — ele disse a si mesmo. — Começaria do alto e de lá desceria. — Mas assim sobravam as meias. Tibo se imaginou em pé, só com as meias pretas, e resmungou: — Ah, Walpurnia!

— Está tudo bem aí dentro, senhor? — perguntou Kemanezic.

A cortina fez uma sugestão de movimento, mas o punho de Tibo disparou para agarrar um nó enrugado e decidido de tecido.

— Tudo bem! — respondeu ele, ríspido. — Obrigado. Só vou demorar um instante. — Ele soltou a cortina com cautela. Não deu sinal de que iria se abrir de repente.

Depois de um momento de vigília, Tibo tirou uma calça do primeiro cabide fornecido pelo Sr. Kemanezic. Tecido azul sensato, bolsos fundos, meio forrada até os joelhos, fitas de ajuste na lateral com botões pretos para mantê-las no lugar. Isso sim era uma calça. E servia. Ele voltou a calçar os sapatos. Servia mesmo! Tibo estava se admirando no espelho quando CHIIIIIING! a cortina se abriu e lá estava o Sr. Kemanezic com os nós dos dedos brancos, agarrando as pontas da fita métrica que se pendurava em seu pescoço.

— Está tudo bem, prefeito Krovic? Se me permitir a ajuda.

Com mais um gesto de magia, o Sr. Kemanezic retirou o paletó do cabide e o moldou ao corpo de Tibo com golpes das mãos.

— Tipo jaquetão, prefeito Krovic. Um estilo que lhe cai muito bem. Punho com quatro botões. Uma única abertura. Muito moderno.

— Eu acho... — disse Tibo.

— Muito prudente, senhor, e eu concordo. O estilo com duas fileiras de botões realmente só é adequado para cavalheiros mais magros.

Kemanezic enfiou dois dedos no cós da calça de Tibo e passou-os por toda a volta do corpo.

— Serviu bem, senhor, não está muito apertado.

Então ele deu um puxão na costura de trás de fazer os olhos saltarem.

— Tem espaço suficiente no assento, certo? Nós nos orgulhamos de nosso corte generoso.

— Obrigado — Tibo engoliu em seco. — Eu estava mesmo pensando nisso, ou em algo muito parecido.

— Fico contente de ouvir isso, prefeito Krovic. Que tal darmos à excelente Sra. Krovic uma oportunidade de passar os olhos pelos seus esforços?

E, com um único movimento rodopiante de valsa, ele virou Tibo pela cortina e fez com que voltasse a adentrar a loja.

Agathe se levantou e os recebeu com um sorriso.

— Ah, sim — disse ela. — Ah, sim. Bom, então venha aqui. Deixe-me ver.

Havia um orgulho mesquinho na voz dela, que era mais do que simpático. Ela possuía o tipo de tom que é reservado às esposas, e Tibo reparou nisso, ficou se perguntando se tinha gostado e resolveu que sim, tinha gostado. Ele achou que ela tinha o direito de gostar.

Era a voz que "a mulher certa" teria usado, se algum dia ela tivesse aparecido, se ele algum dia a tivesse encontrado, e, agora, ao escutar Agathe falar, Tibo soube que ela *tinha* chegado, ele a tinha encontrado. Agathe era a mulher certa. Ela esteve nas pontas de seus dedos havia anos e agora, na Kupfer e Kemanezic, aqui, sob o olhar das gavetas em que se lê "meias azuis" e "meias pretas" e parado na frente de armários envidraçados cheios de ceroulas e camisolões, com prateleiras de gravatas berrantes e vistosas ao redor, como espectadores de um acidente de trânsito, ele viu que ela sempre tinha sido a mulher certa. Mas ela era a Sra. Agathe Stopak e, apesar de ter saído da Kupfer e Kemanezic com ele, iria abandoná-lo. Ela iria abandoná-lo na próxima parada de bonde e voltaria à rua Aleksander e a Stopak, o instalador de papel de parede. Ele enxergava tudo com tanta clareza quanto se estivesse olhando para toda a Ponto a partir da coroa da minha catedral, ele viu tudo e disse:

165

— Então, o que acha?

— Ah, eu gosto. Muito elegante. — Ela se voltou para o Sr. Kemanezic. — Tem outro igual, em preto?

— Tenho sim, madame.

— Exatamente igual?

Kemanezic foi de uma polidez gélida.

— Exatamente igual, madame. Em todos os aspectos.

Agathe deu um sorriso vencedor.

— Então acho — ela trocou uma olhadela rápida com Tibo — que vamos levar um. Preto. Pode embalar os dois, por favor? Vamos querer os cabides.

O Sr. Kemanezic fez uma pequena mesura, igual à que Yemko tinha feito na livraria, em reconhecimento de um oponente à altura, e recuou.

E, depois disso, só houve mais um momento de acanhamento ao balcão: o equivalente comercial de morder um pedaço de algodão depois que o dente foi retirado. Tibo abriu o talão de cheque no tampo de vidro riscado de um armário que continha fileiras infinitas de coletes brancos dobrados, preencheu uma quantia enorme de cair o queixo e se apoderou de duas sacolas de papel pardo cheias, cada uma delas impressa com "Kupfer e Kemanezic" em letras vermelhas foscas, na diagonal, na frente.

Kemanezic se apressou do caixa para a porta e ficou lá, igual a um canivete meio fechado quando eles passaram.

— Esses ternos são absolutamente maravilhosos — disse Agathe, sem fôlego.

— Obrigado, madame. Obrigado. Podemos garantir anos de satisfação.

— Tão maravilhosos, aliás, que o prefeito Krovic não vai precisar, no final das contas, dos ternos feitos sob medida, mas obrigada.

A porta se fechou com tanta firmeza atrás deles que o manequim de cera balançou contra o vidro da vitrine como se, finalmente, tivesse decidido arriscar uma fuga para a liberdade.

Tibo sorriu.

— Você é tão inteligente. Obrigado. — Ele se virou para trás e viu Kemanezic olhando para eles com ódio de um canto da persiana de linho marrom, que rapidamente voltou ao lugar por sobre a porta. — Vamos — disse ele —, antes que mandem os cachorros atrás de nós.

Em um gesto adequado ao prefeito de Ponto, ele ofereceu o braço, e, em um gesto adequado à mulher certa, ela o pegou com as duas mãos e pressionou o rosto bem perto do ombro dele.

Eles estavam caminhando daquela maneira (como um homem carregando ternos que caminha com a mulher que ele ama pela rua Albrecht, passando pela loja de sapatos Ko-Operatif e na direção de Commerz Plaz) quando Tibo reparou em um táxi movendo-se bem devagar, vindo na direção deles, acompanhando a calçada como uma escuna dando a volta no cabo Horn nos dentes de uma forte ventania, e dentro dele, segurando-se à alça de couro que ficava pendurada ao lado da janela de trás, estava o advogado Yemko Guillaume. Quando o táxi passou por eles com dificuldade, ele virou a cabeça lentamente, como uma tartaruga marinha inatacável viraria a cabeça para observar algum tronco inofensivo passar flutuando. Ele não sorriu. Ele não assentiu. Ele não acenou. Não houve gesto de reconhecimento quando ele passou com o carro, mas seus olhos encontraram os de Tibo e os sustentaram, vazios, como se não estivessem enxergando nada. Mas ele viu e então o táxi passou e Tibo ficou olhando, enquanto ele se afastava, para a parte de trás da cabeça de Yemko, virada exatamente para o outro lado, olhando reto para frente, através do para-brisa.

Naquela noite, sentado sozinho na casa no final do caminho ladrilhado de azul, olhando para um fogo que sussurrava, suspirava e assentava, Tibo se viu na rua Albrecht, de repente duro, de repente frio. Ele se viu deixar o corpo ereto, erguendo a cabeça do lugar em que tinha repousado sobre Agathe, de repente tornando-se formal e correto, chegando à parada do bonde da rua Aleksander como um mensageiro de banco chegando com um pacote para ser assinado e dizendo:

— Acho que é aqui que você pega o seu bonde, não é?

Ele repetiu aquilo várias vezes enquanto batia o ferro de revirar lenha sobre as brasas: "Acho que é aqui que você pega o seu bonde, não é? Acho que é aqui que você pega o seu bonde, não é?", caçoando de si mesmo. "Você não podia convidá-la para uma bebida, não é mesmo? Você não podia convidá-la para um café. Você não podia simplesmente caminhar com ela." Tibo pensou em caminhar com ela, atravessando toda a Ponto, de uma extremidade à outra, o corpo dela pressionado contra o seu até se encontrarem no campo, no escuro, e Agathe de repente recobrasse os sentidos (ou não) e eles espalhassem os casacos embaixo de uma árvore como mantas e se deitassem juntos. "Mas, ah, não! Você não pode fazer isso, pode, prefeito Tibo Porcaria de Krovic? Não depois que o advogado Guillaume olhou para você, não depois de ele o ter avistado. Ah, não, isso não seria nada bom, seu idiota desgraçado!" Ele largou o ferro na lareira com grande barulho e foi para a cama.

Mas não conseguiu descansar. Algum tempo mais tarde (estava escuro demais para enxergar o relógio) Tibo jogou as cobertas para longe e se vestiu. Colocou o terno preto novo, engraxou os sapatos que tinha deixado posicionados embaixo da cama e saiu para a escuridão das ruas. Todos os bondes tinham parado de circular. Não havia ninguém fora de casa, e ele começou a caminhar de volta para o centro da cidade, mas, quando virou a esquina no fim da rua, Tibo viu os faróis de um táxi vindo em sua direção. Ele poderia tê-lo chamado, mas o carro se movia muito, muito devagar e pendia para um lado, de modo que quase arranhava o pavimento. Tibo quase vomitou de tanto medo e vergonha. Ele sabia que, apesar de não poder vê-lo, Yemko Guillaume estava no táxi e sabia que, quando o alcançasse, as portas iriam se abrir de supetão e ele seria arrastado para dentro, e então o táxi avançaria para sempre, em passo de lesma, com Yemko lá, rindo da cara dele, até que ele estivesse morto. Ele começou a correr, e correu e correu, mas, cada vez que parava para respirar, com a cabeça abaixada, apoiado em um poste de luz, com o suor pingando em gotas quentes que evaporavam no pavimento entre os dedos de seus sapatos engraxados, o táxi virava a esquina e ele tinha que correr mais uma vez com o ar chamuscando sua boca e sua garganta e queimando seus pulmões.

— Ah, se pelo menos eu pudesse encontrar um policial — disse Tibo. — Por que não há policiais aqui? Para que eu pago meus impostos? Eu sou o prefeito da porcaria de Ponto, sabia?!

Mas ele correu e correu, passando por todas as nove paradas de bonde a caminho da cidade e sempre com o táxi preto terrível atrás dele, inclinado para um lado, apenas alguns metros atrás, às vezes tão perto que ele sentia seus pneus se esfregando nos calcanhares de seus sapatos, e nunca viu vivalma a não ser Sarah, que estava sentada na janela do segundo melhor açougue de Ponto, segurando um pacote de salsichas em que se lia "Krovic" e chorando até não poder mais.

— Aqui estão as suas salsichas, prefeito Krovic — disse ela entre soluços.

— Obrigado, Sarah — respondeu Tibo. — Por que está chorando?

— São salsichas de cebola, e você demorou muito.

Então Tibo pediu desculpas, e prometeu voltar para pagar mais tarde, mas agora ele precisava ir embora porque o táxi estava chegando e ele esperava que ela compreendesse, e foi bem aí que, quando ele olhou para trás, para a esquina na rua, os faróis amarelos inclinados do táxi apareceram.

Tibo correu mais uma vez, virou na avenida da Catedral e, ao correr, ia puxando o pacote de salsichas que Sarah tinha lhe dado, rasgando o papel e espalhando as salsichas, uma por uma, na rua. Naturalmente, o táxi teve de desviar para evitá-las (ou desviar-se devagar, todo inclinado, até o outro lado da rua, e não acertá-las no lugar em que estavam), mas, à medida que a mira de Tibo foi melhorando, ele viu que era capaz de atingir as rodas com suas salsichas e mandar o táxi derrapando para uma poça de gordura e carne. Isso significava que o carro tinha ficado quilômetros para trás quando ele alcançou as portas da catedral e correu para dentro, e ainda não havia sinal dele quando ele abriu a porta da torre do sino e começou a subir a escada.

—Você nunca vai me pegar agora — disse ele, mas não tinha ido muito longe quando fez uma curva e se encontrou no topo da escadaria.

E lá estava a Sra. Agathe Stopak, usando as vestes oficiais de prefeito, e disse:

— Espero que você não se incomode.

Mas foi bem aí que ela as deixou cair e ficou completamente nua, cor-de-rosa e curvilínea, só de meias sete oitavos.

— Não faça essa expressão tão chocada — disse ela e então pulou da mureta da torre do sino, agarrou o sino da catedral e se segurou a ele com as pernas presas a seu redor, e começou a balançar e a dar impulso, como as crianças fazem quando querem fazer um balanço tomar velocidade no parque. — Vamos! — disse ela. — Vamos! Ajude-me.

Então Tibo deu um salto voador de seu lado da mureta, agarrou-se ao sino e sentou-se em cima dele, na frente de Agathe, com as pernas todas enroscadas nas dela, e ele balançou e deu impulso, e cada vez que ela dava impulso para frente ele se inclinava para trás, e toda vez que ele dava impulso para frente ela se inclinava para trás, balançando e rindo e dando gritos de incentivo um para o outro.

— Isso, isso, assim! É assim que se faz! Isso!

E quando Tibo olhou para baixo, para o centro da torre do sino, passando pelas lindas coxas cor de creme da Sra. Stopak, até o fundo onde o piso era um quadro minúsculo e encolhido no fim de um longo túnel de perspectiva, ele a ouviu dizer:

— Não é aqui que você pega o bonde? — e ele berrou, mas ninguém pôde escutá-lo porque foi bem aí que o sino deu uma guinada e tocou com um "BONG!" aterrador.

Bom, todo mundo sabe que os médicos dizem que os sonhos que nós acreditamos durar a noite toda na verdade não se estendem além de uma ou duas batidas do coração. Nós voamos durante horas através de nuvens ou passamos o dia todo em pé, nus na rua principal da cidade, ou caímos em um abraço cheio de risadas com uma mãe que, no final, não está morta há trinta anos ou fugimos por quilômetros seguidos por táxis-fantasmas, arfando e exaustos, mas no mundo estranho deste lado do sonho tudo acaba com uma piscadela.

E assim, quando Tibo acordou com o som dos próprios gritos, enroscado nos cobertores e agarrando o travesseiro como se sua vida dependesse daquilo, o carrilhão de domingo que começou a coisa toda ainda estava tocando por sobre Ponto e para dentro de seu quarto.

Tibo não era de ir à igreja. Ele gostava de liderar a procissão do conselho em sua peregrinação anual subindo a ladeira até a catedral e, em momentos de desespero, rogava (como todos os bons pontenses são ensinados a fazer desde a infância) para invocar o nome de Walpurnia. Às vezes, ele até podia erguer os olhos da mesa de trabalho e falar com a freira barbuda no brasão da cidade, da mesma maneira que falaria com um velho amigo de confiança. Ele considerava a oração oportunidade de se acalmar e de organizar seus pensamentos em um lugar tranquilo, mas ele não acreditava que ninguém escutasse... não realmente. Quando proferia as palavras, ele o fazia com sinceridade. Elas ribombavam em seu coração da mesma maneira que a neve ribomba quando cai do telhado ao derreter, mas, em pouco tempo, a neve se vai. Ela se transforma em névoa ou escorre pela calha, e não há absolutamente nada para mostrar que algum dia esteve ali. Quando rezava, Tibo sabia que estava falando consigo mesmo, não comigo, e certamente não com Deus, e ele sabia que isso significava que não era realmente uma reza coisa nenhuma, já que ele podia tanto falar consigo mesmo na cozinha quanto na catedral, ele não se incomodava.

Havia homens ainda piores que o prefeito Tibo Krovic tomando o caminho da igreja naquela manhã e talvez eles precisassem mais, mas Tibo precisava de café, e não ir à igreja lhe deu tempo para prepará-lo. Ele arrastou os pés até a cozinha, passando pelo banheiro. Seu corpo doía como se tivesse dormido em um colchão cheio de pedras. Ele ainda estava cansado, nada revigorado e incomodado por pedacinhos aleatórios, vergonhosos e humilhantes do sonho que haviam permanecido em seu cérebro como a fumaça de cigarro permanece nas cortinas. Ele resmungou e sacudiu a cabeça para expulsá-los, mas não deu certo.

A imagem do alto das meias sete oitavos de Agathe e de suas coxas brancas e aquela sensação de balanço, profunda e mergulhante, permaneceu com ele de um jeito estranho, da maneira que o movimento da balsa de Traço ficava em suas pernas muito depois de ele chegar ao cais. Mas esse movimento não se localizava em suas pernas.

Na cozinha, Tibo mediu quatro colheradas na cafeteira, colocou no fogão e se apressou até a porta da frente para pegar o jornal de domingo. Não havia nada nele. A reportagem de primeira página de sempre, a mesma que parecia estar lá toda semana, apontando com maldade para alguma falha no governo da província que podia ou não envolver corrupção ou, no mínimo, uma dose séria de nepotismo, possivelmente. Isso e a segunda atriz principal no filme mais novo de Horace Dukas pega em algum escândalo com o chofer, e uma foto de um tomate com formato estranho encontrado em uma feira de verduras e legumes perto de Trema.

— Isso é que é Trema — disse Tibo. — O lar do tomate deformado.

Ele jogou o jornal na mesa e foi se ocupar com a tarefa de preparar torrada.

O resto da manhã foi bem o que se podia esperar de um homem próspero que morasse sozinho, sem nada para fazer e com tempo de sobra nas mãos. Ele terminou de comer. Ele descobriu, apesar de apoiar o jornal com todo o cuidado em uma latinha verde e quadrada de geleia e examiná-lo com muita atenção, página a página, que não havia nele uma única coisa que valesse a pena ler. Ele lavou a louça e deixou tudo no escorredor. Tomou banho. Fez a barba. Foi para o quarto se vestir, levando a manga do terno preto novo até a bochecha, sentindo o cheiro de terno novo e, talvez, só para conferir que não estava manchado com o suor da corrida do pesadelo antes de vesti-lo.

Ele então vestiu o casaco e encontrou, no bolso, o pacote de papel pardo, amarrado com barbante, que tinha colocado ali na noite anterior. O livro de Agathe. Era para segunda-feira, e Tibo raciocinou que, se o levasse consigo agora, significaria que achava que iria vê-la hoje, no domingo, perto do coreto no parque Copérnico, coisa que, é claro, era absolutamente inverossímil. Se Agathe por acaso aparecesse por lá, não seria nada além de um acidente fortuito, de modo que seria absolutamente inútil levar o livro agora. Bobo e inútil e, de fato, podia até servir como alguma espécie de mau agouro para assegurar que, no mínimo, ela nem ia aparecer.

Ele tirou o pacote do bolso e o colocou no móvel do hall de entrada. A porta se fechou com uma batida, a caixa de correspondência de latão estremeceu, os calcanhares de Tibo rasparam feito tiros de arma de fogo no caminho ladrilhado de azul e ele passou embaixo da bétula molhada que pingava, atravessou o portão tombado que reclamava e saiu para a rua, mas dessa vez ele desceu a ladeira, não subiu, na direção do parque.

Já passava do meio-dia e o sol subia no céu, atrás de nuvens não muito decididas, como um limão amarelo borrado. O vento vinha do Ampersand, soprando devagar e direto do leste, sobre quilômetros infindáveis de estepe e alguns quilômetros a mais de mar que ainda não se dava ao trabalho de congelar, mas, apesar disso, meia Ponto parecia estar se dirigindo para o parque, em sua maior parte a metade agradável, a metade que Tibo tinha orgulho de representar, a metade com bochechas rosadas e filhos educados e limpos usando gorros de tricô e sapatos engraxados, a metade que Tibo invejava e a metade que o admirava, sorria, acenava e cumprimentava com a cabeça e dizia "prefeito Krovic" bem rapidinho, em uma simbiose confortável de satisfação.

Tibo também tinha orgulho do parque com seus grandes portões de pedra em arco, quase como um castelo, e suas grades de ferro refinadas e a ampla extensão de gramado levemente inclinado que ia dar em uma avenida de árvores que se aplainava e se espalhava ao redor de um coreto enfeitado e substancioso, com seu telhado em forma de sino, feito de ardósia de verdade.

Ele se aproximou pelo jardim italiano rebaixado, um triunfo anual dos funcionários do Departamento de Parques que desafiava os cartógrafos e a evidência de seus próprios olhos para produzir, todos os anos em Ponto, um pouquinho da Toscana ou da Úmbria: algo quente e seco e com cheiro de manjericão, que as renas poderiam escolher mastigar se pudessem se dar ao trabalho de caminhar mais um pouco para o leste. Veja, lá vem ele, entre as colunas altas de ciprestes, cheio de si com seu terno novo, imaginando se este era bem o jeito certo de caminhar e se era o jeito que ele caminhou ontem, e se ele não devia tentar caminhar de outro jeito, de um modo adequado ao prefeito de Ponto e que, ainda assim, fizesse jus a seu terno novo da Kupfer e Kemanezic. E, caminhando assim, ele chegou, pelo lado norte, até o coreto, a estrutura octogonal estranha, toda feita de ferro fundido vermelho, branco e azul com pedacinhos dourados, como uma cobertura de bolo, mais para o alto. Agora ele olhava ao redor, em busca de uma cadeira adequada.

A apresentação da banda da Brigada Anti-incêndio sempre fazia sucesso, e a última do ano era um evento de gala para o povo de Ponto. Era um lugar para chapéus novos: um lugar para ser visto. Obviamente, o prefeito Krovic teria bastante direito de ocupar um assento em qualquer lugar da primeira fileira ao redor do coreto, mas isso poderia ser considerado ostentação. E ocupar um lugar longe, no fundo, no tipo de lugar em que ninguém ficaria sabendo que o prefeito de Ponto tinha se dado ao trabalho de ir até lá, seria um gesto modesto demais. Poderia até ser considerado, à sua maneira, exibição: uma ostentação disfarçada de humildade.

O bom Tibo Krovic era prefeito de Ponto havia tempo suficiente para saber que essas coisas eram importantes, e, mesmo depois de encontrar uma cadeira adequada, ele só pode se sentar depois de ser visto, até ter sorrido e cumprimentado com a cabeça algumas pessoas cujo nome ele não conseguia lembrar exatamente naquele momento, e certamente não até ter trocado apertos de mão com uma ou duas figuras na multidão: Tomazek, o presidente da Associação dos Albergueiros Licenciados ("E esta deve ser sua irmã. Como vai? A sua mãe? Oh, Sra. Tomazek, não acredito"); Gorvic, o escriturário da Prefeitura ("e Sra. Gorvic, um prazer, sempre"); e, é claro, Svennson, o chefe dos bombeiros ("Que bela corporação de homens tem aqui, Svennson. Eles sempre dão orgulho à cidade"). E foi só quando ele deu as costas a esse tipo de tolice, pronto para se sentar na cadeira de ripas com sua estrutura de ferro dobrável, duas fileiras para trás da primeira, que ele tinha concluído ser a correta para avistarem o prefeito de Ponto, foi só aí que ele viu Agathe em pé no caminho de cascalho que dá a volta no coreto, ali, na frente de todo mundo, com seu casaco verde-garrafa, segurando a bolsa com modéstia com as duas mãos na frente do corpo e esperando, educadamente, até que ele terminasse.

— Agathe. — Quando ele disse o nome dela, havia um sorriso na palavra.

— Nunca pensei... Bom... Isto é simpático. — E ele começou a sair da fileira de cadeiras, pedindo desculpas pelo caminho, até chegar à passagem central que os funcionários do parque tinham deixado vazia e pudesse avançar para ir ao encontro dela no cascalho.

Ele a pegou pela mão, não da mesma maneira que tinha dado a mão a Svennson e nem mesmo da maneira que tinha dado a mão à Sra. Gorvic, com a palma aberta, o polegar para cima, num aperto firme, seco e másculo. Ele estendeu a mão para ela com os dedos apontados para o chão e ela a tomou, deslizando sua mão na dele, a mão dela apontada para frente, a dele apontada para trás, e eles ficaram ali parados, lado a lado, de mãos dadas.

— Precisamos encontrar um lugar para sentar — disse ele. — A música está para começar.

— Está um pouco cheio — disse Agathe. — Talvez deva voltar para onde estava e se sentar. Acho que não vamos encontrar dois assentos juntos. Peço perdão. Estou muito atrasada. Não consegui sair antes, e aí o bonde demorou uma eternidade, e, quando eu cheguei aqui, o lugar estava tão cheio que no começo eu não o vi.

— Ah, não seja boba. Vamos encontrar algum lugar. Vamos dar uma olhada do outro lado.

O prefeito Krovic do dia anterior, aquele que se retesou e ficou tenso na rua Albrecht, talvez não tivesse dito aquilo, ou, se tivesse, talvez não fosse caminhar de mãos dadas com ela daquele jeito, pelo caminho de cascalho ao redor do coreto, mas este era um prefeito Krovic diferente: ele tinha passado a noite anterior inteira olhando para o fogo e xingando a si mesmo por ter sido tolo, e a maior parte da noite anterior fugindo de um táxi demoníaco ou enroscado nas coxas leitosas e convidativas de Agathe Stopak. No entanto, apesar disso, Tibo se sentia igual a um touro em uma arena de exibição. Cada assento do parque estava virado para o coreto, e para as centenas de pessoas do público não havia nada mais para se olhar além do prefeito Tibo Krovic caminhando de mãos dadas com... quem era aquela mulher? Uma mulher bem bonita. Não acha? Não. Certamente que não. Tibo sentiu Agathe apertar sua mão com mais força e ela deu um pulinho para acompanhar o passo dele.

Chegaram ao lado sul do coreto, e ali, preenchendo a maior parte da primeira fileira, estava Yemko Guillaume. Os calcanhares de Tibo se fincaram no cascalho do caminho quando ele parou de supetão. Ele poderia ter se virado e corrido, mas quando olhou para trás o primeiro homem da banda da Brigada Anti-incêndio já estava tomando seu lugar na plataforma.

E então, quando ele olhou em pânico para Yemko, percebeu que era tarde demais para fugir. O advogado estava sentado em uma tábua grossa lustrosa que tinha colocado em cima de todas as cadeiras da fileira da frente; não que ele fosse tão grande assim para precisar de todos os sete assentos, mas era pesado o suficiente para precisar de todas as 28 pernas de cadeira. Mesmo com a tábua para dissipar seu peso, a fileira de cadeiras se afundava e abria as pernas embaixo dele. Quando Yemko ergueu o chapéu em um cumprimento, Tibo notou, por cima do ombro dele e além da multidão, um táxi que esperava com o motor roncando ameaçador perto do portão do parque.

— Parece que a cidade inteira veio para cá — disse Yemko. — E estamos prestes a começar. Por favor, você e sua companheira não desejam se juntar a mim? Por algum motivo, parece que tenho várias cadeiras só para mim.

Tibo e Agathe se entreolharam, resignados. Sentar-se ao lado de Yemko seria menos embaraçoso do que ficarem sozinhos na frente da multidão durante a hora seguinte, e eles, pelo menos, ficariam juntos. Então, apesar de ela culpar o advogado Guillaume por ter forçado Tibo a sair do tribunal e o odiasse por isso, Agathe agiu com muita graça. Ela disse, simplesmente:

— Obrigada.

E ocupou a cadeira no fim da fileira, deixando Tibo para se apertar no último espaço disponível: o lugar ao lado de Yemko Guillaume.

Antes de se sentar, Tibo observou os obséquios ditados pela educação.

— Sr. Guillaume — ele disse —, permita-me apresentar minha amiga e colega Sra. Agathe Stopak. Agathe, este é o culto Sr. Yemko Guillaume.

Em um ato de galanteio que claramente lhe custou uma certa dor, Yemko se inclinou para frente em sua bengala, meio se levantando, meio fazendo uma mesura, e estendeu a mão, que Agathe apertou educadamente pelos dedos.

— Como vai, Sra. Stopak? O prazer é todo meu.

— Encantada — respondeu ela.

E Tibo se sentou entre os dois.

Com um gesto de dançarino de flamenco, com o pulso, Yemko tirou de algum lugar um cartão impresso branco e espesso.

— Quem sabe a Sra. Stopak queira um destes aqui, Krovic.

Tibo o entregou e Agathe se inclinou para frente com um breve sorriso de agradecimento. Ela era de polidez infalível.

— O repertório é uma decepção — prosseguiu Yemko. — Um tanto pesado na música militar... muitos compassos ligeiros. Mas, bom...

— Mas, bom? — Tibo soou um pouco mais ríspido do que gostaria.

— Mas, bom, suponho que se deve dar ao público o que é esperado. Você e eu já tivemos essa conversa antes, acredito. As pessoas gostam de saber qual é sua posição. Não gostam quando os vizinhos não atendem às expectativas. Preferem que as professoras de catecismo não sejam dançarinas de tango no tempo livre. Gostam que os prefeitos sejam levemente inflexíveis. Ficariam decepcionadas a ponto de se afligir se algum advogado desajeitado e gordo fosse algo menos do que um glutão. E ficariam absolutamente amarguradas se a banda da Brigada Anti-incêndio arriscasse um pequeno Mozart. Não há nada pior do que uma turba decepcionada... nada mais feio. — Guillaume se virou para olhar para o prefeito Krovic no rosto e completou: — E falo como uma pessoa que conhece a feiura na intimidade.

O bom prefeito Krovic de repente se sentiu tocado. Ele deu um tapinha de leve no tecido estirado que cobria a coxa do advogado, com o mesmo gesto que usaria para reconfortar um cachorro.

— Guillaume... — disse ele em um tom de "faça-me o favor... de onde veio isso?" Mas então parece que ele percebeu o significado do que Yemko tinha dito e, sem pensar, deu início a uma justificativa. — Sabe, eu sou um prefeito tão inflexível quanto uma cidade pode esperar — disse.

Yemko olhou para ele bem nos olhos por um instante, e então disse:

— Silêncio.

Tibo ficou sem saber o que aquilo queria dizer. A música estava começando.

E acontece que Guillaume tinha razão. O programa era árido. Nenhuma finesse, nenhuma emoção, só batidas, melodias de marcha ruidosas: muita bobagem de guerra do tipo Mittel-Europaische.* Sob a cobertura da música, quando ela pensava que todo mundo nas fileiras de trás estaria olhando direto para o coreto e não para ela, mais ou menos na metade da segunda peça ("Minha donzela apimentada da Pomerânia", dizia o programa), Agathe deixou a mão cair do lado do corpo. Era um convite, e Tibo o aceitou. Ele deixou a mão escorregar para onde as coxas deles estavam juntas e dobrou seus dedos sobre os dela.

— Eu trouxe doces — disse ela, e, com a mão livre, entregou um a ele.

Tibo o pegou com a mão esquerda e segurou um lado do papel de embrulho com os dentes para puxar e abrir.

— Eu gosto de um bom caramelo — disse ele. — Tem castanha?

— Não. É melhor perguntar se *ele* quer um.

— Quer um doce? — sussurrou Tibo.

— Obrigado, não. — Guillaume exibiu a palma da mão rosada em um gesto de rejeição.

— Ele é tão azedo — disse Agathe.

Tibo apertou a mão dela.

— Shh. Você nem o conhece. Ele não é mau. De verdade.

— Depois do que ele fez? — sibilou Agathe.

— Aquilo não foi nada. Não foi a intenção dele. Está tudo esquecido.

---

*Expressão alemã que significa "Europa Central", que caracteriza estilo musical semelhante às marchas militares.

— Você é mole demais, isso não é bom — disse ela. — Mas eu gosto que você seja mole.

E ela apertou o braço dele com a mão livre e se aninhou e enterrou o rosto na manga do casaco dele, da maneira que tinha feito quando estavam caminhando pela rua Albrecht, antes de o táxi passar.

— Ah, eu sujei o seu casaco de pó de arroz — disse ela e tirou as marcas com tapinhas.

Bom, é claro que isso nunca, jamais acontece, a não ser em histórias, mas se, digamos, uma gaivota passando por cima de Ponto, a caminho de casa depois de um dia difícil, passando esvoaçando por cima do funil da balsa de Traço e considerando uma visita ao cais ou um exame das latas de lixo do mercado de peixes, se uma gaivota assim, voando em altura suficiente, tivesse a oportunidade de olhar para baixo bem naquele momento, veria que em uma extremidade de Ponto Agathe se apertava contra Tibo em busca de calor e Tibo se apertava contra Yemko por falta de espaço; e, se virasse o outro olho negro na direção da outra extremidade de Ponto, ela poderia ter visto, com a mesma possibilidade, através da janela da despensa, em um apartamento da rua Aleksander, dois homens almoçando. Mas, é claro, ela nunca poderia ter ouvido o que eles estavam dizendo, por estar voando tão alto e pelo fato de o vento de Traço soprar com tanta força em seus ouvidos, e como as melhores histórias (incluindo esta) são construídas de palavras, da mesma maneira que casas são construídas de tijolos ou praias são construídas de grãos de areia, provavelmente é melhor não gastar tempo demais com essa gaivota específica.

Mas se, digamos, o gato Achilles estivesse sentado perto do fogão na cozinha do apartamento da rua Aleksander, ele teria escutado cada palavra. Aliás, Achilles tinha acabado de esfregar a pata por cima da orelha e estava prestes a dedicar os minutos seguintes a lamber suas partes íntimas quando o barulho da frigideira nova de Agathe caindo na pia fez com que ele fosse para o sofá em um pulo.

— Tem mais pão? — perguntou Stopak.

— Só tem este — respondeu Hektor e passou a fatia grossa pela gordura de bacon do prato e engoliu com uma mordida de lobo.

— Tem mais ovo, então?

— Você comeu a caixa inteira. Não é para menos que tem o tamanho de um cavalo.

— Preciso manter a força em dia.

— Aposto que sim — disse Hektor. — Aquela tal de Agathe está exigindo demais do seu corpo mais uma vez? Hein? Hein? Está?

Stopak fingiu modéstia.

— Ela é um animal. Não consegue tirar as mãos de cima de mim. É constante. Nunca para. Não me dá nem um minuto de paz.

De uma fatia grossa de pão ele arrancou um pedaço em forma de ferradura e deixou marcas douradas de dente brilhando em uma camada de manteiga.

— Tem mais cerveja?

— Está no armário do canto.

Hektor se levantou para procurar.

— Só sobraram umas duas garrafas — disse ele. — Mas o Coroas logo abre. Como você é meu camarada, vou permitir que pague uma bebida de verdade para mim.

Eles ficaram lá sentados em silêncio por um tempo, Stopak enfiando pilhas de batatas fritas na boca, Hektor recostado na cadeira para soprar anéis de fumaça para o teto.

— Então, aquela tal de Agathe, hein?

— É, aquela tal de Agathe... que mulher ela é, vou dizer.

— Aposto que sim. Você é um homem de sorte, primo.

Stopak passou um tempo sem conseguir falar. Ele estava se debatendo com um pedaço de bacon inimaginável de tão grande, mas, no fim, conseguiu dizer:

— Ouça, Hektor, não é assim tão bom quanto parece, sabe? Vou dizer, beleza como a minha... é uma maldição, meu camarada. É uma maldição. Ela parece um animal selvagem.

— Deve ser um inferno.

— Um inferno.

181

— Aposto que você tem algumas histórias para contar.

— Você não ia acreditar nem na metade, amigo.

— Ah, se aquele colchão pudesse falar, hein?

Stopak resmungou através da boca cheia de comida, mas não disse nada. Mesmo quando Hektor ficou lá sentado, em silêncio, desejando que ele dissesse alguma coisa, enchendo o ar com uma enorme lacuna na conversa que clamava por uma história de Agathe nua e voraz, mesmo quando Stopak não disse nada.

Ele tomou mais um gole da garrafa.

— O que você está fazendo?

— Estou desenhando você.

— Não posso culpá-lo.

— Você é um bom modelo. Tenho cadernos de desenho cheios de você.

— Eu pago você para colocar papel de parede, sabia? Não para pintar retratos. Mas, bom, achei que você tinha desistido disso... dessa coisa de artista.

— Não dá — disse Hektor. — Está no sangue. Fique parado.

Stopak voltou a se virar lentamente na direção da janela.

— Está melhor? Você já vendeu algum desses seus quadros?

— Vou vender um a qualquer momento.

— Você devia se ater a pintar calhas e molduras de janela. É isso que coloca pão na mesa.

— Há mais coisa na vida do que isso — disse Hektor. — Que horas são?

Stopak conferiu o relógio.

— Já abriu. Vamos, você pode me pagar uma bebida.

— Vou lavar a louça primeiro.

— Deixe para lá — disse Stopak. — Estamos desperdiçando um bom tempo de bebida. Agathe pode fazer isso quando chegar.

— Onde ela está, aliás?

— Na igreja. Na igreja de novo. Ela está sempre na igreja.

— Pedindo o dom da castidade a santa Walpurnia, aposto.

— Tarde demais para isso, amigo. Aquela minha esposa, vou dizer, é igual uma cadela no cio. Nunca me dá um único momento de descanso. Ela simplesmente não consegue ficar longe de mim. Vou dizer o que você deve fazer... deve fazer um quadro dela! Pinte Agathe. Um belo nu enorme dela para colocar em cima da lareira.

Hektor fechou o caderno de desenho e o colocou no bolso do paletó, ali enfiado junto com um pequeno exemplar marrom de Omar Khayyám.

— Eu não poderia fazer isso — disse ele. — Pintar Agathe? Nua? Não seria correto. Eu não poderia nem pensar nisso...

Eles fecharam a porta e Achilles voltou para o fogão para lamber o saco.

E, mais ou menos bem na hora que ele se acomodou para trabalhar, a banda da Brigada Anti-incêndio estava se preparando para um intervalo. Com as bochechas infladas feito maçãs e o suor escorrendo de baixo dos capacetes de latão polido, os músicos galoparam juntos ao longo dos últimos compassos de algo agitado na direção de um caixote de cerveja que estava em uma banheira de zinco, ao lado do rolo de grama, atrás da cabana do responsável pelo parque. Olhos no maestro, pessoal. Mantenham o ritmo, estou falando com você, Sr. Glockenspiel, agora todos juntos, o grande final e... Aplausos!

— Acredito que estejamos apenas na metade — disse Yemko em tom de sentença.

— Não sei por que veio se detesta tanto assim, Sr. Guillaume — respondeu Agathe.

— Talvez menos pela música e bem mais pela companhia. Não acha que talvez tenha sido este o motivo de termos vindo, Sra. Stopak?

Em um ambiente mais calmo, se não estivesse rodeada por tanta gente feliz e barulhenta, o pequeno "Hmmpft" de Agathe poderia ter se feito notar, mas ninguém reparou nele, e, como ela estava sentada na primeira fileira e todo mundo estava mais ou menos virado para frente, ninguém além de Tibo reparou quando ela tirou a mão e cruzou os braços, fazendo um bico de irritação. Mas até isso foi estragado quando Yemko a superou ao tirar o chapéu e erguê-lo, como uma bandeira, na ponta da bengala.

— Que diabos está fazendo agora? — perguntou ela.

— Sim — disse Tibo. — O que *está* fazendo?

— Logo vai descobrir — respondeu Yemko — que eu sou fonte constante de diversão. — E deu um sorriso cativante, envolvente e irrecusável de um bebê, e, contrariada, Agathe percebeu que estava retribuindo o sorriso.

Yemko agitou a bengala para cima e para baixo e começou a cantarolar "um-pá, um-pá, pom, pom, pom", a melodia boba que a banda tinha tocado antes, mas a coisa mais surpreendente era que ninguém mais na multidão parecia notar ou pensar que aquilo fosse pelo menos um pouco estranho, mesmo quando ele girou a bengala e começou a rodar o chapéu, igual aos malabaristas chineses que tinham feito tanto sucesso no Teatro da Ópera, duas temporadas antes, com seus pratos em cima de varetas.

— Isso aqui é exaustivo — chiou. — Não sei quanto tempo mais vou aguentar.

— Bom, se for uma questão de o céu cair sobre as nossas cabeças ou algo assim — Agathe deu risadinhas —, acho que eu posso assumir a tarefa um pouco. Um-pá, um-pá, pom, pom, pom.

— Fico muito grato por ter essa ideia gentil, Sra. Stopak, mas parece que, afinal de contas, não será necessário. — E então, em vez de dizer "um-pá", Yemko baixou a bengala e disse "tá-dá" com uma espécie de floreio de fanfarra.

Ali, ao cotovelo de Agathe, havia um homem magricela, usando crachá de taxista e carregando uma grande mesa de bambu com pernas dobráveis e uma cesta de piquenique.

— Você estava fazendo um sinal — disse Tibo.

— Claro que eu estava fazendo um sinal, Krovic. Achou que eu tinha perdido a cabeça? Como diabo o pobre sujeito poderia nos encontrar? — Mas a voz dele se afundou em um sussurro exausto quando se virou para Agathe e disse: — Sra. Stopak, poderia fazer a gentileza de assumir o papel de anfitriã? Muito agradecido.

O taxista voltou a desaparecer no meio da multidão, pressionando a parte baixa das costas com um resmungo e deixando a cargo de Agathe a administração da cesta de piquenique em cima da mesa. Ela a abriu com aquele tipo de expressão no rosto que Hester Roskova tinha quando abriu a arca do tesouro, na cena final de *Rainha Pirata da Jamaica*.

— Isso aqui está lotado — disse ela. — Tem de tudo aqui dentro! — E então ergueu os olhos para Yemko, afundado em cima de sua bengala igual à lona no dia em que o circo sai da cidade. — Está tudo bem? — perguntou ela com gentileza.

— Veja se há algo para beber aí dentro — disse Tibo. Ele colocou a mão no ombro do advogado. — Acho que exagerou um pouco. Logo vai ficar bem.

— Há vinho — disse Agathe. Ela passou uma garrafa verde-escuro e um saca-rolhas para Tibo. — Eu nunca consigo usar essas coisas. — Era mentira. Agathe era perfeitamente capaz de usar um saca-rolhas, mas queria fazer as honras um pouquinho... para deixar claro que, assim como levar o lixo para fora ou trazer o carvão para dentro, aquilo era trabalho para um homem grande e forte.

Tibo segurou a garrafa entre os joelhos, tirou a rolha e serviu um pouco de vinho em uma taça que Agathe estendeu para ele.

— Tome um pouco disso — disse ele, e, segurando a taça perto do pé, Yemko tomou um gole. A bebida deixou seus lábios tingidos de púrpura onde, antes, tinham um tom interessante de azul.

— Obrigado — disse ele. — Acho que vai encontrar alguns biscoitos açucarados aí dentro. Pode me passar um, por favor?

— Biscoito açucarado! — disse Tibo.

— Biscoito açucarado! — disse Agathe, entregando a ele o doce da maneira como uma enfermeira passaria um bisturi a um cirurgião no momento crucial de uma operação complicada.

Yemko deu uma mordidinha delicada e mastigou com os dentes da frente, igual a um coelho.

— Não se preocupem comigo, crianças — disse ele. — Vou ficar bem em um instante. Andem. Comam. Aproveitem.

— Há comida suficiente aqui para alimentar um exército — Agathe disse.

— Sabia que nós viríamos? — perguntou Tibo. — Certamente não planejava comer tudo isso sozinho.

— É como eu disse, meu caro Krovic, nunca se deve decepcionar o próprio público. Eu tinha planos de mordiscar um biscoito seco, mas, hoje à noite, a minha lenda vagaria à solta na avenida da Catedral. Contadores e ministros religiosos isentos de culpa teriam jurado que me viram comer uma vaca inteira. Agora, precisam me ajudar. — Ele se voltou para Agathe com um chiado.

— Acho que vai encontrar uma garrafa de champanhe aí dentro, Sra. Stopak. Sirvam-se, você e o prefeito Krovic.

E foi o que fizeram. Tibo sacou mais uma rolha e eles beberam champanhe, comeram frango frio, presunto, carne rosada e cortada bem fina, e havia um pote grande de pêssegos em conserva e um pote de creme, grosso como caramelo. Eles comeram e riram, mas, enquanto comiam, Agathe se virava para Yemko de vez em quando com uma leve preocupação.

Ela se inclinou para perto de Tibo.

— Troque de lugar comigo, pode ser? Deixe-me sentar ao lado dele.

Então, durante toda a segunda metade do concerto, todo o tempo, até *Marcha de Radetsky*, Tibo ficou sentado na ponta da fileira, ao lado da passagem, escolhendo frutas de marzipã da cesta de piquenique e entregando-as a ela porque ela tinha as duas mãos ocupadas, uma segurando a dele e a outra pousada com gentileza sobre Yemko, dando tapinhas de leve de vez em quando, reconfortando-o.

Só Deus sabe o que o tocador de tuba achou daquilo, mas na hora que a banda da Brigada Anti-incêndio chegou ao hino nacional Yemko tinha se recuperado totalmente da exaustão de girar o chapéu. Junto com o resto da multidão, ele conseguiu ficar em pé, mas, diferentemente de Tibo e Agathe, não se deu ao trabalho de cantar junto.

Tibo disse:

— Bom, agora só no ano que vem. Está na hora de se preparar para o inverno mais uma vez.

— Foi um piquenique adorável — disse Agathe. — Podemos ajudar com a arrumação?

Mas Yemko sacudiu a enorme cabeça.

— O motorista faz isso. Foi um prazer.

— Então, vou acompanhar Agathe até o bonde.

— Sim — disse Yemko. Ele não falou mais nada além disso, mas conseguiu carregar tanto a palavra, da maneira como os gansos que voam para o sul do Ampersand nunca dizem nada além de "honk", mas conseguem encher o céu todo com melancolia e anseio da mesma maneira.

Tibo reconheceu isso e resolveu que agora seria um momento excelente para se despedir e sair pelo parque com Agathe, na direção de uma tarde de vai saber o quê.

Mas Agathe também reconheceu isso e quase ficou de coração partido. Do ódio que ela sentia pelo advogado Guillaume com uma fúria gélida, ela tinha passado, no período de uma hora, a amá-lo como apenas uma mãe é capaz de amar. Ela olhou para ele e, por algum motivo que não era capaz de explicar, quis ajudar. Então, quando o bom prefeito Krovic disse:

— Acho que podemos tomar o bonde perto do portão principal, se nos apressarmos.

Ela apenas respondeu:

— Sim. Por que não vai na frente? Eu o alcanço em um minuto — e voltou-se mais uma vez para Yemko.

Tibo nunca teria admitido, é claro, mas ele ficou um pouquinho ofendido.

— Sim — disse ele. — Claro que sim. Espero por você no portão. — E ele começou a arrastar os pés pelo caminho entupido de gente, entre as fileiras desmanchadas de cadeiras dobráveis, jogado no meio da multidão feito uma rolha, olhando para trás por cima do ombro para o lugar em que ela estava, frente a frente com Yemko, a um passo de distância e segurando a mão dele. Ao avançar, Tibo observou, ao longe, no mar, a linha escura desenhada a lápis de nuvens no horizonte, que sempre prenunciava tempestade. Uma súbita rajada de vento se fez sentir, o que obrigou as pessoas a se afundarem nos colarinhos e rirem sobre o "inverno que está chegando".

Agathe foi quase a última a sair do parque Copérnico naquele dia. A multidão se dissipou com rapidez uma vez que atravessou o gargalo do portão do jardim, algumas pessoas foram caminhando para casa, outras se dirigiram para as paradas de bonde dispostas dos dois lados da rua, e percorrendo rotas que levavam a todos os cantos de Ponto com eficiência mais do que municipal.

Parado sozinho ao lado da grande pilastra de pedra, Tibo reparou em um papel de bala preso à sola de seu sapato. Ele se abaixou para tirá-lo e o jogou em uma lata de lixo pendurada no poste verde de luz próximo e, quando voltou a olhar, Agathe estava lá. Ela começou a bater nas costas e nos ombros dele com a mão enluvada.

— Você se apoiou em alguma coisa empoeirada — disse ela.

Mas ele fez com que ela parasse.

— Daqui a pouco, vai pegar seu lencinho, molhá-lo com cuspe e começar a limpar o meu rosto.

Agathe estava lá parada, da mesma maneira que tinha estado com Yemko, cara a cara, mas perto dele, com os botões de seu casaco roçando os dele, o rosto virado para ele, o queixo erguido, o nariz para cima, os olhos fechados, um leve sorriso. Ela estava feliz, ela estava surpresa com a reclamação boba dele, ela estava confiante, como uma mulher que sabia ter o direito de tirar o pó dos ombros de um homem.

O corpo dela e o de Tibo se tocavam, barriga, peito e coxa, tão nus quanto em uma noite de núpcias, sem nada a separá-los além de camadas de lã grossa que os envolviam. O cabelo dela se movimentava com o vento. O cheiro dela o enchia. Ela estava esperando para ser beijada.

Tibo não a beijou. Ele se afastou, deu um passo para trás do comprimento de um sapato e disse:

— O que Guillaume queria?

Os ombros de Agathe desabaram. Ela abriu os olhos. Era como se um suspiro de decepção tivesse percorrido seu corpo todo em silêncio, e disse:

— Ele queria me oferecer sua amizade. Diz que é meu amigo. Tibo, você é meu amigo?

O bom prefeito Krovic olhou brevemente para os pés, depois outra vez para o parque e o coreto vazio e então para Agathe de novo.

— Eu a acompanho até o bonde — disse ele.

Enquanto esperavam na parada de bonde, não falaram nada. Quando o nº 36 dobrou a esquina com "Ponte Verde" escrito em letras brancas e grandes no letreiro, Agathe só disse:

— Tchau, então.

Quando ele parou e ela subiu na plataforma de trás, com o casaco apertado em cima das coxas, a curva da panturrilha retesada, calcanhar e tornozelo curvados como uma estátua, ela não olhou para trás, e, quando o bonde voltou a rodar, o prefeito Krovic olhou para os dois lados da rua e se viu totalmente sozinho. Ele começou a caminhar. Não havia mais nada a fazer. Pouco tempo depois, começou a chover, mas ele continuou caminhando. Depois de cerca de uma hora, ele estava na rua da Fundição e, a partir dali, só faltava um quilômetro e meio até as docas. Lá era tranquilo. Não havia trabalho a fazer no domingo. Jornais velhos se espalhavam achatados ao chão, como estrelas-do-mar sob a chuva. As pedras do calçamento eram negras e oleosas, e poeira de carvão preenchia os espaços entre elas. Pontas de cigarro se aglomeravam em pilhas perto das paredes do armazém, marcando os pontos onde os estivadores tinham se reunido para relaxar, conversar e cuspir. Havia poças de arco-íris de gasolina brilhando na água escura. Elas se enrolavam como cascas de laranja quando a chuva as atingia.

Gaivotas deprimidas, com olhos negros como botões, olhavam para Tibo enquanto ele passava ou se elevavam brevemente, guinchando feito maquinário antigo. Já tinham tirado todos os restos de peixes dos caixotes de aparas. Elas estavam entediadas. A chuva ficou mais forte. Tibo continuou caminhando, atravessou as docas e foi até o outro lado, onde as pedras do calçamento desapareciam em um caminho tosco que serpenteava entre as dunas por um trecho e depois descia até uma longa língua de praia de cascalho que levava a um farol alto e cinzento, que aparecia e desaparecia entre as rajadas de chuva. Tibo se pegou tropeçando, agora que os pedregulhos se esmagavam e saíam do lugar sob seus pés, até que, bem no fim da faixa de terra, chegou ao muro liso de pedra no pé do farol. Ele subiu e deu a volta no parapeito achatado, ficou de costas para a torre, olhando para o lugar em que as ilhas se escondiam pelo clima, berrou para que as gaivotas se erguessem da água e cacarejou:

— Que diabo você está fazendo, Krovic? O que está fazendo? A sua vida é isso? Este é o homem que você é? Medroso demais ou idiota demais para beijar uma mulher. — Ele enterrou o rosto entre as mãos. — O que você está fazendo? — perguntou ele a si mesmo, mais uma vez.

Ao longe, atrás dele, na cidade, onde as luzes da noite começavam a brilhar de rua em rua, Agathe estava parada na frente da pia, com o casaco e a bolsa jogados na mesa da cozinha, os sapatos chutados e largados de lado no chão enquanto lavava o resto de louça que Hektor e Stopak tinham abandonado. Ela tinha um daqueles pequenos esfregões, do tipo que se coloca em um palito com um arame de cobre grosso, e, cada vez que o mergulhava na água de sabão suja, perguntava, irritada:

— O que você está fazendo, Agathe? O que você está fazendo? Como pode se fazer de tola dessa maneira, mulher? A sua vida é isso? — Ela esfregou a frigideira até ela brilhar.

E bem na esquina, no Três Coroas, onde o vento soprava direto da ponte Verde e fazia a chuva bater na janela, dois homens estavam sentados a uma mesa de canto. Um deles estava dormindo, segurando uma garrafa mal equilibrada em cima da barriga enorme, e o outro estava sentado, espiando com os olhos apertados através da fumaça do cigarro que segurava entre os lábios, desenhando, rabiscando e desenhando de novo no caderno de esboços aberto sobre seus joelhos e perguntando a si mesmo:

— Que porcaria você está fazendo? Fica o dia todo desenhando essa mulher. Você a desenha todos os dias. Fica imaginando como ela deve ser nua, ao passo que poderia ir até lá agora mesmo e descobrir. Que diabo você está fazendo? A sua vida agora é isso?

No farol, na parte mais distante de terra firme que ainda podia ser chamada de Ponto, Tibo virou as costas para a tempestade e começou a caminhar de volta para casa, esmagando o cascalho da praia e refazendo o trajeto entre as dunas, para as docas, onde as prostitutas tinham saído para o turno da noite. Elas gritaram "olás!" para ele quando passou e lhe perguntaram se estava solitário. Tibo quase riu daquilo. Ele seguiu em frente, sem dizer nada, atendo-se ao meio da rua, sem olhar para os homens nas sombras. Eles não olharam para o prefeito. Ao longo da rua do Canal e, finalmente, de volta à avenida que ladeia o Ampersand, os elmos pingavam em cima dele enquanto passava. A maior parte de suas folhas já tinha caído, e a chuva tinha derrubado as poucas que sobraram. Elas se espalhavam como um tapete oleoso pelo chão.

Tibo chegou à praça da Cidade. Enfiou a mão no bolso em busca das chaves e abriu a porta lateral que levava à escada dos fundos. Quando ela se fechou atrás dele, parecia que a Prefeitura toda tinha sacudido. Tibo estendeu a mão no escuro e encontrou a parte de baixo do corrimão. Escorregou o pé para frente sobre o piso ladrilhado até que colidisse com o primeiro degrau e começou a contar:

— Um, dois, três. Patamar. Vire.

Então ele contou mais 15 degraus, depois mais um patamar e mais 15, percorrendo o corredor todo que levava até seu gabinete. Tibo foi arrastando os pés e tropeçando na escuridão, tateando o trajeto pela mesa de Agathe e para dentro de sua própria sala, onde apalpou a mesa em busca da luminária. Ele se sentiu melhor com alguma luz na sala: menos como um ladrão, mais em casa.

Tirou o casaco encharcado, pendurou no porta-chapéus no canto da sala e se sentou à sua mesa de trabalho. Era a primeira vez que Tibo olhava dentro daquela gaveta em algum tempo. Ela se abriu com facilidade. Lá, no fundo, ao alcance da ponta dos dedos, encontrou um saco de papel com as palavras "Galerias Municipais, Ponto" impressas e, dentro dele, bem do jeito que ele os tinha deixado, dois cartões-postais com imagens. Ele tirou o que exibia a Vênus de Velázquez, a mulher voluptuosa, suave, rosada e escarlate deitada em seu sofá, olhando para o espelho com anseio e boas-vindas, aquele que ele comprou porque (agora ele podia admitir) fazia com que ele pensasse em Agathe. O outro, fosse lá o que fosse, ele enfiou de volta na gaveta sem nem olhar.

Tibo deu uma olhada no brasão da cidade pendurado na frente de sua mesa e soltou um longo suspiro que, esperava, eu pudesse reconhecer como um pedido de ajuda. Ele jogou o cabelo molhado para trás da cabeça, para garantir que não ia pingar em cima do cartão-postal, esfregou a mão na perna da calça para secar e pegou uma caneta. Ele escreveu: "Sra. Agathe Stopak, Gabinete do Prefeito, Prefeitura, Praça da Cidade, Ponto" em linhas separadas, do lado marcado "Este lado para o endereço", e suspirou mais uma vez. Um quadradinho tão pequeno de cartolina branca (do tamanho de metade de um envelope) era o que sobrava para escrever, todo o espaço que havia para dizer a ela. Dizer o que a ela? Outro suspiro. Outra olhada para mim, no meu lugar no brasão, e ele começou a escrever mais uma vez. "Você é mais linda do que isto. Mais preciosa. Deve ser mais desejada. Deve ser mais adorada do que qualquer deusa. Sim, eu SOU seu amigo." O cartão estava cheio. Ele apertou um "K" no canto inferior e saiu à procura de um selo à luz que escapava de sua sala para a mesa de Agathe ,e, quando encontrou, deixou cair uma moeda na caixa de troco.

Demoraria muito tempo para explicar como Tibo voltou a vestir o casaco e foi batendo nas coisas no escuro, descendo a escada mais uma vez até a praça da Cidade. Vamos simplesmente passar rápido por essa parte e imaginá-lo ali, parado na frente da caixa de correio dupla na esquina da ponte Branca, com suas placas esmaltadas dizendo "Cidade" de um lado e "País ou Exterior" do outro. Tibo enfiou o cartão na abertura do lado da "Cidade" e o segurou ali até o último momento. Ainda havia tempo para puxá-lo para fora e pensar mais uma vez naquilo. Era só um cartão-postal. Mas, mesmo assim... Era evidência. Era algo por escrito. Droga, que diferença fazia? Evidência de quê? Mas será que chegavam a ser as palavras certas? Será que bastava? O cartão escorregou de seus dedos e se aninhou no fundo da caixa de ferro trancada. Tibo se virou para pegar o bonde sem fôlego, com o coração disparado.

— Agora já está feito — ele foi dizendo durante todo o trajeto rua do Castelo acima. — Agora já está feito.

A placa esmaltada na caixa de correio prometia: "A última coleta desta caixa será feita à meia-noite", e as autoridades postais eram fiéis a sua palavra. O carteiro passava à meia-noite. Não às cinco para a meia-noite, quando estava no alto da rua do Castelo, não à meia-noite e dez, quando estava na frente do Teatro da Ópera. Meia-noite. O carteiro da meia-noite não era amante da arte. Ele não reparou no cartão de Tibo, e, de qualquer modo, apesar de ter a curiosidade humana comum a respeito dos assuntos alheios, carteiros não têm tempo de bisbilhotar cada cartão nem de especular sobre cada envelope perfumado ou sobre cada conta impressa em vermelho. Eles têm mochilas a encher, eles têm correspondências a despejar nos grandes recipientes afunilados de latão, na frente do Correio principal, com suas estátuas à porta, estátuas realmente muito bonitas que faziam algumas pessoas pensarem em anjos: uma segurava uma carta de bronze e a outra tinha na mão uma lanterna. "Isso é para os telegramas", o chefe dos carteiros explicava a cada novo funcionário.

Já fazia muito tempo que Tibo estava na cama, depois de tomar um banho de banheira para se aquecer, com o terno pendurado no teto da cozinha para secar no ar quente que se ergue do fogão, quando seu cartão chegou aos cuidados deles. Ele deslizou pelo escorregador de madeira que saía do recipiente afunilado de latão e ia dar em uma mesa ampla, no meio do hall, onde Antonin Gamillio — que na verdade não era carteiro, mas sim um escritor que trabalhava à noite no Correio Central para poder comprar papel e tinta, até que seu romance a respeito da vida de uma pessoa que trabalhava no correio principal de uma cidade provinciana, de tamanho médio, finalmente fosse aceito por uma editora — deu uma olhada no endereço e lançou-o com um gesto ágil na direção de uma bolsa em que se lia "Central", que estava aberta, encostada na parede. Antonin tinha muita confiança em suas habilidades de lançar a correspondência. Tanta, aliás, que já tinha começado a ler o endereço da carta seguinte que pegou antes mesmo de a carta de Tibo pousar na bolsa. Era uma questão de orgulho para os separadores de correspondência do Correio Central não precisar observar as cartas em seu trajeto até sua bolsa, o que era uma pena porque, sete anos antes, uma carta endereçada ao Sr. A. Gamillio, de uma das maiores editoras da capital, não tinha caído na saca em que se lia "Área do Parque", tinha batido na parede atrás dela e deslizado para o chão, ficando apoiada na vertical contra uma perna de mesa, onde permanecia até aquela noite, coberta de poeira cinzenta.

Felizmente, apesar de tais truques do destino serem comuns em novelas, como maneiras de provocar desentendimentos e infelicidade entre amantes, nada desse tipo aconteceu com a carta de Tibo. Depois de um tempinho, a bolsa em que se lia "Central" foi tirada de seu lugar e levada para uma estante de escaninhos de madeira, em que cada fileira era marcada com o nome de uma rua e cada caixa individual marcada com um número, a não ser bem no fim da fileira que ficava mais embaixo, onde quatro caixas tinham sido transformadas em uma e em que se lia "Prefeitura". Pouco antes das 3 horas da manhã, o cartão de Tibo chegou àquela caixa, amarrada com um elástico vermelho, entre uma carta reclamando de uma rachadura na calçada na esquina de Commerz Plaz e outra, em um envelope pardo com um cheque dentro, para o Departamento de Licenciamento. Imagine só: uma deusa nua ensanduichada entre coisas assim! Mas foi assim que ela viajou: não conduzida na crista das ondas nem carregada por cupidos, mas presa com elásticos e jogada dentro de uma saca que foi lançada pela porta da sala de correspondência da Prefeitura antes das 8h30. E, quando Agathe chegou para trabalhar quarenta minutos depois (ela estava atrasada, principalmente porque não conseguiu pensar em nenhuma boa razão para se apressar até o trabalho), o cartão estava à sua espera em sua mesa.

Olhe para ela agora. Olhe para ela, examinando a correspondência da manhã quando encontra o cartão. "Que coisa estranha", ela pensa. "É uma coisa peculiar, estranha, fora do comum." Ela o pega. Ela o vira do outro lado. Ela o lê: "mais linda do que isto, mais preciosa, deve ser mais desejada, deve ser mais adorada", e lê "K". Quem e K"? Mas o cartão diz: "sou seu amigo". Não. Não. Ele diz: "SOU seu amigo". Está vendo? É a resposta a uma pergunta, e "K" é de Krovic. "K" é Tibo.

Você conhece a palavra para isso? É "júbilo".

Olhe só para ela. Olhe para aquele sorriso. Um pedaço de cartolina e algumas palavras, é só disso que precisa. Tão pouco e olhe para ela agora, virando o cartão, olhando para a deusa nua ali deitada e pensando: "Mais linda do que isto? Eu sou mais linda do que isto? Mais desejável?"

Claro! Claro, porque a mulher no quadro é só um monte de manchas de cor em um pedaço de cartão, mas Agathe Stopak é carne quente e rosada: ela é real. A mulher no quadro foi enterrada no túmulo de uma prostituta em Madri, séculos atrás, mas Agathe Stopak está aqui agora, com sangue nas veias e ar nos pulmões. Olhe só para ela. Olhe só para ela agora, correndo para a sala vazia de Tibo, para se colocar na frente do brasão da cidade e erguer o cartão como quem diz: "Olhe o que eu fiz na escola hoje!" E ela está fazendo aquela sua linda pequena mesura, dizendo "obrigada!" com um sorriso, porque ela é uma boa moça e é educada.

E agora ela está procurando uma tachinha na gaveta e pendurando o cartão na parede em cima de sua mesa. Está sentada ali, só olhando para ele, e é exatamente o que ela ainda estava fazendo quando o prefeito Krovic entrou na sala com a aparência de um homem que se acredita muito encrencado.

Mas Agathe sorriu para ele com uma piscadela, e, com a ponta de uma unha bem lixada e pintada com esmalte, bateu no canto inferior do cartão-postal, não tanto para endireitá-lo, mas para chamar atenção para ele.

— Bom dia — disse Tibo. Havia um tremor em sua voz. — Almoço? Quer dizer, mais tarde. Gostaria de ir almoçar? Mais tarde? Comigo?

— Seria ótimo, senhor prefeito.

— Que bom — Tibo disse. — Que bom. Olhe, preciso sair agora, então tudo bem se nos encontrarmos lá, no Anjo Dourado, por volta de 1 hora da tarde?

— Seria adorável, senhor prefeito — disse ela.

— Certo. E sinto muito pela outra coisa. De antes. A coisa de ser seu amigo. Desculpe.

— Eu sei — disse ela. — Está tudo esquecido. — E ela fez mais um ajustezinho no cartão-postal com a ponta do dedo.

Agathe já estava sentada no lugar à janela do Anjo Dourado quando Tibo chegou apressado pela rua do Castelo, logo depois da 1 hora. Ele a viu sorrindo para ele através do vidro e abriu caminho entre os clientes do almoço para juntar-se a ela.

Agathe ergueu a bolsa do assento que estava guardando no outro lado da mesa.

— Eu pedi para você — disse ela. — Estou ficando ousada na minha velhice.

— Que bom — disse Tibo. — O que vamos comer?

— O mesmo de sempre... qualquer coisa que Mamma Cesare resolver que está bom hoje.

Eles riram, e Tibo disse:

— Eu lhe trouxe um presente. — Ele colocou o pacote de papel pardo mesa e fez com que deslizasse na direção dela. — É um livro.

Agathe lançou um olhar para ele que dizia: "Achei que fosse" e pegou o pacote.

Havia uma coisa em Agathe Stopak, um jeito que ela tinha de fazer as coisas que forçava as pessoas a olharem para ela. Não era sua intenção fazer isso: aliás, ela não tinha a menor noção do que estava fazendo, e, se tivesse, nunca encantaria as pessoas do jeito que encantava. Mas, às vezes, ela se movia ou simplesmente era ela mesma de um jeito mais perfeito, mais lindo do que qualquer pessoa jamais pensaria em fazer qualquer uma daquelas coisas. Ela agiu assim naquele momento, erguendo o pacote até a boca, como se fosse beijar os nós que o mantinham fechado, pegou o barbante com os dedos e puxou até abrir. Ela passou as pontas dos dedos pelas letras douradas desgastadas na capa do livro.

— Homero.

Ela falou meio em tom de pergunta.

— Você disse que queria um para a sua casa na Dalmácia. Quando ganhar na loteria.

— Eu não leio muito, Tibo.

— Isso não faz diferença... não é você que vai ler, lembre-se. Você vai estar deitada em uma banheira com água fresca, tomando vinho tinto enquanto eu lhe dou azeitonas.

Ela sorriu, levou o livro até o nariz e absorveu seu aroma.

— Tem cheiro de praia... de praia em um dia de sol. Obrigada. É adorável. Vou guardar em segurança até que você queira lê-lo para mim.

— Agora é um bom momento — disse Tibo.

— Não exatamente agora... não com a nossa massa a caminho. Mas eu tenho uma coisa para lhe mostrar.

— É a minha vez de ganhar presente — disse Tibo, esperançoso.

— Desculpe. Não tenho nada para você, mas podemos compartilhar isto se quiser. — Agathe abriu a bolsa e tirou um caderno. Era volumoso, com as páginas gordas como se houvesse um marcador grosso entre cada uma delas. — Olhe — disse ela —, esta aqui é a minha casa na costa da Dalmácia. Carrego comigo o tempo todo. É aqui que você vai poder ler Homero para mim.

Agathe folheou as páginas e mostrou para ele as fotos que tinha tirado de revistas e guardado ali.

— Olhe, quero vasos de flores grandes assim do lado da porta de entrada, com lavanda e alecrim plantados neles e tomilho entre as pedras do calçamento.

Tibo pensou na poeira de carvão entre as pedras do calçamento na rua que atravessava as docas, nas prostitutas e nos homens nas sombras.

Ela disse:

— Eu costumava colecionar recortes de papel assim quando era menina e trocava no parquinho com as minhas amigas. Dava para comprar na banca de jornais. Eu costumava gostar dos que tinham imagens de anjos, apoiados em cima dos cotovelos em nuvens e com cara de mau humor... como o Sr. Guillaume.

Tibo abriu o caderno e apontou.

— Fale-me sobre isso — disse ele, mas, bem aí, o garçom chegou e colocou na mesa duas tigelas enormes de massa.

— Penne picante — anunciou e fez seus passes de mágica com o pimenteiro e o ralador de parmesão e se apressou em se retirar.

— É assim que eu quero a lareira — disse Agathe. — Grande o bastante para se sentar na frente para se proteger das correntes de vento no inverno. Quando eu me mudar para a Dalmácia, nunca mais vou passar frio.

— Não vou permitir que isso aconteça — disse Tibo.

Agathe quase ronronou ao ouvir isso. Ela se contorceu um pouco na cadeira e disse com um sorriso travesso:

— Aposto que não.

E então Tibo sentiu-se idiota e sem jeito, porque ela o tinha superado. Ele tinha tentado ser lascivo, perigoso e vivido, e ela tinha enxergado através dele em duas palavras.

Tibo olhou para o prato.

— Coma — disse ele e, depois de um tempinho: — Está muito bom, não é mesmo?

— Está, a comida aqui é sempre boa, mas eu poderia fazer algo tão bom quanto isto.

— Você gosta de cozinhar?

— E sou muito boa nisso. Não que alguém tenha reparado nos últimos tempos. — Ela espetou a massa com fúria.

— Diga-me o que gosta de fazer.

Agathe voltou a ficar entusiasmada e sorridente.

— Minha avó me ensinou — disse ela. — Eu faço comida de homem.

Tibo gemeu por dentro. "Faz sim", ele pensou. "Você seria a comida perfeita para um homem. Você é comida de homem." Mas ele era sábio o suficiente para não dizer nada, e simplesmente assentiu em um gesto de incentivo.

— Os homens gostam de coisas carnudas, de coisas em que possam fincar os dentes.

Tibo quase ganiu.

— Está rindo de mim? — perguntou ela. — Comida é um assunto sério. É como se demonstra a alguém que o ama. Bom — ela olhou para o prato mais uma vez —, é uma das maneiras de fazer isso. Encontrar os ingredientes exatos, escolher um bom corte de carne, cozinhar do jeito certo e servir direitinho em uma mesa bonita. É uma coisa simpática a se fazer para alguém. Mostra que você se importa. É uma gentileza.

Tibo sabia que era possível ser cruel com alguém sem fazer absolutamente nada, sem bater na pessoa nem gritar com ela, mas simplesmente lhe negando a oportunidade de fazer uma gentileza. Ele colocou a mão em cima da de Agathe.

— O que você iria cozinhar para mim?

Ela pensou por um momento e disse:

— Eu faria sopa de peixe para você... não, sopa de carne. Carne, e faria o meu coelho com molho de creme e mostarda e faria um arroz-doce bem cremoso, com muita noz-moscada e muitas uvas-passas gorduchas.

— Eu é que ficaria gorducho igual a uma uva-passa.

"Não se as coisas fossem do meu jeito", Agathe pensou. "Você ia ficar em forma. Eu faria você suar, Tibo Krovic, seu homem adorável, adorável de morrer." Mas o que ela disse, foi:

— Bom, você poderia se beneficiar de um pouco mais de massa, e, de todo modo, ainda tem um longo caminho a percorrer até alcançar o Sr. Guillaume.

— Um caminho bem longo — disse Tibo. — Mas não acho que vou me incomodar com a sobremesa. Tenho certeza de que Mamma Cesare nos dá porções maiores para que saibamos que somos clientes preferenciais. Mas coma algo, se quiser.

— Não, eu estou bem — respondeu Agathe. — Preparo um café para você no gabinete.

Mamma Cesare saiu de trás do órgão de café lustroso quando Tibo foi pagar, sorrindo e assentindo com entusiasmo, e garantindo a eles como era bom vê-los ali e como era bom eles irem comer ali, e como pareciam bem.

— Tudo *multo* bom. Sempre *multo*, *multo* bom. — Ela fez um gesto para que Agathe se aproximasse em confidência. Agathe inclinou para perto, enquanto Tibo esperava educadamente fora do alcance da audição, na proximidade da porta. — Venha me ver em breve — disse ela. — Venha hoje à noite.

— Hoje à noite eu não posso — disse Agathe. Era mentira. Ela poderia ter ido com toda facilidade. Afinal de contas, ela não tinha motivo para ficar em casa, mas havia algo na insistência de Mamma Cesare que a deixou relutante, que lhe deu vontade de se rebelar.

— Venha logo, então — disse Mamma Cesare. — Por favor, venha logo.

Aquilo fez com que Agathe se sentisse triste e envergonhada.

— Eu venho. Em breve — respondeu ela.

Tibo e Agathe caminharam de braços dados pela rua do Castelo, em meio às multidões de gente fazendo compras e das pessoas que trabalhavam em escritórios, voltando para as mesas depois de sanduíches à beira do Ampersand ou de uma torta no Escudo de Ponto.

— Espero que goste do seu livro — disse Tibo.

— Eu amo o meu livro.

Aquela palavra. Ela ficou tinindo por cima do barulho da rua como o som de moedas caindo de um bolso ou de um bebê chorando. Era só uma palavra, proferida em uma rua movimentada, mas merecia mais coisa depois dela do que "o meu livro". Merecia menos coisa depois dela. Uma palavra, não três.

— Eu amo o meu livro — disse Agathe outra vez. Era a única maneira de abafar o barulho daquilo.

— Eu amo o seu livro também.

Ela olhou para ele, imaginando, esperando que ele dissesse mais alguma coisa.

— Sabe — disse ele —, o seu caderno... aquele que tem a sua casa.

— Ah — respondeu ela.

— Acho adorável... o seu livro.

— É, eu gosto dele. — De algum modo, ela parecia decepcionada. — Eu posso carregar a minha casa toda comigo, e com os meus bilhetes de loteria dentro dela. Eu pego e olho. Esquento as mãos neles. É um pouquinho de esperança que eu carrego dobrada na minha bolsa.

Se Tibo sentiu a tristeza daquilo, não deu sinal. Ele disse:

— Você ofereceu para que eu compartilhasse daquilo. Eu gostaria de compartilhar, se possível. Eu gostaria de encontrar coisas de que você gosta e ajudar a construir a sua casa para você... até que ganhe na loteria e a verdadeira chegue. Se você quiser.

— Eu quero — respondeu ela, e eles estavam de volta à praça da Cidade.

Depois daquilo, a vida se transformou em almoços. Eles passavam as manhãs ansiosos pela hora do almoço e, durante a tarde toda, riam daquilo sobre o que tinham rido à mesa. Eles saíam para almoçar e conversavam sobre tudo. Conversavam sobre livros, e Tibo era especialista em livros. Ele tinha lido tudo e compartilhava o que sabia com ela. Eles conversavam sobre comida, e Agathe era especialista em comida. Qualquer coisa que comessem no Anjo Dourado, ela era capaz de fazer melhor em casa. Logo já estava enchendo sua lancheira azul esmaltada com coisas boas para Tibo esquentar em sua própria cozinha. Chega de arenque com batata para ele. Eles conversavam sobre a vida, a tristeza e a solidão, e cada um achava que o outro era especialista. Mas cada um era especialista em um campo diferente. Tibo conhecia a solidão de ser sozinho, Agathe conhecia a solidão de estar com alguém.

Tibo levava presentes para ela (coisinhas bobas e tolas que ele achava que a agradariam), livros que achava que ela ia gostar, caixas de manjar turco (ela segurava os pedaços cor-de-rosa firmes entre dois dedos e os envolvia com os lábios para ele se divertir), tesouros das salas dos fundos empoeiradas das lojas de quinquilharias de Ponto, nadinhas sem significado que significavam tudo. Quase todos os dias, Tibo tinha algum presente para ela.

Todo mês, ele comprava para ela mais uma tira de bilhetes de loteria, e todo mês ela não ganhava nem um centavo. Mas não fazia diferença. Eles se sentavam juntos no Anjo Dourado na hora do almoço e faziam planos da mesma maneira. Debruçavam-se sobre mapas da costa da Dalmácia de um velho guia Baedeker que Tibo tinha desencavado de uma caixa em uma livraria na rua Walpurnia. Eles desperdiçavam guardanapos sem fim para desenhar e redesenhar plantas da casa que Agathe construiria com o dinheiro da loteria. Aqui ficaria o banheiro, não, aqui, abrindo para uma *loggia* com vista para a baía e os penhascos ao fundo. A cozinha seria assim e a sala aqui, com uma lareira grande o bastante para se sentar na frente, caso o inverno fosse severo, uma despensa para as azeitonas e uma biblioteca para o Homero. Às vezes, Tibo chegava ao Anjo Dourado com fotos tiradas de catálogos e eles discutiam como mobiliar a casa. Isso cresceu na mente deles em uma extensão de edifícios brancos baixos e telhas de barro vermelho com amplos beirais sombreados sobre uma varanda voltada para o sul.

Na parte de dentro, haveria enormes sofás de couro, importados por muito dinheiro dos clubes de cavalheiros de Londres, onde tivessem sido curtidos por um século com fumaça de charutos de qualidade e conhaque derramado. Tapetes afegãos coloridos cobriam o piso. Portas duplas de vidro bisotado em molduras douradas rococós (roubadas do Anjo Dourado) levavam da sala diretamente para um quarto mobiliado com uma cama de casal, cujas paredes seriam forradas de papel de parede cor-de-rosa e camadas de musselina, que também cobriria a janela para amenizar o brilho do sol do verão. Demorando-se sobre raviólis cremosos, eles escolhiam roupa de cama de linho branco e selecionavam uma coleção simples de artigos de mesa, mas rejeitaram os cristais. Agathe escolheu um dos copos de água de vidro grosso da mesa do café. O sol brilhava através dele com um tom esverdeado. Depois de vinte anos de uso e lavagem, o copo tinha ficado riscado e desgastado, como um pedaço de vidro de garrafa alisado pelas ondas.

— É assim que vai ser o mar da Dalmácia — disse ela. — Nós devíamos comprar copos assim. Não precisamos de copos refinados. Precisamos de copos que não vão quebrar se forem derrubados no chão... só precisam ser maiores, para caber mais vinho. Tenho a intenção de passar muito, muito tempo na banheira.

A ideia de Agathe na banheira, com a água rodeando e se dobrando sobre seus quadris, sua barriga, seus seios, deu a Tibo um tremor delicioso. Naquela tarde ele passou na farmácia e comprou para ela uma caixa de sabonete transparente e cheiroso.

Nas noites na rua Aleksander, Agathe cozinhava coisas, coisas maravilhosas, comida de homem, e as levava para o trabalho na manhã seguinte em sua lancheira ou em panelas ou em travessas que ela equilibrava nos joelhos a bordo do bonde. E, quando dava a comida a Tibo, ela dizia "Coma isto", ou "Uma sopa boa", ou "Coma isto, é uma torta. Eu fico preocupada que você não se cuide."

À noite, quando Agathe estava na frente do fogão cozinhando e pensando nele, Tibo estava acomodado em sua cozinha, comendo e pensando nela. À noite, sentado para comer a refeição que ela tinha preparado, Tibo se perguntava: "Será que ela se lembra do que disse a respeito de comida e de amar alguém?" E ele abria o *Pontense Vespertino*.

À noite, quando usava uma concha para colocar o cozido que tinha preparado na travessa limpa que Tibo devolvera pela manhã, Agathe se perguntava: "Será que ele se lembra do que eu disse a respeito de comida e de amar alguém?" E ela colocava as sobras em um prato para Stopak.

De uma maneira estranha, significava que eles estavam juntos o tempo todo, no trabalho ou em casa e o tempo todo pensavam: "Vai acontecer."

Quando caminhavam pela rua do Castelo juntos até o Anjo Dourado, caminhavam de braços dados, pensando: "Hoje vai acontecer."

Quando se apressavam pela praça da Cidade no frio, de volta ao escritório vazio, pensavam. "Agora vai acontecer."

Agathe, sozinha na frente da pia, lavando as panelas, dizia para si mesma, toda noite: "Vai acontecer amanhã."

Tibo, em sua cozinha, embalando a fôrma de torta recém-lavada de Agathe em um pano de prato, pronta para ser devolvida a ela, sussurrava para si mesmo: "Eu sei que vai acontecer amanhã."

Durante todos os longos fins de semana, quando não havia almoços no Anjo Dourado, quando eles se demoravam no mercado de peixes ou olhavam as vitrines da Braun por horas a fio ou passeavam a esmo no parque Copérnico, só torcendo pela possibilidade, compreenda, de que talvez, por pura sorte, eles pudessem se cruzar, então cada um repetia várias vezes para si mesmo: "Vai acontecer."

Quando Tibo comprava potes de azeitonas para ela (que ela não gostava), quando ele trouxe para ela aquele guia Baedeker velho e rasgado com seus mapas da Dalmácia, quando ele se sentava com ela no Anjo Dourado, fazendo planos para a casa dela, quando ele trazia para ela janelas e cortinas e enfeites para colocar em seu caderno, quando ele entrava na sala, quando as mãos deles se tocavam por cima da toalha de mesa, Agathe sabia: "Vai acontecer."

Quando Agathe chegava para trabalhar com o cheiro do sabonete especial que ele tinha comprado para ela, quando ela abria a caixa de manjar turco que ele lhe dava, e ela segurava um pedaço entre o indicador e o polegar, dobrava os lábios por cima do doce, o colocava na boca e olhava para ele por baixo das pálpebras que caíam de prazer e não dizia absolutamente nada, quando um sopro de Taiti tomava conta do gabinete, quando ela entrava na sala, quando as mãos deles se tocavam em cima da toalha de mesa, Tibo sabia: "Vai acontecer."

E Tibo, em sua casa vazia, onde o sino no fim do caminho tocava suave com as brisas de outono, e Agathe, deitada na cama fria enquanto se tocava com mãos que fingia não serem suas, diziam: "Vai acontecer. Agora."

Mas nenhum deles, nem o bom prefeito Krovic nem a Sra. Agathe Stopak, jamais dizia: "Hoje eu vou!" Não durante mais de dois meses. Não no fim de setembro, cheio de trabalho, nem em outubro, nem em novembro, quando as decorações foram colocadas na Braun e os passarinhos mecânicos foram instalados, piando, em sua árvore de Natal quase lendária, não até dezembro, quando Agathe começou a perder a paciência.

Para dizer a verdade, a Sra. Stopak estava ficando aborrecida: aborrecida e até um pouco irritada. Provavelmente tinha alguma coisa a ver com a época do ano. Fazia frio e Agathe sempre detestava passar frio, e detestava caminhar desajeitada para o trabalho com suas galochas, em vez de usar os sapatos delicados de que gostava: sapatos que exibiam suas pernas, e, é claro, dezembro é o fim do ano. Aquilo a aborrecia. Significava mais um ano com Stopak, mais um ano sem ninguém naquela cama além de Achilles, e nada de bebê, e nada de amor.

Enquanto caminhava sem salto, com sapatos de borracha frios pela rua do Castelo naquela manhã, uma certa fúria tinha se acumulado dentro de Agathe. Quando ela acordou no apartamento da rua Aleksander, tinha reparado apenas em uma cinza pequena e amarga aninhada perto de seu coração, mas estava viva e em brasa, e ela a soprou durante todo o trajeto de bonde até a cidade. Quando ela chegou à parada da rua do Castelo, tinha adicionado algumas rebarbas de: "Qual é o problema dele?" e um pouco de uma secura completa de: "Será que sou eu?" à pilha e avivado a brasa com um pouco de: "Será que ele não enxerga?" Logo antes de subir a escadaria de mármore verde imponente da Prefeitura, a pilha começou a acender, e, quando ela se sentou à sua mesa, já ardia com força total.

Agathe se sentou à mesa e tirou as galochas, deixando que caíssem no chão do outro lado da sala e ficassem lá, apoiadas contra a parede, como se uma escolar invisível tivesse sido mandada para o cantinho como castigo. E quando Tibo chegou, disse, da mesma maneira animada que sempre dizia:

— Bom dia.

Ela não respondeu. Tibo já estava dentro de sua sala quando percebeu, então parou no meio do caminho, inclinou-se para trás e perguntou:

— Está tudo bem com você?

— Tudo — respondeu ela, gélida.

Ele saiu da sala dele e parou ao lado da mesa dela.

— Tem certeza?

— Estou absolutamente ótima. O que pode estar errado? Está tudo ótimo.

— Certo — disse Tibo, e voltou para sua sala e se sentou à sua mesa.

Agathe chegou alguns minutos depois. Ela jogou uma pilha de cartas no mata-borrão à frente dele e, com a mão livre, apresentou uma tigela de porcelana.

— Torta de peixe — disse ela.

Tibo recebeu aquilo com um sorriso.

— Obrigado. Você me mima, Agathe.

— É, mimo sim — respondeu ela. — Nós vamos almoçar hoje?

— Claro que sim.

— Claro que sim. Por que "claro que sim"? Você por acaso ia me convidar? — e ela saiu da sala batendo pisando firme.

Tibo se levantou da mesa com um suspiro e a seguiu para fora.

Ela já estava sentada em sua cadeira, batendo um monte de papel no tampo da mesa para formar uma pilha regular.

— Sinto muito — disse ele. — Você tem toda a razão. Eu não posso ignorá-la.

A isso Agathe só fez:

— Humpft.

— Agathe, se estiver livre na hora do almoço, eu ficaria muito feliz de levá-la para almoçar.

— Certo. Sim. Seria adorável.

— Agathe, eu fiz alguma coisa?

Ela quase precisou morder a língua. Ela queria pular da cadeira e agarrá-lo pelas lapelas e dizer: "Tibo, você não fez porcaria nenhuma. Mais de três meses desgraçados de almoços e você não fez nem uma única porcaria de coisa. Por acaso eu sou invisível? Você não me enxerga?" Mas, em vez disso, ela disse:

— Não, Tibo. Nada.

— Tem certeza?

— Claro.

— Você iria me dizer?

— Iria.

— Eu preciso ir ao Comitê das Bibliotecas agora. Vou passar a manhã toda lá.

— Sim. — Foi a única coisa que ela disse, e ela não olhou para ele ao colocar mais uma folha timbrada do conselho na máquina de escrever.

— Certo, então. Espero vê-la por volta de 1 hora.

Durante toda a reunião do Comitê das Bibliotecas, quando os conselheiros estavam falando a respeito do número de livros que deviam ser substituídos naquele ano, o que fazer com os velhos, quais novos deviam ser comprados e se os alunos das escolas deviam ou não pagar uma multa se ficassem com um livro tempo demais, ele escutava apenas com meio ouvido. Estava preocupado com Agathe e pensava sobre a noite anterior, quando tinha encontrado, em uma revista, uma foto de um par de gatos de porcelana com bolinhas de gude verdes brilhantes no lugar dos olhos, e rosas desenhadas por cima, sem muita precisão. Agora estavam em sua carteira, rasgadas com o maior capricho que ele conseguiu e prontos para irem para o caderno de Agathe. Ele chegou à conclusão de que tudo ficaria bem. Qualquer coisa que a tivesse aborrecido tanto, ele resolveria. Ele faria com que tudo voltasse a ficar bem.

Quando, finalmente, o Comitê das Bibliotecas terminou, Tibo se apressou de volta a seu gabinete. Agathe não estava mais lá. Ele correu escada abaixo, ajeitando o casaco pelo caminho, mas não havia sinal dela na praça da Cidade nem entre as multidões na ponte, e ele já tinha passado da metade da rua do Castelo, quase tinha chegado ao Anjo Dourado, quando a avistou, entrando pela porta.

Tibo entrou apressado no café e viu Agathe sentada à mesa da janela. Ela viu Mamma Cesare sorrir assim que o prefeito atravessou as grandes portas de vaivém, sorriu, acenou e apontou para o lugar em que Agathe estava sentada com o queixo aninhado na mão.

Agathe percebeu que se ressentia daquilo: da maneira como todo mundo reparava em Tibo, da maneira como todo mundo o recebia e se dava a todo tipo de trabalho para agradá-lo, da maneira como todo mundo se alegrava se ele retribuía qualquer atenção. E, no entanto, ele nem reparava em nada daquilo. Ele aceitava tudo. Ele nunca notava que era maravilhoso. Ele nunca notava que ela o achava maravilhoso. Ele nunca notava que ela o amava.

Ela o observou dançando entre as mesas na direção dela, com passos saltitantes feito um cachorrinho alegre e tão, tão idiota. Tibo sentou-se e ela o recebeu com um suspiro de enfado. Ele fingiu não notar. Ela reparou que ele fingiu não notar.

— O que tem de bom hoje? — sorriu ele. — O que tem de saboroso e delicioso além de você, minha secretária de prefeito preferida no mundo todo?

"*Saborosa e deliciosa*? Se eu sou tão *saborosa e deliciosa*, por que você não me leva embora e me come, seu idiota?"

Mas a única coisa que ela disse foi:

— Sopa. É sopa. Quando eu cheguei, Mamma Cesare disse que tinha sopa hoje.

— Que bom. De que tipo?

— Como é que eu vou saber de que tipo?

— Desculpe. Eu só estava perguntando.

— Olhe. Eu entrei. Ela disse: "Olá." Ela disse que tinha sopa hoje. Eu me sentei e você chegou. Isso é tudo que eu sei.

Tibo pareceu magoado. Ele colocou no rosto uma expressão de mágoa e se calou. Ela conseguia enxergar enquanto ele refletia sobre as coisas atrás dos olhos: "O que eu digo agora? É melhor não dizer absolutamente nada."

A vontade dela era pegar um pão e enfiar no olho dele. Ela queria ficar em pé em cima da mesa e berrar: "Que inferno, droga, Tibo, diga alguma coisa! Repare em mim." Mas ele estava apoiado sobre o cotovelo, olhando por cima do ombro para a rua do Castelo. Ela estalou os lábios e revirou os olhos para o teto.

Depois de um tempinho, o garçom chegou com duas tigelas enormes de minestrone, uma em cada mão, e cestas de pão decorando os antebraços, e, por algum milagre, conseguiu colocar tudo na mesa sem derramar um único pingo.

Tibo assentiu com a cabeça para ele em agradecimento, deu um sorriso educado e pegou a colher.

— Parece gostoso — disse ele. Era uma súplica por armistício.

Agathe ignorou e se debruçou por cima de sua tigela fumegante, sem dizer nada. No silêncio, as colheres se arrastavam com um barulho de correntes de âncora.

— Ah, eu quase esqueci — disse Tibo. Ele se recostou na cadeira e enfiou a mão no bolso para pegar a carteira. — Trouxe um presente para você.

— Espero que seja dinheiro.

— Não, não é dinheiro. Você precisa de dinheiro? Posso lhe dar dinheiro, se precisar.

Agathe sacudiu a cabeça e deixou a língua limpar um pouco de sopa que tinha sobrado no canto da boca. Ela esticou a mão por cima da mesa com um gesto impaciente, como quem diz: "Ande logo, ande logo", e pegou o recorte de papel dos dedos de Tibo.

— Para a casa da Dalmácia — disse Tibo. — São enfeites. Gatos. Gatos de porcelana com bolinhas de gude verdes no lugar dos olhos.

— É, estou vendo. — Agathe enfiou a mão na bolsa e tirou o caderno em que guardava seus recortes. Enfiou os gatos entre as páginas e largou a coisa toda em cima da mesa com um baque surdo.

Ele fez uma expressão magoada e estupefata mais uma vez, igual à de Achilles quando aparecia no apartamento com um belo rato gordo para brincar e ela ficava bem menos do que deliciada. Era um pedaço de papel Só um pedaço de papel.

Por que ele ficava esperando que ela recebesse cada coisinha com oohs e aahs?

— Nós imaginamos uma casa bonita para você — disse Tibo e deu tapinhas no caderno. Ele parecia nervoso.

— É, imaginamos. Você acha que algum dia vamos até lá?

Tibo sorriu. Ultimamente quase tudo que Agathe dizia era capaz de fazê-lo sorrir.

— Estou fazendo tudo que posso. Todos aqueles bilhetes de loteria e você não ganhou nada. Nem um único prêmio.

— Não é minha culpa — respondeu ela. — Você sempre compra os azarados. Você devia devolvê-los à loja e pedir reembolso. Mas, bom... — ela olhou bem fixo para a sopa. — Mas, bom, eu ficaria igualmente feliz com um apartamentinho úmido na beira do canal. Não precisa ser na costa da Dalmácia.

— Você merece a costa da Dalmácia.

Agathe colocou a colher na sopa mais uma vez.

— Eu mereço o melhor de tudo, mas estou pronta para me contentar com qualquer coisa se puder ser minha. Bom, não é assim tão ruim, não é mesmo?

Ela olhou para ele, imaginando por que ele não conseguia enxergar que aquela era a hora. "Eu me contento com qualquer coisa se puder ser minha." Era isso que ela tinha dito, e agora, se pelo menos ele lhe oferecesse aquele pouquinho de qualquer coisa, podia fazer com que tudo fosse maravilhoso.

Mas ele não disse nada, e, por isso, ela passou a olhá-lo de um jeito diferente.

Agathe olhou ao redor do café, para os garçons correndo de mesa em mesa, os homens de negócio devorando o almoço com pressa, as pessoas na rua olhando para o céu cinzento carregado e imaginando se ia nevar, e ela sabia que se perguntasse a qualquer uma delas quem estava sentado ali, na mesa do meio, entre três, na janela da frente do Anjo Dourado, elas teriam respondido: "O bom Tibo Krovic." Mas hoje elas estariam enganadas. Hoje elas deveriam ter dito: "O correto Tibo Krovic."

Bom, não é assim tão ruim. Agathe iria se contentar com "bom", e, se ele tivesse escolhido fazer a coisa que era boa, Tibo poderia ter se erguido ali mesmo, naquele momento, poderia ter derrubado a mesa se fosse necessário, e poderia tê-la tomado nos braços e fugido com ela, como se a estivesse salvando de um prédio em chamas. Ele poderia tê-la salvado. Ele poderia tê-la levado para sua cama grande de ferro, em sua casa no fim do caminho ladrilhado de azul, com o portão quebrado e o sino de latão, e ele poderia ter passado todo o resto da tarde a salvá-la. Ele poderia ter passado a noite toda salvando-a. Ele poderia tê-la salvado até estar exausto demais para continuar a salvá-la. Ele poderia tê-la salvado vez após outra, como nenhuma mulher jamais fora salva ou nunca seria, poderia salvá-la de todas as maneiras que ele pudesse imaginar e de algumas em que nunca tivesse pensado até aquele exato minuto, e então ela apresentaria algumas ideias próprias. Mas ele não fez nada disso. Tibo Krovic era o prefeito de Ponto, e, pelo que ela era capaz de se lembrar, parecia que nunca se teve notícia de o prefeito de Ponto carregar a mulher de outro homem pela rua, nem mesmo que ela fosse sua secretária, nem mesmo se ela estivesse apaixonada por ele, nem mesmo se ela o amasse.

O momento passou. Ela o viu desaparecer do ponto minúsculo em que o "quando" se transforma em "agora" e começa a recuar para "passado". Só demora um segundo.

Acanhado, ele ergueu o caderno que guardava a casa imaginária dela e começou a folheá-lo.

— O que acha disso? — disse ele, apontando para um recorte de revista de uma banheira enorme.

— Acho uma bela cor — respondeu Agathe.

— Uma bela cor? Mas é toda branca.

— Eu acho que é uma bela cor — disse ela, olhando direto para ele.

E ela disse de novo, tão baixinho que quase não emitiu som.

— Uma bela cor, uma bela cor, uma bela cor.

O bom Tibo Krovic estava estupefato. Ele ficou imaginando se, talvez, Agathe estivesse tendo algum tipo de síncope.

— Está tudo bem com você? — perguntou ele.

— Estou ótima, Tibo. — E ela encheu uma colher com mais um pouco de sopa, mas ficou segurando o talher um pouco longe da boca, porque não confiava em si mesma para comer sem derramar. Sua mão tremeu. Seu corpo tremia. Olhando para ela, Tibo pensou que ela estava prestes a cair na gargalhada. Na verdade, ela estava a um ou dois suspiros de um choro.

— Como está a sopa? — perguntou ele, de modo inútil.

— Mmmmm. Minestrone. — A voz dela tinha um toque de sarcasmo. — Sabe, entre todas as sopas, esta é a mais... — Havia uma súplica em seus olhos, e dentro da sua cabeça ela repetia, vez após outra: "Pelo amor de Deus, Tibo, olhe para mim. Olhe para mim. Olhe para mim. Enxergue que eu estou aqui."

— Uma bela cor? — perguntou Tibo.

— Exatamente, Tibo, uma bela cor. — E ela moveu a boca em silêncio mais uma vez. — Uma bela cor, uma bela cor. Por que será que nunca inventaram uma sopa assim em Ponto? Por que tinha de vir da Itália, onde já é quente e brilhante e a vida é tão... — Ela o olhou bem no rosto e disse a palavra mais uma vez: — Uma bela cor.

Tibo relutava em admitir que não estava entendendo aquele jogo. Ele se concentrou na sopa.

— Nós temos *borscht** — disse ele. — É uma sopa boa. Tão boa quanto qualquer coisa que os italianos façam.

— Tem gosto de terra fria. É a mesma coisa que comer uma sepultura. Mas estou pronta para reconhecer que *borscht* é pelo menos... — Ela fez uma pausa longa o suficiente para fazer Tibo erguer os olhos do prato: — Uma bela cor.

— Uma bela cor?

— Uma bela cor — respondeu ela, em silêncio.

— Eu não consigo entender o que deu em você.

— Não, Tibo, essa é a pior parte!

Ela disse "Uma bela cor" em silêncio mais uma vez, enquanto lágrimas se acumulavam em seus olhos. Jogou o guardanapo na mesa, procurou pela bolsa a seus pés e saiu apressada do restaurante.

Tibo tinha passado tardes chuvosas suficientes no Palazz Kinema da rua George para saber que ele podia chamar por ela ou sair correndo pela rua ou ficar ali sentado como se nada tivesse acontecido e terminando sua sopa; ele corria o perigo de se transformar em um clichê. Nos segundos que demorou para considerar qual humilhação específica seria preferível, ele viu Agathe passar correndo pela janela e se afastar.

Tibo resolveu terminar a sopa. Com o garçom olhando por trás, para suas orelhas cada vez mais vermelhas, o bom prefeito Krovic descobriu que aquilo de fato demorou muito mesmo. Ele não pediu mais nada. Aliás, sem nem se virar, ele ergueu a mão e, olhando diretamente para frente, para a janela, fez um gesto para o garçom encostado na parede dos fundos.

— Traga a conta, por favor — disse ele, e, quando a nota chegou, ele a deixou sob uma pequena pilha de cédulas e moedas (muito mais do que era necessário) e saiu rápido.

Estava frio. Os primeiros flocos de neve do inverno rodopiavam pela rua do Castelo e pela ponte Branca. Elas o seguiram até a praça da Cidade, onde operários desligavam o chafariz para assim permanecer até a primavera.

---

*Sopa típica do leste europeu à base de beterraba.

Tibo apertou o cinto do sobretudo espesso e enfiou mais o chapéu na cabeça ao olhar para o rio, onde o domo da catedral ia desaparecendo no meio de um punho raivoso de nuvens cinzentas. Apesar de ainda não serem 2 horas, a maior parte das luzes da Prefeitura já estava acesa. Dentro do prédio, Tibo subiu a escada até seu gabinete. Na sala ao lado, Agathe não estava em sua cadeira. O relógio tiquetaqueava. O vento soprava punhados de pregos congelados contra as janelas. A escuridão se abateu. Tibo deixou a porta de ligação de seu gabinete aberta, mas Agathe não voltou para trabalhar, e às 6 horas o bom prefeito Krovic limpou a mesa, trancou a gaveta e encerrou o expediente. De algum lugar no corredor, vieram os ruídos clamorosos do balde e do esfregão de Peter Stavo. Pareciam tão distantes e longínquos quanto o último maçarico voando para o sul do Ampersand no outono.

Na parada de bonde, ninguém falava. As pessoas na fila estavam lá enroladas em seus casacos, virando o chapéu para se proteger da neve que caía, ignorando umas às outras, enquanto o vento soprava ao redor delas até o bonde surgir navegando na escuridão, brilhando como um navio de cruzeiro no meio de um oceano noturno. O bonde parou, a fila avançou e as pessoas se apertaram dentro dele, todas menos Tibo. Ele ficou no fim da fila e então subiu para se sentar sozinho na plataforma superior. Tibo ocupou o banco da frente do bonde e se acomodou com as pernas penduradas para fora, com a gola virada para cima e as mãos enfiadas nos bolsos do casaco. O vento soprou nas suas costas durante todo o trajeto até em casa, enquanto o bonde ia abrindo seu caminho pelas ruas de Ponto.

Na plataforma de baixo, as pessoas no bonde iluminado não enxergavam nada além das janelas escuras, mas Tibo observava as casas que passavam, os postes que corriam próximos o suficiente para que ele estendesse o braço e tocasse nos montinhos de neve que se juntavam ali, pais voltando para casa do trabalho, portas de entrada se abrindo para salas em que crianças brincavam, cozinhas quentes em que tigelas de sopa tinham embaçado as janelas de vapor, cegando-as.

Na sexta parada, Tibo se levantou. Uma camada fina de neve tinha se acumulado nos ombros de seu casaco em uma linha marcada pela beirada do banco do bonde. O bom prefeito Krovic desceu a escada escorregadia com passos pesados, saiu do bonde com um movimento para trás e dobrou a esquina de sua rua. No portão de sua casa, o vento balançava o sino pendurado na bétula de modo que ele quase (quase) tocava.

Tibo o viu balançar sob a luz de um poste e, por algum motivo, a palavra "plangente" lhe veio à mente.

— Plangente — disse Tibo e apoiou as pontas dos dedos enluvados na beirada do sino e o balançou. Ele tocou de leve contra o badalo. — Plangente — Tibo disse mais uma vez. Ele ergueu o portão quebrado e fez com que se virasse em suas dobradiças tortas. O caminho ladrilhado de azul estava começando a desaparecer sob uma camada fina e escorregadia de neve úmida, e Tibo caminhou com cuidado, com as pernas duras, até a porta de entrada. As marcas dos saltos de seus sapatos pareciam mordidas negras na neve.

Tibo não se deu ao trabalho de acender as luzes. Percorreu o corredor escuro até a cozinha, onde tirou o casaco e o sacudiu para que a neve se espalhasse no chão e imediatamente começasse a derreter. Colocou as luvas dentro do chapéu e deixou tudo perto do fogão de ferro grande, de modo que no dia seguinte estariam quentes e secos. E então ele se sentou à mesa, com um pão preto em cima de uma tábua de madeira e um prato de queijo amarelo. Tibo comeu. Leu o jornal. Resolveu ir para a cama. Ficou lá deitado, escutando o barulho do vento que foi definhando até ser substituído pelo silêncio surdo e escuro-branco que vem com a neve pesada. O que aquilo significava? O que poderia significar? E, então, era de manhã.

Tibo limpou o vapor do espelho em cima da pia e olhou para si mesmo. De repente, pareceu um pouco mais grisalho. Ele mergulhou seu pincel de barbear na água escaldante, sacudiu-o e esfregou no sabonete. O espelho tinha embaçado de novo. Tibo pegou a toalha do ombro e esfregou o vidro.

— Uma bela cor — disse ele. — Uma bela cor! Uma bela cor! Uma bela cor! — Então, da mesma maneira que Agathe tinha dito, Tibo repetiu: — Uma bela cor. — Então, em silêncio, com suavidade: — Uma bela cor, uma bela cor. — A navalha escorregou de seus dedos e caiu com ruído contra a bacia de porcelana. — Uma bela cor. — Tibo ficou olhando estupefato enquanto o homem no espelho olhava para ele e proferia: — O meu amor.

Quando saiu do Anjo Dourado, Agathe correu pela rua do Castelo, mais rápido do que qualquer mulher respeitável de Ponto com mais de 12 anos: corria como se estivesse pegando fogo, chorava e soluçava, de modo que sua maquiagem escorria em riachos oleosos pelo seu rosto. E as pessoas que se viravam para olhar a escutavam dizer: "Iiiii-ú! Iiiii-ú", vez após outra, feito uma vaca com a perna quebrada. Ela ia correndo assim, os sapatos escorregando no pavimento coberto de geada, a garganta em brasa por causa dos soluços, o rosto igual a uma máscara de górgona, de lágrimas e catarro, por toda a rua do Castelo; atravessou a ponte Branca, passando pela caixa de correspondência em forma de coluna, onde Tibo tinha postado o cartão dela, e foi direto para cima de Hektor, que a cumprimentou com um "Ufa!" e alguma imprecação. Agathe nem o viu. Ela ricocheteou nele, como se tivesse colidido contra um muro ou entrado na lateral de um bonde. Ela nem olhou para ele, só tropeçou um pouco, deu um passo para o lado e continuou correndo, mas só tinha avançado um passo (nem mesmo um passo, um pé ainda estava no ar) quando Hektor a reconheceu e a enganchou pelo cotovelo.

Agathe rodou feito uma conta em um fio, foi para trás e colidiu com ele mais uma vez, enfiando o rosto na camisa dele, com a cabeça entre as lapelas de seu casaco esvoaçante, os braços dele a envolvê-la, detendo-a, abraçando-a; mas ela continuava fazendo aquele barulho.

— Agathe! — havia medo em sua voz. — Agathe. Pare com isso! Sou eu. Hektor. Qual é o seu problema? O que aconteceu? Está machucada?

Ela esfregou o rosto molhado na camisa dele.

— Agathe, está tudo bem?

— Estou ótima — disse ela e fungou com um barulho que parecia um ralo entupido.

— Você não está ótima.

— Estou ótima, solte-me.

— Não vou soltar.

— Hektor, você não precisa me segurar.

— Não vou soltar.

Hektor ficou lá parado, balançando devagar e com suavidade igual a um olmo em uma plantação de milho, respirando com calma e facilidade até a respiração dela entrar no ritmo da dele, até que os punhos fechados dela relaxaram e seus braços se soltaram e se apertaram ao redor dele, abraçando-o por baixo do casaco.

— Está nevando — disse ele. — Precisamos ir andando.

— Precisamos ir andando — disse ela.

E eles saíram caminhando juntos, abraçando-se um ao outro, sem dizer nada.

A rota de bonde que liga a praça da Cidade à ponte Verde e volta em trajeto circular pela avenida da Catedral até o alto da rua do Castelo é uma das mais bem servidas em Ponto. Se quisessem um bonde, poderiam ter encontrado um com bastante facilidade, mas eles caminharam juntos através da neve que caía a seu redor, abafando o barulho da cidade, mandando o povo de Ponto para dentro de casa, baixando uma cortina rodopiante em todas as esquinas e varrendo a cidade com penas congeladas que caíam no Ampersand com um chiado quente. Ficaram caminhando dessa maneira, abraçando-se como sonâmbulos, até chegarem à esquina da rua Aleksander e serem acordados pelo toque de um piano quebrado no Três Coroas.

— Eu preciso entrar — disse Agathe, mas continuou abraçando-o.

— Precisa?

— Eu preciso entrar.

— Tem alguém lá?

— Não sei. Talvez. Provavelmente não. Geralmente não.

— Pode ir para casa comigo.

Havia um gemido na voz dela.

— Hektor, eu não posso.

Ele não disse nada. A neve caía. O céu estava branco.

— Não posso, Hektor. Não posso.

— Está nevando — disse ele. — Continua nevando. Está nevando mais forte. Eu preciso ir para casa.

Agathe estava parada cara a cara com ele, os botões do casaco dela roçavam na camisa dele, o rosto dela estava virado para ele, com o queixo erguido, o nariz no ar, os olhos fechados, floco de neve se derretendo em seus lábios entreabertos, pousando delicadamente em sua pele pálida e morrendo ali.

O corpo dela e o de Hektor se tocavam, a barriga e o peito e a coxa, enquanto ele tentava envolvê-la com seu casaco, segurando as abas ao redor dela, aquecendo-a e protegendo-a. O cheiro dela o preenchia. Ela estava esperando para ser beijada. Hektor a beijou. Não com hesitação. Não roçando seus lábios nos dela. Não lhe dando a chance de recuar com indignação. Sem rodeios. Sem medo. Sem perguntar se era aquilo que ela queria fazer, porque ele sabia que era. Ele a beijou e continuou beijando com a neve rodopiando ao redor deles agora, o piano tocando, o cheiro da cerveja choca e o barulho do bar.

— Tem alguém lá? Na sua casa? — perguntou ela.

— Não. Ninguém. Nunca.

Ela o abraçou com mais força, colocando as mãos espalmadas em suas costas, por baixo do casaco dele, contra a sua camisa, sentindo o calor dele, pressionando seu rosto nele, no pescoço dele, no peito dele, na garganta dele.

— Nunca?

— Não, Agathe. Nunca. — Ele deu beijinhos nos seus cabelos cobertos de neve, na sua testa, nos seus olhos, de volta à sua boca.

— Leve-me para lá — disse ela.

O apartamento de Hektor ficava ali perto, só um pouco mais para frente ao longo do rio, dobrando a esquina na rua do Canal. Agora, ao caminharem, eles andavam rápido, não como pessoas que queriam se demorar juntas, não como pessoas que se dirigiam contrariadas a uma despedida relutante, mas como pessoas que se apressavam na direção de algo que esperavam e pelo qual ansiavam, com o qual sonhavam havia séculos.

217

As árvores ao longo do canal negro estendiam seus braços nus para o céu. A neve se empilhava nas forquilhas entre os galhos. Ela já tinha escondido as pedras do calçamento que se estendiam na frente dos apartamentos populares e se acomodavam por cima das grades enferrujadas, entre o pavimento e a beira d'água, e a cascata de flocos de neve fofos como penas que caíam por todo lado fazia com que as lâmpadas dos postes brilhassem como o globo de espelhos que fica pendurado no teto do Salão de Baile da Imperadora, na avenida Ampersand.

Agathe e Stopak costumavam sair para dançar lá, e durante um segundo apenas ela se lembrou de um homem bonito usando um terno azul, segurando-a nos braços e sorrindo para ela. Ela expulsou a lembrança de sua mente.

— Vamos — disse ela e apertou Hektor com um pouco mais de força. — Ainda está longe?

— Chegamos. A porta verde. Número 15. Logo você vai esquentar.

Ela apertou sua boca contra a dele mais uma vez. Ele tinha gosto de cigarro.

— Eu estou quente. Eu estou quente. É só o meu rosto que está frio.

— Eu acredito. — Ele a agarrou para si e ficou ali parado durante longos minutos, beijando-a e beijando-a, arrastando suas mãos por cima dela, escorregando por suas curvas, apreciando-a. Apesar do tecido grosso do casaco, senti-la era uma coisa maravilhosa, e o cheiro de seu perfume o preenchia. Os beijos prosseguiram e prosseguiram, as mãos dele foram ficando cada vez mais insistentes até que ela se apertava contra ele e gemia, no fundo do peito dele, friccionando-se nele, esfregando-se nele, com as mãos dele em cima dela, enquanto o casaco dela ia para cima de seus quadris e sua saia o seguia, deslizando por cima de suas coxas.

Agathe o repeliu.

— Não! Não aqui. Não na rua. Vamos entrar em casa. Ande logo, pelo amor de Deus.

Hektor apalpou os bolsos em busca das chaves de casa.

— Vamos! Vamos! — Agathe se agitava, passando o peso do corpo de um pé para o outro em uma dancinha cheia de ansiedade atrás dele.

Ele examinou cada bolso duas vezes: a calça, o casaco, o paletó, dentro e fora, e então encontrou, enfiadas embaixo de seu livro de esboços e de seu Omar Khayyám. Os livros forçaram o tecido quando ele as puxou para fora do bolso.

— Segure para mim — disse ele, entregou os volumes a Agathe e tropeçou na direção do buraco da fechadura. — Não estou enxergando o que estou fazendo. — As mãos dele tremiam. — Estou com tanto frio. — E havia um tremor em sua voz.

E então a porta se abriu e ele se virou, pronto para acolhê-la, mas ela quase passou correndo por ele, da neve para o apartamento escuro, a mão roçando nele ao passar.

— Mostre-me o caminho — disse ela. Já tinha tirado o casaco.

Será mesmo necessário dizer mais a respeito do que aconteceu então? Será que este é o tipo de história que exige detalhes assim, um registro de cada suspiro, gemido e gritinho? "Mostre-me o caminho", era o que Agathe tinha dito. Mas não foi o que ele fez. Hektor não lhe mostrou o caminho. Hektor a lembrou do caminho.

Tudo que ele pôde dar, ela absorveu como uma esponja que tivesse sido deixada para secar na prateleira do banheiro durante todo o verão e então, quando se encontra mais uma vez na água, absorve tudo, fica macia, incha, bebe cada gota e então devolve tudo, de bom grado. Agathe se comportou assim. Hektor fez com que ela se lembrasse de como ser assim. Hektor fez com que ela se lembrasse que, na verdade, nunca tinha esquecido.

A tarde toda fizeram amor na cama velha de latão que se encontrava em um canto do apartamento de um cômodo de Hektor, e, quando estavam cansados demais para continuar a fazer amor, ele foi até o armário embaixo da pia e pegou uma garrafa de vodca que tinha um brilho azul à luz de neve que entrava pela janela, e os dois ficaram bebendo até escurecer, segurando as cobertas até o queixo e conversando. E então fizeram amor de novo.

À meia-noite, quando o bom Tibo Krovic estava dormindo, sozinho na casa no final do caminho ladrilhado de azul, quando Stopak estava deitado no sofá com o rosto virado para baixo e um engradado de cerveja vazio a seu lado e a porta da frente escancarada para o patamar, quando o gato Achilles preparava um belo círculo fofo e confortável na cama de Agathe e se acomodava para passar a noite, Hektor estava nu na frente de seu fogão, preparando uma omelete de seis ovos, enquanto Agathe se apoiava em cima de um cotovelo, nua na cama, e o observava, sorrindo.

E depois que eles comeram a omelete e depois de beberem mais um pouco de vodca, enquanto a neve se espalhava por todos os lugares durante toda a noite e o fogão estalava, tremia e esfriava, eles fizeram amor.

Então era de manhã. Agathe estava deitada de barriga para cima, acordada, da mesma maneira que costumava ficar deitada em outra vida, nua, presa embaixo de um homem que roncava e que meio a cobria, meio a abraçava.

As cortinas estavam fechadas, mas eram finas e não tinham forro. Não cobriam bem a janela. O amanhecer de inverno estava se aproximando, as lâmpadas dos postes da rua ainda estavam acesas do lado de fora e cada pouquinho de luz dançava na rua nevada e entrava pelas frestas nas beiradas das cortinas, pela abertura no meio, onde elas não fechavam muito bem, pelas marcas em forma de meia-lua que se afrouxavam no alto, perto do suporte, enchendo o quarto com uma luz cinzenta.

"Um homem fez isto", Agathe pensou. "Eu poderia consertar. Eu poderia fazer cortinas bonitas para este lugar."

Ela ficou deitada na cama, com o braço preso embaixo de Hektor e encurvada ao redor dele, como se fosse um travesseiro encostado em seu peito, a mão direita livre, torcendo mechas do cabelo dele com o dedo. De vez em quando, ela se inclinava para frente, desajeitada, dava um beijo na parte de cima da cabeça dele e voltava a se deitar no travesseiro, sorrindo e sussurrando:

— Você é lindo. — Ou: — Obrigada, obrigada. — E, uma vez: — O que eu fiz?

Ela olhou ao redor do apartamento. Coisas apareciam à luz que ia clareando, saindo das sombras e tomando forma: o fogão, provavelmente não dos mais limpos, uma pia de porcelana grande sob a janela, com um armário embaixo e louça empilhada no escorredor, outro armário (ou guarda-roupa?), uma mesa no meio do aposento e três cadeiras a seu redor.

A quarta estava perto do cotovelo dela, fingindo ser uma mesinha de cabeceira. Os copos sujos de vodca estavam em cima dela, com um maço de cigarros, uma caixa de fósforos e dois livros: os livros que Hektor tinha tirado do bolso e entregado a ela à porta. Agathe os pegou e os colocou em cima dos cobertores à sua frente, um grande, preto e simples, um pequeno e marrom-esverdeado, com capa de camurça desgastada, todo torto, manchado e desbotado. Havia letras douradas impressas na lombada e na frente: "Omar Khayyám." Um nome bonito. Com cuidado, de modo a não se mexer demais para não acordar Hektor, ela abriu o livro, segurando-o com a mão livre e virando as páginas com o nariz. Agathe ficou surpresa ao encontrar poemas. Muitos deles. Alguns alegres. Alguns sobre amor. Um bom número sobre bebida, mas em sua maior parte tristes. Ainda assim, ela gostou deles e resolveu deixar alguns para ler mais tarde.

Ela largou o livro e passou os dedos por cima do cobertor, à procura do outro. Era simples e preto como uma bíblia, mas, ao passo que uma bíblia é grossa e atarracada, este livro tinha proporções elegantes, era esguio e estiloso. Ao passo que as páginas de uma bíblia são finas como papel de enrolar cigarro, estas eram grossas e de um branco leitoso. Com o livro deitado em cima da cama, ela o abriu e o pegou com uma das mãos e o segurou em cima da cabeça, como se fosse ler o teto, e ali, aberto em duas páginas de papel liso, ela viu a si mesma, nua. Agathe engasgou. Quase soltou um grito. Quase pulou da cama, mas havia um homem nu dormindo ao seu lado. Virou a página rapidamente. Outra Agathe nua. E outra e mais outra. Desenhos de Agathe, desenhos de Agathe lindamente traçados, com ela sentada, caminhando, em pé, esticando-se, correndo, deitada, todos lindos, e em todos eles, em absolutamente cada um deles, ela estava nua. A mente dela voou para o cartão-postal que ainda estava pregado na parede em cima de sua mesa de trabalho. "Deve ser mais desejada, deve ser mais adorada", era o que dizia.

E ela percebeu: "Eu sou mais bonita. Eu sou mais desejada."

— Você gostou? — falou Hektor sem tirar o rosto do peito dela, sem nem mesmo abrir os olhos. Ela sentiu o bigode dele roçar sua pele e também os pelos que despontavam em seu queixo.

— Ah, meu Deus, são adoráveis — disse ela. — Hektor, eu não fazia a menor ideia. Eu nunca soube.

— Bom, agora você sabe. Mas ainda não sabe nem a metade

Hektor fez um movimento para sair da cama, colocando os joelhos e os cotovelos com cuidado de ambos os lados do corpo dela, para não esmagá-la. Durante um ou dois segundos, eles estavam novamente se tocando em toda a extensão do corpo, e ela o sentiu excitado. Ele olhou para ela, sorriu e beijou o seu nariz, então continuou rolando, para fora da cama e para o chão.

— Está com fome? — perguntou ele.

— Não. Estou bem. — Olhando para ele, Agathe não podia deixar de sorrir.

— Café?

— Isso seria bom, sim. Obrigada.

— Vou preparar um pouco daqui a um minuto. Tenho uma coisa para mostrar a você primeiro.

Hektor foi até a pia e abriu as cortinas ralas de algodão.

— Precisamos de um pouco de luz — disse ele.

Mas Agathe tinha mergulhado embaixo das cobertas com um berro.

— Hektor! Eu estou sem roupa! — Ela espiou de baixo dos cobertores. — Você está sem roupa! A rua inteira vai ver você.

— Não se preocupe. Não tem ninguém na rua. As pessoas da rua do Canal não levantam muito antes do horário de abertura do Três Coroas. E esta é a minha casa. Se eu quiser andar pelado dentro dela, o problema é meu. Agora, olhe isto aqui.

Da abertura ao lado da pia, Hektor tirou uma tela grande e oblonga, coberta com um lençol rasgado.

— Não, estou tapando a luz — disse ele. — Assim não vai dar certo. — Ele levou o quadro até o pé da cama e o ergueu. — Não diga nada. Sinta — ele disse e deixou o lençol cair no chão.

Agathe meio estava esperando ver mais uma imagem de si mesma, mas não estava preparada para aquilo. A imagem brilhava com cores, vida e quentura animal. Ela esquentou o quarto com uma espécie de luxúria. Ela era capaz de sentir nele cada pincelada, um anseio obscuro que Hektor carregara consigo durante dias ou semanas ou meses, e acariciara e marcara na tela. Ela estava deitada, a Agathe pintada, sobre o lado direito, com as costas voltadas para o quarto, o cabelo preso no alto da cabeça e alguns cachos soltos caindo pelo pescoço. Estava esticada em um sofá de almofadas gorduchas, aninhada em veludos e sedas refinadas, e se sobrepunha sobre tudo aquilo com a simplicidade macia e pálida de sua pele. Mas não era só isso, porque todo o fundo era tomado por um espelho gigantesco com moldura dourada e ela estava lá deitada, sorrindo, completamente exposta, de frente e de trás, cada curva rosada de seu corpo voluptuoso de violoncelo à mostra.

— Foi baseado em um quadro famoso — Hektor disse. — Ele se chama *A Vênus de Rokeby*, feito por um homem chamado Velázquez. Ele é o que chamam de Antigo Mestre. Você provavelmente nunca ouviu falar dele.

— Ah, não. Eu reconheço o quadro. — Agathe tinha jogado as cobertas para o lado e se arrastava por cima do colchão como uma tigresa confrontando um rival. O quadro a fascinou e a deixou estupefata. Aquele olhar, aquele sorriso de quem sabe tudo, refletidos no espelho, a fome em seus olhos. Como é que ele podia saber daquilo? Como é que ele podia ter pintado aquilo?

Hektor fez um gesto por cima do quadro com o dedo.

— Eu fiz o espelho maior. No passado, só existiam espelhos pequenos, e eu queria...

— Eu sei o que você queria. Você me queria inteira. — Agathe estava ajoelhada na ponta da cama, olhando para o quadro, esquecida do frio da manhã e da cortina aberta e da janela que dava para a rua. — Você me queria inteira. — Ela estendeu a mão para tocar o quadro com os dedos, mas Hektor o afastou com um floreio.

— Não toque — disse ele.

Sem o quadro, Agathe voltou a se largar na cama, como alguém que tivesse sido libertada de um encantamento. Ela se esticou sobre as costas e voltou a se encolher devagar, fazendo biquinho, dançando ao ritmo das palavras que só ela era capaz de escutar: "Mais linda do que isto, mais desejada."

— Hektor me queria inteira — disse ela. — E Hektor pode me tocar se Hektor quiser.

— Hektor quer.

— Feche as cortinas — disse ela.

Feche as cortinas. Este foi provavelmente um conselho muito sábio. Com as cortinas fechadas, mesmo aquelas cortinas finas e parcas, não haveria nada para chamar atenção para o n° 15 da rua do Canal, nada para surpreender as crianças pálidas com suas calças finas e seus sapatos furados que se atacavam com bolas de neve a caminho da Escola de Ensino Fundamental Oriental, e, se uma barcaça cheia de carvão por acaso passasse pelo canal, não haveria razão para o capitão ficar boquiaberto e correr para trás, até o deque, para poder ficar no mesmo nível da janela durante o maior tempo possível, sem ter a menor ideia de que uma moça bonita estava lá dentro, fazendo amor com o primo do marido pela... qual mesmo? Pela quinta vez desde a hora do almoço do dia anterior. Feche as cortinas. É um conselho sensato para as pessoas que leem histórias, tanto quanto para as pessoas que estão nelas. Feche as cortinas e espere um pouco do lado de fora, na neve, até que Agathe volte a abri-las, exatamente como fez naquela manhã, toda banhada e vestida, com o cabelo penteado e maquiada. Quando ela voltou a abrir as cortinas naquela manhã, a frigideira da omelete estava lavada, os copos de vodca estavam enxaguados e brilhantes e o bule de café estava quente no fogão.

Agathe o colocou em uma bandeja com uma garrafa de leite que encontrou do lado de fora do peitoril da janela do banheiro, duas xícaras azuis e um açucareiro verde. Colheres molhadas tinham transformado o açúcar em um torrão sólido, mas algumas estocadas com um garfo o tinham soltado, mais ou menos. Ela levou tudo para a mesa no meio do quarto, onde Hektor estava sentado, em mangas de camisa, lendo a primeira edição do dia anterior do *Pontense Vespertino*.

E então uma coisa estranha aconteceu. Aquele soluço que tinha se enganchado ao canto da sua boca enquanto tomava sua sopa no Anjo Dourado apenas no dia anterior, pendurado ali, fingindo ser uma risada, de repente voltou. Agathe se sentou à mesa e começou a servir o café e, ao fazê-lo, começou a rir. E ela riu até chorar, riu e riu cobrindo o rosto com as mãos, escondendo os olhos até soluçar, se engasgar e chorar, até estar dobrada em dois, gemendo e batendo na mesa com seus pequenos punhos cerrados e deixando as lágrimas rolarem do rosto para a toalha de mesa listrada.

Stopak ficaria assustado com uma coisa daquelas. Tibo também, aliás, mas ele a teria tocado, teria colocado um braço no ombro dela, dado tapinhas carinhosos nela e feito barulhinhos para confortá-la até passar. Mas nenhum deles teria compreendido nem saberia como agir. Hektor era mais sábio. Ele ficou sentado na outra ponta da mesa, bebericando o café quente e lendo as dicas de corridas de cavalo, dando uma olhada nela de vez em quando, sem tocá-la.

Ele não disse nada, nem quando os soluços passaram. Quando ela se deitou e rolou o rosto na mesa, gemendo, ele não disse absolutamente palavra nenhuma. Quando ela ainda estava fungando baixinho, Hektor não soltou som nenhum. Ele continuou lendo o jornal até Agathe se arrastar da mesa, abrir a torneira de água fria da pia e pegar um pano de prato do suporte na frente do forno para secar os olhos. Ainda assim, ele não disse nada. Ele esperou até que o despertador no parapeito da janela fizesse vinte pequenos tiques metálicos e, só então, ele pousou o jornal, devolveu a xícara à bandeja e disse:

— Você precisava colocar para fora.

— Precisava — disse ela. — Ai meu Deus. O que nós fizemos? Hektor, o que nós fizemos?

— Nós demos muita alegria um ao outro... foi isso que nós fizemos. Bom — ele olhou para a toalha de mesa humildemente —, pelo menos você me deixou muito feliz.

Ela estalou o pano de prato na direção dele.

— Você também me deixou feliz. Muito.

— Não foi isso que eu quis dizer — falou ele. — Olha, isto aqui é muito sério. Se você se arrepender da noite passada, então nunca aconteceu. Vá trabalhar e diga que você acordou atrasada. Stopak nem vai reparar que você não foi para casa. Ele deve estar dormindo para curar a ressaca, como sempre. Vá até a esquina, coloque a xícara de café dele no lugar de sempre e ele nem vai se dar conta. Por mim, ele não vai saber.

— É isso que você quer?

— É isso que você quer?

— Diga-me o que fazer — disse ela.

— Nunca vou fazer isso. Prometo.

— Então me diga o que você quer fazer. Fale.

— Quero que você venha morar comigo.

— Ai meu Deus. — Ela enterrou o rosto no pano de prato mais uma vez.

Hektor saiu da mesa e colocou-se ao lado dela, segurando-a pelos ombros e aninhando seu rosto no peito. Ele disse:

— Agathe, escute o que eu tenho a dizer e, se houver uma palavra que não for verdade, você ouvirá e saberá. Eu amo você. Eu amo você desde o dia em que você se casou com Stopak e eu dancei no seu casamento. Eu amo você. E Stopak está acabando com você. Dia a dia, ele está acabando com você, e por isso eu tenho vontade de matá-lo. Se você quiser ficar com ele, pode ficar. Se quiser me procurar de vez em quando para obter as coisas que Stopak não lhe dá, eu não vou negar suas vontades, mas eu amo você e quero que nós dois fiquemos juntos. Venha para mim.

Agathe passou muito tempo sem dizer nada e então fungou.

— Eu amo você também, Hektor. Eu amo você. Ah, eu amo você.

— Então, está combinado?

— Você quer que eu venha morar aqui?

— Pensei que poderíamos ficar na rua Aleksander. Posso trocar com Stopak.

Ela se afastou dele.

— Hektor! Não! Você não está falando sério.

— Eu já pensei em tudo. Ele é um sujeito razoável. Eu simplesmente vou explicar a situação e ele logo vai ver que dois precisam de mais espaço do que um, e vou empacotar as coisas dele e trazê-lo para cá. Você nem precisa falar com ele.

Agathe cobriu o rosto com o pano de prato. A vergonha queimava em seu peito como bile.

— Hektor, ele é meu marido. Você não pode fazer isso com ele.

— Olhe, vai ser simples.

— Não é nada simples. Para começo de conversa, você vai perder o emprego.

— Não vou.

— Vai sim. Ele não vai continuar pagando o homem que roubou a esposa dele.

Hektor a tomou pela mão e a levou de volta à mesa.

— Sente-se — disse ele. — Você precisa saber de algumas coisas. Coisas que você sabe, mas que não admite que sabe. Você é uma viúva, Agathe.

Stopak morreu. O homem com quem você se casou, morreu. Ele está morto há um tempão. É só a bebida que o mantém vivo. Ele vive de cerveja e de vodca, do mesmo jeito que um vampiro vive de sangue, e, enquanto tiver isso, não vai querer mais nada. Eu não roubei você. Ele a jogou fora. Se eu fosse lá agora, poderia trocar você por um engradado de vodca. A sua consciência está limpa.

Mas a consciência dela estava longe de limpa. No dia anterior, ela tinha estado na mesa do meio de três, bem na janela da frente do Anjo Dourado, sussurrando "uma bela cor" para Tibo. Hoje ela estava em um apartamento na rua do Canal, dizendo ao primo do marido que o amava.

— Tem mais. Coisas que você precisa saber — disse ela.

— Eu não quero saber de porcaria nenhuma. O que passou, passou. A minha mãe me disse: "Não importa quem veio primeiro, desde que você seja o último." Essa é a única coisa que conta. Então eu vou lá e digo a Stopak o que é o quê, e nós saímos para pintar algumas casas e, hoje à noite, você volta para casa como sempre.

— Ai meu Deus, Hektor, eu não posso. Eu não posso. Eu não posso. Deixe-me vir para você aqui. Eu não posso voltar lá. Tem os vizinhos e a Sra. Oktar da loja. Eu não posso. Eu não posso. Mas eu amo você. Amo você de verdade. Eu amo você. Deixe-me vir para cá. Por favor.

Ele assentiu e pegou a mão dela e deu um beijo nas pontas de seus dedos.

— Se é isso que você quer, venha para cá... se é o que você quer.

Ela então ficou feliz e sorriu e deu mais alguns beijos nele... beijinhos nos olhos e no nariz, e beijos mais compridos em sua boca.

— Eu amo você — disse ela. — Você sabe. Você vai rir. Não ria. Você vai achar que é bobagem, mas não é. Há muito tempo... eu estava pensando isso na cama ontem à noite, quando você estava roncando...

— Eu não ronco.

— Ronca sim. — E ela o beijou mais uma vez. — Enquanto você estava roncando, eu estava pensando e me lembrei que, há muito tempo, uma senhora de idade que eu conheço leu o meu futuro e ela — beijo — me — beijo — disse — beijo — que eu iria — beijo — fazer uma jornada por água — beijo — e encontrar o amor da minha vida — beijo. — E quando eu corri pela ponte Branca ontem — beijo —, eu encontrei você.

Hektor riu.

Claro que ele riu e claro que Agathe não amava Hektor. Ela amava Tibo. Ela até amava Stopak um pouquinho, de um jeito triste, com pena, arrependimento e nostalgia. Ela não amava Hektor, mas Agathe não era o tipo de mulher que podia passar a maior parte de um dia rolando em uma cama quente com um homem se não o amasse. Agathe era uma boa mulher. O outro tipo pode fazer essa espécie de coisa e aceitá-la simplesmente pelo que é: alguma diversão inofensiva, um passatempo, uma válvula de escape, a resposta a uma necessidade do corpo, como comer um sanduíche ou ir ao banheiro... Mas uma boa mulher como Agathe iria se afastar de algo assim com vontade de morrer de tanta vergonha, da mesma maneira que uma lesma se afasta do sal. Era uma impossibilidade. Para ela, era literalmente impensável. Ela simplesmente não poderia ter formado aquela ideia em sua cabeça, de modo que, em nome da gentileza e da bondade, e para protegê-la da agonia da loucura, sua mente abraçou outra impossibilidade, igualmente impossível: Hektor era o amor de sua vida.

Não é assim tão inacreditável. Cada um de nós inventa histórias para nos ajudar a encontrar sentido na maneira como as coisas são. Do estranho processo no nosso cérebro que vira o mundo do lado certo, apesar de todo mundo saber que nós o enxergamos de cabeça para baixo, à crença adorável de que "tudo vai dar certo no fim", dos fantasmas esperançosos que rondam casas lotéricas à convicção duradoura de que, se pelo menos o seu pai tivesse sido um pouco menos rígido, ou se pelo menos você tivesse estudado um pouco mais para aquela prova, ou se pelo menos você tivesse colocado aquela outra gravata para a entrevista, tudo estaria bem agora... todo mundo faz isso.

Os seres humanos têm uma capacidade quase ilimitada de se iludir: uma habilidade tenaz para negar o óbvio ululante, um talento adorável, de partir o coração, para acreditar em algo bem mais positivo do que aquilo que está bem na frente da cara deles, até chegarem às portas que rangem do "banheiro coletivo". E que enorme bênção. É isso que nos faz escrever poemas. É isso que nos faz cantar canções, pintar quadros e construir catedrais. É a razão por que as colunas dóricas existem, já que um tronco de árvore poderia desempenhar sua função com a mesma eficiência. É um dom glorioso, lindo e agonizante que faz com que sejamos humanos.

Quando Agathe saiu do apartamento na rua do Canal naquela manhã (já uma hora atrasada para o trabalho) e caminhou, com as pernas duras por medo de cair, pelo meio da neve até a parada de bonde da rua da Fundição, ela sabia que amava Hektor. Ela sabia daquilo. Ela sabia da mesma maneira que sabia seu nome e o número que calçava, da maneira que era capaz de encontrar Ponto no mapa ou fazer uma torta de cereja sem olhar a receita nem pesar os ingredientes. Simplesmente era algo que ela sabia, algo que nem adiantava negar.

E quando ela se acomodou no bonde a caminho da praça da Cidade, o brilho quente e reconfortante de amor que ela tinha sentido crescer em seu peito e que fervilhava em seu sorriso era exatamente tão real quanto as ondas de vergonha e temor que, de vez em quando, se abatiam sobre ela também. Tibo. O que ela iria dizer a Tibo?

Tibo, por sua vez, já tinha decidido o que ia dizer a Agathe. Tibo ia dizer: "Uma bela cor." Ele diria aquilo e continuaria repetindo: "Uma bela cor, uma bela cor, uma bela cor..." de maneira lenta e distinta, olhando-a bem no rosto. Assim ela veria que ele entendera. Ele finalmente tinha entendido o que ela estava tentando lhe dizer e ele queria dizer para ela também. "Uma bela cor! Uma bela cor! Uma bela cor!" uma vez atrás da outra, todos os dias de sua vida, uma vez atrás da outra, pelo resto da vida dele. Não... pelo resto da vida *dela*, isso é que era importante. Ele estava determinado a fazer com que Agathe soubesse que era amada, e amada mais, e amada melhor do que qualquer outra mulher de Ponto... mais do que qualquer mulher no mundo... e ela ia saber disso todos os dias de sua vida.

— Eu amo você, Sra. Agathe Stopak — gritou ele. — Uma bela cor! O meu amor uma bela cor.

Ninguém ouviu quando ele falou essas coisas porque, quando as disse, Tibo estava em pé no meio de sua cozinha, completamente sozinho, mas estava determinado a que, em breve, toda a Ponto soubesse. Ele sabia daquilo fazia um tempão, claro, havia semanas desde aquele primeiro dia, quando a lancheira dela tinha caído no chafariz, mas só agora ele tinha liberdade para admitir.

Seria difícil. Ele sabia disso. Haveria escândalo. Línguas estalariam e dedos também, mas Tibo estava pronto para isso e, quando o homem no espelho do banheiro lhe perguntou:

— Mas e o cargo de prefeito? Está pronto para abrir mão dele também?

Tibo tinha respondido, com sinceridade:

— Sim, estou pronto até para isso.

— O que você vai fazer? Como vai viver? Como vai alimentá-la?

— Vou encontrar alguma coisa.

— Não em Ponto — disse o prefeito do espelho. — Quem iria contratar você? O que você poderia fazer? Você subiu demais, Sr. Convencido Krovic. Ninguém vai segurá-lo quando cair.

— Então nós vamos nos mudar. Vamos nos mudar para Trema.

— Vai ser ainda pior lá. Você vai ser motivo de risada. Notícia de primeira página em Trema. Não se engane. Você vai ter sorte se conseguir emprego de flautista em um mictório, e, se conseguisse, os representantes da Prefeitura iriam levar grupos de alunos de escolas em passeios educativos para que pudessem vê-lo como um exemplo pavoroso.

— Eu vou me mudar para Traço e abrir uma banquinha de iscas no cais.

— Não é exatamente a costa da Dalmácia, não é mesmo? — disse o prefeito do espelho.

— Ela não se importa com a costa da Dalmácia. Ela ficaria igualmente feliz com um apartamento úmido na rua do Canal comigo. Ela me disse isso. Ela me ama e eu a amo. Eu amo Agathe Stopak.

Tibo ainda estava dizendo isso quando saiu de casa, alguns minutos depois.

— Eu amo você, Agathe. Eu amo VOCÊ, Agathe — experimentando para ver como soava, pela novidade daquilo em sua boca até que, quando chegou ao fim do caminho e saiu pelo portão desengonçado para a rua, ele ergueu a cabeça do chão escorregadio e o céu lá em cima pareceu uma bênção: branco reluzente e rosa perolado ao leste, ainda cinza pombo e preto ratazana atrás dele no oeste.

— Madrepérola — disse Tibo e virou para a esquerda, subindo a colina na direção da parada de bonde.

Na ponta da rua, Tibo ficou contente ao ver que os funcionários que trabalhavam à noite no terminal tinham aproveitado bem seu tempo e afixado limpadores de neve aos bondes de Ponto. Neve congelada se acumulava em grandes montes no meio da rua, mas aqui, e por toda a Ponto, os trilhos estavam limpos, os bondes circulavam com suavidade e eficiência, as pessoas iam para o trabalho como sempre.

Tibo se sentou na plataforma superior mais uma vez, do mesmo jeito que tinha feito a caminho de casa na noite anterior, mas dessa vez foi um prazer, não uma penitência. Enrolado em seu cachecol com a gola do casaco abotoada até o alto, o vento frio vindo das ilhas não significava nada para Tibo. Ele olhava para a paisagem abaixo dele no bonde, sorrindo, balançando através de Ponto, a Ponto brilhante, limpa, reluzente com a neve, a cidade em que Agathe Stopak morava, balançando feito um marajá em cima de um elefante dourado.

— Angarilha — sussurrou para si mesmo.

Naquela manhã, pela primeira vez em muito tempo, Mamma Cesare e os funcionários do Anjo Dourado ficaram surpresos, e não só um pouco decepcionados, de ver Tibo Krovic passando apressado direto pela porta, sem entrar para seu café vienense de sempre, com muitos figos secos. Em vez disso, ele seguiu um pouco mais pela rua do Castelo e atravessou até a floricultura que Rikard Margolis tinha havia trinta anos, desde que sua mãe morrera embaixo de uma avalanche desafortunada de bulbos de tulipa. Ainda se falava daquele dia nas docas de Ponto. Em troca de todos os botões da loja (menos os que seriam requeridos com urgência para as encomendas dos enterros daquele dia), Tibo preencheu um cheque com uma soma impossível e deu instruções para que tudo, cestas e buquês e ramos, fosse entregue diretamente em seu gabinete, o mais rápido possível.

As flores chegaram em levas, carregadas pela rua do Castelo coberta de neve, em procissão, por três vendedoras apressadas e o próprio Sr. Margolis. Eles trotearam por cima da ponte Branca feito ordenhadores, um balde em cada mão e cada balde transbordando de flores, a não ser as duas corridas que o florista fez sozinho quando chegou, tremendo, à Prefeitura, em mangas de camisa, com o casaco dobrado com cuidado sobre galhos raros de orquídeas.

— São muito delicados — disse ele esquentando as mãos em volta da xícara de café que o prefeito Krovic ofereceu.

E então, parado no gabinete do prefeito com quase todo seu estoque enchendo a sala, o Sr. Margolis mandou suas três vendedoras de volta ao trabalho, com ordens para que se ocupassem com as coroas de flores do leiteiro Nevic, cujo enterro estava marcado para aquela tarde, e começou a montar uma cobertura de flores, bem como o prefeito Krovic tinha ordenado, ao redor da mesa de Agathe. Em pouco tempo, havia montanhas de botões cobrindo todas as superfícies, apertados ao redor de sua máquina de escrever, camuflando o bule de café, marchando em todas as direções pelo chão, batendo continência como uma guarda de honra para guiá-la até sua cadeira. E Tibo, o coitado e idiota Tibo, ficou tão envolvido com a emoção daquilo, correndo de um lado da sala para o outro, entregando botões específicos para o Sr. Margolis enquanto ele trançava as folhas e as torcia com pedacinhos de arame mole, tão entretido com a coisa toda, tão perdido na felicidade dourada da gruta de fadas que estava ajudando a criar, tão ansioso para compartilhar a felicidade de Agathe quando ela visse aquilo, tão desesperado para apresentar a ela "uma bela cor" que nem reparou que ela estava atrasada para o trabalho.

Aliás, bem quando o Sr. Margolis ia descendo a escadaria de mármore verde, vestindo o casaco com um suspiro cansado e arrastando os pés na direção da praça da Cidade com quatro baldes de lata em cada mão, foi que Agathe chegou à Prefeitura. Ela segurou a porta aberta para ele quando passou, daquele jeito todo carregado de baldes, com o rosto vermelho e resmungando ao avançar, mas Agathe nem reparou que ele estava lá. E, quando ele foi embora e ela entrou e parou logo ali, ela só avançou depois que a mola de fechamento automático da porta fez com que a madeira batesse em sua nádega.

Pobre Agathe. Ela respirou fundo, mordeu o lábio, ajeitou os ombros e subiu as escadas, da mesma maneira que Constanz O'Keefe tinha feito em seu caminho para a guilhotina, no último rolo de *Paixão em Paris*, mas, lá no alto, não havia nenhuma multidão ensandecida pedindo seu sangue, nenhum carrasco brutal esperando para atar suas mãos e forçá-la para o abraço aterrador da guilhotina, com um sorrisinho sarcástico nos lábios e gelo no coração. Havia algo muito pior. Havia o perfume de mil flores: rosas de estufa cuidadas com habilidade para florescer em dezembro, e crisântemos, frésias, margaridas de grandes corolas e dúzias e mais dúzias de outras flores cujo nome ela não conhecia, flores que ela nunca tinha visto antes, flores empilhadas em todos os lugares até encherem a sala e coalharem o ar com seu aroma. E, no meio de tudo aquilo, sozinha em cima de sua cadeira, em um vaso simples de vidro azul só para um botão, havia uma rosa branca perfeita. Ela se inclinou para pegá-la, e um cartão simples, amarrado com barbante duro dourado, raspou no vidro. Dizia: "Uma bela cor. Tibo" e havia três beijos.

Agathe sentou-se em sua cadeira com um baque, de modo que as molas rangeram e a cadeira rolou para trás um pouco. Ela ficou lá sentada, com a bolsa pendurada no braço, uma das mãos segurando a rosa em seu vaso, então comprimiu o punho em sua boca e soluçou.

Atrás dela, a porta para o patamar se fechou sem fazer barulho, e Tibo saiu de seu esconderijo ali, daquele triângulo morto de espaço onde ficou esperando para surpreendê-la, caminhou rápido até ela, colocou a mão em seus ombros, se inclinou e beijou a parte de cima da cabeça dela e disse:

— Shhh, shhh. Está tudo bem agora... agora tudo vai ficar bem. Uma bela cor, uma bela cor, uma bela cor. Agora eu entendi. Nada de lágrimas. Chega de lágrimas. Shhh. Shhh. Ah, Agathe. Ah, minha querida Agathe. Uma bela cor, uma bela cor, uma bela cor.

Agathe tirou os nós dos dedos da boca, deixou a bolsa cair no chão e colocou a rosa no vaso com cuidado em cima da mesa. Parecia muito empertigada e casta ao lado de um ramo de lírios de um vermelho violento preso ali, no rolo de sua máquina de escrever. Ela esticou a mão por cima de si mesma e, sem se virar, sem erguer a cabeça para ser beijada, sem dizer nada, sem emitir nenhum som além de algumas pequenas fungadas, ela deu tapinhas na mão de Tibo, no lugar em que estava apoiada em seu ombro. Foram apenas tapinhas silenciosos e gentis, um gesto de calma e conforto e solidariedade.

— Uma bela cor — disse Tibo. — Uma bela cor.

Agathe não disse nada. Ela esfregou as costas da mão dele com gentileza.

— Uma bela cor, Agathe. Uma bela cor.

Ela não disse nada.

— Agathe? Uma bela cor? — Ele esperava que ela respondesse. Por acaso ele não tinha decifrado o código? Por acaso não merecia a recompensa? Sem soltar os ombros dela, ele a virou em cima da cadeira, de frente para si. — Não chore agora. Você não precisa mais chorar. Agora pode ser feliz para sempre... tão feliz quanto me fez ser. — Ele pegou a mão dela e deu um beijo. — Gostou das flores? São todas para você. Eu achei que elas seriam — ele fez uma pausa de meio segundo para deixar as aspas se formarem no ar — uma bela cor.

Agathe se contorceu um pouco ao sentir os olhos se encherem de lágrimas mais uma vez.

— Não chore, não chore — disse ele. — Está tudo bem. Agora eu sei. Uma bela cor. Eu sei o que significa.

— É, Tibo, eu também sei o que significa.

— Uma bela cor.

Ela ergueu a mão e colocou os dedos sobre os lábios dele para calá-lo, mas ele os beijou feito um idiota e disse:

— Eu amo você.

Realmente, só há uma coisa a dizer quando alguém fala isso, e não há muito tempo para dizê-la. Não demora muito tempo até que um acanhamento divertido ou uma estupefação emocionada ou uma pausa dramática se estenda. E se estenda. Até se transformar em um silêncio envergonhado.

Agathe teve de desviar o olhar, sacudindo a cabeça devagar, e fechando os olhos, e sem voltar a abri-los, até estar olhando fixo para o chão.

— Há uma coisa que eu acho que você precisa saber — disse ela.

— Não.

— Sim. É preciso.

— Não. Olhe, é tudo bobagem. Não há nada que eu precise saber. Não faz diferença.

— Você devia saber.

— Não. Olhe. Olhe para estas flores. — Ele fez um gesto amplo com os braços para uma profusão de orquídeas em cima da mesa dela, de repente fascinado pelas flores.

Ela não disse nada.

Tibo prendeu a atenção a um vaso de margaridas. Ele passou para o outro lado da mesa e enfiou a cabeça entre a folhagem.

— Então, você e Stopak — disse ele. — Vocês vão tentar mais uma vez. Isso é bom. É... Bom, eu fico feliz por vocês. De verdade.

— Não, Tibo — disse ela. — Eu vou deixar Stopak. Já deixei. Estou deixando. Existe uma outra pessoa.

— De ontem para hoje? Mas ontem você disse... Ontem você me disse... Ontem? Existe uma outra pessoa.

— Não é assim. Eu o conheço há muito tempo.

— E durante todo este tempo! Todos aqueles almoços! — Agora havia raiva e mágoa na voz dele, e Agathe se ressentiu daquilo. Ele tinha direito à mágoa, mas ela não gostou da raiva dele.

— Que tempo todo? — desdenhou ela. — Todos aqueles almoços? Quer o seu dinheiro de volta? — Ela abriu a bolsa, esvaziou em cima das flores que lotavam sua mesa, sacudiu tudo que havia lá dentro e agitou a bolsa para ele como uma arma. — É o dinheiro que o incomoda?

— Agathe...

— É ou não é?

— Agathe... Não.

Ela deixou os braços caírem e largou o corpo na cadeira, derrotada.

— Em todo este tempo... Todo este tempo... E depois de todos estes almoços... Você nunca nem me beijou.

— Eu não podia beijar.

— Hoje foi a primeira vez que você me beijou. Eu era sua, era só me tomar. Eu o desejava tanto. Você poderia ter ficado comigo e eu não teria dito nem uma palavra a ninguém, se houvesse apenas uma chance de que pudesse ter um pouquinho de você para chamar de meu. Mas você nunca nem me beijou, até hoje.

— Hoje foi o primeiro dia que eu soube. Eu nunca soube. Você nunca disse. Foi só hoje.

— Ah, Tibo, pare com isso. Não foi hoje. Hoje é um dia tarde demais. Sinto muito. Sinto muito, muito mesmo.

Tibo mergulhou entre a folhagem mais uma vez. Ela viu o topo da cabeça dele mexendo para cima e para baixo ali, aparecendo através de uma parede de folhas como um animal ferido, meio aparente na selva.

— Posso perguntar quem é? — disse ele.

— Tibo, faz diferença?

— É segredo?

— Não, não é segredo. Nós vamos ficar juntos. Você não o conhece. O nome dele é Hektor. Na verdade, é primo de Stopak.

— Não está falando sério! — Tibo se apressou para o outro lado da mesa para ficar de frente para ela mais uma vez. — Agathe, você não está falando sério. Não pode ser Hektor Stopak. Claro que eu o conheço. Você sabe que tipo de homem ele é? A ficha policial dele tem um dedo de espessura. Ele é um vadio, um criminoso violento.

— Pare com isso! — Ela ergueu a mão como se estivesse tentando deter um trem desgovernado. — Ele não é assim. Eu sei o que ele é. Não é assim. Eu sei que ele não é nem um décimo do homem que você é, mas ele me quis quando você não quis. Ele estava lá e você não. Ele é real e você não era, e é ele que eu amo.

— Pelo amor de Deus, Agathe.

— Tibo, por favor, fique feliz por mim. Por favor.

— Ele por acaso tem emprego?

— Claro que tem. E tem uma casa. E é um ótimo artista.

— Que bom. Eu gostaria de comprar os quadros dele. Onde posso encontrá-los? Onde posso comprar um?

— Logo vai poder comprar. Todo mundo vai querer os quadros dele. Eu vou ajudá-lo. Em breve ele será famoso.

— Em breve. Qualquer dia. Muito em breve. Mas não agora!

— Tibo, por favor. Por favor, pare com isso. Por favor, Tibo.

Eles estavam inclinados na direção um do outro, bem próximos, sem gritar, proferindo sua dor fria um contra o outro, implorando para a dor cessar, jogando ainda mais dor, e aí, com aquele último "por favor", seus corpos pareceram se repelir como ímãs em sala de aula, como animais lutando em uma floresta em que o medo e a dor se sobrepõem à adrenalina, quando percebem que nenhum deles vai sobreviver, quando recuam e se afastam.

Tibo se levantou e olhou pela janela.

— Um dia tarde demais — disse ele.

— Por favor, compreenda — disse ela.

— Eu compreendo. Pode acreditar, eu compreendo. Agathe, é a história da minha vida. Eu compreendo. Quem mais poderia compreender melhor? A única coisa que eu sempre quis era que você fosse feliz. Se isso a deixa feliz, então eu fico feliz. Amor é isso, Agathe.

Havia muito pouco a dizer depois disso, e eles ficaram lá parados um tempo, clamando um pelo outro em silêncio. Tibo olhava pela janela na direção da praça da Cidade, vendo o lugar em que ela se sentou no dia em que derrubou os sanduíches no chafariz. Olhando para o domo da catedral que agora, mais do que nunca, ele tinha certeza de ser vazio e oco em todos os sentidos. Agathe olhava dos sapatos para as mãos, para as flores na mesa, para os ombros tristes de Tibo e de volta para os sapatos.

Por fim, ela disse:

— Tibo, eu preciso que você acredite que eu estava dizendo a verdade. Quando eu disse aquilo ontem, eu estava dizendo a verdade. Você é o mesmo homem por quem eu me apaixonei, o mesmo homem maravilhoso, o mesmo homem bom, gentil e inteligente, e eu nunca vou deixar de amar você. Eu sempre, sempre amarei você.

— Ah, pelo amor de Deus — disse ele. — Pelo amor de Deus, Agathe, cale a boca! — E então, caminhando rápido e com cuidado, em uma espécie de passo de dança de modo a ficar de costas para ela o tempo todo, ele conseguiu entrar em sua sala e bater a porta.

Bom, pode ter sido porque a cidade inteira de Ponto e tudo lá estivessem na expectativa, na ponta da cadeira, havia meses, apertando um lencinho na mão, só esperando para que o prefeito Krovic dissesse "eu amo você", e esperando para ver o que aconteceria quando ele dissesse, ou talvez fosse porque um monte de excremento de pombo — que se formava havia dois séculos, em formato de bomba e duro como concreto — tinha de alguma maneira caído do telhado e entrado nas engrenagens do relógio, mas, seja lá qual fosse a razão, os sinos da catedral tinham pulado os dois últimos quartos de hora. E ou a tensão do momento tinha passado e de algum modo libertado as engrenagens paralisadas do relógio ou a enorme mola do relógio tinha conseguido esmagar o excremento transformando-o em algo como talco quando os homens chegaram, o fato é que, quando a equipe de manutenção correu apressada e sem fôlego pela escada da torre do relógio no momento em que o carrilhão deixou de soar, não encontrou absolutamente nada de errado. Alguns minutos depois de o prefeito Krovic ter corrido para se esconder em sua sala, os sinos da minha catedral marcaram as 11 horas, pontualmente, e Agathe empurrou para o lado um arranjo de crisântemos que fazia a volta na cafeteira, pegou um pacote de biscoitos de gengibre e os levou pela escada dos fundos até o guichê envidraçado de Peter Stavo.

Depois que eles tomaram uma xícara de café juntos e comeram quase o pacote inteiro de biscoitos sem dizer uma palavra, Agathe se levantou e disse:

— O prefeito Krovic quer que você leve as flores que estão na sala dele até o hospital. Peça um táxi. Aliás, peça dois. Peça vários. São muitas flores. Eu vou para casa. Não estou me sentindo muito bem.

A porta de vidro raspou em sua moldura ao se fechar atrás dela, e Peter comeu os três últimos biscoitos sozinho.

— Coitadinha — disse ele.

As pessoas são criaturas de hábito. Nós corremos em trilhos conhecidos, como os bondes de Ponto, às vezes se inclinando um pouco nas curvas, às vezes rangendo as rodas um tantinho ou criando uma chuva de faíscas, mas, na maior parte do tempo, atendo-se à mesma rotina. E, apesar de Agathe ter deixado os mesmos trilhos que tinha percorrido durante anos e anos, ela ficou surpresa de descobrir que continuava rodando. Ela não capotou, não parou de supetão. Não houve nenhum ferimento, nenhuma fatalidade, nenhum dano, só uma nova rota, longe dos trilhos de sempre. Longe de qualquer trilho, aliás.

Agathe não era uma pessoa naturalmente poética, mas todas aquelas coisas lhe ocorreram quando ela desceu do bonde na ponte Verde, do mesmo jeito que sempre tinha feito. Foi só depois de esperar obedientemente ao lado da rua até o trânsito parar, depois de deixar o bonde se afastar em segurança, que ela se lembrou de Hektor e das duas paradas extras até a rua da Fundição.

— Eu não moro aqui — disse ela e começou a andar rápido pela calçada coberta de neve, passando pelo Três Coroas e seguindo em frente, até a rua do Canal.

Ela estava triste e não havia nada que pudesse fazer a esse respeito. Nem mesmo o brilho de seu novo amor podia mudar aquilo. Agathe nunca poderia ter saído de uma cena como aquela com Tibo sem ficar triste. Ela pensou nele fugindo, de costas para ela. Ela pensou nele fechando a porta de sua sala (coisa que nunca tinha feito antes) e ela sabia por quê. Ela sabia que ele queria esconder suas lágrimas, e essa ideia a magoava.

— Não posso voltar — disse ela. — Pelo menos Hektor ainda tem emprego e dois podem viver quase gastando tão pouco quanto um. Talvez gastando até menos, uma vez que eu tome pé das coisas. E ele não vai mais gastar todo o dinheiro que tem no Três Coroas... principalmente se não puder sair para beber com Stopak.

Ela ainda estava se parabenizando pelas perspectivas de trabalho de Hektor quando virou à direita na rua do Canal e o avistou ali, carregando caixas para dentro do apartamento.

Agathe fez uma cara de truta e perguntou:

— Por que você não está no trabalho? É o meio do dia.

— Ah, que beleza — disse ele. — Aqui estou eu, carregando todas as suas coisas pela cidade e este é o agradecimento que eu recebo. Não demorou muito, não é mesmo?

— O que não demorou muito?

— Para a namoradinha gostosa desaparecer e a esposa chata voltar.

— Hektor! — ela ficou ultrajada. Depois de meses de uso, ela viu que as palavras "Tibo Krovic jamais teria dito uma coisa dessas" estavam prontas para sair de sua boca, mas ela as engoliu de volta como bile. — Hektor, só me diga por que está aqui.

Ele pegou uma mala de papelão vermelho com protetores de couro nos cantos e carregou para dentro do apartamento. Da escuridão do interior, ele gritou para ela:

— Bom, acontece que Stopak não foi tão razoável quanto eu achei que seria. Ele me disse para sair da frente dele... ou algo parecido.

— O quê? — ela se apressou para dentro do apartamento atrás dele.

— É. Agora eu estou, oficialmente, desempregado.

— Não. Não. Conte o que aconteceu.

— Não aconteceu nada. Fui até lá como sempre. Fiz um café. Expliquei a situação a ele.

— O que você disse? Ah meu Deus, eu nunca devia ter deixado você fazer isso. Eu devia ter feito. A responsabilidade era minha.

— Eu não agi de um modo horrível. Eu não sou idiota. Não há motivo para humilhar o sujeito. Mas não há maneira simpática de fazer isso, não é mesmo? O que eu devia dizer? Eu falei que você tinha passado a noite aqui e que não ia voltar. Ele não é burro. Não precisou de diagrama.

— E ele ficou nervoso?

— Vejamos... será que ele ficou nervoso? Bom, ele esvaziou a xícara de café na minha cara e me deu um soco no estômago.

— Ah, não. Ah, Hektor, vocês não brigaram!

— Desculpe, garota, ele é um homem grande. Demorei um pouco para fazer com que ele recuperasse seu senso de noção.

— Ele se machucou? — Agathe estava com dificuldade de superar suas lealdades.

— Ei, fui eu quem levou café na cara. Fui eu quem levou um soco no estômago.

Ela se apressou até ele e começou a cobrir o rosto dele com beijinhos.

— Sim, sim, eu sei — disse ela. — Meu pobre bebê. Mas ele é um bebê grande e forte.

Hektor não estava no clima. Ele a dispensou com uma mão e agarrou a bunda carnuda dela com a outra.

— Olhe, ninguém se feriu. Foi um certo espetáculo para os vizinhos...

— Ai, meu Deus!

— E eu estou sem emprego, mas não faz mal. Assim eu terei chance de pintar mais, vou mesmo. E você ainda tem um bom emprego na Prefeitura, assim a gente vai conseguir se segurar um pouco..

— Mas, Hektor...

— E, de todo modo — ele tascou um beijo nela —, eu deveria guardar a minha energia para atender às suas necessidades femininas. — Hektor fechou a porta com um chute e a arrastou para a cama.

As coisas com amantes são assim — pelo menos no começo —, e, como Hektor fez com que ela se lembrasse disso, também fez com que ela se esquecesse de que também já tinha sido assim com Stopak. E quando ela gemeu embaixo dele ou em cima dele ou do lado dele, quando ela o tocou, quando eles sussurraram, quando eles gritaram, ela esqueceu todo o resto.

Ela esqueceu seu emprego e o temor horrível de voltar a encarar Tibo, ela se esqueceu de ir para o trabalho todos os dias e de ficar com os dois, ela se esqueceu de tudo, menos de transformar Hektor em um grande artista.

Ela faria com que ele fosse ótimo. Ela faria com que ele fosse famoso e faria tudo que precisasse ser feito, sacrificaria qualquer coisa, encheria sua mesa e preencheria sua cama, cozinharia para ele, tiraria a roupa para ele, posaria para ele, deitaria para ele, qualquer coisa que fosse necessária, porque ela o amava e as coisas são assim com os amantes... pelo menos no começo.

Foi diferente para Tibo. Ele foi de um lugar ao outro, de casa ao gabinete, da cama ao banheiro, do jeito que os apóstolos do relógio davam a volta na catedral. Ele tinha uma rota a seguir, um trabalho a fazer, ações a desempenhar, mas não fazia ideia do porquê. Ele não tinha controle nem tinha direção, ele simplesmente fazia.

Da noite para o dia, a mente de Tibo se transformou em um berro entorpecido. Ele se viu parado na escada às 4 horas da manhã, sem saber com certeza se tinha acordado cedo demais ou se ainda não tinha terminado de subir a escada para ir para a cama. Ele parou de comer. De que adiantaria comer? Tudo tinha gosto de madeira velha, não podia haver alegria naquilo, e, de todo modo, qualquer coisa que ele comesse só serviria para lembrar outras coisas que ele tinha comido no passado: coisas que ela tinha preparado.

Com o inverno cada vez mais frio, Tibo se via cada vez mais fora de casa. Todos os dias (de vez em quando até duas vezes por dia), ele caminhava até o farol para se colocar embaixo de seu facho de sabre, deixando as tempestades se abaterem sobre ele. Na maior parte do tempo, como os dias eram tão curtos e ainda havia trabalho a fazer, ele se via ali no escuro, com o mar rugindo invisível ao redor das pedras desordenadas a seus pés, e abocanhando seu avanço maldoso na direção dele, em montanhas de espuma amarela, onde o facho do farol passava. Mas, às vezes, ele se encontrava ali durante o dia, fazendo com que sua respiração entrasse no ritmo das voltas das enormes lentes que ele ouvia rangendo em círculos, em seu mecanismo no alto da torre, ou lutando para combinar seus batimentos cardíacos ao quebrar e recuar das ondas. Tudo se tornava uma lembrança de Agathe.

Tudo era uma metáfora dela. Se a lâmpada do farol de repente se apagasse ou se fosse desviada alguns metros para o lado, os coitados dos marinheiros ficariam sem saber o que fazer ou seriam guiados às cegas na direção da destruição. A estrela polar mudou de lugar. Tudo que tinha sido verdade era mentira, tudo que tinha sido sólido era um espectro. Ali parado, por horas a fio, Tibo se rasgava e se dilacerava. A mesma raiva, a mesma mágoa começava a pulsar de novo e de novo através de suas veias, circulando com a força de seu coração partido.

— Como é que ela pode fazer isso comigo, se disse que eu era o seu amor? Ela me ama... ela disse isso de novo... ela se importa. Então, como é que ela pode me magoar dessa maneira? Então, ela mentiu. Ela é uma mentirosa vagabunda. Mas como é que eu pude me apaixonar por uma mentirosa vagabunda? Que tipo de idiota eu devo ser para deixar isso acontecer? Se eu não consigo identificar uma pessoa desse tipo, para que eu presto? Talvez eu tenha enchido o Departamento de Contabilidade com ladrões e bandidos. Se Agathe é uma mentirosa vagabunda, então nada é real, nada faz sentido, nada é certo. Então, ela não é. Ela não pode ser. Agathe é uma boa mulher. Então, como ela pode ter feito isso comigo?

E isso se repetia e se repetia, no ritmo das ondas raivosas que engoliam em seco um convite tentador a seus pés. Tibo deu um passo atrás da beirada, caminhou lentamente para trás até estar pressionado contra o volume sólido do farol e ficou esperando lá, na chuva, até o ritmo de seu sangue ceder.

— Não vou — disse ele. — Não vou. Eu sou Tibo Krovic, o prefeito de Ponto. Eu não vou enlouquecer. Não vou.

Vez após outra ele disse isso, cada vez mais alto, até berrar mais do que as ondas e as gaivotas erguerem voo apavoradas e piarem para ele, e então, com o cabelo todo colado na cabeça e o casaco esvoaçando ao vento, ele foi tropeçando de volta pelo caminho de ardósia, em direção à doca e à casa.

— Eu não vou enlouquecer.

Ele ficou repetindo a frase como um encantamento contra a loucura. Aquilo o protegia das mulheres nas sombras ao longo da estrada da doca, e elas recuavam para dentro das portas profundas dos galpões quando ele passava. Elas estavam acostumadas com aleijados, mas evitavam loucos.

Às vezes, os loucos escutam a voz de Deus, e ela nunca parece ter uma boa palavra a dizer às prostitutas, e de vez em quando eles carregam facas para ajudá-los com a obra de Deus. Elas escutavam sua promessa balbuciada e deixavam que ele passasse, imaginando se podiam ter assim tanta certeza.

— Será que eu não vou ficar louco? Será que eu não vou ficar louco? Mais um inverno assim e talvez eu fique.

As caminhadas diárias até o farol ensinaram Tibo a amar as gaivotas. Para não enlouquecer, ele tomou a decisão de ser como elas. O segredo era não entrar em pânico, ele decidiu, sentir-se em casa, agora, no lugar em que se encontrava, como uma gaivota. Se um pescador de Ponto se encontrasse sozinho e à deriva no mar, ele sofreria e provavelmente morreria porque ele se sentia no lugar errado, mas uma gaivota ficava tão feliz na terra firme quanto no mar, tão em casa nesse trecho de mar quanto naquele. Quando não se tem lar, não faz diferença o lugar em que se está. Não faz diferença se as nuvens vêm em paredões pretos. É só flutuar. É só sobreviver. Ser uma gaivota.

No trabalho, onde ele não ousava olhar através da janela, para o caso de ver um chafariz e o lugar em que ela estava, logo depois da porta, trabalhando, com aquele cheiro lindo, sendo Agathe, era ali que ele começava sua manhã com aquele negócio insano de ficar logo atrás da porta, escutando com atenção, à espera dos passos pesados de galocha de Agathe quando ela chegava para trabalhar, e se apressava para se jogar no carpete e ficar espiando pela fresta embaixo da porta por um vislumbre de seus dedinhos dos pés roliços ao entrarem feito minhocas nos sapatos. Alguns segundos de contorcer o corpo de modo nada digno e o coitado, bom e louco Tibo suspirava e se levantava e tirava os fiapos de carpete do terno, ia se sentar à sua mesa com a cabeça no mata-borrão e ficava escutando os saltos de Agathe Stopak fazendo barulho no piso de lajotas da sala ao lado, colocando alguma coisa em um arquivo ou preparando café ou simplesmente sendo macia, cheirosa, linda e estando do outro lado da porta, e ele suspirava, gemia e chorava.

Ele tentava ser uma gaivota. Ele tentava se fazer flutuar e ficar em paz em qualquer lugar que estivesse. Apenas flutuar. E, então, lhe veio a imagem de uma gaivota acordando depois de uma tempestade, acordando bem longe, no meio do mar, sem sinal de terra à vista, batendo as asas, erguendo-se da água e começando a voar.

— Eu voei para o lado errado — disse Tibo. — Mais para o meio do oceano, e agora nunca mais vou chegar em casa. Todo esse tempo, eu fiquei voando para o lado errado.

Ele enfiou o rosto nas mãos e começou a chorar.

Chorar era uma coisa que Tibo fazia muito. No farol, em casa, na casa grande e velha no fim do caminho ladrilhado de azul ou em seu gabinete, sozinho, com a porta fechada. Ele desenvolveu uma facilidade para aquilo. Ele descobriu que era capaz de chorar da mesma maneira que algumas pessoas eram capazes de cochilar. Com um intervalo de dez minutos em sua agenda entre compromissos, ele podia se entregar ao pesar, deixar as lágrimas rolarem por cima de seu mata-borrão, parar, recompor-se e continuar com os negócios do dia. Agathe sabia, é claro, e aquilo a magoava, mas não havia nada que ela pudesse fazer.

Um dia, pouco depois de se mudar para a rua do Canal, ela tentou. Ela bateu com suavidade na porta do escritório dele, esperou, não escutou nada, bateu de novo e, depois de um instante, quando Tibo disse:

— Sim, entre — com a voz engasgada, ela entrou com uma pasta de correspondência.

Tibo ficou com a cabeça abaixada, aparentemente concentrado em um relatório ou outro, ocupado demais para erguer os olhos ou reconhecer sua presença, nem quando ela colocou a pasta em sua mesa, nem quando ela pegou em sua mão. Ele ficou paralisado. Sua caneta pairou no ar.

Agathe percebeu que tinha cometido um erro terrível, mas parecia incapaz de se segurar para não piorar tudo ainda mais. Era como se houvesse duas Agathes: uma parada ao lado da mesa, segurando de má vontade a mão de Tibo, outra pendurada no teto e olhando horrorizada para a cena enquanto dizia:

— Tibo, por favor, eu quero que você compreenda. Isso aqui não tem a ver com você. Você é o mesmo homem maravilhoso e adorável e sempre vai ser, e eu vou sempre, sempre amar você, mas eu preciso fazer isso. Eu preciso. Por favor, Tibo, tente ficar feliz por mim. Tente compreender.

Ele não tirou o olhar da página à sua frente em nenhum momento. Ele deixou a mão sob a dela como um peixe morto e disse:

— Eu compreendo. Eu compreendo perfeitamente. Quantas vezes? Com que frequência eu devo absolver você? Quantas vezes você quer que eu sangre? A única coisa que eu sempre quis foi que você fosse feliz. E agora você está feliz, então eu também estou. Eu estou feliz por você, e estas... — ele fez círculos de tinta irritados ao redor das manchas pálidas em seu mata-borrão — estas são lágrimas de alegria.

Agathe saiu. Não havia mais nada a dizer, e ela queria se apressar para ir embora antes que suas lágrimas começassem a cair no mata-borrão ao lado das de Tibo. Havia um pombo dançando no beiral da Aluguéis e Comercial, do outro lado da praça, e Agathe ficou olhando fixo para ele através da janela, agarrada com força à beirada da mesa, quase como se estivesse com medo de cair. Atrás dela, ouviu Tibo fechar a porta de sua sala com um clique.

Tibo não saía de sua cabeça. Naquela noite, esparramada pela cama enquanto Hektor a desenhava sentado à mesa, sem dizer nada, ela despejou sua raiva sobre ele. "Ele não tem o direito", ela pensou. "Não é da conta dele, Ele teve a sua chance. Ele teve chances de sobra. Não vou deixar que ele estrague isso com as lamúrias, lamúrias, lamúrias dele. Não agora que eu tenho um homem de verdade." Ela inclinou a cabeça e olhou para Hektor.

— Pelo amor de Deus, não se mexa — disse ele.

— Desculpe. — Agathe voltou para o lugar onde estava antes. — Você não pode conversar comigo?

— Não. Estou trabalhando. Você acha que isso é brincadeira ou algo do tipo? Olhe, apenas fique quieta.

Agathe suspirou e retomou o silêncio respeitoso.

Havia uma teia de aranha no canto do teto e três bolas cor de alcatrão ali, duas grandes e uma pequena. Como podiam ter ido parar ali? E o que era aquele tal de Tibo Krovic? Ela se sentia ofendida com tanto aborrecimento dele. Ofendia ainda mais o fato de ele se recusar a demonstrar. Ele devia se enraivecer, berrar e xingá-la com nomes horríveis, implorar para conquistá-la de volta... até bater nela. Mas ele não fazia nada daquilo. Ele simplesmente insistia em fingir que desejava tudo de bom para ela, quando qualquer um podia ver que ele estava destruído por dentro. Ele fazia aquilo para atingi-la.

— Você mexeu a perna. Ponha de volta no lugar. Não, a outra perna. Agora você mexeu as duas. Abra mais. Assim está bom.

Mas era o sofrimento óbvio de Tibo que mais incomodava Agathe. Aquilo ofendia seus instintos femininos, todos os impulsos maternos, acolhedores, alimentadores e curativos que ela tinha em abundância. Ele precisava ser alimentado. Ela poderia alimentá-lo. "Eu poderia, suponho. Eu poderia. Quer dizer, eu estava pronta para isso antes. Não teria nenhum significado. Seria um ato de bondade. Eu pude. No passado."

Hektor fechou o caderno de esboços com um gesto brusco.

— Fique imóvel — disse ele. — Fique absolutamente imóvel. Segure assim. Quero você exatamente assim, com exatamente essa expressão no rosto.

Ele jogou as calças na cama e pulou em cima dela.

Na manhã seguinte (era uma quinta-feira, a última da vida de Mamma Cesare), o prefeito Tibo Krovic foi ao Anjo Dourado como sempre, bebeu seu café vienense com muitos figos secos, demorando-se, então deixou um pacotinho de balinhas de menta ao lado do pires e saiu para a rua do Castelo.

Como sempre, Mamma Cesare se apressou na direção da mesa do prefeito assim que ele terminou, mas agora, em vez de tirar a mesa com cuidado, ela pegou as balinhas de menta, colocou em um bolso do avental, saiu correndo pelas portas de vaivém e deixou a xícara e o pires de Tibo abandonados na mesa atrás de si.

Do lado de fora, na rua, Mamma Cesare precisou se apressar para manter Tibo à vista. Ela mergulhou por entre os transeuntes, costurando entre a multidão da manhã com suas pernas curtas, entre pessoas que ela nunca tinha visto, pessoas que estavam sempre na rua, a caminho do trabalho, enquanto ela estava dentro do café, servindo bebidas e tortas. A respiração deles pairava no ar sobre a cabeça dela, sussurrando, serpenteando cordas fantasmas de vapor por toda a rua do Castelo, como o reflexo frio da umidade que paira sobre um rio calmo nas manhãs de verão e os marca no meio de campos imóveis ou escondidos no fundo de um vale. Era um dia muito frio. As pessoas comentavam umas com as outras a caminho do trabalho e se perguntariam mais tarde, no Anjo Dourado: Se Mamma Cesare tivesse parado para vestir o casaco em vez de sair correndo pela rua do Castelo enrolada em apenas um avental de algodão marrom, não teria vivido por mais alguns anos?

Mas Mamma Cesare não sentia o frio enquanto corria. Ele puxava sua manga para fazer com que ela fosse mais devagar em seu disparo pela rua, forçava dedos ardentes para dentro de seus pulmões enquanto corria, mas ela nem notava. Ela se concentrou em Tibo, observando para se assegurar de que ele seguia seu caminho de sempre, pela rua do Castelo, passando pelo Ampersand enregelado, atravessando a praça coberta de areia com muita eficiência e entrando na Prefeitura. Apenas quando ela estava parada sobre a ampla arcada da praça, os pilares de granito na frente do prédio, espiando para fora, passando o olho pela praça, pela rua do Castelo, para cima e para baixo na avenida Ampersand e de volta mais uma vez, observando, só então ela começou a sentir o frio se enrolando ao seu redor, agarrando-a, perfurando-a e arrastando-a para baixo como uma presa.

Ela dançou arrastando os pés atrás do pilar, abraçando a si mesma, balbuciando maldições obscuras em seu antigo dialeto das montanhas, batendo os punhos fechados pelo corpo, soprando os dedos morenos e encurvados até que, quando Agathe passou, ela avançou com sua garra gélida e a pegou pelo pulso.

Agathe levou a mão ao peito.

— Meu Deus, você me apavorou!

— Isso é bom. — Havia um tremor na voz de Mamma Cesare. — Você deveria estar muito apavorada mesmo. Venha hoje à noite.

— Não sei — respondeu Agathe. — Vou tentar. Está tudo bem com você? Parece congelada. Entre e se aqueça um pouco.

— Não se importe com essas coisas e não me venha com "não sei". Você vem. Faz muito tempo que estou esperando. Você fica dizendo que virá. Venha hoje à noite. É melhor vir, senão...

Mesmo através do punho da manga do casaco de inverno, Agathe sentiu a força do aperto da pequena mulher como uma garra.

— Faz muito tempo que estou esperando — disse ela de novo. — Você vem.

Agathe baixou os olhos para o pulso e tentou se desvencilhar.

— Tudo bem. Sim, se for importante eu vou.

— Prometa para mim agora. Prometa.

— Sim, eu prometo.

— 10 horas. A mesma coisa de antes. Prometa.

— Sim, eu prometo. 10 horas.

Só então Mamma Cesare relaxou a força, virou-se para o outro lado e começou a arrastar os pés sob as pernas curvadas na direção da ponte Branca, sem proferir mais nenhuma palavra.

O frio gélido que já serpenteava em direção ao coração de Mamma Cesare também tinha penetrado em Agathe. Ela o sentia à medida que ia subindo a escadaria de mármore verde, esfregando o pulso e franzindo o cenho. Ficou pairando em sua sala e se aprofundou. O lugar estava gelado. O lugar estava congelado. A lamparina embaixo do bule de café estava apagada. Tibo estava cinzento. Ela o viu correndo para sua sala quando ela se aproximou. Quando ela chegou à porta dele, esta estava se fechando silenciosamente diante dela. Ela ergueu a mão para bater, pensou melhor e foi pendurar o casaco.

Agathe ainda estava determinada a fazer sua oferta a Tibo. Não por seu próprio bem. Não que ela quisesse, mas achava que seria uma resolução para ele, um ponto final, o traçado de um limite que ela iria generosamente possibilitar para ele. Aquilo o libertaria, e, depois, eles dois poderiam seguir em frente. Ela sentou-se à sua mesa, atrás de uma montanha de papéis prontos para serem datilografados, batucando os dedos em gestos mecânicos nas teclas e aperfeiçoando as palavras que iria usar. "Tibo, eu estava pensando... Não. Tibo, eu andei pensando... Não. Você já se perguntou, Tibo? Olhe, se pelo menos uma vez, nós... Ai meu Deus."

Depois de duas horas, a pilha de papéis de um lado da mesa de Agathe tinha diminuído consideravelmente e a pilha de papéis do outro lado só fazia ficar mais alta. Ela estava se preparando para arrumar tudo e descer ao andar inferior, até a salinha de Peter Stavo para tomar um café, quando a porta se abriu e Peter entrou.

— Tem um homem lá embaixo perguntando por você — disse ele. — Não gostei muito do jeito dele. Tem uma aparência grosseira. Diz que se chama Hektor. O que deseja que eu faça com ele?

Agathe suspirou e ajeitou um monte de papéis na beirada da mesa.

— Tudo bem. Eu o conheço. Vou lá falar com ele.

Ele estava esperando no espaço calçado com lajotas no pé da escadaria, mexendo-se de um lado para o outro com as mãos nos bolsos, com um jeito desarrumado e olhando para cima ansioso, como que para apressá-la. Quando ela o viu ali, esfarrapado e desgrenhado, a ideia de Tibo, tão limpo e tranquilo em sua sala, brilhou em sua mente. Mas, apesar disso, Agathe se animou quando o viu. Ela não conseguiu se segurar e correu os últimos degraus na direção dele. Peter Stavo fechou a porta de seu guichê sem proferir palavra e fez toda uma pose de quem estava lendo o jornal.

— Você tem algum dinheiro? — perguntou Hektor.

Ela ficou muito decepcionada.

— Tenho. Um pouco.

— Dê para mim, então.

— Está na minha bolsa, dentro da minha sala.

Hektor ficou olhando para ela, como se fosse uma idiota.

— Bom, e então?

— Sim. Certo. Espere um minuto. Desculpe. — Agathe se apressou escada acima mais uma vez, perguntando a si mesma: "Por que eu estou pedindo desculpas?", mas não disse nada.

Hektor estava ansioso e irrequieto quando ela voltou. Ela abriu a bolsa e disse:

— De quanto você precisa? — mas a mão dele tremeu, avançou e agarrou todas as notas que ela tinha.

— Só isso? — perguntou ele. — Vai dar, acho.

— Hektor, esse é todo o dinheiro que eu tenho.

Ele arrancou a bolsa dela e olhou lá dentro.

— Ainda tem a passagem de bonde aí dentro. Você vai poder voltar para casa assim. Afinal, para que você precisa disso?

— Para que você precisa?

Ele de repente gelou. Suas sobrancelhas se uniram e sua boca se retesou em uma linha dura. Ele fez um movimento, apenas uma torção com a mão que a fez engolir em seco e recuar, e, do lado de dentro de seu guichê de vidro, Peter Stavo largou o jornal e se levantou.

— Então, é assim que as coisas são, é? Você vai ser sovina. Vai me negar alguns cobres. Eu sou um garotinho, esperando a mesada da mamãe, é essa a história? Tome de volta. Fique com a porcaria toda! — E ele jogou o dinheiro em cima dela com o polegar, de modo que explodiu contra seu peito como um ferimento a bala, e as notas caíram planando no chão.

— Não — disse ela. — Não foi a minha intenção. Hektor, eu só perguntei. — Agathe se agachou no chão para recolher o dinheiro, mas, quando ela tinha juntado tudo, a porta para a praça da Cidade já estava batendo e Hektor tinha ido embora. Ela se apressou atrás dele, e ele tinha diminuído a velocidade o suficiente para deixar que ela o alcançasse na esquina, perto da caixa de correio, bem no lugar em que ela tinha dado um encontrão nele naquele primeiro dia.

— Hektor, Hektor — ela puxou-lhe o casaco preto. — Hektor, sinto muito. Claro que você pode ficar com o dinheiro se quiser.

Ele nem olhava para ela.

— Hektor, por favor, pegue.

Ela fez um maço com as notas e enfiou no bolso do casaco dele. Ela sentiu os dedos dele se fecharem ao redor delas. Sentiu a mão dele se fechar em um punho.

— Bom, já que você está pedindo... — disse ele. — Só não me faça nenhum favor.

— Não. Não. Não é favor nenhum. Nós compartilhamos. O dinheiro é seu também. Quero que você fique com ele. — Agathe ergueu o rosto para ser beijada.

Ele não a beijou.

— Então está certo. Desde que tudo esteja bem claro... Desde que esteja tudo resolvido... Eu vou chegar tarde. Não espere acordada.

— Aonde você vai?

— Ah, pelo amor de Deus, Agathe! Eu não sou uma droga de um cachorrinho. Eu não uso coleira. É assim que você pensa que as coisas são? É isso que você pensa de mim? Você quer outro Stopak, é isso? É o que você quer?

— Não, Hektor. Não. Eu quero você. Eu só perguntei. Hektor, não faça assim. Sinto muito.

— Eu não posso ir e vir? Você por acaso pensa que é minha dona ou algo assim? Eu sou uma droga de um brinquedinho.

— Não. Não é assim.

— Eu não vou bater ponto de entrada e de saída para você.

— Não. Sinto muito. Sinto muito, muito mesmo, de verdade. Nós nos vemos hoje à noite.

— Certo. — Foi a única coisa que ele disse, e virou-se na direção da parada de bonde, com a cabeça abaixada, e não olhou mais para trás, mas, antes de sair da praça, ela o viu enfiar a mão no bolso, pegar o maço de notas, abrir, contar, sacudir a cabeça e seguir em frente.

Agathe se virou de novo na direção da Prefeitura, onde Peter Stavo estava à sua espera com a porta da sala aberta.

— O café está quase pronto — disse ele.

— Obrigada. É melhor eu voltar ao trabalho.

— Está tudo bem? — perguntou ele.

— Sim. Está tudo bem.

— Esse aí é todo errado.

— Não é. Ele é direito. — Ela subiu a escada com passos pesados.

Na porta do gabinete do prefeito, ela encontrou Tibo se apressando para sair. Ele tinha aproveitado a oportunidade para sair quando ela estava longe de sua mesa e, ao encontrá-la daquele jeito, de repente ficou com a boca seca e sem jeito. Ele passou a mão pelo cabelo. Deu meia-volta para retornar à sua mesa, percebeu que estava encurralado, deu meia-volta mais uma vez e ficou de frente para ela. Ele disse:

— Bom dia, Sra. Stopak.

— Você vai me demitir. — Os lábios de Agathe tremiam

— Eu deveria demitir você? Fez algo que mereça demissão?

Ele poderia ter dito algo mais bondoso, algo mais gentil, algo um pouco reconfortante como: "Não seja boba. Por que eu iria demitir você? Claro que não vou demitir você. Eu amo você." Mas esse tipo de coisa tinha sido expulsa dele a tapa (ela tinha causado essa expulsão) e agora ele estava mais inclinado a sair brigando e se poupar de mais pancadaria.

— Não sei — respondeu ela. — Você acha que eu fiz alguma coisa?

Tibo apertou a gravata em um nó do tamanho de uma ervilha e disse:

— Eu não vou demitir você.

— Você me chamou de "Sra. Stopak". Você não me chama de Sra. Stopak há muito tempo. Achei que estava planejando alguma coisa. Achei que ia me demitir.

Tibo olhou por cima do ombro dela, para um ponto na parede bem do outro lado da passagem.

— É — disse ele. — Sra. Stopak, eu andei pensando... Bom... depois de refletir um pouco, cheguei à conclusão de que é melhor se, à luz das circunstâncias, nós retomarmos um estilo mais formal de tratamento. Se concordar, vou chamá-la de "Sra. Stopak" e prefiro que, a partir de agora, você me chame de "prefeito Krovic" ou apenas "prefeito".

— Então, não vai me demitir? — Os ombros dela desabaram. — Prefeito Krovic.

— Não, eu não vou demitir você.

— Nem me transferir?

— Não.

— Eu gosto deste emprego. — Essa foi uma mentira. Ela o detestava. Ela detestava a atmosfera que pairava no gabinete havia semanas, o acanhamento, a dor, a frieza.

Tibo disse:

— Você é uma secretária extremamente competente e eficiente. Não consigo pensar em ninguém que conheça melhor este trabalho ou que possa fazê-lo tão bem. As coisas têm sido difíceis nos últimos tempos... não adianta fingir que não... mas nós dois somos adultos e podemos encontrar um jeito de... Sim... Muito.

Os olhos dele doíam de olhar para o mesmo pedaço de parede. Ele poderia ter dito: "Não tenho razão para me levantar de manhã, só fico com a ideia de que posso passar o dia todo perto de você e isso está me matando, mas ficar longe de você só serviria para me matar mais rápido", mas ele não disse.

— Obrigada, prefeito Krovic — disse Agathe e caminhou lentamente na direção de sua mesa. — Um grupo de escola vai visitar a Prefeitura às 3 horas — disse ela. — Não se esqueça. Você disse que queria receber as crianças pessoalmente.

— Não vou esquecer. Obrigado, Sra. Stopak. — Tibo desceu a escada aos tropeços como se tivesse levado um tiro mas ainda não tivesse juntado coragem para morrer.

E Agathe, quando se sentou à sua mesa, vazia e exausta, ficou surpresa de ver que a *Vênus de Rokeby* continuava pregada ali, um pouco empoeirada e torta, esquecida. Ela a tirou da parede e leu mais uma vez: "Mais linda do que isto. Mais preciosa. Deve ser mais desejada. Deve ser mais adorada do que qualquer deusa. Sim, eu SOU seu amigo." Então ela a rasgou em pedacinhos e jogou no lixo. A tachinha continuou fincada na parede, mas não valia a pena estragar uma unha por causa dela, de modo que a deixou ali.

De um modo estranho, apesar de o cartão-postal ter permanecido ali, sem que ela o notasse, durante semanas, aquela tachinha parecia chamar sua atenção o tempo todo e, quando isso acontecia, a imagem rasgada recobrava a vida: o cartão-postal, a mensagem que Tibo tinha escrito nele, o que significava, a versão de Hektor para o quadro, o que aquilo significava, o que ela achava que aquilo significava. Estava ali quando voltou, depois de comer seus sanduíches no guichê de Peter Stavo: agora estava frio demais para comê-los na praça. Estava lá pouco antes das 3 horas, quando ela ergueu os olhos do trabalho e foi até a porta da sala de Tibo para bater e lembrá-lo do grupo da escola que faria uma visita, estava lá quando ela voltou a se sentar e estava lá às cinco, quando ela limpou a mesa e apagou a luminária.

— Porcaria — disse ela e foi embora.

Agathe comprou um jornal do jornaleiro perneta que ficava sempre no mesmo lugar, na esquina perto do banco, vociferando manchetes arrastadas e ininteligíveis para as multidões que passavam. Ele era sujo e um pouco malcheiroso, ali parado com o mesmo casaco grosso que usava, inverno e verão, e usando um chapeuzinho que soltou emanações de creosoto quando ela colocou uma moeda em sua mão. "É o bebê de alguém", ela pensou. "O bebê de alguém. Igual ao meu bebê. Coitado do bebê."

Esperando na fila do bonde, Agathe viu Tibo sair da Prefeitura, dirigindo-se para a rua do Castelo e depois para casa. Ela o observou por um instante, até ele virar a cabeça e olhar na direção dela. Bem rápido, ela desviou o olhar para o jornal e se enterrou em um artigo a respeito da exportação recorde de repolhos nas docas. Ela leu a manchete e então, sem mexer a cabeça, virou o olho mais uma vez para o lugar onde Tibo tinha estado um momento antes. Ele ainda estava lá, ainda olhando na direção dela. Ela virou de costas e se enterrou no jornal vespertino mais uma vez, odiando-o. "O senhor Todo-Porcaria-de-Poderoso pode me chamar de 'prefeito'. O meu bebê. O coitado do meu bebê."

O olho dela parou em "chucrute" e ela leu aquela mesma palavra, vez após outra, até que o bonde chegou e a fila avançou, se arrastando.

A primavera ainda estava muito longe, e as seis lâmpadas fracas que iluminavam o interior do bonde transformavam as janelas em folhas em branco. Os passageiros ficavam lá sentados, ignorando uns aos outros. Lendo seus jornais, olhando para as janelas impenetráveis e embaçadas, exami-nando suas luvas ou fingindo ler, repetidas vezes, os anúncios coloridos de papelão de Bora-Bora Cola colocados na beirada do teto. Na parte de trás do bonde, frente a frente, do outro lado do corredor, havia dois bancos que se estendiam paralelos à lateral do bonde. Agathe detestava sentar ali, forçada a confrontar qualquer pessoa que se sentasse a sua frente. Ela olhou para o chão, remexeu de maneira inútil no conteúdo da bolsa e então, na segunda parada ao longo da avenida Ampersand, o bonde se encheu quando o cobrador berrou:

— Rua das Cinzas! Esta é a parada da rua das Cinzas!

Quase uma dúzia de passageiros se apertou lá dentro, saídos da beira úmida e fria do rio, e sete precisaram ficar em pé. Eles foram arrastando os pés pelo corredor, levantando as mãos para segurar nas alças de couro vermelho penduradas no suporte de latão que percorria todo o comprimento do bonde, e ali, bem na frente de Agathe, olhando bem para ela, estava a Sra. Oktar, da delicatéssen.

Elas duas fizeram exatamente a mesma coisa, quase exatamente ao mesmo tempo. Elas duas se olharam, elas duas reconheceram uma mulher simpática que conheciam e de quem gostavam, uma vizinha da rua Aleksander, alguém que não viam fazia algum tempo, e as duas sorriram e disseram bem felizes:

— Ah, olá.

E então elas se lembraram por que já não se viam mais, e o acanhamento tomou conta do rosto das duas.

— Sra. Stopak — disse a Sra. Oktar.

— Sra. Oktar — disse a Sra. Stopak.

— Vai bem? — perguntou a Sra. Oktar.

— Muito bem, obrigada — assentiu Agathe. — A senhora? Vai bem?

A Sra. Oktar conseguiu mover os lábios um pouco, mas, além de um fraco "humpft", nada mais saiu dali.

Não havia mais nada a dizer. A Sra. Oktar fingiu olhar pela janela. Agathe desdobrou o jornal e fingiu ler. "Chucrute, chucrute, chucrute", ela leu, e então o bonde foi avançando e balançando lentamente, enquanto ela fumegava de raiva em silêncio. "Ela não tem nada que ficar me julgando. Eu não fiz nada de errado. Não fiz. Não tenho vergonha. Ela não sabe nada sobre o assunto."

O quadril da Sra. Oktar estava pressionado contra o joelho de Agathe. O tecido áspero do seu casaco de inverno estava deixando a pele de Agathe quente e coçando. Ela imaginou um calombo se formando ali, como a marca de uma grelha de waffle, e aquilo a enfureceu. Ela tentou fazer pequenos movimentos com o joelho, suficientes para incomodar a Sra. Oktar, ou talvez até mesmo para fazer com que ela se deslocasse, mas não tanto a ponto de parecer sem educação ou difícil, e ela continuava fumegando de raiva.

O cobrador ia se apertando pelo bonde, pedindo o dinheiro das passagens, pegando o troco em uma bolsa em forma de ferradura, pendurada em seu pescoço. A Sra. Oktar precisou de duas mãos para abrir a bolsa e pagá-lo. Ela soltou a alça de couro em que se segurava e se inclinou para frente em busca de equilíbrio, jogando o jornal de Agathe para o lado ao pegar algumas moedas. Elas trocaram sorrisos gélidos e arquearam sobrancelhas uma para a outra. Agathe reparou que havia, enfiado dentro da bolsa da Sra. Oktar, um cartão colorido com uma imagem minha impressa, e sentiu uma pontadinha.

— Ponte Verde! Esta é a parada da ponte Verde! — o cobrador avisou e tocou o sino de ferro.

— É a minha — disse Sra. Oktar.

— Sim — Agathe concordou.

— Você vai um pouco mais adiante — disse a Sra. Oktar.

— Sim — Agathe concordou.

— Bom, adeus, então — disse a Sra. Oktar.

— Sim. Adeus — concordou Agathe.

A Sra. Oktar deu mais um de seus sorrisos apertados e gélidos e desceu do bonde para a plataforma rebaixada a um ou dois passos que levava à parte de trás do bonde. E então, logo antes de sair à escuridão e desaparecer na direção de seu apartamento bem-iluminado e bem-arrumado em cima da delicatéssen, todo cheiroso de canela e bacon de boa qualidade, ela deu uma olhada para trás e pegou Agathe olhando bem para ela.

— O que você fez — disse a Sra. Oktar — eu gostaria de ter feito anos atrás. — E se afastou.

No resto do trajeto até a rua da Fundição, Agathe ficou lá sentada, de queixo caído, olhando para o lugar onde a Sra. Oktar tinha estado em pé, refletindo sobre a estranheza surpreendente e desconhecida da vida dos outros. Ela estava tão estupefata que esqueceu de se preparar para a caminhada horrorosa, virando a esquina e atravessando o túnel até o apartamento na rua do Canal.

Agathe detestava caminhar pela rua do Canal. Sem a cobertura de flocos de neve que a vestiam na primeira noite que esteve ali, o lugar tinha perdido seu encantamento. Os paralelepípedos eram velhos, quebrados e sujos, as grades do lado do canal eram rachadas e enferrujadas, e, apesar de ela ter relatado a luz quebrada no poste para o Departamento de Obras, nada tinha sido feito. De algum modo, a rua do Canal nunca parecia ocupar as primeiras posições da lista de ninguém, e ela não podia exatamente abordar o prefeito para exigir alguma ação.

Achilles reconheceu os passos dela na escuridão e pulou do peitoril da janela do apartamento, silencioso como o crepúsculo, para ronronar ao redor de suas canelas. Ela abaixou a mão e puxou-lhe as orelhas.

— Eu sei, eu sei. Eu também amo você — disse ela.

Ele se enroscou nos pés dela, correndo um pouco adiante e voltando para ela mais uma vez, fazendo "miaurrrs" felizes, fazendo-lhe companhia.

Agathe caminhou hesitante em direção ao apartamento, sem confiar em seus saltos nos paralelepípedos irregulares e segurando as chaves como se fossem um soco-inglês, com garras de aço e de latão espetadas entre seus dedos, prontas para o primeiro bêbado que saísse das sombras.

Achilles, por outro lado, adorava a rua do Canal. Quando finalmente, depois de uma semana no apartamento, dormindo na caixa que Hektor tinha usado para sequestrá-lo da rua Aleksander, ele teve permissão para sair e explorar, sentiu-se em casa no mesmo instante. Tudo que Agathe detestava naquele lugar, ele adorava. Ele adorava a sujeira e a loucura, a sombra e a ameaça. Ele adorava a maneira como ninguém (tirando Agathe) nunca se incomodava em tampar as latas direito, ele adorava os ratos que ficavam à espreita perto dos canos, as choupanas caindo aos pedaços com telhados achatados (ideais para banhos de sol no verão), as gatas lindas com rabo em forma de ponto de interrogação, erguidos bem alto e convidativos, as brigas da meia-noite, e, acima de tudo, ele adorava Agathe. Na rua, ele andava com os passos fluidos de um boxeador, caminhando com ombros que gingavam e quadris soltos, sempre pronto para saltar e abrir as garras como canivetes, mas, com Agathe, ele era um gatinho em busca de carinhos e agrados na barriga.

Ele se acariciou nas panturrilhas dela quando ela se inclinou para mexer na fechadura da porta.

— Sim, sim, eu sei. Você está com fome. Logo já vai entrar. É que está tão escuro aqui que eu nem enxergo o que... consegui!

A porta se abriu e Achilles correu para dentro, esbarrando nela do mesmo jeito que ela tinha esbarrado em Hektor quando ele tratou da fechadura, na primeira noite que passaram juntos. Mas, naquela noite, fora Achilles, o apartamento estava vazio. Quando Agathe foi fechar a porta, apenas sombras se espremeram pela abertura para se juntar a ela. Ela estava com frio e se sentia solitária, e havia uma pergunta terrível se formando no fundo de sua mente, mas ela escolheu ignorar.

— Venha aqui, você. Vamos comer.

Achilles balançou o rabo em um gesto de aprovação, quando ela colocou a mão embaixo da pia em busca de uma lata de peixe, abriu e colocou seu conteúdo dentro da tigela dele. Ele ronronou um ronronar entrecortado, como a balsa distante de Traço dirigindo-se para o porto, e se inclinou para comer.

"Mas e eu?", Agathe ficou pensando. Ela olhou no armário. Havia um pedaço de pão dormido em cima da tábua de madeira e um ovo solitário. "Omelete de pão frito. Uma omelete muito pequena. Ninguém nunca morreu disso."

Ela esfregou o pão com alho, picou-o em pedaços e fritou até ficar dourado e crocante, e, enquanto o pão dourava, ela bateu o ovo, temperou com pimenta e derramou dentro da frigideira, e ia dizendo a Achilles o que estava fazendo, explicava cada passo, como sua avó costumava fazer, para que um dia Achilles pudesse preparar uma omelete de pão frito para si mesmo... se tivesse vontade.

Agathe fez a omelete escorregar para um prato azul e sentou-se à mesa com o jornal aberto a sua frente. Não havia nada para ler. Alguém tinha tocado fogo em um sofá jogado na frente de um bloco de apartamentos e havia um aviso medonho do chefe dos bombeiros Svennson a respeito das terríveis consequências.

— Um pequeno incêndio, ninguém ficou ferido — disse ela a Achilles. — Sabe, de certa maneira, eu até que gosto de morar em uma cidade em que algo assim chega a ser publicado no jornal. Se é só isso que se tem para falar, estamos seguros em nossa cama.

Achilles deitou de barriga para cima e não disse nada. Ele deixou as patas penderem preguiçosas do pulso e ofereceu a barriga para cócegas.

— Sei, sei. Estou vendo, seu gato malandro.

Agathe resolveu ignorá-lo. Ela tentou fazer sua omelete durar, mas, depois de quatro garfadas rápidas, tinha acabado.

— Vou demorar mais para lavar a louça do que demorei para comer. Sabe — disse ela —, eu me espanto com o fato de nunca ter saído no *Pontense*. Que escândalo! Mas, bom, não foi o que a Sra. Oktar pensou, não é mesmo, gatinho? Eu não contei que encontrei a Sra. Oktar, contei? Ela perguntou por você.

Então, como não estava com disposição para se levantar e ir até a pia, Agathe virou a página e, da mesma maneira que teria ouvido seu nome ser dito no meio do burburinho de uma festa, ela viu as palavras "Hektor Stopak" no meio de uma página cinza de letras. Estava ali, dentro de um retângulo preto em que se lia "Ronda dos Tribunais" em letras grandes no alto, com um desenho bobo de uma balança de um lado.

— Ai meu Deus! Ai minha Walpurnia! Ah, Hektor, não! — Agathe bateu a mão aberta em cima da página e dobrou o jornal para fechá-lo e, então, quando o nome de Hektor e a coisa qualquer que ele tivesse feito estavam escondidos em segurança, ela voltou a tirar a mão.

A seus pés, Achilles se preparava para pular no colo dela. Ele dançava de um lado para o outro, avançando um pouquinho para frente, um suspirinho para a esquerda com as patas, avaliando o ângulo exato para um salto através da abertura estreita embaixo da mesa, mudou de ideia e, em vez disso, apoiou as patas no joelho dela, como um bebê pedindo para que o pegassem no colo.

Agathe o colocou nos ombros igual a uma estola, agradando-o e fazendo com que ele ronronasse enquanto olhava, sem enxergar nada, para o

Pontense Vespertino, com seu anúncio de primeira página para a liquidação de verão da Braun e, dentro, histórias de móveis abandonados em chamas, chucrute e algo pior. Ela ficou ali, sentada daquele jeito por um tempo, olhando para frente, para o nada, enquanto Achilles, de olhos fechados e em um êxtase de relaxamento, ficava lá enrolado em seu pescoço, até que, às 7h30, o mecanismo do despertador que tiquetaqueava no peitoril da janela entrou no lugar com um clique súbito.

— O tempo está passando — disse ela e se levantou para lavar a louça.

Enquanto a água do bule fervia e Achilles andava de um lado para o outro, bufando e com ar de ofendido, Agathe contou o dinheiro que lhe sobrava na bolsa. Não havia muito: a passagem do bonde para ir trabalhar no dia seguinte e mais nada... certamente não havia o suficiente para uma viagem de ida e volta ao Anjo Dourado também.

— Eu não vou — disse Agathe. — Eu preciso ir. Eu disse que ia. Eu prometi.

Ela colocou o dinheiro na tábua e começou a contar, fazendo as moedas caírem do tampo para sua mão. Havia o suficiente para duas passagens de bonde.

— Vou lá de bonde, volto de bonde, caminho até o trabalho? Caminho até lá, volto de bonde, pego o bonde para trabalhar? Vou até lá de bonde, volto a pé?

A água do bule estava fervendo. Agathe juntou as moedas e guardou de novo na bolsa.

— Hektor deve ter algum dinheiro de sobra. Ele não pode ter gastado tudo.

Ela lavou e secou a louça. Depois guardou tudo no armário sem olhar para o jornal em cima da mesa nenhuma vez.

Ela desdobrou as mangas da blusa e as abotoou, alisou a saia e conferiu o cabelo no espelho e então não tinha mais nada para fazer até seu encontro com Mamma Cesare... mas ainda faltavam umas duas horas. Não havia nada a fazer além de ler o jornal. Nada.

Agathe foi se sentar na cama. Dali ela via o jornal, fechado, no meio da mesa. Ela se deitou e olhou para as marcas do teto mais uma vez. Ela se sentou ereta. O jornal continuava lá. Ela voltou e se sentou à mesa mais uma vez, sem tocar no jornal, com as mãos espalmadas nas laterais do papel, só olhando para ele. Ela olhou para ele por um bom tempo, e então bateu palmas e fez uma bola com o papel. O barulho assustou o coitado do Achilles, que parou de lamber o traseiro e olhou ao redor do apartamento com uma expressão de surpresa.

— Certo, é isso! Eu não posso ficar aqui. Ande. Vamos lá, Achilles, nós vamos sair. — E, antes que o despertador tivesse tiquetaqueado mais muitos tique-taques, ela já tinha vestido o casaco e feito com que Achilles saísse apressado para a rua. Mas, antes que o despertador tivesse tiquetaqueado nem dez tique-taques, ela tinha voltado e pegado o jornal amassado da mesa.

Havia um segredo nele, algo que Hektor não queria que ela soubesse, algo de que ele tinha vergonha e que o tinha deixado de coração partido, e assim, Agathe resolveu, ele nunca devia saber que ela tinha chegado a comprar um jornal. Não fazia diferença o fato de ela ter se recusado a lê-lo: quem acreditaria nisso? Hektor simplesmente não devia saber, nunca. Caminhando ao longo da rua do Canal, Agathe se aproximou das grades e deixou o jornal cair na água. Ela o enxergou sob a luz fraca das lâmpadas dos postes, flutuando branco contra o preto do canal e então se desdobrando lentamente como uma rosa, se espalhando e cedendo até afundar.

Agathe continuou caminhando. Ela estava contente consigo mesma. Estava orgulhosa de sua determinação. Ela tinha tomado a decisão de não ser xereta, e tinha se atido a ela. E ela se permitiu assumir um certo ar de satisfação também. Hektor tinha feito uma coisa ruim. Ela o perdoava. Pior, ele tinha tentado enganá-la em relação àquilo. Ela o perdoava. Aliás, para protegê-lo e amá-lo melhor, ela iria enganá-lo e fingiria que tinha sido enganada. Pobre Agathe, como sabia pouco sobre mentiras.

Seria cansativo demais caminhar todo o trajeto até a cidade com Agathe, doloroso demais observá-la demorar-se do lado de fora do Três Coroas, falando gentilmente com as crianças com frio que receberam a ordem de "esperar aqui dez minutos", ouvindo o som da voz de Hektor na janela, parada com uma mão na porta, hesitando e fugindo quando ela se abrisse de súbito. Doloroso demais. Não fazia diferença o fato de ela ter atravessado para o outro lado antes de chegar à rua Aleksander. Pessoal demais. Não se demore ali na ponte Verde enquanto ela fica parada observando o rio passar, elevações de água negra lançando fagulhas aleatórias refletidas das lâmpadas dos postes. Frio demais. Tente não reparar enquanto ela lança um olhar para o alto, para a luz aconchegante do apartamento dos Oktar na esquina. É da conta dela.

Não a incomode enquanto ela caminha pela avenida da Catedral, tomando o caminho mais longo até a cidade. De um brilho de lâmpada de poste para uma sombra para um brilho de lâmpada de poste. Ela tem seus próprios pensamentos, e não se intrometa enquanto ela sobe a escada até a catedral, para ficar parada por alguns minutos na frente das portas trancadas contra ela. Se ela tiver algo a dizer não é para você escutar. Por que não caminhar na frente dela um pouco? Espere por ela na rua do Castelo, na frente do Anjo Dourado.

Ah, ninguém podia dizer que Agathe tinha se apressado para seu encontro com Mamma Cesare, mas, quando ela chegou, mal eram 9 horas e ela já estava com frio. Ela tinha pousado a mão na maçaneta brilhante e polida da porta (tão diferente da porta do Três Coroas) e a empurrou para entrar em um mundo aquecido de luz, silêncio, vapor, amêndoas e café.

Ainda estava movimentado com casais que compartilhavam um jantar tardio, depois de uma visita ao Teatro da Ópera, e garotos que tinham saído para impressionar a namorada nova com cafés expressos e cigarros, e homens solteiros com punhos de camisa puídos que preferiam pagar para outra pessoa preparar um risoto a arriscarem-se a se queimar na própria cozinha, mas Agathe achou uma mesa vazia no canto, longe da grande janela panorâmica e ficou ali esperando, discretamente, com as luvas pousadas em cima da mesa à sua frente, até Mamma Cesare se aproximar.

— Você chegou cedo — disse ela, de um jeito nada acolhedor.

— Desculpe. Faz diferença? Eu não tenho mais nada para fazer. Achei que podia ficar só esperando.

— O que você quer? — perguntou Mamma Cesare.

— Obrigada. Só um café seria adorável.

— Eu volto. Mas nós ficamos abertos até as 10 horas. Quem sabe não quer um jornal para ler?

— Não! — A palavra saiu com um pouco mais de urgência do que era a intenção de Agathe. — Não. Obrigada. Só o café está ótimo.

Mamma Cesare foi até o órgão de café, puxou algumas alavancas, deixou sair um pouco de vapor, esguichou um pouco de água quente, fez barulho com uma velha jarra de lata e voltou à mesa de Agathe com um lindo cappuccino volumoso e tremelicante (um cúmulo-nimbo de café), mas, dessa vez, sem chocolate no pires.

Mamma Cesare enfiou a mão no bolso do avental, tirou um bloquinho com uma folha de papel-carbono enfiada embaixo da folha de cima e escreveu uma nota.

— Ah — disse Agathe. — Eu não trouxe dinheiro.

Mamma Cesare apertou os olhos e recolheu a nota.

— Você é convidada. Não cobro de convidados.

Mas Agathe reparou, quando a velha senhora voltou à caixa registradora, que ela enfiou a nota em um espeto de cobre e deixou cair algumas moedas na gaveta do dinheiro.

Agathe sabia como fazer uma xícara de café durar uma hora. Ela ergueu os olhos para o relógio pendurado no alto da parede dos fundos atrás do balcão e prometeu a si mesma um gole a cada quatro minutos. Nos intervalos, ela ficaria observando as pessoas no café, inventaria histórias a respeito delas, imaginaria a vida delas, o que faziam quando não estavam vendo uma noite adorável passar no Anjo Dourado.

Era um jogo que ela tinha feito antes, mas, de algum modo, naquela noite, ela só encontrava histórias tristes para contar. Aquele homem sentado sozinho vinha ao Anjo Dourado toda noite, desde que sua esposa tinha falecido. Aquela mulher tinha resolvido se dar o prazer de uma noite fora de casa e, no dia seguinte, ela iria ao Posto de Correio em Commerz Plaz e perguntaria mais uma vez por que não havia uma carta de seu marido dizendo a ela que fosse se juntar a ele na América. Aquele casal de mãos dadas era casado (mas não um com o outro), e naquela noite eles se despediriam pela última vez e para sempre.

Depois de uma dúzia de goles, Agathe tinha conseguido ficar completamente arrasada e então, faltando dez minutos para a hora de fechar, os ponteiros do relógio gaguejaram para seu lugar e, como os apóstolos mecânicos no alto da torre da minha catedral, os garçons do Anjo Dourado entraram em ação combinada. Um caminhou ligeiro até a porta, trancou as fechaduras e tirou de algum lugar uma chave grande de latão, que ele virou na fechadura com um barulho igual ao de uma pistola. Os clientes ergueram os olhos das xícaras de café e o viram parado ali, barrando a porta contra os retardatários, pronto para fazê-los, ir embora. E, antes que eles tivessem tempo para se sentir ofendidos, cinzeiros tinham sumido das mesas, os pratos usados tinham sido retirados com um curto "terminou, senhor?" que na verdade não necessitava de um ponto de interrogação e as toalhas de mesa foram escovadas com decisão. Era uma operação de quem sabia o que estava fazendo: eficiente, proficiente, ensaiada e só a um fio de cabelo da grosseria completa. Os clientes começaram a ir embora: o viúvo solitário, os amantes malfadados, a esposa abandonada. Parada à porta, amarrando um lenço na cabeça, Mamma Cesare a chamou:

— Amanhã a carta chega. Você vai ver. Amanhã.

— Espero que sim — a mulher disse e saiu para a escuridão com um sorriso corajoso.

No fim de um dia de surpresas, Agathe absorveu essa última surpresa a seu favor. "Como será que eu sabia disso?", ela pensou enquanto a porta se fechava, fazendo com que ela fosse a última forasteira dentro do Anjo Dourado.

Os garçons se puseram a trabalhar, virando as cadeiras em cima das mesas, prontas para a limpeza do chão com esfregão pela manhã, enchendo açucareiros e saleiros, transportando as últimas peças de louça para a pia. Antes de os sinos da catedral baterem as 10 horas, o café tinha sido eximido de qualquer vestígio da clientela, estava totalmente limpo, brilhante e pronto para mais um dia.

— Vire a sua cadeira para cima — disse Mamma Cesare a Agathe. — Nós vamos. — E ela foi na frente, atravessando aquela portinha de vaivém que Agathe tinha visto em sua primeira visita, para a passagem escura que se enfiava até o fundo do prédio. — Não fique para trás — Mamma Cesare disse enquanto avançava apressada.

Agathe fez uma curva pela passagem retorcida e a viu parada à luz amarela da porta do quarto, chamando-a:

— Venha logo. Venha logo — disse ela e desapareceu lá dentro.

Quando Agathe chegou e fechou a porta, Mamma Cesare estava sentada em sua cama, com os ombros caídos, parecendo abatida e exausta.

— Entre. Sente — disse ela. — Sente aqui — Ela deu tapinhas no colchão a seu lado e, quando Agathe se sentou perto dela na cama que reclamava, ela pegou sua mão. — Sinto muito, muito — disse Mamma Cesare. — Uma velha ruim e maldosa. É isso que eu sou.

— Não, não é — disse Agathe.

Mamma Cesare deu-lhe tapinhas na mão.

— Sim, eu sou. Não sou boazinha com você, mas é só porque eu me preocupo com você.

— Ah, não fale assim — disse Agathe. — Não precisa se preocupar comigo. Você só está se sentindo um pouco para baixo. Vai melhorar quando chegar o verão.

Mamma Cesare deu um sorriso aquoso que dizia: "Quando o verão chegar, não vai me encontrar à sua espera." Mas ela colocou os pés no chão e pegou uma chave grande de um pratinho em sua penteadeira. Deu uma fungada aquosa.

— Ouça, você se lembra de quando, há muito tempo, eu lhe falei que as pessoas contam coisas e eu escuto?

— Eu me lembro sim — respondeu Agathe.

— Quero que você conheça alguns amigos meus. Ajude-me a tirar isto daqui.

A penteadeira de Mamma Cesare estava no lugar em que sempre estivera, enfiada no único canto livre do quarto, meio atravessada na frente de uma porta de pinho simples. Ela bateu nela com o quadril, fazendo os grampos na caixinha se agitarem, sacudindo as garrafas de poções que foram umas de encontro às outras, derrubando a fotografia de casamento dela em sua moldura desgastada, até que o móvel começasse a se afastar um pouquinho da parede.

— Venha, venha! Ajude aqui. Eu sou velha.

— No armário? — perguntou Agathe. — Quer que eu olhe no armário?

— Não é armário, moça tola... é uma escada.

Agathe pegou um canto da mesa e puxou para frente. Ela se moveu com bastante facilidade, porque era leve para uma moça jovem e com boa saúde.

— Está bom. Chega. Agora podemos entrar.

Agathe esperava ouvir um rangido. Achou que ia ver uma passagem cheia de teias de aranha e guinchos de morcego, mas Mamma Cesare nunca teria admitido uma bobagem dessas. A luz do seu quarto entrou pela porta entreaberta e caiu em uma passagem ampla, enfeitada com brocado vermelho desbotado e um lance de degraus de pedra em curva que se perdiam nas sombras.

Mamma Cesare pegou a mão de Agathe e foi na frente.

— Venha ver — disse ela.

Agathe roçou em uma corda de veludo que se pendurava na parede como um corrimão, e, mais no alto, formas douradas brilharam quando ela passou, tridentes e máscaras de leão segurando os globos de vidro de antigas lamparinas a gás. Então, quando a luz fraca do quarto de Mamma Cesare diminuiu até se transformar em nada atrás dela, um brilho de arco-íris se acendeu à frente: dourados, vermelhos, azuis e verdes, derramando-se sobre a escada escura através de uma porta de vitral que ganhava vida com rosas e lírios, folhagem espiralada e, no meio de tudo, dois rostos lado a lado, um soluçando e o outro rindo.

— É um teatro! — disse Agathe.

— Claro que sim — respondeu Mamma Cesare. — Vai ver você estava esperando uma peixaria?

— Mas eu passei a vida toda aqui e nunca soube deste lugar.

Mamma Cesare deu uma gargalhada de desdém.

— A sua vida toda. Quanto tempo é isso? Desde anteontem... e você nunca soube. Depois de amanhã, já vai esquecer.

— Podemos entrar?

— Será que você consegue pensar em mais alguma pergunta boba? — Mamma Cesare se apoiou contra a porta e entrou.

Foi a mesma coisa que entrar em uma caixinha de joias de duas salas de altura, lotada de flores douradas e pencas de frutas. Por toda a volta do palco, cupidinhos gorduchos se espalhavam pelas paredes como borboletas em caixas de vidro, paralisados em atitudes de surpresa com as coisas impressionantes que estavam prestes a acontecer no palco, com certeza, a qualquer momento. Meia dúzia de fileiras de assentos de veludo vermelho refletiam nos espelhos foscos perdurados nas paredes, todos anuviados e rachados, como uma tempestade de neve de vidro, e lamparinas brilhavam em um lustre todo rococó, parecido com um polvo, que se erguia alto no teto.

— É lindo — disse Agathe.

— Lindo — concordou Mamma Cesare.

— Um teatro lindo, minúsculo e secreto. Quem mais sabe deste lugar?

— Você, eu, Cesare. Ele finge que esqueceu.

— Como é possível esquecer isto? É maravilhoso.

— Ele esquece. Quando era só um garotinho, tinha tanto medo que nunca mais voltou. Feche a porta, tranque, coloque a mesa na frente, finja que não está aqui. As pessoas fazem isso, sabe? As pessoas, às vezes, trancam a porta e fingem.

Se Agathe se reconheceu naquilo, se recusou a admitir. Ela disse:

— Isto aqui é adorável. Por que ele não gosta?

Mamma Cesare respirou fundo e olhou para o teto.

— No primeiro dia, quando ele abriu aquela porta, tudo estava preto. Em todo lugar, teias de aranha e poeira, como se fosse uma camada de pelos no chão, e espalhados, aqui, aqui, aqui, em todo lugar, caixas velhas, papel e lixo. O pequeno Cesare saiu correndo e não voltou mais. Ele não gosta. Ele não gosta do pessoal do teatro.

— Pessoal do teatro?

Mamma Cesare pegou Agathe pela mão e a levou até a primeira fileira.

— Aqui — disse ela. — Sente aqui ao meu lado e me diga o que está ouvindo.

Agathe escutou com atenção. O lugar estava em silêncio.

— Nada — disse ela. Ela tombou a cabeça e escutou com atenção mais uma vez. — Nada ainda.

— Quem sabe mais tarde — disse Mamma Cesare.

— O que eu estou tentando ouvir?

— Você escuta. Eu falo. Quando eu e o meu Cesare saímos do velho país, você acha que desejamos vir a Ponto? O que é um Ponto? Quem ouviu falar de Ponto? Nós só conhecemos a América! Você vai para a América, você trabalha duro, você ganha muito dinheiro, e, um dia, o pequeno Cesare é presidente de todos os estados americanos. Então nós andamos. Andamos durante dias e dias, o meu Cesare e eu, chegamos ao mar e encontramos um barco para a América. — Mamma Cesare ergueu um indicador pequeno e severo. — Nada de perguntas. Não fale. Escute. O que está ouvindo?

— Só você — respondeu Agathe.

— Use o outro ouvido! Nós passamos duas semanas naquele barco, rolando para um lado e para o outro, pulando para cima e para baixo, mas pelo menos o clima estava calmo... aquele Cesare, que homem! — Mamma Cesare riu até tossir e tossir até engasgar e se recuperar com um chiado.

Agathe pareceu preocupada.

— Você não está bem. Precisamos colocá-la na cama. Eu preparo um chá.

— Não faz mal. Escute. Fique escutando.

Agathe assentiu e pegou na mão da senhora idosa. Ela estava preocupada.

— Estou escutando, estou escutando.

— Duas semanas no barco e então, uma noite, o capitão tira a cobertura do porão e nos mostra a América. Mas a polícia está em todo lugar, ele diz. Então nós vamos para um barquinho e remamos até a praia, e o meu Cesare, ele me carrega através das ondas e todo mundo está se beijando, dando apertos de mão e se despedindo, e então, pela manhã, estamos aqui em Ponto.

— Não na América?

— Não na América.

— Ai meu Deus, o que vocês fizeram?

— A gente trabalhou. A gente trabalhou e a gente trabalhou e a gente trabalhou. Eu lavei todos os chãos de Ponto, todas as camisas de Ponto, todos os nabos de Ponto, e durante três semanas a gente ficou tão feliz de estar na América e então, um pouquinho de cada vez, a gente foi descobrindo que não estava. O que você está escutando agora?

Agathe estava franzindo o cenho um pouquinho.

— Acho que escutei uma banda.

— Estou vendo no seu rosto.

— Continue com a história.

— Um dia eu acordo e eu sei a verdade, mas é isso que as pessoas fazem. Elas sabem as coisas e não acreditam nelas. Eu não digo nada a Cesare, mas Cesare sabe e ele não diz nada a mim. Então, quando estávamos deitados na cama, tão cansados de nabos, ele contou. E nós choramos.

— Aí está de novo — disse Agathe. — A banda. Você está ouvindo? Deve estar na rua.

— Talvez — disse Mamma Cesare. Ela virou a cabeça para escutar, e seus dedos começaram a se mover, como que no ritmo da música.

— Você também está ouvindo — disse Agathe.

— Talvez. Então, você quer dançar ou ouvir a minha história?

— A história — respondeu Agathe.

— Depois disso, nós ficamos tão irritados que trabalhamos com mais afinco ainda. Nós arrumamos um quarto simpático em cima de uma lojinha. Então a loja ficou vazia. Alugamos a loja e começamos a fazer café. Parecia que ninguém em Ponto tinha experimentado um café antes. Todo mundo nos ama. E então, uma noite, tarde da noite, depois do trabalho, eu saio para dar um passeio e aqui está o Anjo Dourado, todo vazio, destruído e sujo, com todas as janelas fechadas com tábuas, e o pessoal do teatro sai e me diz que eu posso comprar o lugar a troco de nada, porque ninguém quer este lugar e ninguém chega perto dele, mas eu posso ficar com ele e limpá-lo.

— Eu teria dito a essa gente para limpar o próprio teatro.

— Não dá. Eles precisam de mim. Eles conhecem todo mundo em Ponto. Eles sabem tudo a respeito de todo mundo e escolheram a mim. Sabe por quê?

— Por quê?

— Porque nós somos a mesma coisa. Você já ouviu falar do massacre de judeus? Um dia, há muito tempo, o pessoal do teatro ouviu dizer que tinha um massacre de judeus chegando, de modo que empacotaram tudo, a banda, os animais, o engolidor de fogo e os cantores, todas as perucas, fantasias, os móveis, e vão embora. Mas nunca chegam à América e voltam.

— Eles deviam se decidir.

Mamma Cesare disse:

— E você talvez devesse ter um pouco de respeito. — O brilho do teatro estava se transformando como um pôr do sol. Lá em cima, o lustre ia ficando com a luz mais fraca, e havia um farfalhar ansioso de asas douradas e sombras se esgueiravam pelas paredes. Parecia a Agathe que a maior parte da luz do teatro agora vinha do palco, como se as luzes do piso tivessem suspirado e ganhado vida, mas, quase no fundo, sobrava um murmúrio de sombras. — Eles voltaram — sussurrou ela.

Mamma Cesare pegou a mão dela e a segurou na cadeira.

— Não há nada a temer. Eu sou uma bruxa de uma longa linhagem de bruxas. Eu tenho o dom. O meu garoto Cesare tem o dom. E você. Eles gostam de você. Eles cuidam de você. Eles se preocupam com você, só isso.

— Eles voltaram! — Foi a única coisa que Agathe foi capaz de dizer. Agora ela escutava a banda com bastante clareza, ali, no palco, não ao longe, na rua, mas bem ali.

— Shh — disse Mamma Cesare. — A mesma coisa aconteceu com eles. Um capitão mau. Um dia, ele os colocou em uma praia e disse: "A América é por aqui. Com os seus tambores, os seus cachorros performáticos e os seus pandeiros, é só caminhar um pouco que já vão chegar à América." É um banco de areia. E ele vai embora com o barco, a maré volta e todo mundo morre afogado... todo mundo, menos uma menininha. Essa menininha eles enrolam em um cobertor de veludo com listras vermelhas e douradas que pertencia ao Cachorro-Maravilha Mimi, e colocam a menina dentro de um tambor e ela sai flutuando. Agora eles voltam para cá para esperar por ela.

— Mas ela deve estar morta.

— Não diga isso a eles. Vão ficar tristes.

Agathe se contorcia na cadeira.

— Fique aí quieta, antes que fique toda molhada — aconselhou Mamma Cesare. — Olhe. Apenas observe. Olhe.

Mamma Cesare conhecia bem o pessoal do teatro. Ela sabia o nome das pessoas e suas histórias. Ela era capaz de escutá-las com clareza, mas, para Agathe, era a mesma coisa que olhar para uma fotografia entrando em um banho de produtos químicos. Lentamente, pouco a pouco, a imagem delas ia se formando no palco, as lindas dançarinas com suas pernas compridas e seus collants de lantejoulas, o homem forte com sua pele de leopardo, os cachorros pulando através de aros cobertos de papel, os malabaristas com seus malabares, mas ela olhou por tempo demais, deixou-os demais no líquido revelador e a imagem se adensou e escureceu e desapareceu.

— Eles foram embora — disse ela.

— Não. Pare de olhar que você vai ver.

— Não consigo ver.

— Bom, eles veem você. Faz muito tempo que querem conhecer você. E me dizem que aquele homem, o pintor, nunca vai fazer você feliz.

Agathe olhou para o chão e disse:

— Eu sei. Eu abandonei o pintor.

— Não, você abandonou o instalador de papel de parede. Foi ficar com o pintor. Acha que eu não sei? Acha que eles não sabem?

No palco, Agathe reparou no pessoal do teatro imóvel, sem dançar, sem fazer malabarismos, olhando para ela. Um borrão azul, como uma chama em movimento, agitava-se entre eles, da maneira que um passarinho passa de um galho a outro, e Agathe sentiu uma onda de calor e solidariedade quando ele passou.

Mamma Cesare apontou irritada para o palco.

— Eles sabem. Você tinha um homem bom e se livrou dele.

— Stopak não era bom!

— Quem está falando de Stopak? Olhe para eles. Olhe para o palco. Você acha que eles não sabem? Você acha que a sua avó não sabe?

— A minha avó! — Agathe olhou boquiaberta para a luz azul no palco. — Vovó, é você?

Mamma Cesare ficou exasperada.

— Moça burra! Aquela não é a sua avó. Aquele é o meu Cesare. Não está vendo o bigode dele? Ah, você me cansa. Para a cama agora. Cama. Vá embora agora. E lembre.

Agathe sussurrou:

— Mas a minha avó tinha bigode.

Agathe voltou para casa na plataforma superior do bonde, deixando o vento frio atingi-la no trajeto e se esforçando muito para encontrar sentido em tudo que tinha visto e ouvido.

— Mas a minha avó tinha bigode — repetia ela, vez após outra. — A minha avó tinha bigode.

Até que começou a soar tão ridículo que ela começou a rir e, quando o bonde chegou à ponte Verde, ela tinha percebido que a coisa toda era loucura. Obviamente, era loucura. Não podia ser nada além de loucura. Ela estava cansada... só isso. Nervosa demais. Um teatro assombrado! Um homem forte com coxas cor-de-rosa e halteres de ferro! Loucura.

O que havia de tão maravilhoso em elevar o fantasma de um peso-pesado? E, além de tudo, de onde será que o fantasma dos halteres vinha? Ou o fantasma do bigode da avó dela? A ideia era tão ridícula que ela caiu na gargalhada de novo, mas parou quando o bonde fez a curva na avenida Ampersand e ali, saindo do Três Coroas, ela viu Hektor. Ele estava bêbado, cambaleando feito um macaco, com as mãos nos bolsos, quase dobrado em dois, com a cabeça perto do chão, valsando até a sarjeta e de volta mais uma vez. Agathe olhou para ele com horror e desgosto, da mesma maneira que teria olhado para um bêbado esfarrapado, mas então ela se lembrou de que o amava e que ela estava morrendo de vergonha da coisa qualquer que ele tinha feito. Ela se lembrou de como era beijá-lo e ficou com pena dele. Pobre Hektor.

Agathe se apressou do bonde na rua da Fundição e correu, estalando os saltos, através do túnel, passando pelos paralelepípedos, descendo a rua do

Canal e de volta ao apartamento. Ela se deitou na cama encostada na parede, e, quando Hektor entrou, inchado, pálido e sonolento, foi batendo em tudo, como somente um bêbado tentando não fazer barulho é capaz de fazer.

Mesmo quando ele derrubou a cadeira, Agathe fingiu não notar, e, quando ele ergueu as cobertas e acomodou-se na cama feito uma árvore caída, desmaiando de barriga para cima, ela só esperou um momento antes de ajeitar os cobertores ao redor dele e colocou uma perna por cima dele e o beijou. Os pelos em volta da boca dele a pinicavam de maneira familiar.

— A minha avó tinha bigode — disse ela, beijou-o de novo e caiu no sono.

Ela ainda estava lá, enroscada nele, as pernas e os braços embaralhados, como se tivessem ido dormir em uma vala comum, quando o despertador tocou.

Agathe rolou para o chão. Hektor nem se mexeu. Ela se lavou e se vestiu, e, quando voltou, ele tinha se enrolado na quentura vazia que ela tinha deixado para trás, o corpo dele preenchendo a sombra do corpo dela impressa no colchão.

Não havia nada para comer, nenhum café da manhã para preparar, nada para fazer além de ir trabalhar, mas ela precisava de dinheiro, e o único dinheiro estava na calça de Hektor. Ele tinha conseguido jogá-la no gancho atrás da porta antes de ir para a cama, e, quando Agathe enfiou a mão sorrateira nos bolsos, a fivela pesada do cinto raspou na madeira.

— O que você está fazendo?

— Nada. Shhhhh. Volte a dormir.

Mas ele não voltou a dormir. Ele meio que se sentou na cama, com ar irritado e enjoado.

— Você está mexendo nos meus bolsos?

— Não. Desculpe. Eu só preciso de algum dinheiro para o bonde. Eu preciso ir trabalhar.

— Arrume a sua própria droga de dinheiro.

— O quê?

— Você não mexa nos meus bolsos. Não se faz isso com um homem. Tenha um pouco de respeito.

Agora ela estava ficando irritada. Agora estava começando a ficar com um pouco de medo, então se acalmou.

— Hektor, eu não estou mexendo nos seus bolsos. Eu só preciso de dinheiro para a passagem de bonde.

— Eu não tenho nada.

— Mas eu lhe dei todo o meu dinheiro ontem.

— Bom, eu gastei tudo e logo você vai ganhar mais. Muito mais.

Agora havia um tom sombrio em sua voz, suficiente para fazer com que ela se preocupasse com a resposta que daria a ele.

— Não compreendo — disse ela.

Hektor rolou na cama mais uma vez, virou-se de costas para ela, de modo que a curva de seu lábio se ampliou por todo seu corpo.

— Eu não compreendo. Eu não compreendo — ele imitou a voz dela em um tom idiota, de choramingo, cantarolado. — Olhe, vou explicar de maneira bem simples para que você possa entender.

Ele jogou as cobertas para o lado e caminhou na direção dela.

Mesmo agora, meses depois da primeira vez, Agathe sentia alguma coisa crescer dentro dela quando o via se mexer daquele jeito, mas dessa vez foi diferente, e ela se viu se encolhendo no canto perto da pia quando ele se aproximou, recuando quando a mão dele passou como um raio ao lado de sua cabeça para pegar a calça do gancho.

Os bolsos de Hektor estavam pesados e inchados de troco depois de uma noite no Três Coroas. Ele enfiou a mão irritada dentro de um deles, tirou um punhado de moedas e empurrou para cima dela.

— Pronto, tome! Quer mais? — ele fez a mesma coisa outra vez, e Agathe ficou lá, parada com o dinheiro escorrendo por entre os dedos e ricocheteando no chão.

Ela levou as mãos para cima da mesa e deixou o dinheiro formar uma pilha. Ela disse:

— Hektor, só o suficiente para o bonde... é tudo de que eu preciso.

E começou a escolher algumas moedas.

— Bom, eu preciso de mais. Preciso de dinheiro para tintas e telas, e um homem precisa ser capaz de pagar uma cerveja aos amigos, ou isso não é mais permitido ou algo assim?

— Não, Hektor. É permitido. Claro que é permitido.

— Então pronto.

Ele ainda estava parado na frente da porta, nu, segurando a calça na mão, e Agathe preferiria passar o dia inteiro esperando na frente da mesa a ter que fazer com que ele saísse da frente para ela passar.

Finalmente, depois de alguns momentos de silêncio, ele vestiu a calça.

— É melhor eu sair — disse ela.

— Sim.

Ela imaginou páginas de desculpas acanhadas naquela única palavra: como se ele tivesse recobrado os sentidos depois de uma festa de bebedeira carregada com a lembrança anuviada de algum incidente vergonhoso. Ele se colocou de lado e até abriu a porta para ela, olhando para o chão feito um menino travesso de castigo no cantinho.

Agathe pegou o casaco e a bolsa e passou apressada por ele.

— Espere um minuto!

O coração dela se apertou.

— Eu não ganho um beijo?

Ela se virou para trás.

— Claro que você ganha um beijo.

Ela deu um beijo nele.

— Um beijo de verdade.

Ela o beijou de novo, bem ali à porta. Ele tinha gosto de bile e de boca seca de manhã e de dentes sem escovar. Ele tinha cheiro de cerveja, de cigarro velho, de suor e de homem, e ela quis mais e mais dele até que ele teve que a repelir dizendo:

— Vá. Vá trabalhar ou volte para a cama.

— Trabalhar — disse ela. — Dinheiro para tintas.

Em todo o caminho para o trabalho, correndo rua do Canal acima, esperando na parada de bonde, sacudindo pela avenida Ampersand na plataforma superior, Agathe ficou com o gosto dele na boca. Ela o procurava na ponta da língua, traçando cada fragmento dele e imaginando o que fazia com que ela tivesse medo de Hektor e ainda mais medo de cair fora. Ela nunca tinha tido medo de Stopak (nem uma vez em todos aqueles anos), e ela não conseguia pensar em nada em relação ao prefeito Tibo Krovic que jamais pudesse assustá-la. Mas Hektor a assustava. Havia algo. Talvez porque ele era um homem, um homem de verdade, um homem de homem, o tipo de homem que ela nunca tinha conhecido antes. Mas também era como um garoto. Um menininho com vergonha de dizer a verdade a respeito do que tinha feito e de por que precisava do dinheiro. "Garoto bobo", ela pensou. Ela pagaria as multas dele e ficaria feliz de fazer isso, e ele nem precisaria dizer "obrigado". Só saber... essa seria a recompensa dela.

Agathe estava sorrindo quando desceu do bonde e entrou na Prefeitura. A correspondência da manhã estava à sua espera em sua mesa, pronta para ser separada: uma pilha de cartas de aparência comum para o prefeito Krovic, uma pasta cinza do escriturário da Prefeitura, alguns documentos de orçamentos relativos a reparos no teto do matadouro e, por baixo de tudo, colocada no meio de sua mesa antes de o garoto da correspondência chegar, uma folha de papel com a letra do prefeito. Dizia: "Há um recado na frente do Anjo Dourado dizendo 'fechado por motivo de luto'. Por favor, descubra o que aconteceu e veja se há algo que possamos fazer." Estava assinada "K".

Três anos tinham feito muita coisa mudar no Anjo Dourado. A pequena foto do casamento em sua moldura desgastada por dedos, aquela que costumava ficar na penteadeira de Mamma Cesare, agora fica pendurada em um lugar de honra no salão. E em cima dela fica uma maior, em uma moldura toda enfeitada de dourado, mostrando um homem de meia-idade com o cabelo tão preto que chega a ser suspeito e uma mulher de olhos escuros, com um vestido que parece uma fôrma de gelatina. São Cesare e Maria, a mulher dele, muito mais nova, que o alimenta com macarrão todos os dias e lhe diz todas as noites que gosta de Ponto, apesar de lá fazer frio e de ser longe do velho país.

Maria não veio sozinha. Agora há o pequeno Cesare: ele já quase consegue descer do berço sozinho, e isso é bom, já que a pequena Maria vai precisar dele quando chegar, em breve. E lá estão os "tios", Luigi e Beppo, os irmãos de Maria que olharam para um poço seco em um sítio com dois bodes e chegaram à conclusão de que atender mesas no café distante do cunhado novo não seria assim tão ruim.

Cesare ficou surpreso com a rapidez com que sua reputação de empresário milionário se tinha espalhado no velho país, mas, ele raciocinou, família era família, e, se aquilo deixava Maria feliz, também faria com que ele ficasse feliz.

Mas a situação o deixou arrasado. Luigi e Beppo se detestavam e eram esquentados... de jeito nenhum o tipo de homem que Cesare teria contratado para se postar feito os guardas suíços do Vaticano em seu café. Eles ficavam se provocando, um de cada lado do salão, e nenhuma quantidade de gestos de sobrancelha de Cesare podia convencê-los a parar. Às vezes (graças a Deus Mamma não tinha vivido para ver aquilo), ele era forçado a sair de trás do órgão de café para falar com eles (realmente falar com eles) para fazer com que calassem a boca. Mas nunca durava. Logo eles já estavam chiando e cuspindo feito gatos ou apontando indicadores ou erguendo queixos ou mordendo polegares em gestos grosseiros que, felizmente, não significavam nada para os clientes de Ponto, que não eram pessoas viajadas.

— Assim não vai dar — ele disse a Maria.

— Coloque um na cozinha comigo. Diga a eles que é uma promoção. Assim vai resolver. — E ela lhe deu um beijo.

Então, a primeira coisa que Cesare fez na manhã seguinte foi dar um tapinha no ombro de Luigi e dizer:

— Boa notícia... você ganhou uma promoção. Vá falar com Maria na cozinha. Não vai ter aumento de salário.

Mas foi um erro. Maria sempre tinha gostado mais de Luigi, e Beppo sabia disso. Desde que eram pequenininhos, quando Beppo saía para pegar lagartos ou observar enquanto os homens matavam um porco ou para jogar pedras em passarinhos, Luigi sempre ficava em casa com Maria, fazendo bonecas com pedaços de tecido com nós ou colhendo flores no jardim e rindo. Agora, Beppo considerava a promoção imaginária mais uma rejeição, só mais uma oportunidade para que os dois ficassem juntinhos na cozinha para falar mal dele.

Beppo fumegava. Ele começou a se deliciar de uma maneira perversa ao pedir as coisas erradas da cozinha, só para levar tudo de volta e dizer: "Os clientes mudaram de ideia" ou "Disseram que o minestrone está com gosto de esgoto. Deve ter sido feito por Luigi". E, então, havia mais uma explosão de xingamentos, pratos quebrados e janelas batendo.

— Isso não pode continuar — disse Cesare. — Nosso lindo lar se transformou em um campo de batalha.

Mas Maria só o beijou mais um pouco e disse:

— Eles são irmãos. Tudo vai se resolver por si.

Ela não ajudou. Ela se empenhou muito no cardápio e quando um dia inventou uma pizza nova ela lhe deu o nome de "Pizza Luigi".

— E eu? — perguntou Beppo. — Quando é que você vai fazer uma Pizza Beppo?

— Eu vou, eu vou — disse Maria. — Assim que eu conseguir bundões em número suficiente para a cobertura!

Aquilo custou ao Anjo Dourado mais uma xícara e meia dúzia de pratos.

— Leve-os para beber — aconselhou Maria. — Se eles simplesmente puderem se sentar com algumas cervejas, vão conseguir resolver a questão.

Beppo ficou ansioso para ir, apesar de aquilo significar que ele teria menos tempo para beber sozinho, mas Luigi jamais aceitaria. Toda noite, depois do trabalho, ele pendurava o avental e se apressava de volta ao apartamentinho que dividia com Zoltan, um garçom de rosto pálido com um bigode grosso que olhava para o mundo por baixo de uma língua comprida de cabelo escuro. Eles nunca convidavam ninguém para visitá-los. Eles nunca saíam.

Cesare ficava imaginando o que eles encontravam para fazer no tempo livre.

— Eles brincam de mamãe e papai — caçoou Beppo, e Maria jogou mais uma xícara na parede atrás da cabeça dele.

"Palavras muito verdadeiras", Cesare pensou.

E não demorou muitos dias depois disso para que ele chegasse ao café e encontrasse Zoltan largado em uma mesa de canto, com o balde do esfregão soltando vapor, intocado ao lado dele.

— Qual é o problema? — perguntou Cesare.

— Recebi uma carta. Os meus pais vêm me visitar.

— Por que isso é ruim e por que impede que você limpe o meu chão? Zoltan se levantou e se apoiou no esfregão.

— Os meus pais me odeiam.

— E você está aborrecido porque é sua função odiá-los, certo?

— Eles me odeiam porque eu escrevi para casa e disse a eles que estava morando com uma moça. Agora eles vêm aqui para conhecê-la.

— E você vai parecer tolo porque não há moça nenhuma. É bem feito. Por que foi contar a eles uma mentira tão idiota e cruel?

— Para que eu não precisasse contar algo ainda pior — respondeu Zoltan, colocou o esfregão no chão e começou a limpeza.

— Ande logo com o seu trabalho — disse Cesare. Ele foi se postar ao lado do órgão de café e fingiu que não tinha entendido.

Mas não havia como fingir quando a porta se abriu alguns minutos depois e Luigi entrou. Para ser justo, ele estava maravilhoso, e Cesare se pegou observando, com olhos agitados, para a belezura de olhos escuros, de cabelo cacheado e salto alto que entrou no café, mas ele ficou boquiaberto quando ela falou:

— Meu nome é Louisa e vou trabalhar aqui a partir de agora.

Na verdade, Cesare ficou tão estupefato que nem se moveu do lugar em que estava ao lado do órgão de café, e "Louisa" avançou e entrou na cozinha, depois de dar apenas um aceno para Zoltan, que sorria.

Os pombos no domo da catedral se ergueram em uma nuvem quando ouviram o berro de Maria e ela saiu correndo da cozinha, com o avental cobrindo o rosto, indo de encontro às mesas às cegas e urrando pelo caminho.

Só Beppo estava calmo.

— Eu sempre soube — disse ele. — Como é que você não sabia? — Ele foi até a cozinha e disse: — Bem-vinda, irmã... amo você.

Saia dali agora. Afaste-se do Anjo Dourado, desça a rua do Castelo, atravesse a ponte Branca e cruze a Praça da Cidade, suba a escadaria de mármore verde da Prefeitura e entre no gabinete do bom Tibo Krovic. Olhe para ele agora, da mesma maneira que você o viu naquele primeiro dia, rente ao chão de sua sala, deitado no carpete, apertando os olhos pela fresta embaixo da porta, torcendo por um vislumbre da Sra. Agathe Stopak.

E então, depois de ele a ver passar, depois de espiar com amor os seus dedinhos dos pés pintados de cor-de-rosa, depois de garantir a si mesmo que ela está em sua mesa e bem perto dele, o prefeito Krovic pode prosseguir com seu dia.

Aquele dia começou como todos os seus dias: em pé, tirando os fiapos de carpete do terno e suspirando. E, então, o bom Tibo Krovic se sentou à sua mesa e suspirou mais um pouco. Suspirar era uma melhoria para Tibo: um avanço. Hoje em dia, ele mal suspirava. Ele já não era mais escravo dos soluços desamparados e entrecortados. Tibo tinha aprendido a se adaptar, da maneira como um cachorro com três patas aprende mais ou menos a correr, sempre aprende a se apoiar no poste de luz antes de fazer xixi. Ele já não se perdia mais em acessos inesperados de choro. Ele descobriu que já não precisava mais deixar recados para Agathe, dando-lhe ordens ou pedindo ajuda com isso ou aquilo. Ele conseguia falar com ela, e sua voz permanecia calma e inalterada. Ele até conseguia olhar no rosto dela, a menos que, por algum acaso, ela virasse aqueles olhos escuros e profundos para ele, e ele precisasse desviar o olhar. Mas, assim como o cachorro de três patas, Tibo era um amputado. Alguma coisa lhe tinha sido arrancada e nunca mais voltaria a crescer.

Era uma fraqueza. Ele se culpava por aquilo. Ele culpava Agathe por aquilo. Ele culpava a si mesmo porque, apesar de todas as suas resoluções rígidas ("Quando o Ano Novo chegar, eu serei feliz", ou "Até o meu aniversário eu terei superado" ou "Setembro marca dois anos, e dois anos bastam"), ele percebia que ainda a amava e se detestava por isso. Ele se achava ridículo, enlutado havia anos por algo que tinha durado meses e que ele tinha reconhecido apenas alguns minutos antes de terminar. Mas, ele raciocinou, isso seria a mesma coisa que negar a vida simplesmente por ser breve. Um bebê morto no berço, um natimorto, continuava sendo um bebê, deveria ser valorizado e adorado da mesma maneira, e este ainda era um amor, por mais curto que fosse.

Então o pêndulo fez seu movimento para trás e ele deu um tapinha nas próprias costas, aplaudiu seu amor imutável e firme, reconheceu-o como prova de sua própria nobreza e da falta de lealdade fraca dela. Era culpa de Agathe o fato de ele nunca ter se curado... era culpa dela o fato de ele ser forçado a suportar as feridas diárias da beleza dela, do cheiro dela, dos lindos olhos escuros e tristes dela.

E todos os dias, quando ele esteve com ela e nunca mencionou sua dor, nunca lhe deu a menor pista, nunca soltou a menor recriminação em todos aqueles três anos, ele sabia, no fundo do coração, que ela tomava por indiferença aquilo que era um ato de amor constante e cotidiano. Ele se ressentia do fato de ela ter deixado de notar tudo que ele fazia por ela, mas aquilo fazia com que seu martírio fosse doce, menos nos raros dias em que ele sentia uma espécie de glória no golpe da frieza dela.

Então ele enfiava a cabeça nas mãos e balbuciava "de dar pena" para si mesmo. Era de dar pena o fato de ele encontrar coragem para não dizer nada agora se, três anos antes, ele não tinha tido coragem de falar até que fosse tarde demais, demais mesmo.

Tibo suportou as fantasias comuns do amante abandonado. Ele se imaginou morto e, no entanto, ainda capaz de observar e se deleitar com a sensação deliciosa e agridoce de Agathe ajoelhando-se ao lado do túmulo e encharcando-o com suas lágrimas de arrependimento. Ele imaginou, vez após outra, o dia em que ela recobraria o senso de noção e apareceria à sua porta, implorando por perdão, reconhecendo seu erro, aceitando-o como dono de seu coração. E então a alegria, o enlevo daquele momento, quando ele poderia tomá-la nos braços, beijar suas lágrimas e conduzi-la até sua cama grande e velha. Mesmo depois de três anos, Tibo ainda precisava decidir se a emoção daquilo algum dia seria capaz de rivalizar com a pura alegria que ele sentia quando fechava a porta na cara dela.

Mas Agathe não tinha se arrependido. Ela nunca, nem uma vez, implorou por perdão, e, apesar de Tibo ter certeza de ter percebido uma certa compaixão dolorida nos olhos dela, ela nunca dirigiu uma única palavra de preocupação a ele. Aquele era o presente dela para ele quando, todos os dias, ela ansiava por acariciá-lo e cuidar dele como uma mãe e reconfortá-lo, mas não fazia nada disso e, em vez disso, permanecia distante e distraída porque torcia para que aquilo o curasse. Era isso que ela fazia por ele, e ele tomava aquilo como indelicadeza.

Não era indelicadeza. Agathe era incapaz de ser indelicada. Sua intenção era fazer uma cortesia. Ela lhe oferecia o mesmo manto protetor de sigilo que tinha puxado para cima de si.

Agathe nunca dizia uma palavra a respeito de sua vida fora do escritório com ninguém... muito menos com Tibo. Ela nunca mencionava o apartamento na rua do Canal, nunca comentava sobre Hektor nem sobre o que ele tinha feito, nunca dizia uma única palavra a respeito do último quadro que ele tinha abandonado, inacabado, ou do próximo que ele estava prestes a começar, em breve, porque essas coisas não podem ser forçadas e não são a mesma coisa que deitar tijolos ou entregar garrafas de leite. Se Hektor arrumava trabalho, ela não dizia nada. Ela não dizia nada quando ele ficava com o dinheiro para si e também gastava todo o dela. Ela não disse nada quando ele ficou sem emprego de novo e isso sempre acontecia, não demorava muito. Ela nunca admitiu o aperto de decepção que se instalou em seu peito, já no começo, e ficou lá, em silêncio, a não ser quando ela olhava para aquilo, quando o aperto mostrava seus dentes e se transformava em algo assemelhado a medo. Ela nunca admitia isso (principalmente para si mesma), e não falava nada sobre as noites e os dias e as noites que passou deitada na cama de Hektor, giros completos da Terra quando ela se recusava a se levantar durante pelo menos o tempo suficiente para comer, para o caso de perder um único momento dele. Ela nunca falava disso... principalmente não para Tibo. Ela era quieta, reservada e discreta. Era uma proteção para ela e, por educação, ela oferecia aquilo para Tibo também, sem nunca perguntar nada, fingindo não saber. Ela era calma, lépida e profissional, tão fria, linda e imutável como mármore.

E Agathe estava especialmente bonita naquela manhã quando bateu na porta da sala de Tibo.

— Entre, Sra. Stopak — disse ele.

Ela chegou trazendo lufadas de Taiti e ecos de coros de anjos distantes a reboque, e, quando falou, Tibo se concentrou com muita atenção na pintinha em cima do lábio superior dela, um pequeno ponto final na suntuosidade dela. Mas não ajudou. A mente dele estava inundada de tantas coisas... Agathe almoçando com ele como costumava fazer. Agathe nua. Agathe ao lado do chafariz. Duas lesmas listradas como um tigre que ele encontrou no caminho do farol, arqueando-se por seu trajeto de uma faixa de grama para a outra, que não podiam ver nem imaginar, arrastando-se por uma vista de cascalho sem fim, infinita, de arquear o horizonte, um Pacífico escarpado de pó que elas tinham atravessado três quartos quando ele as pegou e as colocou em seu destino. Agathe nua. Agathe caminhando pela rua do Castelo. Agathe nua. Seu cheiro, seu som, a maneira como ela tinha se encaixado nele quando estavam parados ao lado do portão do parque Copérnico. Agathe nua. E por quê? O que aquilo significava? Duas lesmas atravessando um caminho e sua vida sem Agathe: O que poderia ser mais insignificante? E por que fazia diferença?

— A correspondência desta manhã — disse ela e colocou uma pasta de couro com cuidado na mesa dele.

Tibo respondeu:

— Obrigado.

Mas foi automático: ele não tinha consciência de ter dito aquilo e, se estivesse sob juramento perante o advogado Guillaume, não poderia jurar que tinha dito aquilo. "Apenas feche os olhos e pense em coisas adoráveis", ele disse a si mesmo. Mas os olhos dele estavam abertos. Não deu certo. "Morrer vai ser uma aventura e tanto": uma observação tola parecia se seguir a outra, e Tibo se pegou xingando a geração anterior inteira do Comitê da Biblioteca. Se eles nunca tivessem comprado aquele exemplar de *Peter Pan*, se ele nunca o tivesse lido, talvez a vida fosse melhor agora. Ou talvez não.

— Não tem nada digno de nota aí — disse ela.

— Não.

— Estou falando da correspondência.

— É, eu sei. Não.

— Foi só que, bom, eu não sabia se você estava...

— Bom, eu estava — respondeu ele. Ele se irritava com o fato de que, até agora, eles ainda eram capazes de ler a mente um do outro, de terminar as frases um do outro.

— Certo. Claro que estava. Desculpe.

Ela colocou outra pasta na mesa.

— A agenda de hoje. Comitê de Planejamento às 11 horas. O almoço está livre..

"Sempre está", pensou Tibo.

— Você vai inaugurar o novo salão de ginástica na Escola Ocidental para Meninas às 3 horas da tarde.

— Corte de fita?

— E uma exibição de ginástica. Não você. Só as meninas. Depois não tem mais nada até a reunião do conselho completo, hoje à noite. A programação está aí dentro.

— Obrigado, Sra. Stopak — disse ele, olhando com firmeza para o mata-borrão, e, como ela ficou lá parada na frente da mesa dele, ele disse: — Obrigado — mais uma vez. Sem mover a cabeça, Tibo ergueu os olhos da mesa e deixou-os demorarem-se nela, enquanto ela se afastava. — Ai meu Deus — sussurrou ele. — Ai minha Walpurnia.

Tibo tratou de se ocupar à sua mesa de trabalho. Havia pedaços de papel para ler, pedaços de papel em que escrever, pedaços de papel para os quais olhar durante muito tempo ou de mover de um lado para o outro na mesa, daqui para ali, dessa pasta para aquela. Ele estendeu a mão para pegar um clipe de papel, mas o pratinho onde eles deviam estar encontrava-se, de repente e de modo inexplicável, vazio. Ele abriu a gaveta. Uma longa experiência com mesas de trabalho tinha ensinado a ele que toda gaveta de toda mesa de todo escritório do mundo inteiro continha pelo menos uma balinha de menta empoeirada, um lápis sem ponta, uma tabela de horários de trem desatualizada e um clipe de papel. Ele enfiou a mão no fundo da gaveta e, embaixo de dois calendários promocionais da oficina Weltz, sua mão encontrou um farfalhar seco de papel. Ele tinha se esquecido dos cartões-postais do museu, é claro, mas tocar no saquinho fez com que a lembrança voltasse a se avivar.

Não havia razão para não pegar o saquinho, nenhuma razão para não olhar para o cartão que, ele sabia, estaria lá dentro, não tinha razão para não pensar os pensamentos quaisquer que pudessem lhe vir à mente ao olhar para aquela imagem mais uma vez. Mas Tibo, de alguma maneira, sentia que seria errado: um gesto de autoindulgência igual a tirar a casquinha de uma ferida que ele tinha resolvido deixar em paz, de modo que ele mentiu para si mesmo e fingiu não reconhecer aquele farfalhar de secura de outono pelo que era.

— Bom, agora eu fico aqui me perguntando — disse ele e parou. Não havia sentido, não havia público a ser enganado a não ser ele mesmo, e ele não se enganava. Com a ponta de dois dedos, ele fez o cartão-postal deslizar para fora do saquinho e deixou cair em cima do mata-borrão. A mulher linda ao lado de um jorro de fonte. Diana. A deusa curvilínea com um brilho de fogo e de gelo nos olhos. Agathe. Três anos não a tinham alterado. Ela estava imutável, não tinha desbotado. Tibo suspirou. Ele rasgou o cartão ao meio, então rasgou de novo e jogou no cesto ao lado de sua cadeira. Não devia sobrar nada, ele concluiu, nenhum restinho de evidência que sobrevivesse, nada. Mas até nada era alguma coisa. O fato de que ele tinha destruído aquele cartão-postal era prova de algo, e agora ele existia (igual ao outro, aquele que ele tinha enviado), tanto por sua ausência quanto jamais tinha existido no fundo de sua gaveta. Assim como os sabonetes que ele comprara para ela, agora havia muito tempo lavados ralo abaixo, assim como o manjar turco havia tanto tempo engolido, assim como os bilhetes de loteria decepcionantes havia muito tempo jogados fora. Depois de três anos, ainda existia uma lacuna no lugar em que eles costumavam ficar, como o contorno desbotado de uma imagem no papel de parede, o sinal indelével de que algo não estava ali.

Mais ou menos uma hora depois, o prefeito Tibo Krovic estava dizendo "odalisca" para si mesmo, no exato momento em que Agathe bateu na porta de sua sala.

— O Sr. Cesare, do Anjo Dourado, está aqui — disse ela. — Ele não tem hora marcada. Eu disse que ia ver se você estava disponível.

— Sim, eu estou disponível — disse Tibo.

Ele se levantou e foi até a porta, pensando: "Odalisca, odalisca" em silêncio, na cabeça, deleitando-se com o "o" suculento e roliço e com a ardência do "isca", e considerando como aquilo combinava com ela.

— Pode nos trazer um café, por favor, Sra. Stopak?

— Não há necessidade... ele mesmo trouxe.

A cabeça de Cesare, preta e penteada para trás, com um brilho azulado de vidro de garrafa, apareceu no canto da porta.

— Espero que não se incomode — disse ele e ofereceu uma cesta quadrada que trazia uma jarra tampada, enrolada em tecidos, e cerca de 12 doces.

— Por que eu iria me incomodar? — O prefeito abriu as mãos em um gesto de boas-vindas. — Entre. Sra. Stopak, vamos precisar de xícaras e pires, creio eu.

Agathe saiu e retornou com duas xícaras, enquanto Tibo acomodava Cesare na cadeira à sua frente.

— Você não vai se juntar a nós? — perguntou Cesare, mas havia uma nota de alívio em sua voz, e Agathe deu um sorriso meigo de recusa, lançando um olhar triste para Tibo.

Cesare ofertou a cesta.

— Pegue um doce. Pegue dois. Para o seu intervalo do café.

Ela hesitou.

— Sim, pegue — disse Tibo. — Pegue um doce.

O incentivo dele pareceu fazer com que ela tomasse uma decisão.

— Não, obrigada — ela disse e saiu.

Eles ficaram lá, juntos, o bom prefeito Krovic e Cesare, durante alguns segundos. Cesare com o corpo meio virado, segurando uma cesta de doces indesejados, ambos olhando para a porta e nenhum dos dois dizendo nada, até que Tibo falou:

— Muito bom.

— Muito, muito adorável — Cesare disse e soltou um suspiro de apreciação.

E então pareceu que, mais uma vez, eles ficaram sem ter o que dizer.

— Muito bom — disse Tibo. — Muito bom, muito bom. — Ele juntou as mãos e as esfregou, tentando parecer alegre e à vontade.

— Café? — perguntou Cesare.

— Eu adoraria.

— Bem como você gosta, prefeito Krovic, em estilo vienense.

— Que delícia. Sim.

Cesare destampou a jarra, serviu duas xícaras e ergueu a sua para fazer um brinde.

— Espero que goste — disse ele, e logo: — Ah, eu esqueci. Um doce, prefeito Krovic? — ele ofereceu a cesta. — Mas que belo garçom eu sou.

Tibo estalou os lábios com generosidade e pegou um *pain au chocolat*.

— Aqui você é visita, Sr. Cesare. Como cidadão de Ponto, é meu prazer servi-lo.

Silêncio mais uma vez. Mastigação. Gole de café quente. O prefeito Krovic se pegou examinando o bigode de Cesare, o farelo minúsculo de cobertura que tinha se prendido ali, seu pretume macio, a linha finíssima de grisalho onde já tinha crescido além da aplicação da escova de tintura.

Eles sorriram, assentiram um para o outro, mastigaram, beberam e não disseram nada. O objetivo da visita de Cesare, se é que havia algum, parecia elusivo e distante, mas Tibo estava pronto para esperar.

— Os negócios vão bem? — perguntou ele.

— Não posso reclamar. Sempre há muito a fazer. Mas não o temos visto muito ultimamente, prefeito Krovic.

— Não, eu... — hesitou Tibo. — Não, eu preciso ir lá com mais frequência. Sim. — Ele deu uma mordida em seu doce. Aquilo lhe dava uma desculpa para não dizer mais nada, mas ele demorou um século mastigando e engoliu como se fosse metade de um tijolo.

— E você, prefeito Krovic — Cesare fez um gesto com um pedacinho de bolo —, como andam os negócios?

— Ah, só a mesma coisa de sempre — respondeu Tibo. — Como você... sempre tenho bastante a fazer.

Mais uma pausa.

— Mas, bom — disse Tibo. — Em que posso ajudar?

Cesare passou a língua pelos dentes da frente para o caso de um pedaço de doce ter ficado à solta por ali.

— Sim — disse ele. — Sim, de fato. Mais café, prefeito Krovic? — Ele estendeu a jarra. — Ainda está quente.

Cesare serviu o resto do café para os dois, mas deixou a própria xícara fumegando em cima da mesa e foi olhar pela janela, com as mãos nos bolsos, balançando em cima dos calcanhares.

— Você já assistiu ao filme novo no Palazz? — perguntou ele, depois de um tempo.

— Não. É bom?

— Eu gostei tanto que acho que vou de novo. História de espião. Elmo Rital, ele é o herói.

— Ele é sempre muito bom.

— Sim. É sempre bom.

Tibo colocou a xícara no pires.

— Sr. Cesare, se há algo que posso fazer por você, por favor, sinta-se com liberdade para falar.

— É difícil — disse Cesare. — Delicado.

— Pode falar comigo em confidência total. Nada sai desta sala. — E então, vergonhosamente temeroso de que Cesare talvez estivesse prestes a tentar suborná-lo, completou: — Nada que seja legal, pelo menos.

Cesare voltou a se sentar, com os joelhos abertos, a cabeça nas mãos.

— Não é nada disso. Nada de negócios. É uma questão de família. Preciso de um conselho, senhor prefeito.

— Então vamos falar como amigos. Diga. Comece pelo começo.

Cesare soltou um suspiro profundo e largou o corpo na cadeira.

— Mamma... você sabe, morreu há três anos.

Tibo sacudiu a cabeça.

— É mesmo? Faz tanto tempo. Parece que foi ontem.

— Parece que foi ontem — concordou Cesare. — Sentimos falta dela todos os dias.

— Todo mundo sente. Ponto nunca mais será a mesma. Mas agora você tem sua esposa. Ela deve ajudar muito.

— Sim — disse Cesare, e não falou mais nada.

Tibo chegou à conclusão de que aquela era uma dessas ocasiões em que o silêncio precisa ter espaço para se desenvolver e pegou um bolinho recheado.

Quando metade do bolinho já tinha desaparecido e enquanto o prefeito Krovic tirava as migalhas de suas lapelas, Cesare disse:

— Sabe, eu nunca me senti feliz em relação ao casamento quando Mamma estava viva.

Tibo assentiu devagar.

— Mas quando ela se foi e eu voltei ao velho país...

— Ah, vamos lá... você viveu aqui mais tempo do que eu.

— Eu sei, eu sei, mas, ainda assim, é dessa maneira que eu penso. E lá estava Maria. Tão jovem e tão linda, e eu a trouxe para casa.

Tibo se apoiou nos cotovelos e se inclinou para frente.

— Problemas?

— Eu e Maria? Não, nunca. Mas, pouco tempo depois de ela chegar, vieram o irmão dela, Luigi, e, logo em seguida, o outro irmão, Beppo. — Cesare começou a contar sua história, iniciando com a disputa entre os irmãos e a briga por causa da pizza, tudo, até que chegou a: — É Luigi. Ele divide apartamento com um dos garçons. Hoje de manhã, Luigi... meu próprio cunhado... ele veio trabalhar... Meu próprio cunhado... Maria... ela o ama tanto. — Cesare passou a mão desfalecida sobre o rosto.

— Prossiga — disse Tibo. — Ele veio trabalhar e o quê?

Com um enorme suspiro, Cesare disse:

— E ele estava vestido de mulher. Ele diz que devemos chamá-lo de Louisa. — Na cadeira do outro lado da mesa, Cesare ficou sentado com a cabeça enfiada nas mãos, quase indo às lágrimas. — Prefeito Krovic — ele disse. — Eu não sei o que fazer.

— Eu sou o prefeito — respondeu Tibo, impotente. — Eu sou só o prefeito. Não sou médico nem padre. O que você quer que eu faça? Mande prendê-lo?

— Você poderia mandar prendê-lo? — perguntou Cesare, esperançoso.

— Você quer que ele seja preso? É isso que Maria quer? Foi por isso que veio me procurar?

Cesare ficou em silêncio. Olhava fixo para o carpete entre seus sapatos. Ele disse:

— Prefeito Krovic, eu vim procurá-lo porque o senhor é um homem bom e fez coisas importantes na vida. Você conhece a vida. Diga-me o que devo fazer.

Tibo se sentiu envergonhado e acanhado. Um homem bom... com quanta frequência ele tinha ouvido aquilo? O bom prefeito Krovic. Será que poderia existir fardo mais pesado para um homem carregar? Ele foi o bom prefeito Krovic quando trabalhou durante três dias sem dormir, depois que o Ampersand rompeu suas margens. Ele era um bom prefeito. Mas um homem bom? Um homem bom teria parado de trabalhar e iria ajudar sua velha tia Clara a salvar suas coisas da enchente.

O prefeito encontrava tempo para todo mundo, mas não encontrou para aquela velha senhora, e quando ela morreu por causa disso, por causa da dor de ter perdido todas as suas coisas, Tibo soube que ele a tinha matado. Krovic, o Assassino: era *assim* que deveriam chamá-lo. E, no entanto, lá estava Cesare pedindo conselho porque ele tinha feito coisas importantes na vida, porque ele conhecia a vida. Tibo tinha tido tempo suficiente para refletir. Ele sabia que tinha transformado sua vida em uma coisa vazia e sem objetivo. Ele tinha feito isso sozinho e tinha se feito um homem solitário, e sua recompensa por isso era as pessoas o chamarem de "bom" e ficarem perguntando a ele o que fazer. Tibo estava afrontado. Ele sabia que era uma fraude. Cobriu o rosto com as mãos e quase chorou. Eles ficaram lá sentados, Tibo e Cesare, dois homens decepcionados. Os dois envergonhados, os dois sem dizer nada, até que, finalmente, Tibo falou:

— Sr. Cesare, você me presta uma grande honra ao colocar sua confiança em mim dessa maneira.

Cesare enxugou os olhos e assoou o nariz feito uma buzina em um enorme lenço de pano vermelho.

O prefeito Krovic esperou até que os ecos se esvaíssem e disse:

— Não posso aconselhá-lo como prefeito. Permita-me aconselhá-lo como amigo, e vou dizer o seguinte. Eis o que eu sei a respeito da vida. Eu aprendi que não existe tanto amor assim no mundo a ponto de podermos nos dar ao luxo de desperdiçá-lo. Nem uma gota. Se chegamos a encontrá-lo, não importa onde, devemos armazená-lo e aproveitá-lo o máximo possível, pelo maior tempo possível, até o último beijo, e, se eu fosse você...

Ouviram-se batidas na porta e Agathe enfiou a cabeça na sala.

— Apenas para lembrá-lo do Comitê de Planejamento às 11 horas — ela disse.

Cesare fungou alto.

— Você é um homem ocupado. Eu devo ir andando.

— Não. Fique — disse Tibo. — Sra. Stopak, por favor, mande minhas desculpas ao Comitê. O conselheiro Brelo pode assumir a presidência da mesa.

— Ele vai ganhar o dia — disse ela, desaparecendo atrás da porta mais uma vez.

— Se eu fosse você — prosseguiu Tibo —, faria uma festa de boas-vindas para a nova cunhada.

— Vai ser um escândalo. Ele vai virar motivo de chacota. Pense bem... quanta vergonha, quanto sofrimento.

— Você está pensando no sofrimento dele ou no seu? Se ele puder suportar, pense que você também pode suportar. A vida é curta.

Cesare usou o lenço com muito barulho mais uma vez e secou os olhos. Ele disse:

— Eu sabia que o certo era procurá-lo, prefeito Krovic. Você é um homem que sabe da vida, mas eu nunca soube que isso tinha lhe custado tanto estudo.

Tibo de repente voltou a achar seu mata-borrão profundamente interessante.

— Não, não. Escute o que eu tenho a dizer — falou Cesare. — Há um momento estávamos conversando como amigos. Deixe-me falar agora como seu amigo. Eu sou um homem comum e estou ficando velho. Mas eu sou um bruxo de uma longa linhagem de bruxas. Por que uma moça bonita como Maria iria se casar com um homem como eu? Porque eu fiz um encanto de amor, é por isso. Eu posso fazer a mesma coisa para você. Apenas alguns cabelos de um pente, é só do que preciso. Muito fácil.

Sem tirar os olhos do mata-borrão, Tibo soltou uma gargalhada de desdém. Era uma ideia absurda. Maria amava Cesare pelo homem que ele era ou, talvez, pela vida que ele podia dar a ela... não por causa de algum feitiço idiota, e, de todo modo, ele não queria uma poção do amor. Tibo queria uma maldição: algum sortilégio tóxico, vitriólico, vingativo, algo para fazê-la sofrer como ele tinha sofrido, algo que machucaria, corroeria e nunca, jamais iria embora.

— Posso fazer isso também — disse Cesare.

— Fazer o quê?

— O que você disse.

— Sr. Cesare, eu não disse nada...

— Não, prefeito Krovic, como disse... nada. Mas, bom. Eu preciso ir andando. O senhor é um homem ocupado e eu tenho um negócio para gerenciar e uma festa para organizar, graças ao senhor.

Eles desceram juntos a escadaria de mármore verde e trocaram apertos de mão na praça da Cidade, despedindo-se com educação, sem mencionar feitiço nenhum.

Mas, quando Tibo voltou para sua sala e passou pela mesa vazia de Agathe, seus olhos foram atraídos pela bolsa dela no chão, ao lado da cadeira, e ali, saindo pela abertura, estava a escova de cabelo dela. O bom Tibo Krovic, que negava Deus e o poder dos santos (até mesmo de santa Walpurnia), abaixou-se e puxou alguns fios escuros. Era uma profanação. Ele sabia disso. Tibo Krovic não era homem de mexer na bolsa de uma mulher... muito menos na bolsa da Sra. Agathe Stopak. E ele tinha feito aquilo com a promessa do feitiço de Cesare ainda fresca em sua mente. Era indesculpável. Ele se detestou pela pobre criatura enrugada em que se tinha transformado. Ele a detestava por tê-lo deixado assim.

Tibo enrolou o cabelo dela no dedo e deu um beijo nos fios, fingindo para si mesmo que era capaz de encontrar o cheiro dela ali. Era a primeira vez, em três anos, que ele a tocava, e ainda assim de uma maneira distante e sem corpo, o fantasma de um toque.

Ele ouviu o raspar inconfundível dos saltos dela no terraço da escada dos fundos. Quando a Sra. Stopak voltou para sua mesa, a porta da sala do prefeito já tinha se encaixado no lugar com um clique.

Agathe se sentou. Ela se virou para olhar para a porta da sala de Tibo. Ela viu as duas xícaras abandonadas, uma em cima da outra, ao lado da máquina de café. Ela se ressentia de tudo que não era dito, na ordem implícita que esse tipo de coisa continha. "Apenas lave isto aqui, pode ser, Sra. Stopak?" Ela revirou os olhos para o teto e estalou os lábios em sinal de desaprovação. Ela apoiou os cotovelos na mesa e se inclinou para frente. Ela reparou de novo, pela milésima vez elevada ao quadrado, na tachinha enferrujada na madeira ali e se lembrou da imagem que ela no passado segurava.

"Ploinc." Com a ponta de uma unha bem pintada enganchada embaixo da cobertura em forma de címbalo, ela tirou uma nota bem baixinha da tachinha. Ela soltou um suspiro entediado e rodou na cadeira. Seu pé colidiu com a bolsa, aberta no chão embaixo da mesa. Ela olhou para baixo, viu a escova aparecendo pela abertura e a empurrou mais para dentro. Ela fechou a bolsa. Alguma coisa não estava certa.

Assim como um passarinho que abandona o ninho quando volta até ele e percebe que foi mexido, Agathe sabia que havia alguma coisa fora do lugar. Ela olhou na gaveta da mesa. Ela ergueu a bolsa do chão, voltou a abri-la, conferiu o porta-moedas. Nada.

"Ploinc." Aquilo tinha se transformado em hábito para ela, cutucar aquela tachinha. Aquilo fazia com que ela se lembrasse. Às vezes, ela podia passar dias sem se lembrar, mesmo quando, noite e dia, tinha ficado sentada à sua mesa, olhando para a tachinha sem nunca enxergá-la. E então, por nenhuma razão que pudesse imaginar, todos os antigos pensamentos voltavam, e ela percebia que tinha se esquecido de lembrar.

"Ploinc." Ela se lembrava de estar deitada em sua cama (na cama de Hektor) enquanto ele a pintava, o primeiro de muitos nus que ele começou e nunca terminou. Ela se lembrava de ficar deitada lá e de olhar para as marcas no teto e de ficar se perguntando sobre Tibo e sobre aquela questão. Ela nunca tinha colocado a questão. Ela nunca tinha dito: "Tibo, se, apenas uma vez, você e eu, se nós fizéssemos amor, sabendo que era só aquela vez, será que isso ia fazer com que as coisas ficassem melhores para você? Será que seria o bastante? Será que isso serviria para curá-lo?"

"Ploinc." Ela se levantou rápido e caminhou até a porta da sala de Tibo. Pela primeira vez em três anos, entrou sem bater, simplesmente abriu a porta e lá estava ele, sentado à sua mesa, enfiando alguma coisa em um envelope de papel pardo, e ele ergueu os olhos e sorriu, porque ela não tinha batido e ele não teve tempo de amarrar a cara, e sua reação natural era sorrir só de pensar nela, de modo que ele sorriu, exatamente como costumava fazer no passado, sempre que ela entrava em sua sala.

E ela disse:

— Prefeito Krovic... — e parou.

Ela parou porque era impossível prosseguir. Nenhuma frase que começasse com "prefeito Krovic" jamais poderia terminar com um convite para ir para a cama. Agathe fechou sua boca bonita com tanta força que seus dentes rangeram. Ela deu meia-volta e saiu. Um momento ou dois mais tarde, Tibo se levantou da mesa e voltou a fechar a porta.

Na manhã seguinte, quando o bom prefeito Krovic desceu do bonde duas paradas antes e caminhou pela rua do Castelo até o Anjo Dourado, trazia consigo o mesmo envelope de papel pardo que Agathe tinha visto ao irromper em sua sala. Enquanto ele caminhava, sua mão entrava repetidas vezes no bolso interno do paletó, e, com um movimento do indicador, ele se assegurava que, sim, o envelope ainda estava ali, em segurança atrás de sua carteira preta grande.

Dentro do Anjo Dourado, Tibo se acomodou em seu lugar de sempre, na mesa alta perto da porta, bebericando seu café vienense com muitos figos secos e fingindo ler o jornal. O envelope coçava em seu bolso, do mesmo jeito que os cartões-postais tinham feito anos antes. Suas orelhas queimavam de vergonha por causa daquilo, mas, hoje, nada menos do que hoje, quando ele mais desejava ser invisível e anônimo, não havia paz para Tibo no Anjo Dourado. Todos os garçons do lugar esbarravam nele, no lugar em que estava sentado, e pediam desculpas.

Cada um deles, por sua vez, cumprimentava-o:

— Bom dia, prefeito Krovic.

De modo que ele era forçado a dizer em retorno:

— Bom dia.

E então, quando eles deslizavam sem fazer nenhum ruído pelo café, todos os garçons que ele já tinha cumprimentado sorriam e faziam um aceno com a cabeça mais uma vez. Tibo dobrou o jornal e ficou enfiado em um artigo a respeito do peixinho dourado mais antigo de Ponto, até que o último resto de seu café tivesse acabado. Ele olhou para o relógio. 8h50. Ele tirou uma balinha de menta do saquinho que tinha comprado no quiosque perto da parada de bonde e a rolou pelos dentes, aos trancos, ao colocar o envelope na mesa à sua frente. Sua caneta-tinteiro estava carregada com tinta preta. Ele escreveu "Sr. Cesare" em caligrafia grande e irritada, colocou o saquinho de balinhas de menta por cima do envelope, para impedir que saísse voando, encheu o pires de moedas e saiu do café.

Tibo fazia questão de chegar ao gabinete um pouco antes das 9 horas todos os dias, e Agathe sempre se preocupava em chegar um pouco atrasada. Eles nunca tinham combinado formalmente: era apenas uma coisa que tinham se acostumado a fazer. Era bom para eles. Significava menos encontros doloridos na escada, menos silêncios sem jeito ou olhadelas acidentais que podiam ser tomadas como de ressentimento, de anseio ou de reprovação. Era mais fácil, só isso. E, por saber que chegaria primeiro ao gabinete, Tibo sabia que podia fazer seu ritual tolo de prestar atenção até ouvir os passos dela, correr para a porta, se jogar no carpete e espiar através da fresta do chão.

Então era exatamente onde ele estava, era exatamente o que ele estava fazendo quando Agathe chegou para trabalhar, alguns minutos mais tarde. O coitado do bom e apaixonado prefeito Krovic estava deitado em seu lugar de sempre no carpete, observando os lindos dedos dos pés cor-de-rosa da Sra. Stopak quando eles fizeram uma coisa surpreendente e se viraram na direção dele. Tibo demorou um segundo ou dois para perceber o que estava acontecendo e para se levantar, desajeitado. Àquela altura já era tarde demais, e, quando a porta se abriu, atingiu-o do lado do rosto. Fez um barulho igual à vez que o caminhão de carvão capotou em cima da estátua do almirante conde Gromyko, mas Agathe foi ríspida e não se desculpou.

— Tibo, pare de se comportar feito um bebê e sente-se! — Ela apontou para ele a cadeira que o Sr. Cesare tinha usado no dia anterior e o observou enquanto ele apalpava o maxilar e examinava a boca com a língua, em busca de dentes quebrados. — Tibo, eu não tenho tempo para isso — ela disse.

O prefeito Krovic sentiu o lábio começar a inchar de maneira ultrajante, mas conseguiu dizer:

— Esta é a segunda vez que você me chama de "Tibo".

— Eu nunca devia ter parado de chamar.

— E é a segunda vez que você entra aqui sem bater.

— Não tenho tempo a perder com formalidades — disse ela. — Isto aqui é urgente. É uma emergência.

Tibo de repente ficou preocupado. Parou de esfregar o maxilar e disse:

— Diga. Seja lá o que for, pode dizer e eu vou ajudar.

Então ela lhe fez a pergunta.

— Isto não pode continuar — disse ela. — Você acha que eu não sei, mas eu sei. Eu preciso ajudar você a acabar com isso. — Ela pegou a mão dele. — Então, uma vez, Tibo, só uma vez, e nunca mais. Para colocar um fim nisso. Para baixar a cortina.

O bom prefeito Krovic ficou lá sentado por muito tempo, sem dizer nada, parecendo um pouco irritado, um pouco chocado, escutando o pulso acelerado dentro de sua cabeça, até que, no fim, Agathe disse:

— Fale algo. Converse comigo.

— Saia daqui — disse ele. — Saia da porcaria da minha sala agora mesmo.

Agathe se levantou rápido. Havia alguma coisa brilhando no canto do olho de Tibo que ela reconheceu. Hektor tinha aquilo, e, quando aparecia, Agathe tinha aprendido a ficar longe. Ela saiu correndo da sala e voltou para sua mesa.

— E feche a porcaria da porta! — berrou Tibo. Foi sorte ela já estar sentada à sua mesa, datilografando furiosamente, quando ele sussurrou: — Vagabunda.

Tibo disse muito mais quando Agathe não estava escutando. Ele saiu da cadeira das visitas tão irritado que tropeçou e rolou no chão. Ele ignorou e deu a volta na mesa meio cambaleante, até chegar à sua própria cadeira, urrando feito um urso. Ele chutou o cesto de papel de lata. Não era sua intenção, mas o cesto estava no caminho e colidiu contra seu pé com um barulho como o estouro de um tambor, de modo que sua fúria explodiu e ele chutou de novo, fazendo com que batesse na parede e voltasse, e de novo e de novo. Até ricochetear em suas canelas e ele ser obrigado a parar. Ele desabou em sua cadeira e ficou lá, raivoso, mais um pouco.

— Que vagabunda! Que vagabunda! Meu Deus, se ela voltasse aqui de novo, eu iria estrangulá-la com a própria calcinha fedida dela. Não iriam encontrar uma porcaria de um júri para me condenar! Prostitutazinha! Depois de todo esse tempo, vir aqui abanar a tentação na frente da minha cara desse jeito. É isso que ela pensa. Ela acha que eu sou seguro. Acha que eu sou uma porcaria de um poodle. Que ela me pega e me larga. Vagabunda!

Tibo ficou lá sentado, rangendo os dentes e agarrando os braços de sua cadeira com tanta força que suas mãos doeram. A respiração saía pelas narinas em bufadas quentes até que, pouco a pouco, foi desacelerando e ele se acalmou, seu maxilar se apertou com menos força, a dor em suas mãos o forçou a aliviar o aperto, e, logo, não havia sobrado nada de sua raiva além de uma quentura dolorida no fundo da garganta e uma espécie de mágoa envergonhada.

Por todo o chão de sua sala, Tibo reparou na trilha de envelopes e de papéis amassados e das raspas de lápis apontado com cheiro de cedro. Ele chegou à conclusão de que era melhor arrumar tudo. Procurou o cesto de papel de lata, pegou-o e começou a apertar, a puxar e a socar para devolver-lhe sua forma. Percebeu que aquilo o acalmava, mas foi muito menos do que bem-sucedido. Nos lugares em que a lata tinha sido arredondada, lisa e regular, agora era distorcida e se parecia com um abacaxi. Tibo colocou o cesto na mesa. Ele ficou torto e balançando. Aquilo o fez sorrir. Ele o pegou e ficou de quatro no chão, recolhendo pedacinhos de raspas de lápis apontado com cheiro de especiarias, jogando bolas de papel com um "clunc" estimulante.

E foi quando ele terminou de catar lixo do chão e se levantou, resmungando, uma das mãos apoiada com força na mesa para se firmar, que Tibo começou a pensar no feitiço. Quanto tempo demorava para lançar um feitiço, afinal de contas? Quanto tempo demorava para funcionar? Será que podia acontecer em dez minutos? Será que dava tempo? O envelope que ele deixara para Cesare devia ter chegado a suas mãos em momentos. As portas do Anjo Dourado ainda estariam balançando em suas dobradiças quando Cesare o abrisse e, quando ele visse o cabelo escuro de Agathe aninhado ali dentro, saberia no mesmo instante o que fazer. Será que essas coisas podiam ser feitas na hora, com apenas algumas palavras, alguns passes místicos, ou será que precisavam de uma lua cheia e de um gato desavisado? Não, de repente ficou óbvio para Tibo: Cesare tinha lançado seu feitiço de amor no tempo que ele demorou para descer a rua do Castelo e estava começando a funcionar. Agathe estava começando a se apaixonar por ele de novo. Ela estava lutando contra aquilo, mas não podia fazer nada. Era a única explicação possível para sua oferta idiota e desajeitada, e Tibo teve a generosidade de perdoá-la.

— Coitadinha — disse ele e se apressou para fora de sua sala, dizendo para ela: — Está tudo bem. Sinto muito. A culpa é toda minha.

Mas ela não estava mais lá. Ele ficou parado por um momento, segurando o cesto de lixo combalido embaixo do braço e olhando para a cadeira vazia dela, até que Peter Stavo chegou à porta, brandindo um alicate como se fossem castanholas.

— Agathe pediu para avisar que não está passando bem e foi para casa por hoje. — Ele abriu e fechou o alicate mais uma vez. — Falou alguma coisa sobre uma tachinha que está incomodando. Eu preciso cuidar disso... e você parece estar precisando de um cesto novo, chefe.

Claro que Agathe não estava passando mal e não tinha ido para casa. Ela saiu da Prefeitura pela escada dos fundos, deu suas desculpas no guichê de vidro de Peter Stavo e se apressou pela praça da Cidade até a loja de departamento Braun, onde se acomodou no café espelhado e pediu café para um e bolo para três. Os pedaços chegaram empilhados em um zigurate de confeitos espetacular, folheado a prata, bolinhos na parte de baixo, fatias sensatas de bolo de frutas no meio e uma fanfarra ridícula e impossível de bolos de creme e merengues no alto. Agathe comeu tudo, e, enquanto comia, olhava com raiva pela janela, para o outro lado da rua, para a minha estátua no alto da Banco Ampersand, e pediu mais um café com acenos amplos e floreados da mão.

Agathe abandonou o garfo de bolo delicado e prateado. Era lento demais. Ela o deixou bater no prato e começou a puxar a montanha de bolos com as mãos, enfiando-os na boca e, durante todo o tempo, olhando fixo para mim, a coitada, enverrugada e peluda Walpurnia, a mal-amada Walpurnia, deixada ali sozinha para enfrentar todo tipo de clima no alto do banco, e me xingou.

— Sua fraude! Sua falsa! Mentirosa! Trapaceira! — E então, em voz bem alta, ela berrou: — Mais café! — com a boca cheia de bomba de chocolate, e acenou com a xícara vazia para a garçonete que passava.

As senhoras recatadas que tomam o café da manhã na Braun não ficaram nada tristes de vê-la ir embora, e, para dizer a verdade, Agathe não ficou triste de sair. O ataque que tomara conta dela tinha passado. Ela se sentia inchada, e, quando a moça do caixa fez pequenos gestos provocantes e relaxados, de desgosto, abanando-se, como se estivesse fraca, com um guardanapo de papel, Agathe ficou envergonhada de ver uma bolota de creme no nariz, infinitamente refletida nas paredes espelhadas da sala de café. Ela limpou com as costas da mão, da maneira que as crianças na rua do Canal limpam seus narizes sujos, e fugiu, estalando os saltos na escada, passando pela seção de armarinho, pela de maquiagem e perfumaria, e para fora, para a rua ensolarada.

Ela estava com calor, sem fôlego e enjoada. Podia ter ido para casa. Podia até ter aproveitado o sol e caminhado ao longo do Ampersand. Ela deu uma olhada naquela direção, pensou a respeito do assunto e caminhou na direção oposta.

Agathe sabia o suficiente sobre tristeza para reconhecer todas as suas formas e cores. Havia um tipo específico de tristeza à sua espera na rua do Canal, aquela que ela fazia passar todo dia com calor, vergonha e sono, mas, parada na rua à frente da Braun, com a sombra da minha estátua caindo sobre ela como uma bênção, ela sentiu algo diferente. Ela quase reconheceu o que era, como o rosto de alguém que ela tinha conhecido muito tempo antes, um tipo agradavelmente doloroso de melancolia, como o formigamento que só ocorre em um membro que está nos dizendo que não está, no final das contas, morto. Havia apenas um brilho daquilo, suficiente para ser notado, e Agathe queria mais. Ela queria saborear aquilo mais um pouco. Ela queria soprar sem apagar. Começou a caminhar. Caminhou um pouco mais rápido ao passar pela praça da Cidade, mantendo-se bem perto das janelas da Prefeitura, para o caso de o prefeito Krovic estar olhando para fora e a pegar vadiando.

Ela virou à direita na rua Radetzky e saiu na esquina, na frente do Palazz Kinema, onde estava sendo exibido *O violino em prantos*, com Jacob Maurer, e isso parecia ser exatamente o tipo de coisa certa para alimentar aquela mordidinha de tristeza que ela aninhava dentro de si. Mas o filme estava quase acabando e a próxima sessão só começaria dali a meia hora, de modo que ela caminhou até o final da rua George e o Museu e Galeria de Arte Municipal.

Bom, Agathe não gostava muito de arte, não era frequentadora assídua da Galeria de Arte Municipal, mas tinha trabalhado para Tibo Krovic tempo suficiente, tinha assistido minutos suficientes de reuniões do Comitê de Artes e Bibliotecas para saber o tipo de coisa que aqueles lugares continham: prostitutas arrependidas prestes a se jogar de uma ponte à meia-noite; crianças tristes e cachorrinhos simpáticos; velhas acenando da janela de choupanas... metros e mais metros de telas sombrias, o lugar perfeito para esperar pela segunda sessão no Palazz.

Os porteiros uniformizados estavam lá para recebê-la: ainda tinham aquele emprego basicamente porque os porteiros de Trema ainda tinham o posto deles. Eles sorriram e a cumprimentaram com um aceno de cabeça:

— Bom dia, senhorita — um de cada lado da porta dupla, e assumiram posição de sentido exatamente no tempo perfeito, um refletindo o outro e uma fileira de botões de latão polidos.

Agathe entrou nas sombras frescas da galeria, mas nunca chegou aos quadros tristes que tinha ido ver. Havia uma estátua de mármore adorável de uma dama nua, deitada de barriga para cima e fazendo gestos não muito convictos para espantar um menino anjo lindo, com asas de borboleta. Ela ficou parada na frente daquilo um pouco, refletindo sobre sua própria técnica de espantar, e se ela iria se dar ao trabalho de usá-la se algum dia acordasse e encontrasse um menino borboleta pairando em cima de sua cama. Agathe deu uma volta despreocupada na estátua e a admirou de trás, e chegou à conclusão de que não, provavelmente não o espantaria.

Ela ergueu os olhos com culpa e viu, do outro lado do corredor, a loja da galeria e, brilhando para ela, pequeno e distante, mas inconfundível, inesquecível, o cartão-postal de Tibo. Ele a atraiu. Ele a chamou. Ela olhou para ele confusa, quase incapaz de acreditar que tal coisa existia... como se o cartão de Tibo, o cartão dela, o cartão que ela tinha destruído, tivesse sido o único no mundo e essa fosse alguma ressurreição milagrosa.

Agathe contou as moedas no porta-níqueis, pegou o cartão em seu saquinho de papel e saiu apressada da galeria, conferindo o relógio no caminho.

Na calçada na frente do Palazz houve mais uma chuva de moedas, que fizeram barulho na tigela de madeira em forma de ovo do balcão do guichê, e mais uma mudança do sol para a sombra quando ela mergulhou na escuridão mais profunda do cinema. Uma moça com uma bandeja de doces e cigarros pendurada no pescoço, carregando uma lanterna abrigada sob uma capa vermelha, conduziu Agathe pela passagem em declive até um assento nas primeiras fileiras. Ela se sentou e olhou ao redor. O lugar estava quase vazio. Agathe tinha a fileira toda para si. Ela tirou o casaco de cima dos ombros e o acomodou na cadeira, com a bolsa em cima dos joelhos. O cartão-postal suspirava para ela. Ela o pegou e o fez escorregar para fora do saquinho de papel, colocando-o para frente, para enxergá-lo à luz da projeção trêmula das notícias. "Mais linda do que isto, merece..." Fazia tanto tempo e, no entanto, Agathe se pegou sorrindo. Estava com calor, cansada e repleta de bolo. Antes de o filme principal começar, ela já dormia, ferrada no sono.

Pela manhã, pela primeira vez desde que tinha comprado o estoque inteiro da floricultura de Rikard Margolis, o bom prefeito Krovic não foi ao Anjo Dourado tomar café. Ele desceu do bonde duas paradas antes como sempre, mas, quando desceu a rua do Castelo, passou apressado pelo café, batendo o exemplar dobrado do *Pontense Diário* que ele carregava contra a coxa em seu trajeto, como um jóquei incentivando o cavalo a correr mais. Tibo estava acanhado. Ele sabia que não poderia ficar ali na mesa alta perto da porta, bebendo café e fingindo ler o jornal, enquanto Cesare sorria para ele como um conspirador. Ele se apressou para o trabalho.

— Estou ocupado — disse a si mesmo. — Amanhã.

Ao atravessar a ponte Branca, as andorinhas chiavam voando baixo sobre o Ampersand, mergulhando e esvoaçando entre os píeres e abocanhando moscas no ar ao passar. Elas logo iriam embora, juntando os filhotes nos fios de telégrafo e nos beirais dos telhados, conduzindo-os de volta, através de milhares de quilômetros de céu vazio, até a África. Aquilo era maravilhoso, quase inacreditável, como a ideia do feitiço de Cesare. Dava para acreditar que as andorinhas dormiam o inverno todo, enterradas na lama no fundo do Ampersand, ou dava para acreditar que elas encontravam o caminho de volta para a África todo verão. Dava para acreditar que Agathe Stopak tinha passado três anos imaginando como seria dormir com você ou dava para acreditar que ela tinha sido enfeitiçada por um encanto de amor. Realmente, era óbvio. Bastava escolher o que era mais inacreditável.

Tibo atravessou a praça da Cidade e deu bom-dia para Peter Stavo, que tinha acabado de limpar o vestíbulo com o esfregão. Ele assentiu com gravidade para a imagem do prefeito Anker Skolvig e saiu da frente para Sandor, o garoto que entrega a correspondência, passar correndo escada acima, na direção do Departamento de Planejamento.

Era só um dia comum, e Tibo estava determinado a mantê-lo assim. Ele não faria escarcéu a respeito do que tinha acontecido no dia anterior, mas também não iria ignorar o ocorrido. O que foi dito não podia ser desdito. E, de todo modo, o feitiço de Cesare tinha amadurecido mais um dia. Estaria mais forte por mais um dia. A força qualquer que tivesse impelido Agathe iria impeli-la ainda com mais força agora: como uma droga, como álcool, tomando conta dela gota a gota, até que cedesse. Tibo estava preparado para esperar.

Ele tinha esperado e esperado, de modo que iria esperar mais um pouquinho, como se estivesse esperando algum pêssego lindíssimo amadurecer e cair do galho. Ele fingiu para si mesmo que não fazia diferença se o pêssego não era dele nem se ele não tinha coragem para roubá-lo; estava perto de cair e o bolso em que cairia seria o seu. Isso bastava.

Em um dia comum (um dia um pouco mais comum do que este), Tibo teria passado pelo menos vinte minutos no Anjo Dourado. Vinte minutos demoravam muito tempo a passar quando estava sozinho em sua sala sem nada para fazer. Ele parou na frente da janela do canto. Dali, enxergava a rua do Castelo, a ponte e um bom pedaço da avenida Ampersand. Não importava a direção de que ela viesse, ele iria vê-la. Tibo ficou ali parado durante muito tempo, olhando para a outra ponta da praça da Cidade, onde um grupo peculiar de pessoas chamou sua atenção: um homem forte de circo vestindo uma pele de leopardo, uma menina com um terrier que pulava e saltava através dos arcos que ela segurava, como se estivesse preso a fios, e duas meninas separadas por alguns metros que jogavam malabares uma para a outra. Tibo achou estranho ninguém lhes dar a menor atenção. Pareciam estar simplesmente matando tempo com seus truques de circo, da maneira que outras pessoas poderiam ficar olhando para as nuvens no céu ou sacudindo as moedas do bolso. Mas então, quando Agathe dobrou a esquina e entrou na praça, o homem forte enfiou o dedo na boca e assobiou, as meninas pegaram seus malabares no ar, da maneira que as andorinhas abocanham moscas, e o cachorro parou no meio do pulo, dobrou as pernas embaixo de si e caiu direto no chão.

Do outro lado da praça e atrás das janelas de sua sala, Tibo sentiu o som estridente daquele apito perfurar seus ouvidos, mas Agathe pareceu não notar. Era como se ela não tivesse escutado, e ela não deu sinal quando o pessoal do circo se juntou em um nó atrás dela e se apressou para atravessar a praça da Cidade, com o cachorrinho correndo ao redor em círculos e latindo enquanto eles avançavam.

Tibo ficou preocupado. Ele não tinha gostado daquele pessoal. Eles pareciam uma gangue de punguistas ou de ladrões ou de sequestradores, e Tibo estava pronto para apostar que eles não seriam capazes de apresentar a licença do cachorrinho também. Ele saiu do gabinete apressado e desceu as escadas, mas, quando chegou à praça, Agathe estava sozinha.

— Aquelas pessoas a estavam incomodando? — perguntou Tibo.

— Que pessoas? — respondeu ela ao passar por ele e seguir em frente, escada acima.

Tibo olhou ao redor. Elas tinham desaparecido. Havia um pombo com ar leproso, com um pé só, pulando ao lado dos chafarizes, e duas senhoras de idade compartilhando um saquinho de cerejas em um banco ao sol, mas, fora isso, a praça estava vazia. Nenhum homem forte, nenhum cachorrinho latindo, nada. Tibo voltou para a Prefeitura e seguiu Agathe escada acima até sua sala. À porta, ele estampou no rosto sua expressão "bondosa e generosa", um jeito idiota de "pronto, pronto, eu compreendo... dê um beijinho que melhora", uma coisa que só uma mulher maravilhosa como Agathe seria capaz de perdoar sem lhe dar um tapa na cara primeiro.

Ela já estava sentada à sua mesa, pálida, cabisbaixa e de olhos tristonhos e, quando Tibo entrou, ergueu os olhos e viu aquela expressão em seu rosto e desviou o olhar bem rapidinho.

Tibo tinha planejado algo alegre e animado. Sentado em sua cozinha na casa velha, no fim do caminho ladrilhado de azul, ele tinha tramado o momento do encontro deles naquele dia: ele encarapitado na beirada da mesa dela quando ela chegasse para trabalhar, com as pernas largadas à frente do corpo, parecendo bonachão e relaxado, murmurando um "olá" cheio de confiança, mas tudo tinha dado errado de novo. Ela não conseguia olhar para ele por mais de um momento e, quando o fazia, havia algo assemelhado a dor em seus olhos.

— Está tudo bem? — perguntou ele.

— Está sim, obrigada. Tudo ótimo. — Agathe se ocupou toda com a bandejinha de clipes de papel.

— Ótimo?

— Sim. Ótimo, obrigada. Estou me sentindo muito melhor.

"Ótimo." Tinha sido o que ela disse no dia em que saiu correndo do Anjo Dourado. "Ótimo." Tudo estava "ótimo". Ela não estava aborrecida. Ele não tinha feito nada de errado. E então ela o tinha abandonado.

— Ótimo — disse Tibo. — Fico feliz em saber. — E, com um par de passos longos, ele já estava dentro de sua sala e fechava a porta.

Mas ele ainda estava ali, ainda em pé de costas para a porta, xingando a si mesmo por ter estragado tudo quando a escutou ali, atrás dele, os sapatos dela batendo no chão duro, os dedos arranhando a madeira às suas costas.

Ele segurou a respiração até que ela dissesse:

— Tibo? — Foi só um sussurro. — Tibo, você está escutando?

Ele soltou a respiração lentamente.

— Tibo? — Ainda só um sussurro. Se ele estivesse sentado à sua mesa do outro lado da sala, não teria escutado.

— Tibo, posso falar com você, por favor?

— Você está falando comigo. — Ele passou a mão com carinho na madeira da porta. Certo de que seus dedos e os dela mal estavam separados. Quase se tocavam

— Tibo.

— Estou escutando.

— Tibo, por favor. Eu estou encrencada.

— Eu ajudo.

— Você disse isso ontem.

— Ontem foi diferente. Ontem você me bateu no rosto com uma maçaneta.

Agathe ficou em silêncio. Com a orelha pressionada à porta, Tibo ouvia o sussurro dos dedos dela passando, como uma cobra se arrastando.

— Eu machuquei você — disse ela.

— Não se preocupe com isso.

— Não. A outra coisa. Eu machuquei você de verdade.

Tibo não disse nada.

— Eu preciso que você me ajude.

— Eu ajudo. Você sempre soube que eu ajudaria.

Ela ficou em silêncio mais uma vez.

— Diga — falou ele.

— Hektor.

Foi a única coisa que ela falou, mas, quando ela disse aquela palavra, veio do coração e encheu sua boca, e as mãos de Tibo se fecharam em punhos ao escutá-la.

— Tibo, ele está encrencado.

— Está.

— Por favor. Foi tudo um erro. Tibo. Por favor, Tibo. Ele foi ao tribunal e, Tibo...

— Pare de dizer o meu nome.

Mesmo assim, ela disse de novo:

— Tibo.

— Diga logo o que é! — falou ele.

— Mil e oitocentos.

Tibo não disse nada.

— Mil e oitocentos ou ele vai para a cadeia. — E então ela disse: — Tibo.

— Você estava pronta para se prostituir por ele.

— Não, Tibo. Não. Eu não sabia nada sobre isso até ontem. Ontem à noite. Só fiquei sabendo ontem à noite. Eu juro.

— Ontem. Só uma vez. Você e eu. Por mil e oitocentos. Sua vagabunda. Venha dar uma volta comigo e eu lhe mostro moças que fazem por vinte.

— Não fale assim.

Aquilo deixou Tibo envergonhado, e, depois de um tempo, ele disse:

— O que você quer que eu faça?

— Eu achei que... talvez... Eu achei que você poderia cancelar a multa. Achei que poderia falar com o tribunal. Conversar com alguém. Talvez.

— Foi o que você pensou. Pensou que eu simplesmente podia desrespeitar a lei. Você achou que eu podia simplesmente dobrar as regras um pouquinho, torcer as coisas um pouquinho, pedir alguns favores, porque é isso que acontece. É assim que funciona. Todo mundo é canalha. Todo mundo é bandido. Todo mundo só quer tirar. Todo mundo é igual e eu sou igual a todo mundo. Você pensou isso.

Ela não disse nada.

Tibo falou:

— Saia de perto de mim.

Ele se afastou da porta e foi se sentar, recostando-se em sua cadeira com os pés em cima da mesa.

Havia uma brisa com cheiro de pó entrando pela janela que fez as cortinas finas de tule esvoaçarem para dentro em volumes preguiçosos, enquanto ele ficava lá sentado, sem pensar em nada. Observando o domo da minha catedral que aparecia e desaparecia entre as cortinas que respiravam. E então, à 1 hora, quando a névoa cinzenta de pombos se ergueu da catedral e, um momento depois, o som do sino chegou à sua sala, Tibo saiu para olhar pela janela e para a praça da Cidade. Agathe chegou em pouco tempo, carregando seus sanduíches embrulhados em jornal, e sentou-se na beirada do chafariz.

Tibo virou-se rápido para o outro lado, pegou seu talão de cheques da gaveta da mesa e saiu do gabinete para a escada dos fundos. Demorou um pouco para chegar ao Departamento do Escrivão do Tribunal, um andar acima do Planejamento, e então ele disparou pelo corredor, mais ou menos como um pedacinho de cartilagem no meio de uma costeleta, unindo esse prédio àquele, costurando através de sótãos e descendo por saídas de incêndio, até se deter contra uma pilha de cadeiras dobráveis e latas de tinta verde dos Prédios Municipais do outro lado da praça. Tibo empurrou a última porta e foi dar ao lado de uma sala em que se lia: "G Ångström, Escrivão do Tribunal". Ele não bateu. Parecia que bater à porta de repente tinha saído de moda.

O Sr. Ångström estava comendo um sanduíche de ovo cozido e lendo o jornal quando o prefeito irrompeu em sua sala. Não era uma sala grande, tinha um formato peculiar, enfiada embaixo do teto com uma janela torta que dava para um pátio escuro, onde calhas concorrentes se estendiam para a luz como trepadeiras, e, quando Tibo abriu a porta de supetão, ela bateu na mesa do Sr. Ångström.

— Ah — disse Tibo. — Desculpe. — E, como o Sr. Ångström não falou nada, ele continuou: — Olhe, tenho um amigo... ele está um pouco encrencado. Recebeu uma multa. Quero tratar disso.

O Sr. Ångström engoliu um grande bocado de sanduíche de ovo. Então disse:

— Nome.

— Stopak. Hektor Stopak.

— Rua do Canal?

— É ele mesmo.

— Eu cuido disso, prefeito Krovic.

— São mil e oitocentos.

— Não se preocupe com isso, prefeito Krovic.

— Como assim?

Ångström deu uma piscadela cheia de confiança.

— Já está resolvido.

Tibo bateu o talão de cheques contra a mesa, de modo que produziu um som como um disparo de pistola, e ele começou a escrever com fúria. O barulho fez Ångström se aprumar na cadeira, todo nervoso.

— Vou fazer o cheque nominal ao Conselho Municipal de Ponto — o prefeito Krovic disse. — Espero que seja descontado. — Ele ficou olhando com raiva do outro lado da mesa, enquanto Ångström fazia um recibo, e, quando ficou pronto, ele o dobrou e enfiou na carteira. Ele disse: — Procure outro emprego, Sr. Ångström — e saiu da sala batendo a porta.

Três vezes naquela tarde, enquanto Tibo observava as sombras engordarem ao redor do domo da catedral, Agathe veio bater à porta dele. A cada vez, ele disse:

— Saia de perto de mim.

Na última vez, ele a ouviu chorar.

Tibo não se moveu de sua cadeira. Com os pés em cima da mesa e as mãos atrás da cabeça, ficou lá sentado até suas juntas se enrijecerem feito concreto, pensando sobre o que ele tinha feito e o que aquilo lhe tinha custado. Ele poderia ter comprado Agathe, usando-a de maneiras que apenas um cliente poderia exigir... mas ele a amava, e o preço disso era que ele nunca poderia possuí-la. Ele poderia até ter deixado a multa de Hektor sem pagar, ter ido esperar no fim da rua do Canal, usando seu terno bom, seus sapatos engraxados, todo bem-barbeado e perfumado, para assistir aos policiais o levarem embora, mas isso teria deixado Agathe triste. Então, ele tinha ficado com o pior dos mundos: sem aquele dinheiro e nada para comprovar o gasto além de Hektor Stopak livre para voltar a amá-la naquela mesma noite e na noite seguinte e na noite depois daquela, enquanto ela acreditava que ele tinha "dado um jeito", que ele era igual a todas as outras pessoas, a mesma coisa que Ångström. "Nem todo mundo é igual. Eu não sou igual a todo mundo." Este era seu único conforto.

E enquanto Tibo ficava lá sentado de um lado da porta balbuciando, Agathe estava do outro com olhos quentes.

— Lar é aquele lugar onde precisam deixar você entrar — disse ela.

Eram as mesmas palavras que a avó dela tinha dito para reconfortá-la com a promessa firme de que ela nunca seria repelida, as mesmas palavras que ela tinha dito a si mesma como uma sentença de prisão, quando ela pensava em outra noite no apartamento da rua Aleksander com Stopak. E agora elas soavam como uma ameaça. Lar é aquele lugar onde precisam deixar você entrar. Ela não conseguia deixar Hektor do lado de fora, e percebeu de repente que, mais do que tudo, era o que ela desejava fazer.

Às 5 horas, Agathe ainda estava sentada à sua mesa. Ela ainda estava lá às 5h30. Quando os sinos da catedral bateram as seis, ela tinha conseguido vestir o casaco, mas demorou-se à porta da sala, sentada na beirada da mesa ao lado da máquina de café, sem vontade de se mexer.

— Lar é aquele lugar onde precisam deixar você entrar — disse ela. — Mas a casa nem é minha. Eu não posso deixá-lo fora. Não posso impedir que ele entre.

Agathe saiu e durante todo o trajeto até em casa no bonde, sentada na fria plataforma superior com as mãos nos bolsos e o casaco apertado em volta do corpo, pensou em coisas a dizer a ele, em coisas que ela poderia dizer para fazer com que ele não pensasse em dinheiro, coisas que ela podia fazer. Havia coisas que ela podia fazer, mas, depois disso, ele ia continuar querendo o dinheiro e ela não tinha mais nenhum, ele ficaria bravo e a culpa seria dela. A culpa era dela e ele ficaria bravo.

O bonde diminuiu a velocidade perto do fim da avenida Ampersand. O sino tocou. O cobrador se balançou do degrau de trás e berrou:

— Ponte Verde, esta é a parada da ponte Verde!

À frente, à direita, as luzes do Três Coroas brilhavam na rua como as lâmpadas de uma ala de febre em um hospital, desoladoras, amarelas e enevoadas. A música de um piano quebrado escapou para a rua quando a porta se abriu e Hektor saiu do bar. O bonde passou devagar. Agathe virou o pescoço para observá-lo proteger um fósforo com a mão em concha e acender um cigarro. Um pedaço solto de tabaco acendeu-se com a chama, e ele o mandou para longe com um gesto da mão. Havia uma mulher a seu lado, uma mulher magrinha de cabelo curto e com maquiagem demais. Ela jogou a cabeça para trás. Agathe viu sua boca se abrir em uma risada e se fixar na de Hektor, em uma paródia de beijo. O bonde passou bem devagar. Hektor enfiou a mão no bolso. Ele deu algo a ela. Ele lhe deu dinheiro. Ela riu mais uma vez. Agathe os viu correndo juntos para os degraus de pedra que levavam ao caminho embaixo da ponte Verde, para baixo do arco onde era escuro e protegido da garoa. O bonde fez a curva na rua da Fundição.

Agathe desceu do bonde, de repente velha, rígida e cansada, e caminhou na direção do túnel que leva à rua do Canal. O último poste úmido da rua da Fundição estava apagado, o primeiro poste de luz da rua do Canal estava muito longe e ela mantinha os olhos fixos nele enquanto pisava na escuridão do túnel. Em um dia ensolarado de verão, quando estava feliz (e ela tinha sido feliz, mesmo na rua do Canal), Agathe era capaz de atravessar o túnel com rapidez e deleitar-se com o barulho da água batendo nas paredes do canal logo abaixo da calçada estreita, e com o brilho de pele de crocodilo que o movimento fazia dançar no teto abobadado. Mas não naquela noite... naquela noite, a calçada desaparecia em uma mancha de tinta que corria escura para a distante rua do Canal e para a chama pálida daquela primeira luminária a gás. À medida que ela foi se aproximando, o vento soprava e a assustava, causando sons farfalhantes, levantando folhas mortas e jornais em busca de um lugar para morrer, pilhas minúsculas e pretas de pó de carvão sussurrante que haviam escapado de barcaças que tinham passado por ali, pequenos movimentos de animais que ela fingia não perceber e, por cima de tudo aqui, o convite final para o canal, correndo logo depois da grade. Ela se apressou.

Na rua do Canal, a luz da lâmpada a gás fazia as sombras além dela parecerem ainda mais profundas.

— Não tem ninguém ali. Não tem ninguém ali.

Agathe disse isso a si mesma, mas, de todo modo, parou e ficou escutando com atenção quando o som de seus saltos raspando no pavimento rachado ecoou no túnel atrás dela, só para se assegurar de que era verdade, que não havia ninguém ali, ninguém andando no mesmo ritmo que ela, que parou quando ela parou, que escutou quando ela escutou, que espiou para fora das sombras sujas quando ela espiou, que combinou sua respiração à dela, que esperou até ela voltar a andar, tentando não rir.

— Não tem ninguém ali — disse ela.

Os ecos a seguiram por todo o caminho até o nº 15, onde ela se apressou com a fechadura, bateu a porta para fechá-la, ficou parada no pequenino hall de entrada e disse, com um leve tom de triunfo na voz:

— Não tem ninguém aqui agora! Não tem ninguém aqui.

Mas então o ar saiu dela com um suspiro, seus ombros desabaram, ela se lembrou de que não tinha dinheiro para pagar a multa, pensou naquela mulher e em Hektor e se lembrou de que ele logo estaria em casa.

Agathe foi até o armário no canto perto da pia e esticou o braço para dentro, para pendurar o casaco no gancho. Sua mão roçou em algo na prateleira, e, quando caiu no chão, ela viu que era seu caderno de recortes com todas as fotos da casa que ela e Tibo tinham construído sentados na mesa do meio de três, bem na janela da frente do Anjo Dourado.

O caderno agora estava empoeirado, suas páginas ressecadas e abertas como as pétalas de uma rosa despedaçada. Segurando-o na mão, Agathe mal podia acreditar que tinha se esquecido completamente daquilo. Que tinha passado três longos anos na rua do Canal e nunca, nem uma vez, em todo aquele tempo, tinha visitado a Dalmácia.

Ela se sentou no chão e começou a virar as páginas, parando para olhar as coisas que no passado já lhe tinham sido tão familiares, aquela cama, aquelas portas com frisos, as taças de vinho tão grossas, tão verdes e tão enredemoinhadas quanto a água do mar... coisas que pareciam vir de outra vida, coisas que alguém no passado tinha imaginado e esquecido completamente.

Agathe ainda estava lá, sentada no chão ao lado do fogão frio, quando Hektor chegou em casa e a encontrou ali. Ele olhou para ela e deu uma risada gentil, para que ela percebesse como era ridícula. Ele pediu dinheiro a ela e, quando o fez, Agathe esqueceu todas as coisas que tinha planejado dizer e as coisas que tinha planejado fazer. Ela simplesmente disse a ele que não tinha, mas que realmente não fazia muita diferença, porque ele tinha o suficiente para gastar com prostitutas. E então coisas terríveis aconteceram.

320

Esse é o preço que eu pago por mil e duzentos anos em Ponto: eu vejo coisas terríveis e não posso fazer nada. Não há o que fazer. Eu não posso desviar o tijolo que cai da chaminé podre para a rua; não posso segurar o carrinho de criança que desce a ladeira a toda velocidade na direção do cruzamento; não posso deter a mulher que faz uma torta com veneno de rato e dá para os filhos no jantar, nem a moça bonita que beija o velho solitário como se o amasse. Eu só posso observar e desviar o olhar: e isso é mais ou menos a mesma coisa. E o meu único conforto é que nada dura e nada em Ponto é exatamente aquilo que parece. Nada.

No meu túmulo de ouro há uma pena de anjo, colocada ao meu lado por algum cruzado em seu retorno... uma pena de anjo que caiu do céu e pousou no capacete dele quando ele estava libertando os Locais Sagrados. Ou, pelo menos, foi o que ele disse. Na verdade, é uma pena de pavão que ele tirou do adorno de cabeça da mulher de um mercador árabe depois de estuprá-la. A versão dele é bem mais bonita. Nada é o que parece.

Até a minha barba lendária, ali estendida no meu túmulo, longa e lustrosa, é falsa. Foi tirada de um cavalo que puxava carroça que morreu atrás do convento há não sei quanto tempo. O cavalo simplesmente tossiu e desabou, com uma pata para cada lado, e mandou uma carga inteira de troncos rolando ladeira abaixo... e aquelas freiras, como elas sabiam xingar! Não foi um final muito grandioso, mas agora o rabo dele é venerado todos os dias. Certamente que, depois de tantos anos e uma dose diária de preces, deve ter se transformado em uma coisa santa também, igual aos meus ossos. Nada é o que parece. Eu não sou; a cunhada nova e bonita no Anjo Dourado não é; a mulher do apartamento na rua do Canal que parece ser sozinha, que parece não ter ninguém para amá-la ou protegê-la enquanto coisas terríveis acontecem com ela, não é. Desvie o olhar. Não fique olhando. Esconda os seus olhos e se lembre de que nada é o que parece.

Mais ou menos na hora que Agathe desceu do bonde na rua da Fundição, Tibo estava saindo de sua cadeira em seu gabinete. Ele tinha ficado imóvel na mesma posição, mas a dor em suas juntas tinha se transformado em um berro, e, de todo modo, ele estava cansado de olhar para o domo da catedral com suas exalações de pombos com hora marcada. Ele se forçou a levantar e caminhou, com as pernas duras feito um espantalho, saiu da Prefeitura, atravessou a praça e entrou no Escudo de Ponto. Ficou lá até a hora de fechar, juntando uma pirâmide de copos em cima da mesa à sua frente, sem falar com ninguém, até o jogarem na rua vazia à meia-noite.

Tudo estava tranquilo. Tibo ergueu os olhos para o céu. Ele viu Órion desaparecer em um redemoinho de uma nuvem preta como um caldeirão que vinha se formando da beira do mundo e se estendia, como um pedaço de seda rasgado, por cima das estrelas. A nuvem ficou mais espessa. Ela se espalhou pelo céu como tinta na água. As estrelas se apagaram. Tibo apertou o cinto do casaco e começou a caminhar, e, enquanto caminhava, toda a Ponto suspirava como uma pessoa dormindo à noite com o cobertor puxado até a cabeça e imóvel... menos o Anjo Dourado. Nuvens negras enchiam o céu, empilhando-se, camada após camada do horizonte invisível, atrás das casas, por cima dos telhados, por sobre as chaminés, coagulando o céu até que não tivesse sobrado nada além de um único "O" pequeno e aveludado, como um beijo de surpresa, rodeado de luar e virando devagar, bem devagar lá em cima, como se a rua do Castelo e o Anjo Dourado fossem o centro do mundo. E então, quando não havia nada a se escutar além da escuridão se enrolando embaixo dos parapeitos das janelas e o som dos gatos olhando, o prédio todo prendeu a respiração. As paredes pareceram murchar, caindo na direção do chão um pouco. Atrás das janelas, as persianas se agitaram e balançaram para dentro do salão, como se houvesse uma brisa, e os botões em forma de milho nas pontas de seus cordões brancos de puxar bateram contra o vidro. No telhado, as telhas pulsaram e tremeram feito escamas de dragão, e por um momento nada aconteceu. Então se ouviu um farfalhar de penas de ouro, dedos de luz colorida que brilhavam de janelas esquecidas no alto da lateral do prédio, o som de tambores e acordes de órgão e uma banda distante. No andar de baixo, no café, pilhas de xícaras de café dançavam, pratos iam se batendo até a beirada da prateleira e caíam no chão. No salão principal, a foto de casamento de Mamma Cesare caiu da parede. No melhor quarto, a linda Maria com seus cabelos escuros rolava no sono e dizia:

— É só um trem passando na noite. — Então ela puxou a camisola branca engomada para cima da cabeça e completou: — Faça amor comigo.

E então, enquanto Cesare fingia ter se esquecido de que não havia estação de trem em Ponto, a casa toda voltou a soltar o ar, um dedo de vento longo e sibilante que soprou de baixo de todas as portas, que atravessou todos os buracos de fechadura e todas as frestas ao redor de todas as janelas e uivou pela rua do Castelo na direção do rio. Por onde quer que passasse, fazia latas de lixo rolarem, e latinhas e pedaços de jornais saíam voando na frente dele. Agitou as floreiras da Prefeitura, arrancou folhas das árvores, fez portões rangerem e portas baterem e postes de iluminação se curvarem, e saiu aos berros do centro, por cima da ponte e ao longo do Ampersand na direção do mar, até alcançar a rua do Canal, onde rodopiou pelo túnel com um barulho igual ao de uma alcateia e bateu nas janelas até chegar ao nº 15. A rua estava em silêncio, a não ser pelo som de uma mulher chorando em tom que ia de grito a urro e se afundava em um choramingo apavorado.

O vento soprou mais uma vez, lançando-se contra a porta, enchendo o buraco da fechadura, forçando a tranca e a entrada na casa, apertando-se para o interior até a porta se abrir nas dobradiças e, um momento depois, Hektor sair correndo do apartamento, com o rosto pálido como a lua, debatendo-se com o paletó enquanto o vento o agitava como uma vela de navio rasgada, e ele correu e correu, passou pelo poste de iluminação da rua do Canal e entrou na sombra. Bem para trás dele, dentro do apartamento minúsculo, havia o som de alguém dizendo coisas reconfortantes, dizendo que tudo ficaria bem agora, que era hora de ir para cama, que as coisas seriam diferentes pela manhã e estaria tudo diferente, mas, é claro, não havia ninguém no apartamento: apenas Agathe. Deve ter sido o vento.

Tibo não reparou no vento. Soprou logo atrás dele, estalando em suas costas quando começou a caminhar pelas docas escuras, onde as mulheres esperavam. Elas o agarraram pelos braços quando ele passou e foram cambaleando com ele de poste em poste até que seu silêncio as derrotou e elas o deixaram caminhando sozinho até o farol que era seu amigo. Quando ele chegou lá, o finzinho da tempestade do Anjo Dourado desapareceu no salto de seu sapato com um engolir em seco que mal agitou a areia. Durante toda a noite, Tibo ficou parado embaixo do farol. Seu pulsar o acalmou e o som das ondas o curou e seus respingos o abençoaram. De manhã, ele estava sóbrio.

O relógio dele tinha parado porque ele o manteve no pulso a noite toda em vez de dar corda e acomodá-lo com cuidado na penteadeira, ao lado da cama, mas, quando a primeira balsa de Traço passou tristonha pelo farol, ele soube que eram 7h30 mais uma vez.

E, uma hora mais tarde, quando as persianas de linho marrom subiram nas vitrines da Kupfer e Kemanezic, Tibo estava esperando para comprar uma camisa limpa e algumas meias e cuecas novas. Ele levou tudo para o trabalho em um pacote de papel pardo.

Tibo não fazia ideia de como trabalhar sem Agathe. Sem Agathe, ele não tinha ninguém para abrir sua correspondência, ninguém para anotar coisas em sua agenda, ninguém para ler para ele. Ele tinha perdido um dia inteiro, sentado com os pés em cima da mesa, porque se recusou a deixá-la entrar na sala para lhe dizer o que fazer. Sem Agathe, não havia nada a fazer.

E agora, depois de ele se limpar no banheiro masculino com cheiro de alvejante no fim do corredor, depois de ter aberto seu pacote e trocado a roupa de baixo, depois de ter tirado uma dúzia de alfinetes da camisa nova, vesti-la e confirmar (sem nenhuma dúvida possível) que não combinava com a gravata, ele se acomodou em sua sala e caiu no sono.

Mas, no apartamento da rua do Canal, Agathe estava acabando de sair da cama. Ela estava sozinha e circulou pelo apartamento todo, confiante e nua, apesar de estar com a sensação de que tinha se esquecido de alguma coisa, de algo que tinha acontecido ou de algo que ela devia fazer. Aquilo ficou pairando ao redor dela como um sonho meio lembrado, até ela se livrar daquilo com uma sacudidela da cabeça. Agathe reparou que a porta da rua estava aberta e que as cortinas tinham caído da janela para formarem uma pilha do lado esquerdo, enquanto o trilho que as mantinha no lugar estava pendurado só por um prego do lado direito. Ela as tirou do caminho e se lavou na pia, olhando para a rua do Canal enquanto se limpava, da mesma maneira que qualquer pessoa da rua do Canal poderia ter olhado para ela.

E enquanto ela fazia isso Achilles chegou em casa, com o rabo para cima, os ombros gingando, com aquela expressão presunçosa de "caramba, nem pergunte" depois de uma noite festiva de ratos, brigas e gatas. Como ele amava Agathe, veio se enrolar a seus pés como sempre fazia, mas ele mal tinha começado, só tinha encostado nela com o alto da cabeça, quando todo seu contentamento cansado desapareceu e ele recuou com um miado de pânico. Achilles se viu encurralado, com Agathe entre ele e a porta, e o medo tomando conta dele. Seu rabo explodiu em um agito apavorado e ele se afastou dela, corcoveando pela mesa e para a cama, correndo tão rápido que chegou a escalar um pouco a parede até cair e bater o focinho contra a porta que começava a fechar.

Achilles arranhou e bateu com as patas contra a porta de um jeito de dar pena por um segundo ou dois, berrando feito uma sirene, mas, quando Agathe se aproximou para reconfortá-lo, ele pulou para as cortinas caídas e se arrastou pela barra acima até o topo, onde se agachou, cuspindo e chiando feito um busca-pé.

— Gatinho feio — disse Agathe. — Sou eu. Sou só eu. Não há nada de que ter medo.

E aí ela estremeceu da maneira mais deliciosa, começando pelos calcanhares e subindo até o pescoço, de modo que suas canelas foram para um lado e os quadris para outro, de modo que o traseiro foi para um lado e a barriga para o outro, os peitos foram para um lado e os ombros para o outro, e gotas surpresas de água com sabão voaram do corpo dela em uma capa de fagulhas.

Achilles não se impressionou nem um pouco. Ele se encolheu ainda mais, armando um bote em cima da barra, e disse, várias vezes:

— Nerrryauummrrrrr.

— Fique quieto — disse Agathe. — Esta é uma maneira perfeitamente sensata de me vestir. — E então ela pensou: "Bom, será que eu ainda preciso de roupa para ir trabalhar?"

Ela chegou à conclusão de que, sim, precisava, e pegou o vestido azul do armário do canto. Os sapatos dela estavam escondidos embaixo de uma das cadeiras viradas. Ela os pegou, deixou a cadeira cair para trás no lugar em que estava e saiu para o trabalho. De seu lugar no alto da barra da cortina, o coitado do Achilles ficou observando quando ela partiu. Como ela não voltou, ele pulou para o chão e disparou pela porta aberta, agarrando-se aos paralelepípedos.

Claro que Agathe não tinha desejo nenhum de prejudicar Achilles e, de todo modo, quando ele saiu do apartamento, ela já estava longe. Ela tinha decidido caminhar até o trabalho, mas parecia que estava demorando bem mais do que o normal. Ponto de repente tinha ficado bem mais vívida, tão mais interessante e cheia de tantas coisas a serem investigadas. Enquanto caminhava, Agathe atravessava e voltava a atravessar a rua de uma calçada a outra, em transe com as manchas e sujeiras misteriosas na frente do Três Coroas, fascinada pelas linguiças penduradas do lado de fora da delicatéssen da Sra. Oktar, atraída de um poste de iluminação glorioso para o outro, parando para explorar cada um deles, apressando-se até o próximo.

— Fantástico! Incrível! Parecem caules de orquídea de ferro. Por que eu nunca reparei?

Quando finalmente chegou à praça da Cidade, Agathe estava muito atrasada para o trabalho, mas, como o prefeito estava dormindo do outro lado de sua mesa e bem alheio à hora, isso não fazia muita diferença. Ela se sentou e olhou para a máquina de escrever. Nada aconteceu.

Então, às 11 horas, um ataque de notas de sino entrando pela janela aberta acordou Tibo e fez com que ele saísse aos tropeções da sala, à procura de café. Agathe estava ali sentada em sua mesa, e Tibo a viu. Sua voz se rompeu em um sorriso, e ele disse:

— Ah, Agathe. Ai, meu Deus. Ele bateu em você

Ela o desprezou com um aceno e disse:

— Não seja bobo, Tibo. Ninguém bateu em mim.

Mas Tibo estava de joelhos na frente dela, agarrando-a pelas pernas com lágrimas nos olhos ao erguer os braços para tocar o rosto dela com os dedos.

— Ele fez isso. Que canalha. Ele fez isso. Ah, minha pobre Agathe, sinto muito. Sinto tanto, tanto.

Ela sorriu para ele com o olhar de indulgência que teria dado a uma criança idiota.

— Tibo, pare de ser tão bobo. Ninguém fez isso. Ninguém me machucou.

— Mas o seu rosto. Seu pobre rosto. Minha querida, minha coitada, olhe o que ele fez. A ferida no seu rosto. Ah, Agathe.

Com muita delicadeza, ela afastou a mão dele e segurou entre as suas e disse:

— Tibo, você precisa entender. Você precisa ser o meu prefeito, grande e corajoso, e tentar entender. Hektor não me bateu. Como é que Hektor poderia ter batido em mim? Por que ele iria bater em mim?

— Porque você foi para casa sem o dinheiro, sem os mil e oitocentos, e ele bateu em você, e a culpa é minha.

— Não, Tibo, isso é uma bobagem. Só um homem muito mau seria capaz de bater em uma mulher. Eu estou com Hektor há muito tempo e, se ele fosse um homem ruim, eu saberia. Eu virei minha vida toda de ponta-cabeça para ficar com Hektor. Havia você e eu, por exemplo, e Stopak... tudo. Como é que eu poderia ter feito tudo isso por um homem mau, por um homem que não fosse gentil e que não me amasse? Isso é ridículo. Tibo, escute. Isto aqui não é um olho roxo. É parte da minha pele. Eu estou me transformando em um cachorro.

Tibo se largou no chão à frente dela.

— Um cachorro? Você está se transformando em um cachorro?

— Estou. É um pouco estranho e um pouco maravilhoso, mas você não deve ter medo.

— Onde ele está?

— Quem? Hektor?

— Onde ele está? Eu preciso matá-lo.

— Agora você está sendo tolo de verdade — disse ela. — Então, ainda bem que eu não sei onde ele está.

— Ele bateu em você e fugiu.

Agathe suspirou, impaciente.

— Tibo, eu já expliquei tudo isto. Ninguém me bateu. Eu estou me transformando em cachorro... em um dálmata, acho. Você se lembra de como eu vivia sonhando ir para lá... para a Dalmácia?

— Um dálmata — disse Tibo. Ele parecia derrotado.

— Sim. Estou com esta marca preta no olho... que eu acho muito bonitinha... e já há algumas nas minhas pernas. Acredito que vai haver mais logo... à medida que aumenta, eu vou mudando mais.

— Você vai mudando mais. Agathe, você não é um cachorro. Você não vai se transformar em um cachorro. Você só está um pouco aborrecida.

Ela sacudiu a cabeça.

— Tibo, eu nunca me senti melhor. Tirando, é claro, o fato de que isso vai mudar as coisas para nós. Estou pedindo demissão. Na verdade, não posso mais trabalhar para você. Cachorros não conseguem datilografar.

— Nem falar.

— Tolinho.

Tibo olhou para ela mais um pouco e chegou à conclusão de que ainda havia espaço para apelar a sua natureza racional.

— Agathe — disse ele. — Já pensou em como você vai viver? Não pode simplesmente ficar vagando pelas ruas. Ponto tem uma carrocinha muito boa. Vão mandar você para o canil municipal, e, se ninguém for procurá-la depois de dez dias... e ninguém vai, porque você não pertence a ninguém... — Tibo puxou as próprias orelhas e fez um barulho de eletricidade: — Dzzzzztttt!

Agathe pareceu magoada, mas disse:

— Sim, eu já pensei nisso, e estava pensando em ir morar com você.

— Comigo.

— É, Tibo. Vamos lá, diga a verdade... quando você era garotinho, você não desejava, às vezes, que um cachorrinho o seguisse até em casa e você pudesse ficar com ele? Nunca teve esse desejo? Você teve, e sabe que teve! Bom, agora aconteceu

Ao ouvi-la dizer isso, Tibo foi capaz de se enxergar, quando menino, parado em uma esquina de uma área não muito boa de Ponto, olhando para um cachorrinho com patas amarelas, esperando, com vontade de atravessar a rua para ficar com ele, que ele o escolhesse e fosse seu. Mas o cachorro foi para casa. O cachorro sempre ia para casa. E, agora, aqui estava Agathe, abanando o rabo.

— Tudo bem — disse Tibo. — Pode ficar comigo. Quando chegar a hora.

— Quando chegar a hora — disse Agathe.

— Sim, você pode ficar.

— Quieta! — disse ela, firme, com o dedo em riste.

— Não foi isso que eu quis dizer! Agathe, você não vai se transformar em cachorro. Eu não vou permitir. Eu não quero ouvir falar disso. Você só está um pouco alterada, nada mais.

Ela fez uma expressão solene.

— Agathe, por favor. Escute o que eu tenho a dizer. Eu preciso sair. Há algumas coisas que eu tenho de fazer. Você vem comigo? Mas, se vier, preciso que prometa se comportar. Não quero saber dessa bobagem de "se transformar em cachorro".

— Tibo, não é bobagem. Por favor, tente compreender. É simplesmente a maneira como as coisas são. Eu não tenho vergonha e não vou ficar quieta em relação a isso.

O bom prefeito Krovic passou a mão no rosto dela, da maneira como tinha sonhado fazer durante tantos anos... mas sempre tinha visto o gesto como prelúdio para um beijo e nunca imaginou que fosse ser um gesto de alívio para um olho roxo. Ele disse:

— Ah, Agathe, minha pobre querida. Sinto tanto. — E então, apressando-se até a porta, ele disse: — Espere aqui — e a trancou lá dentro.

Tibo pegou a escada dos fundos para ir até o guichê de Peter Stavo e deu instruções firmes para que ninguém se aproximasse do gabinete do prefeito durante os próximos trinta minutos, "nem que pegasse fogo", e saiu.

Tibo não era conhecido por suas habilidades atléticas. Era improvável que o povo de Ponto fosse conversar no fim do dia com um drinque na mão e dizer: "Vi o prefeito Krovic correndo pela rua do Castelo outra vez hoje de manhã." Mas ele correu naquele dia e chegou à porta do Anjo Dourado como se fosse um trem em movimento e não parou.

Atrás do órgão de café, as sobrancelhas de Cesare dispararam tão para cima que quase sumiram no meio do cabelo penteado com brilhantina, mas ele conseguiu esboçar um sorriso tênue de boas-vindas. Elas se transformaram em expressão de alarme quando o prefeito Krovic desrespeitou o protocolo e foi para trás do balcão.

— Cesare, uma palavrinha — foi a única coisa que ele disse.

A situação era tão grave que Cesare foi incapaz de se comunicar apenas com as sobrancelhas. Ele ergueu o dedo e chamou Beppo do lugar em que estava, do outro lado do café.

— Irmão, tome conta de tudo — disse ele. — Não me decepcione.

E então, naquele um momento ou dois que Beppo demorou para crescer mais 15 centímetros de altura e se tornar tão solene quanto um agente funerário, enquanto os outros garçons observavam e suspiravam como o vento soprando através dos juncos na desembocadura do Ampersand, Cesare levou Tibo até seu escritório.

Ele disse:

— Parece haver algum engano. Eu sirvo. Isso não faz com que eu seja o seu servo.

E Tibo, que sabia ter agido de maneira abominável e estava acanhado demais para pedir desculpas, simplesmente cerrou os dentes e disse:

— Faça parar.

Cesare ergueu as sobrancelhas mais uma vez. Um estudioso desse tipo de coisa teria visto o gesto e concluído: "Então, outro dia mesmo eu fui até você com café e bolos, conversando com você como amigo, mostrando respeito pelo seu cargo e pela sua pessoa. Hoje você me humilha na frente dos meus funcionários e dos meus clientes e se recusa a pedir qualquer desculpa. Quem é você, homenzinho? Você não sabe que, no velho país, eu poderia cortar a sua garganta por isso?" Mas a única coisa que Cesare disse foi:

— Parar com o quê?

— Pare com a maldição. A maldição que eu pedi para você jogar sobre uma pessoa. Faça parar.

— Nunca ouvi você pedindo uma maldição — respondeu Cesare.

Ele pegou um molho enorme de chaves do bolso, escolheu a menor, um pedacinho minúsculo de metal dourado, e, com aquilo, abriu a escrivaninha de marchetaria perto da janela e ergueu a tampa.

— Isto aqui é seu, acredito. — Ele entregou a Tibo um envelope de papel pardo conhecido. — Leve. Está exatamente do jeito que me entregou. Eu nem toquei. E você nunca pediu uma maldição.

Tibo olhou dentro do envelope. O fio retorcido de cabelo escuro ainda estava lá do jeito que ele o tinha deixado, tirado da escova dela, ainda coberto com seus beijos. Ele disse:

— Sinto muitíssimo.

E Cesare respondeu com um movimento de sobrancelha que pode ter significado: "Tarde demais", ou "Bom, então tudo bem". Daquele ângulo e com a luz entrando pela janela daquele jeito, era difícil saber.

Ele disse:

— Fale-me sobre a maldição — como se ele fosse um médico de uma longa linhagem de médicos e estivesse pedindo uma lista de sintomas.

Tibo explicou.

— Mas não é verdade, claro. Ela não está se transformando em cachorro de verdade.

— Homem tolo, claro que está. Isso é ruim — disse Cesare —, muito ruim.

— O que eu faço?

— Pode encontrar a pessoa que fez isso e fazer parar. Claro que essa pessoa pode ser você mesmo.

— Não sou eu! — contestou Tibo.

— Mesmo assim, provavelmente não há cura... tirando o amor, talvez até a morte. Isso cura a maior parte das coisas.

— Eu acho que não — disse Tibo e pediu licença para se retirar.

De volta à rua do Castelo mais uma vez, Tibo chamou um táxi. A corrida até o Anjo Dourado o tinha deixado com calor e pegajoso, a conversa com Cesare o tinha deixado suado. Ele tirou o paletó enquanto o táxi ia abrindo caminho pelo trânsito da hora do almoço em Ponto, desabotoou o colarinho, soltou a gravata.

— Rua do Canal — disse o motorista. — Daqui eu não passo. Não posso entrar com o táxi no túnel, e não sinto por isso. Eu precisaria tirar as rodas para fazer a volta.

Tibo desceu e pagou.

— Quer que eu espere?

— Não — respondeu Tibo.

— Graças a Deus por isso. — O táxi deu marcha a ré apressado.

Tibo nunca tinha ido à rua do Canal. Tinha sido a única indulgência do amante rejeitado que ele tinha negado a si mesmo. Ele nunca tinha se esgueirado por ali à noite, nunca tinha ficado escutando no pé das janelas, nunca criou fantasias com o conteúdo de latas de lixo ou com roupas penduradas no varal, nunca bateu na porta no meio da noite, nunca fez uma declaração implorante e bêbada de amor nem fez ameaça de briga, nunca se colocou do outro lado do canal, só esperando por horas a fio até a neve se assentar em seu chapéu, espessa e dura como cobertura de bolo de casamento. Mas ele tinha ficado pensando em tudo isso. E agora era verdade: os paralelepípedos sujos, as grades enferrujadas, os postes de luz quebrados e o nº 15 com a porta aberta. Hektor devia estar lá. O homem que bateu em Agathe.

O homem que levou Agathe e bateu nela toda noite durante três anos. A casa dele. E ele estaria lá dentro agora. Tibo iria entrar e iria matá-lo.

Ele bateu na porta. Bateu de novo. Empurrou a porta para abrir mais. Entrou.

Havia duas portas que saíam do hall de entrada minúsculo. Ele abriu a primeira: um lavatório com uma janela atrás. Abriu a segunda e encontrou o cômodo único, onde Agathe tinha morado e dormido durante todo aquele tempo, com as cortinas caídas no chão ("Foi ela quem as costurou", Tibo pensou), as cadeiras viradas, a cama no canto por fazer. Tibo se virou de costas para aquilo. Não suportava aquela visão.

Mas não havia sinal de Hektor.

— Ele não vai voltar — disse Tibo. — Nem ela.

Ele examinou o aposento em busca das roupas de Agathe, mas, tirando seu casaco pendurado atrás da porta, não havia nada para mostrar que alguém específico morava ali. Ele abriu o armário do canto e encontrou os vestidos dela pendurados em ganchos, os sete pares de sapatos dela em uma fileira militar e sua roupa de baixo, serena, na prateleira de cima.

Tibo juntou os vestidos dela com um braço e, com a mão livre, começou a empilhar a roupa de baixo. Ele precisava de uma mala. Saiu do armário e olhou ao redor. A cama. Se havia uma mala, podia estar embaixo da cama. Ele colocou as coisas de Agathe em cima dos lençóis amarrotados e se colocou de joelhos. Foi aí que ele encontrou os quadros: retratos de Agathe em pé, sentada, deitada, mais deitada, exibida como um monte de frutas cortadas na cama, aquela mesma cama.

Ele olhou todos eles, detestando-se por gostar do que via, enjoado pela maneira como aquilo fazia com que se sentisse, descascando-se de ciúme mais uma vez porque Hektor a tinha visto daquele jeito, porque Hektor tinha feito aquelas coisas lindas e ela o tinha ajudado. Ele já estava lá fazia algum tempo quando estragou o primeiro quadro. Ele o segurou entre as mãos e enfiou em uma das bolas de latão do pé da cama, de modo que a tinta rachou e a tela entortou e esticou, mas não rasgou, então ele golpeou de lado até que a estrutura de madeira se rompeu e a coisa toda se desmanchou. Aquilo era suficiente. Tibo olhou para o que tinha feito. Ele olhou para o resto dos quadros, empilhados no colchão, e os cobriu com uma ponta da colcha. E então ele pegou uma das cortinas caídas, estendeu-a sobre a mesa, empilhou as roupas dela por cima e deu um nó, fazendo uma trouxa.

Quando Tibo saiu daquele lugar, fechou a porta como se estivesse fechando a porta de um túmulo.

Ninguém na rua do Canal prestou a menor atenção ao homem estranho carregando um saco grande. A rua do Canal é o tipo de lugar em que sacos sem explicação são vistos com bastante frequência, mas quase nunca são notados, o tipo de lugar em que se considera falta de educação se interessar demais pelas coisas que os vizinhos possam estar carregando por aí.

Tibo caminhou até a ponte Verde antes de encontrar um bonde e jogou o pacote no compartimento de bagagem embaixo da escada assim que embarcou. Com muita força de vontade, ele o ignorou durante todo o trajeto até o centro e agiu com despreocupação absoluta em relação a ele quando desceu. Na Prefeitura, ele o segurou abaixo do nível da janela do guichê de Peter Stavo quando bateu e disse:

— Desculpe, demorei um pouco mais do que eu pensei.

E pendurou a trouxa nas costas ao virar para subir a escada.

— Eu trouxe as suas coisas — anunciou ele ao destrancar a porta, mas não havia sinal de Agathe. Demorou um momento ou dois, dando voltas na sala, chamando o nome dela em sussurros urgentes, para encontrá-la, deitada no chão embaixo de sua mesa.

— Pareceu apropriado — disse ela.

Tibo só emitiu um som de enfado.

— Eu estive na rua do Canal — disse ele.

Agathe ficou lá deitada, boquiaberta, com a língua para fora, a cabeça inclinada para o lado.

Tibo ignorou.

— Eu estive na rua do Canal e você não vai voltar. Vai ficar comigo.

— Isso é exatamente o que eu sempre quis, Tibo — disse ela.

Mas havia muita coisa a fazer antes que ele pudesse levá-la para casa: uma reunião fundamental do Comitê de Planejamento tomou a maior parte da tarde, discutindo um novo projeto grande de esgoto, uma reunião de orçamento para falar dos gastos com as escolas no ano seguinte e tudo isso antes da reunião completa do conselho.

Tibo voltava à sua sala com a maior frequência possível, mas só podia ficar lá alguns momentos e, em cada visita, encontrava Agathe pior, com sua cachorrice mais acentuada.

Ela ficou sentada com a cabeça apoiada no joelho dele enquanto ele examinava os documentos das finanças escolares até que se pegou, distraído, brincando com as orelhas dela. Parecia algo tão natural e fácil, mas...

— Não! Isso é uma loucura.

Tibo parou com aquilo.

Ele saiu apressado da sala, trancando-a com cuidado atrás de si ao passar, e foi até onde o mestre de cerimônias do Conselho Municipal de Ponto o esperava no patamar, com seus botões reluzentes, o cetro de prata com a minha estátua em ângulo militar por cima do ombro.

— Estaremos prontos quando o senhor estiver, prefeito — disse ele.

Tibo parou para pegar sua corrente de prefeito do estojo de couro na mesa embaixo da imagem da última defesa de Anker Skolvig e a ajustou, todo nervoso.

— Está certa? — perguntou ele.

— Como sempre, senhor.

— Então, vá na frente.

As portas duplas enormes da câmara do conselho se abriram e a voz do mestre de cerimônias ribombou:

— Conselheiros e cidadãos de Ponto, por favor, se levantem para Sua Excelência, o prefeito Tibo Krovic

Ouviu-se um barulho como o de cavalaria quando as pernas de cadeira que enchiam o salão rasparam para trás no piso de madeira, mas o som não foi capaz de encobrir o uivo solitário de um animal abandonado que encheu o local e se demorou, ecoando, na audiência.

— Feche as portas — disse o prefeito Krovic.

Depois da reunião, Tibo não se juntou a seus colegas, enquanto batiam papo acompanhado de café e biscoitos na sala dos conselheiros. Ele se trancou em sua sala e quando, finalmente, Peter Stavo bateu na porta, Tibo disse:

— Pode deixar que eu saio sozinho. Boa noite.

Ele ficou lá sentado no escuro com Agathe, olhando fixo para ela, proibindo-a de fazer barulho. E então os sinos da catedral tocaram a meia-noite e Tibo sabia que o último bonde iria sair do terminal. E então era 1 hora e Tibo sabia que toda a Ponto estaria adormecida.

— Venha — disse ele. — Vamos para casa. Estou com as suas coisas nesta trouxa.

— Foi muita gentileza — disse Agathe. — Mas não vou precisar delas por muito tempo.

— Cale a boca — disse ele.

— Estou vendo que você está pegando aquele tom de voz.

Eles desceram a escada dos fundos juntos, passando pelo cubículo de Peter Stavo, e saíram na praça da Cidade. Ninguém viu quando saíram. Ninguém viu quando subiram a rua do Castelo a pé e seguiram o trajeto de todas as nove paradas de bonde de volta à casa de Tibo.

— Você vai me levar por aqui com você depois, quando eu for um cachorro? — Agathe perguntou. — Você vai abrir mão do bonde para passear comigo? Cachorros precisam de exercício, principalmente dálmatas como eu. Nós somos cães de carruagem... temos que correr nas rodas dos faetontes dos cavaleiros e cuidar dos degraus do veículo.

Tibo resmungou para o portão tombado do jardim, tirou-o do caminho e se colocou de lado para deixar Agathe passar.

— Sonâmbulo, sonâmbulo — balbuciou ele.

Ainda havia um espaço em sua cabeça em que ele era capaz de torcer para que aquilo fosse apenas um pesadelo pavoroso.

No final do caminho ladrilhado de azul, Tibo abriu a porta.

— Vou levar você até o seu quarto — disse ele.

— O chão da cozinha está ótimo — respondeu Agathe e caminhou cheia de confiança pelo corredor.

— Naturalmente, o chão da cozinha. Eu queria lhe mostrar o banheiro, mas acho que só vou deixar a porta dos fundos aberta para o jardim, vai ser suficiente.

— Eu prefiro usar o banheiro por enquanto, se for tudo bem para você, Tibo.

— Para mim está ótimo, Agathe. Vou confiar no seu nariz. Boa noite.

E Tibo foi para a cama, irritado demais para chorar, exausto demais para sonhar.

Ele acordou cinco curtas horas depois e encontrou Agathe sentada na cama dele, com o exemplar daquela manhã do *Pontense Diário* entre os dentes.

Tibo o arrancou dela.

— Entrou pela porta.

— Obrigado por não ter rasgado e despedaçado — disse ele.

— Alguns fazem isso, outros não. Acho que eu não vou fazer.

Tibo reparou que ela estava usando o mesmo vestido branco com bolinhas pretas que vestia no dia em que seu almoço caiu no chafariz: o dia em que tudo começou. Mas estava diferente, porque agora havia seis botões cor-de-rosa costurados em fileiras de três na parte da frente.

Ela seguiu o olhar dele.

— Eu acordei cedo — disse ela. — E fiz algumas alterações, só para ver se servia. Eu sempre gostei de pintas, e sempre tive mamilos bonitos. Oito vão ser deliciosos!

— Você não está se transformando em um dálmata! Não quero mais saber dessa história.

— Tibo, eu estou sim. Por que não pode simplesmente aceitar? Olhe o que aconteceu ontem à noite. — Ela se virou na cama e apontou para os dedos

dos pés. — Está vendo? Preto. As minhas unhas cor-de-rosa estão ficando pretas, como as de um cachorro.

Ele agarrou o pé dela.

— Você que pintou isso!

E começou a esfregar com o polegar.

— Tibo, eu não pintei! Você está me fazendo cócegas! — E ela se contorceu, se virou e se esgueirou para longe.

Eles se pegaram rindo (como deveriam fazer): uma mulher bonita e o homem que a ama rolando na cama dele logo pela manhã... claro que deviam rir. Mas então, quando a saia dela rodou e revelou as pernas cor de creme com aquelas manchas escuras de hematoma, ele olhou para o rosto dela e para o jeito como ela sorria por trás da mancha preta do olho e, de repente, não tinha mais graça. Toda a diversão tinha desaparecido, e ele largou o tornozelo dela.

— Eu preciso me vestir — disse ele.

— Vou preparar torradas para você.

Quando Tibo jogou as cobertas para o lado e se levantou, o *Pontense Diário* caiu no chão, de modo que só depois de se lavar e de se barbear (coisa que demorou bem mais do que o normal, por causa de todo o tempo que ele passou dizendo "uma bela cor" para o espelho) ele voltou a pegá-lo e leu a manchete:

HOMEM DE PONTO ENCONTRADO MORTO NO CANAL

E então, logo abaixo:

DESCOBERTA SOMBRIA NA COMPORTA

Era Hektor, o "jovem artista promissor e figura de destaque na escola de Ampersand". Tibo dobrou o jornal de modo que a seção de esportes ficou aparecendo e desceu para a cozinha, onde Agathe estava à sua espera com um bule de café e torrada no fogão para não esfriar. Tibo olhou para a pilha de cobertores enrolados em forma de ninho no chão.

— Você dormiu ali? — perguntou ele.

— Dormi. Fiquei surpresa de ver como era confortável. Pronto, coma uma torrada.

Aquilo soou como cascalho em sua mente, e ele engoliu uma xícara de café atrás da outra, para forçar o pão a descer.

— Quando Hektor saiu — disse ele, como quem não quer nada —, por acaso comentou para onde ia?

— Não.

Tibo se esforçou para descascar as camadas de significado naquela palavra.

— Ele disse quando ia voltar?

— Não. Mais torrada?

— Não, obrigado. Então, ele simplesmente foi embora? Sem motivo? Só saiu?

— Alguns amigos vieram buscá-lo.

Tibo de repente se encheu de esperança. Amigos. Para um homem como Hektor Stopak, "amigos" só podiam significar uma coisa: associados criminosos. Alguma combinação do submundo tinha azedado, um golpe na cabeça por cima da grade do canal.

— Então, esses homens que ele conhecia eram talvez do Três Coroas?

— Acho que não, Tibo. Café?

— Quero, um pouco. Você seria capaz de reconhecê-los?

— Ah, sim, com toda a certeza. Eram quatro: um homem forte com um bigodão, duas meninas malabaristas e uma moça com um cachorro treinado.

Tibo se deliciou. A gangue de vagabundos que ele tinha visto na praça da Cidade.

— E essas pessoas são amigas de Hektor?

— Não, Tibo, são amigos meus. Mais ou menos. Do teatro assombrado de Mamma Cesare, no andar de cima do Anjo Dourado.

E ela lhe contou toda a história.

No fim, Tibo não conseguiu pensar em nada a dizer, a não ser:

— Percebo. Acho que você não deve ir trabalhar hoje.

E ele saiu de casa, subiu a ladeira na direção da parada de bonde e balançou o sino ao passar

— Âmbar gris — disse ele.

Como sempre, as pessoas foram conversar com ele enquanto esperavam o bonde. Conversaram com ele no caminho do centro. Tibo as ignorou. Na Prefeitura, ele entrou pela porta lateral e encontrou Peter Stavo esperando para falar com ele.

— Há dois policiais na sua sala — disse ele.

— Percebo — disse Tibo mais uma vez.

Ele subiu a escada devagar.

O bom prefeito Krovic quase caiu na gargalhada quando viu suas visitas. Eles se levantaram para cumprimentá-lo como se fossem caricaturas de detetives, homens grandes e corpulentos que tinham deixado o interior não havia muito tempo. Um deles usava uma calça que terminava bem acima dos calcanhares. A do outro era comprida demais e caía por cima das botas.

O calça-longa disse:

— Meu nome é Welter... este é o detetive sargento Levant.

Tibo trocou apertos de mão com eles.

— O que posso fazer para ajudá-los, cavalheiros?

Welter acenou com a cabeça para o jornal dobrado embaixo do braço de Tibo.

— É sobre o sujeito morto... Stopak

— Ah, sim. Eu li sobre o assunto, mas acredito que não saiba nada mais do que li no jornal.

— E a sua secretária? — perguntou Levant.

— O que tem ela?

— Prefeito Krovic, o senhor deve saber que Stopak e ela eram juntados... havia anos.

Tibo se sentiu fazer uma careta de desgosto.

— Precisam perguntar a ela a esse respeito — respondeu ele.

— É por isso que estamos aqui — disse Levant, em um tom cantarolado de desdém.

— Sabe onde podemos encontrá-la? — perguntou Welter.

— Acredito que ela não vem trabalhar há um bom tempo — disse Tibo, coisa que era verdade, mas não respondia à pergunta.

— Isso é preocupante — disse Welter. — As coisas dela não estão mais no apartamento... não que isso signifique alguma coisa. Sumiu tudo. O senhor sabe como as pessoas são na rua do Canal, prefeito Krovic. Levaram tudo que era possível tirar, só sobrou o reboco.

— Então não sobrou nada para vocês — disse Tibo. — Digo, em relação a pistas.

— Eu sei o que o senhor quis dizer — afirmou Welter. Ele tirou um cartão do bolso de cima e o estendeu. — Se ela aparecer, senhor, precisamos falar com ela.

Quando eles saíram, com mais apertos de mão, Tibo caiu em sua cadeira. Qualquer último restinho de esperança de que aquilo pudesse ser um sonho ruim tinha desaparecido quando ele viu os policiais em seu gabinete.

Não há nada mais banal do que um policial, nada mais calculado para eliminar qualquer resquício de ilusão. Um policial na sua sala é um balde de água gelada na alma.

E agora ele tinha mentido para eles (no mínimo, tinha retido informação), tudo para proteger a mulher que amava, que podia muito bem ser uma assassina, mas que era, de todo modo, quase com toda a certeza, louca e estava disposta a arrastá-lo para suas fantasias com um papo lunático sobre teatros assombrados e um homem-forte fantasma! Só que ele tinha visto um homem-forte. E as meninas malabaristas. E a moça com o cachorro acrobata. Ele até tinha visto o cachorro... e, no entanto, não disse nada à polícia. A única pista real, a única coisa que poderia ter tirado a suspeita de Agathe, e ele não disse nada. E agora não poderia dizer. Não havia como voltar atrás, não havia maneira de ele entrar na sala de Welter e dizer: "Ah, esqueci de mencionar o homem-forte do circo, claro, só ouvi falar dele porque Agathe me disse, mas parece que ela acha que ele é uma espécie de fantasma e eu também posso ter esquecido de dizer que ela está hospedada na minha casa porque eu a amo há anos, mas não iria me dar ao trabalho de falar com ela, porque está se transformando em cachorro."

Quanto mais ele pensava naquilo, pior ficava: ruína, ridículo, desgraça, todas as coisas que ele temia, todas as coisas que o tinham feito se segurar antes, todas as coisas que lhe tinham custado Agathe agora pairavam sobre ele, e, atrás de todas elas, ele escutava o rangido e o clique da porta da cadeia.

Tibo sofreu a sensação da presa, o pânico que só aparece em pesadelos, quando "eles" estão logo atrás da porta, quando a fuga é compulsória e escapar é impossível, quando a captura seria quase uma bênção, ainda que apenas uma libertação do medo. Ele saiu de sua mesa e se colocou à janela, observando a rua, penteando o cabelo em gestos nervosos com os dedos. Andou de um lado para o outro pela sala. Saiu para fazer café. Mudou de ideia e voltou. Reparou, pela primeira vez, no cesto de papel que Peter Stavo tinha encontrado para ele e achou aquilo tocante.

Assoou o nariz e ajeitou as lapelas e então, antes mesmo de saber que era isso que ele ia fazer, caiu de joelhos na frente do brasão da cidade na parede, cobriu o rosto com as mãos e disse:

— Walpurnia, ajude-me! — falou ele. — Ajude-me. Eu tentei. Eu tentei de verdade. Eu tentei fazer a coisa certa por Ponto e olha só quanta vantagem isso me trouxe. E, se você não quiser me ajudar, pelo menos ajude a ela. Walpurnia, mostre-me o que devo fazer.

Ele só falou isso. Foi tudo que ele conseguiu encontrar para dizer. Se um homem é surrado e destruído, as palavras são poucas, mas, por menos coisas que tivesse a dizer, ele se lembrou de Agathe e, por menos que tivesse dito, foi suficiente.

É difícil dizer o que aconteceu. Um "rasgo": talvez essa seja a melhor maneira de descrever. Algo que se rasgou ou que mudou de posição ou que se deslocou para o lado, e, na outra extremidade, eu apareci. Foi uma manifestação magnífica. Quando desci daquele escudo, eu estava absolutamente radiante. Minhas vestes brilhavam, minha pele reluzia, meus olhos faiscavam, meu cabelo loiro e comprido esvoaçava com uma brisa com cheiro de orquídea vinda direto dos portões do Paraíso. Eu estava lindíssima. Claro que Tibo Krovic me enxergou como uma freira velha, coberta de verrugas, com uma barba preta comprida, mas, quando ele tirou as mãos do rosto e viu sua sala toda brilhando com a luz das estrelas, o efeito foi quase o mesmo. Coitado de Tibo. Um pouquinho de endosso celestial, a ideia de que alguém tinha reparado em todo o seu trabalho dedicado: foi só isso o necessário para deixá-lo feliz.

Foi tudo tão lindo que, quando eu falei, não fez diferença se as palavras saíram de baixo de um bigode grande e eriçado. Eu disse:

— Bom Tibo Krovic, eis o que você deve fazer: amar. Ame. Ame. E, mais do que isso, seja amado e esteja pronto para aceitar os presentes do amor em troca.

E então, como é mais ou menos obrigatório concluir com algum aforismo nessas ocasiões, eu disse a ele:

— Você é mais amado do que pensa, Tibo Krovic, e tem um amigo que vai ajudá-lo quando os cachorros saírem correndo. Vá procurá-lo. — Repeti isso mais algumas vezes, à medida que a última partícula de pó de estrelas se assentava no carpete, a cortina de tule voltava a descer e eu entrei no brasão da cidade mais uma vez. — Vá procurá-lo. Vá procurá-lo — disse. Talvez eu tenha exagerado um pouco nessa parte.

Mas, quando a sala voltou a ficar em silêncio e Tibo viu que sua respiração estava calma e uniforme, quando ele se levantou e passou as mãos no brasão para se assegurar de que era apenas madeira e tinta, ele se sentiu feliz e soube o que tinha de fazer.

— Eu sou o prefeito de Ponto! — disse ele e caminhou ligeiro até a mesa de Agathe e pegou uma folha de anotações com o brasão da cidade impresso.

Escreveu alguma coisa breve, em golpes rápidos de sua caneta-tinteiro, e praticamente saiu correndo da Prefeitura. Na avenida Ampersand, chamou outro táxi e, sete minutos depois (por causa do caminhão carregado de jornais que bloqueava a rua na frente da redação do *Pontense*), Tibo chegava ao Tribunal Distrital. Cumprimentou os funcionários conhecidos com acenos de cabeça e, na entrada do Tribunal nº 1, ele dobrou seu papel de recados no meio e entregou a um homem vestido com uniforme azul, parado ao lado da porta.

— Entregue isto ao advogado Guillaume, por favor — disse ele.

— Certamente, prefeito Krovic. É bom vê-lo de volta.

— Obrigado. Vou ficar esperando a resposta.

As portas do tribunal se fecharam no nariz de Tibo e ele ficou lá, com as mãos nos bolsos, assobiando "O garoto que eu amo", até que, alguns momentos depois, elas voltaram a se abrir.

346

— Aqui está, senhor — disse o atendente do tribunal e estendeu a mesma folha de papel dobrada.

Tibo a abriu. Ali, embaixo de seu próprio recado em garranchos, havia outro, tão curto quanto o seu, em letra ainda maior e mais rebuscada. Dizia: "Meu caro Krovic, espero que possa ajudar. Sinta-se à vontade para me fazer uma visita em casa, na rua Loyola, 43, em qualquer momento após as 9 horas desta noite." E então: "Acredito que não seja alérgico a pangolins. YG."

O crepúsculo de verão caía sobre a rua Loyola e morceguinhos gordos desabavam entre os postes de iluminação pública que iam acendendo quando Tibo chegou para seu encontro. Ele saiu embaixo do arco nos fundos do parque Copérnico e entrou em um mundo de cercas vivas de louro sombreadas e portões de ferro instalados entre pilares cobertos de musgo. Janelas com vitrais coloridos, com imagens de cestas de frutas transbordantes ou de garotas grandalhonas, com roupas inadequadas que mais pareciam marcas de chicotadas feitas de folhagem, reluziam em cima de todas as portas, menos na do nº 43. Ali, o vidro era bem simples, só tinha os algarismos romanos XLIII marcados em preto. No final do caminho, a porta da frente estava aberta e um papel de recado estava preso embaixo da enorme aldrava de ferro com o convite: "Entre, Krovic."

Tibo bateu só uma vez, bem forte, com a aldrava, pegou a folha de papel quando ela caiu e entrou na construção cheia de ecos, anunciando-se com olás enquanto avançava.

Não dava para precisar os limites da casa no escuro: era uma coisa vasta e incalculável de sombras e ecos, e a sugestão do contorno de portas fechadas. Tibo parou ao pé de uma escadaria gigantesca, algo roubado dos destroços:

— Olá? Yemko? Yemko Guillaume? Sou eu... Tibo Krovic.

Até que uma porta se abriu atrás dele e uma mancha oblonga de luz amarelo-manteiga se espalhou pelo chão.

— Não precisa procurar por mim lá em cima — disse Yemko. — O alto da minha própria escadaria tem sido *terra incógnita* para mim durante todos estes anos. São dezessete cômodos, acredito. Às vezes eu os vejo em sonhos. — Ele estendeu a mão. — Peço desculpas pela ausência do ritual de recepção, Krovic. Eu ouvi quando você bateu e corri para atender com toda a ligeireza dos pés à minha disposição. Entre.

Mas, antes de darem início à longa e lenta caminhada de volta para a sala, Yemko ergueu uma sobrancelha inquisitiva.

— Eu perguntei? Você é alérgico a pangolins?

— Perguntou, sim — respondeu Tibo. — E, até onde eu sei, por nunca ter visto um pangolim, não sou.

— Nunca viu um pangolim? Nossa, mas que vida estranha e protegida deve ser a sua. Precisamos remediar a questão.

No alto da prateleira no fundo da sala escura havia uma pose taxidérmica de um mangusto lutando com uma cobra pálida. À medida que seus olhos iam se acostumando à falta de luz, Tibo viu outra dançando ao redor de um galho seco e outra em que uma serpente dava o bote a seus pés. No total, eram meia dúzia: uma gaivota empoeirada de morte e veneno, uma floresta paralisada de combate retorcido, contorcido, de presas à mostra e veneno.

— Incomum — disse Tibo.

— Bastante — respondeu Yemko. — Foi o ajuste de uma dívida, sabe?

Yemko fez um barulho meio chupado meio piado com a boca e, bem como ele tinha prometido, um pangolim saiu arrastando os pés da escuridão atrás da estante, balançando a cabeça, esbarrando nas serpentes paralisadas, fazendo barulho com seu corpo ossudo.

— Permita-me apresentá-lo a Leônidas. — E, com uma curta mesura para cada um deles disse: — Senhor prefeito, Leônidas o pangolim; Leônidas, o prefeito Tibo Krovic.

Leônidas ergueu os olhos cheio de expectativa e Yemko coçou a pontinha de suas orelhas rosadas parecidas com as de um porco.

— Aaaaah, você gosta disto, não? — falou ele em tom afetuoso. — As escamas do pangolim são defumadas e usadas como cura para a sífilis, sabia? — disse ao prefeito.

— São usadas com cachimbo?

— Não, são defumadas como se defuma peixe. Não sei o que se faz com elas depois disso. Se são mastigadas? Se são transformadas em chá? Se são esfregadas na parte afetada? Quem sabe?

Yemko se virou para fazer sons afetuosos para seu companheiro, mexendo nas orelhinhas dele com carinho.

— Mas não vamos deixar os homens maaaaus fazerem isso com o pequeno Leônidas, não é mesmo? Não, não vamos. Os homens maus com suas partes nojentas e fedidas. Não.

Em um canto da sala havia uma escrivaninha; a escrivaninha de que Yemko tinha se levantado para atender à porta. A maior parte da sala estava afundada em sombras profundas, mas a escrivaninha de Yemko era iluminada por dois abajures ajustáveis, e havia uma enorme lente de aumento em um suporte fixado por cima de um torno minúsculo: o tipo de coisa sobre a qual os pescadores se debruçam no inverno, ao preparar moscas artificiais para a temporada vindoura. Um potinho de vidro de tinta de caneta brilhava com o líquido violeta e o resto da escrivaninha se perdia embaixo de uma nevasca de grãos de arroz.

Yemko fez um gesto vago na direção daquilo tudo.

— É um passatempo, sabe. Quer ver? — Ele direcionou Tibo para a cadeira com um gesto convidativo e colocou a lente de aumento em posição. — Eu sou um mero iniciante — ele disse com modéstia. Mas ali, de maneira bem distinta, estão as palavras de abertura de algum poema estranho escrito em um grão de arroz: "'Que lugar para um tubarão', o arauto exclamou"... com toda a pontuação no lugar certo.

Surpreendente. Tibo afastou os olhos da lente. Sem ela, mal dava para ver as marcas de tinta no arroz.

— Uma vez, cheguei até o "Perdoai as nossas" quando estava fazendo o pai-nosso, mas fiquei sem arroz. Vou tentar de novo. Esse é basicamente o texto padrão para as pessoas que compartilham da minha obsessão tola. Não sei por quê. Nem por que tem de ser uma peça inteira. Por que não livros inteiros de frases quebradas em um bolso cheio de grãos? Poesia reconstruída em pedacinhos minúsculos? Um risoto de cartas de amor, uma paella de sagas, um pilaff de sonetos, um jambalaya apimentado de dicionários? Tudo tão pequeno, menos as ideias. Pequeno. Acho que é disso que eu gosto. Eu compro um pacote de arroz e espalho na mesa, examino cada grão na esperança de que seja aquele que tenha desafiado os limites comuns do ser arroz, expandindo-se um pouco além do comum, deixando uma pequena margem para mais uma ideia, mas não encontro. A natureza é notadamente uniforme. Ela estabeleceu um limite para tudo, das diatomáceas às baleias-azuis. Tudo menos eu. Eu desafio os controles de limite dela. Peço licença. Preciso me sentar.

Tibo se levantou da cadeira apressado e ajudou Yemko a se acomodar nela. Ele se desinflou com um suspiro de exaustão.

— Pense em todo o trabalho e custo que cada um desses grãos representa. Quantas horas de labuta em plantações alagadas zunindo de mosquitinhos, os passos exaustivos e árduos atrás do búfalo, sua cauda batendo na água, o sol escaldante, as sanguessugas, o corpo encurvado de acabar com as costas, a repetição por incontáveis vezes, e tudo para produzir isto aqui.

Ele mexeu em alguns grãos com o dedo.

— E quando dá a volta ao mundo e chega à seção de alimentos da loja de departamentos Braun, é vendido por centavos... o suor humano custa muito barato. E olhe só para ele, como é branco... uma palavra derivada para brancura e, no entanto, não é branco de jeito nenhum. Olhe para este aqui. — Ele pegou um grão isolado. — Cinza-perolado. Alguns são quase translúcidos, como vidro moído, alguns têm aquele olho branco profundo preso no meio... está vendo? Isso me lembra aqueles insetos presos em pedaços de âmbar que aparecem na nossa praia de vez em quando, mas é como um pedacinho minúsculo de neve preso no gelo. Fico imaginando por quê. Qual pode ser a possível causa disso? Acredito que exista um livro a respeito do arroz a ser escrito. Deve estar à espera na máquina de escrever de alguém. Não na minha, creio. Às minhas costas, sempre escuto a carruagem alada do Tempo. Haveria até espaço para um parágrafo sobre o grão longo e amarelo, pavoroso e barato, que importam da América; e talvez um capítulo para o arbóreo, um capítulo discursivo acompanhando o avanço lento do Pó e patinando, como um mosquito em uma lagoa, sobre seus pântanos cheios de malária, passando por Turim, para acabar em uma poça de risoto com tinta de lula. E é necessário que haja página após página para o basmati. O basmati é o príncipe do arroz, sabe? Aquele sabor cheiroso, aromático, quase floral. Eu seria capaz de comer só isso, sem nada, só um pouquinho de sal para dar sabor. Milhares de pessoas fazem isso, milhões, suponho, todos os dias. Muitos milhões mais se contentam com menos do que isso, ou com absolutamente nada. Os indianos, quando o cozinham, têm um provérbio. Dizem que os grãos devem ser como irmãos: próximos, mas não grudados. O basmati é o arroz preferido daqueles que seguem este meu chamado estranho. É por causa das laterais achatadas dos grãos, sabe... a superfície ideal para escrever. E é regular, tão regular quanto qualquer coisa na natureza pode ser, e, no entanto, é todo diferente: não há dois que o sejam exatamente a mesma coisa, eles nunca têm bem o mesmo tamanho, nunca têm bem o mesmo formato, sempre são um pouquinho lascados ou um pouquinho encurvados ou um pouquinho disformes. Bem parecidos conosco, prefeito Krovic. Bem parecidos com os pontenses com os quais você se preocupa tanto, cada um de nós um pouquinho lascado ou um pouquinho encurvado ou um pouquinho disforme. Talvez isso se aplique até a você, o bom Tibo Krovic. Foi por isso que veio até a minha casa na calada da noite?

Tibo disse:

— Uma vez, há muito tempo, você me ofereceu ajuda. Da maneira que eu me lembro, nós nos encontramos na galeria e você me disse...

Yemko ergueu um só dedo para silenciá-lo.

— Claro, por conhecê-lo como eu conheço — disse ele —, não pode haver possibilidade de um homem com o seu histórico e a sua reputação jamais ter se envolvido em nada que exija a minha assistência ou os meus conselhos profissionais

Tibo disse:

— Mas..

Yemko ergueu uma sobrancelha.

— Não pode haver nenhum "mas" — avisou ele. — Nem é necessário dizer que você é inteiramente inocente de qualquer deslize e veio aqui pedir meus conselhos em nome de um amigo desafortunado. — Yemko puxou de leve as orelhas do pangolim, que estava enrolado em cima de seu barrigão. — Diga o que está acontecendo. Aliás, melhor ainda, explique a situação toda a Leônidas. Acredito que as suas próximas palavras devem ser: "Leônidas, eu tenho um amigo...".

Yemko se afundou em sua cadeira e sua cabeça enorme desapareceu nas sombras, que pareciam ser atraídas por ele da mesma maneira que a lua atrai os mares. A luz brilhava dos grãos de arroz que reluziam na escrivaninha, tudo parecia aveludado.

Tibo disse:

— Leônidas, eu tenho um amigo, e, já há algum tempo, esse amigo é apaixonado pela Sra. Agathe Stopak, a secretária do prefeito de Ponto. — Tibo não poderia ter imaginado uma confissão mais surpreendente. Em algumas palavras, ele tinha confessado a Yemko Guillaume o segredo mais fantástico da criação, uma verdade que ele tinha escondido de todo mundo, a razão por que as estrelas ficam penduradas no céu, o motor secreto que movimenta as estações, e a única resposta de Yemko foi uma tossidinha educada que poderia ter servido para disfarçar um risinho abafado.

— Desculpe-me, prefeito Krovic, mas Leônidas sabe disso há anos. Acho que a primeira a lhe dizer foi Sarah, a moça que faz o troco no segundo melhor açougue da cidade. Toda a Ponto sabe disso há anos. Por favor, diga a Leônidas algo um pouco mais surpreendente.

Se Tibo estivesse apenas estupefato, provavelmente não conseguiria seguir em frente, mas a percepção repentina de que seu segredo era conhecido, de que ele era o único homem em Ponto que não achava aquilo banal nem lugar-comum (até mesmo enfadonho) estava muito além do estupefaciente. Sua boca ficou se mexendo de maneira inútil por um segundo ou dois, e então, agradecido pela escuridão confessional que enchia a sala, ele contou sua história.

No final de tudo, Yemko soltou um suspiro, parecido com a descrição que os viajantes do extremo norte fazem dos suspiros das grandes baleias no meio de um oceano de gelo, e disse:

— Isso é quase demais para acreditar. Transmutação é uma coisa.. afinal, Leônidas era um mestre de dança em uma academia particular de moças até as coisas ficarem pesadas demais para ele, e, suponho, um circo fantasma operando no coração da nossa cidade é plausível, mais ou menos. Sim – Ele ficou girando os polegares. — Sim, eu poderia convencer um júri disso, mas a ideia de que o prefeito de Ponto, o bom Tibo Krovic... ou, pelo menos, um amigo próximo e íntimo dele... poderia abrigar uma fugitiva de um caso de assassinato, com ciência do fato? Bom, isso é absurdo, é ridículo, é absolutamente fantástico. — Ele se virou deliciado para Tibo e disse: — Sabe o que isso significa?

— Significa que ninguém vai acreditar em mim e que eu me preocupei inutilmente por causa de nada?

— Meu Deus, não, Krovic! Significa ruína, desgraça, perda de reputação. Significa prisão e, acima de tudo, extinção total dos direitos à aposentadoria! Krovic, você seria enforcado por isso se fosse permitido, e crianças pequenas e senhoras de idade seriam pisoteadas na correria. Você é a mesma coisa que eles, Krovic. Como pode achar que eles vão perdoar isso?

Tibo ficou sentado em silêncio em um canto envolto em sombras. Ele sabia que era verdade.

— Você me disse que, se os cães de caça estivessem no meu encalço, você iria me ajudar.

— E eu falei sério. Está disposto a se colocar totalmente nas minhas mãos?

— Claro que sim.

— Então vou lhe fazer uma visita amanhã à noite. Vá trabalhar como sempre. Comporte-se normalmente. Permaneça calmo. Agora, seja um bom camarada e permita-me não o acompanhar até a porta.

Tibo se levantou para sair, mas, antes de a porta da sala se fechar, Yemko falou do meio das sombras mais uma vez:

— Você não é exatamente igual a eles, sabe? Depois de todo este tempo, Tibo Krovic, acho que talvez eu tenha encontrado o meu grão de arroz fora do comum

A madressilva se derramava no ar da noite e mariposas bêbadas se debatiam enlouquecidas nas lâmpadas dos postes da rua enquanto Tibo caminhava para casa atravessando o parque Copérnico, com seus sapatos pretos pesados esmagando as pedrinhas das trilhas bem conservadas. Quando ele chegou à casa velha no final do caminho ladrilhado de azul, teve o cuidado de não encostar no sino ao lado do portão; ele tinha deixado a porta da frente destrancada para que pudesse entrar sem fazer barulho e sem incomodar Agathe. Mas ela estava à espera dele, mesmo assim. Foi correndo até a porta para recebê-lo e dançou a seu redor em círculos alegres no hall de entrada. A transformação dela era total.

Nas horas que Tibo tinha passado fora, Agathe tinha abandonado as roupas, da maneira como disse que faria, e agora era um dálmata completo. Ela abanou o rabo toda contente para ele e disse:

— Eu sabia que era você, eu sabia que era você. Escutei quando entrou na rua.

— Não, você não poderia ter escutado.

— Sim, eu escutei, e o sino na entrada o entregou.

— Eu não encostei no sino.

— Ele canta de felicidade quando você passa, Tibo. Você não sabia disso?

— Eu não sabia — respondeu ele. Ele não conseguia manter o pesar afastado da voz. — Vou para a cama agora.

No pé da escada, observando-o subir, ela disse:

— Eu amo você, Tibo Krovic.

— Eu amo você também, Agathe.

— Ah, mas eu amo você como você merece ser amado, como um cachorro ama, sem pedir nada em troca além da oportunidade de amá-lo mais.

Tibo disse:

— Eu a amo como um cachorro desde que sou capaz de me lembrar. Agora, você vai dormir no chão da cozinha de novo ou vai vir para a cama?

Agathe não disse nada, e Tibo se deitou sozinho, em cima da colcha que sua mãe tinha costurado havia muito tempo. Ele deixou as cortinas abertas para que o sol o acordasse com gentileza pela manhã e ele olhou da cama para o guarda-roupa com espelho na porta, para o reflexo das solas de seus pés. Ele estava desperto.

Depois de um tempo, Tibo escutou o som de Agathe subindo a escada, o barulho das unhas pretas contra o assoalho. Ela parou à porta e se sentou, observando-o em silêncio. Ele olhou para ela sem dizer nada. Deu tapinhas de incentivo no colchão. Agathe avançou de cabeça baixa até o lugar em que a mão dele estava pendurada na lateral da cama e lambeu seus dedos. Ela subiu na cama e se enrolou aos pés dele. O luar que entrava pela janela fez sua pele branca ficar prateada, fez as marcas pretas que a salpicavam ficarem escuras como tinta. Ele a acariciou com suavidade.

— Estou muito feliz — disse ele — que o fato de se transformar em cachorro não a tenha roubado o dom da fala.

— Ah, Tibo, não seja bobo. Todos os cachorros falam. Nós simplesmente preferimos não falar, nós escutamos mais do que falamos. É uma maneira de amar.

— Existem outras maneiras?

— Existem, Tibo.

E então era de manhã.

Apesar de tudo que Yemko tinha lhe dito ("Vá trabalhar como sempre. Comporte-se normalmente. Permaneça calmo"), o dia não foi nada comum para Tibo. Ele não conseguia se comportar normalmente. Ele não estava calmo. Para começo de conversa, acordou, exausto, em uma confusão de lençóis, atrasado demais para pegar o bonde para o trabalho, com Agathe a seu lado. A boca dela estava aberta, com a língua aparecendo entre os dentes fortes e brancos enquanto ela respirava. Ele a deixou dormindo e preparou o café da manhã, que deu para ela com os dedos enquanto ela se deitava por cima dele na cama, e deu beijos no nariz dela entre os bocados.

— Eu preciso ir trabalhar — disse ele, finalmente.

— Por que você precisa ir trabalhar? — perguntou ela, e, como os dálmatas enxergam as coisas com muito mais clareza e Tibo não foi capaz de pensar em nenhuma resposta razoável, ficou mais um pouco.

— Eu preciso ir trabalhar — disse ele, finalmente.

— É, acho que precisa mesmo — disse Agathe. — Quer que eu vá com você?

— Não, acho que não. Acho que Peter Stavo não iria compreender.

— Ele nunca gostou de cachorros — disse Agathe.

Então Tibo foi para o centro sozinho e, apesar de ser quase meio-dia quando ele chegou à porta do Anjo Dourado, mesmo assim resolveu parar para tomar um café. O movimento da manhã tinha acabado, o movimento do almoço não tinha começado, e Tibo ocupou seu lugar de sempre na mesa alta perto da porta.

Um momento ou dois depois, um garçom deu início a seu lento deslizamento, dando um passo à frente, com o guardanapo pendurado no braço, pronto para pegar o pedido de sempre do prefeito. Mas ele parou no meio do caminho, paralisado no lugar em que estava por um flash de código morse das sobrancelhas de Cesare, e, então (surpresa das surpresas), *il patrone* em pessoa saiu de trás do órgão de café e disse:

— O que posso lhe oferecer, senhor prefeito?

Tibo estendeu a mão e Cesare a apertou e eles se olharam nos olhos por um tempinho e Tibo disse:

— O de sempre, por favor, Sr. Cesare.

Cesare estalou os dedos em cima da cabeça como se fossem castanholas e, sem soltar a mão de Tibo, berrou:

— O de sempre para o meu amigo prefeito Krovic. — E então, em tom confiante, ele perguntou: — Como estão as coisas?

— Cem vezes piores — respondeu Tibo. — E muito, muito melhores.

Cesare disse:

— Um bom amigo meu certa vez disse que não existe tanto amor assim no mundo a ponto de podermos nos dar ao luxo de desperdiçar uma única gota dele, não importa onde o encontramos. O seu café está aqui.

Cesare pegou uma xícara do garçom que agora estava parado, todo nervoso, ao lado do ombro dele, e colocou com cuidado na mesa à frente de Tibo.

— É oferta da casa — disse ele. — Aproveite. — E se retirou para o órgão de café mais uma vez.

Quando, alguns momentos depois, Tibo terminou o café e saiu para a rua do Castelo, Cesare não se despediu dele, nem mesmo com um aceno de cabeça. Tudo que precisava ser dito tinha sido dito: não havia mais nada a acrescentar.

A rua do Castelo, o Anjo Dourado, a ponte Branca, a praça da Cidade, nada daquilo estava comum ou normal, tudo tinha assumido uma cor nova para Tibo, era como se ele estivesse vendo tudo pela primeira vez, como se estivesse vendo tudo pela última vez, e então, quando chegou a seu gabinete, lá estava a carta, à sua espera, em sua mesa. Não estava assinada, mas Tibo reconheceu a pena larga e a caligrafia floreada. Ele tinha visto aquilo pela primeira vez no dia anterior, em um pedaço de papel timbrado do conselho.

Dizia o seguinte: "Levando em conta todo o burburinho dos últimos dias, talvez seja bom que você tire umas pequenas férias em Traço. Informe às pessoas que precisem ser informadas. Deixe todas as providências comigo. Nós nos vemos hoje à noite."

Burburinho. Uma palavra simpática. Tibo a experimentou na boca um pouco:

— Burburinho. Burburinho — e percebeu que tinha o gosto de uma carpa enorme afundando silenciosamente em lagoas verdes e profundas.

Tibo pegou mais uma folha de papel de recados da mesa de Agathe e escreveu uma carta para o escriturário da Prefeitura. "Caro Gorvic, não estou muito bem. Resolvi passar alguns dias em Traço para mudar de ares." Ele olhou para o bilhete com orgulho. Era sua primeira mentira oficial.

Então, depois de ter respondido algumas cartas e de ter escrito "A opção mais barata nem sempre é a melhor" por cima de um pedido do Departamento de Parques, ele viu que não tinha sobrado quase nada a fazer. Então, depois de passar meia hora pensando no que ele passava sempre o tempo todo fazendo, Tibo encheu os bolsos com biscoitos de gengibre da lata ao lado da máquina de café e voltou para casa a pé, mastigando-os pelo caminho.

Agathe estava no jardim. O vento tinha se virado para o sudoeste e o clima frio da semana anterior tinha ido embora. Ponto estava banhada pelo sol, deleitando-se com os últimos poucos dias de veranico, antes que a Banda da Brigada Anti-incêndio empacotasse seus címbalos e suas tubas, antes que os gansos do Ampersand sentissem o cheiro do vento e voltassem a cabeça para o sul e saíssem voando, arrastando o inverno atrás de si em suas asas.

Ela tinha passado a manhã toda deitada à sombra fresca e redonda de um arbusto enorme de cotoneáster. O sol que penetrava entre as folhas criava sombras escuras e pintadas em sua pele, e ela tremelicou quando uma mosca pousou em sua orelha. Não havia nada para ver. Ela gostou daquilo. Gostou de ficar lá deitada e escondida, fora da vista, em segurança. Gostou de não precisar se preocupar com a roupa lavada, sem ficar nervosa com a possibilidade de algum moleque da rua do Canal chutar uma bola de futebol suja no varal. Não precisava mais esconder a bolsa. Nem tinha mais bolsa, nem tinha bolso para guardar seu porta-níqueis... mas tinha o bastante para comer, era amada e não tinha medo.

Deitada à sombra, deleitada no calor e na luz esverdeada que refletia do gramado, Agathe pensou: "Isto aqui é gostoso." Ela se esticou e rolou de barriga para cima. A terra seca com suas folhas mortas salpicadas a deixava limpa e branca. "Isto é gostoso", ela pensou. "Tenho Tibo para tomar conta de mim, ele me deixa amá-lo, ele não se irrita e eu não preciso fazer nada. Isto é gostoso." Ela sentia que tinha acordado de um longo sono em que tinha se imaginado como mulher, adulta, com emprego, que tinha vivido e amado e tinha sido feliz e triste (às vezes muito triste) e então, bem quando o sonho tinha ficado demais para ser suportado, ela tinha retornado a si mesma e para sua vida real de cachorro. Ela sentia tanto alívio e contentamento, e estava surpresa consigo mesma e com a vida que tinha levado antes. Era como se ela tivesse sido criada em alguma espécie de labirinto de espelhos em um parquinho itinerante e que só agora, deitada embaixo de um arbusto ao sol, era capaz de ver o mundo como ele realmente era pela primeira vez, sem distorções nem oscilações.

Agathe rolou para cima da barriga. Ela sentia rodas de sol quente em sua pele, onde entravam pelo guarda-sol furado do arbusto. A mosca pousou na orelha dela de novo, mas desta vez ela a deixou ali. Havia o som de um cortador de grama trabalhando sob o sol da tarde a dois jardins de distância. Lentamente, ela caiu no sono.

Quando Tibo chegou em casa, à construção antiga no fim do caminho ladrilhado de azul, atravessou a cozinha chamando o nome dela, encontrou a porta do jardim aberta e se sentou na grama para observá-la, aproveitando a visão. Ele pegou mais um biscoito de gengibre do bolso e quebrou no meio. O barulho repentino a acordou.

— Quer um? — perguntou ele.

— Eu me lembro destes — disse ela, como se os biscoitos de gengibre da Prefeitura pertencessem a um tempo anos antes, não ao dia antes de ontem na sala de Peter Stavo.

Ele lhe ofereceu mais um.

— Agathe, eu vou partir em breve.

— Vai, mas eu vou com você, não vou?

— Se quiser vir, sim. Eu gostaria que viesse comigo.

— Então tudo bem.

— Sim, Agathe. Acho que tudo bem.

Ele segurou mais um biscoito de gengibre entre os lábios e ela o abocanhou.

— Vamos entrar em casa agora, Agathe.

Tibo voltou para casa pela porta da cozinha, e um pouco depois ela o seguiu para dentro. Ainda estavam na cozinha, Tibo sentado à mesa, Agathe acomodada embaixo dela, quando, quase às 10 horas da noite, a campainha da porta tocou.

— Fique aqui — disse ele.

Tibo se apressou em abrir a porta e encontrou Yemko, respirando com dificuldade e quase incapaz de permanecer em pé, pedindo, com chiados insistentes:

— Uma cadeira, pelo amor de Deus, Krovic, uma cadeira! — arfou ele. — O caminho do seu jardim é um tormento interminável.

Tibo correu de volta até a cozinha e voltou com uma cadeira de espaldar reto que rangia de maneira discreta. Ao fechar a porta da frente, o bom prefeito Krovic reparou no volume assemelhado ao de um rabecão do táxi de Yemko, resmungando em cima das molas quebradas, iluminado por um poste com lâmpada amarela, esperando, obscuro.

Ele fechou a porta.

— Posso lhe oferecer alguma coisa? — perguntou Tibo.

Yemko sacudiu a cabeça. Ficou sentado com o corpo meio dobrado na cadeira de cozinha, com as mãos soltas ao lado do corpo, a pasta de advogado a seus pés, até que, apesar da ordem de Tibo, Agathe saiu da cozinha, percorreu o corredor sem fazer barulho e, delicada, cheirou os dedos enormes de Yemko e depois os lambeu.

Ele baixou os olhos para ela e sorriu. Disse:

— Era uma vez uma moça muito querida a quem prometi minha amizade. Infelizmente, se ela estivesse aqui hoje, e se fosse uma fugitiva da justiça, eu não teria alternativa além de entregá-la às autoridades, mas você — disse ele, acariciando a cabeça de Agathe — me faz pensar em como ela era adorável e encantadora, apesar de ser, de maneira muito óbvia, apenas um cachorro.

Agathe não disse nada ao ouvir isso, mas ficou olhando nos olhos de Yemko por algum tempo, até ele dizer:

— Meu Deus, Krovic, você não tem uma cadeira mais macia do que esta, e não tem bebida na casa do prefeito de Ponto?

Tibo foi na frente para mostrar o caminho até a sala de estar, onde Yemko encheu o sofá, aninhando nas mãos uma taça de conhaque improvável. Ele parecia estar totalmente à vontade, mas, quando Tibo foi fechar as cortinas e acender as luminárias, ele sibilou um aviso:

— É melhor não, meu velho. Vamos deixar as coisas como estão por enquanto.

Yemko abriu a pasta e tirou de lá uma nevasca de papéis.

— Estou certo em acreditar que você é desconhecido em Vírgula, prefeito Krovic?

Tibo assentiu.

— Eu nunca estive lá — disse ele.

— Muito bom. — Yemko entregou o primeiro de seus documentos. — Este aqui é um testamento, datado de seis meses atrás, nomeando como seu único beneficiário um tal de Gnady Vadim, viajante comercial da rua Mazzini, 173, Vírgula. Ele determina que eu seja o seu executor e me instrui a vender esta casa e seu conteúdo e passar a renda e todos os direitos de aposentadoria para o caro Gnady. Está adequadamente assinado por testemunhas e registrado em cartório, só precisa da sua assinatura.

Do bolso de cima, Yemko tirou uma caneta-tinteiro preta e gorda e, com a mão esquerda, apresentou mais uma pilha de papéis.

— Estes documentos o identificam, de maneira indiscutível, como Gnady Vadim da rua Mazzini, 173, Vírgula. Isto — Yemko acenou com um livrinho de capa azul — é a conta no banco dele e estas — ouviu-se um tilintar de metal prateado entre seus dedos — são as chaves do apartamento da rua Mazzini, 173.

O bom prefeito Krovic começou a falar, mas Yemko o silenciou com uma sobrancelha.

— Não interrompa — disse ele. — Amanhã de manhã, às sete, o meu táxi vai chegar ao portão do seu jardim. O motorista vai descer. Você e qualquer companhia de sua escolha pegarão o carro e irão, com as cortinas das janelas fechadas, até a balsa das 7h30 para Traço. Na balsa, você e sua companhia vão permanecer, o tempo todo, dentro do táxi. Você não vai falar com ninguém. Quando chegar a Traço, você vai até este lugar, de carro — ele entregou um folheto a Tibo. — É um hotel em que uma reserva foi feita em seu nome, incluindo serviços completos de garagem para o seu veículo. Você vai para o seu quarto sozinho, e qualquer companhia deve permanecer no táxi o tempo todo. Você vai jantar antes de entrar em uma embarcação muito pequena, frágil de dar dó, que foi providenciada para um passeio relaxante de pesca noturna... passeio que vai terminar em tragédia, e do qual você e qualquer companhia jamais voltarão.

— Nunca mais voltar — disse Tibo com palavras vazias.

— Nunca porque, se você usar isto... — mais um floreio pequeno e prateado fez aparecer uma bússola de bolso. — Se você usar isto e navegar a noite toda, com sorte vai estar em Vírgula pela manhã. Afunde o bote. Afunde Tibo Krovic com ele, desembarque na praia como Gnady Vadim, caminhe com suas botas molhadas até a rua Mazzini. More lá com a companhia de sua escolha mais ou menos durante um mês... há o suficiente para isto na conta do banco... e, muito em breve, você vai receber a herança do coitado do primo Tibo. Daí você simplesmente desaparece.

Depois de uma longa semana de surpresas, o bom prefeito Krovic se pegou mais surpreso do que nunca.

— Alguma coisa nisso está de acordo com a lei? — perguntou ele.

— Coitado, coitado de Tibo Krovic. O coitado do bom Tibo Krovic ainda se incomoda com o que está de acordo com a lei em vez de pensar no que é certo, ainda não sabe se o que é certo também é o que é bom. Faz diferença? Você se importa? Que diferença faz? Está de acordo com a lei? Não! Mas a pergunta que você deveria ter feito é: "Isso vai ser válido no tribunal?" E eu garanto que sim. Agora, assine.

O coitado do Tibo passou a noite toda acordado, repreendendo a si mesmo por não dormir o suficiente antes de sua longa viagem até Vírgula, apavorado com sua segunda mentira oficial e ouvindo Agathe dormir no lugar em que ela estava apoiada sobre seu braço esticado. Ela era uma sinfonia de balbucios e tremeliques, sons e movimentos bruscos estranhos na cama. "Caçando coelhos", é assim que chamam. Ele deu um beijo suave no alto da cabeça dela e voltou a escutar com atenção no escuro.

Às 4 horas, Tibo caiu no sono. Às 5, o seu despertador tocou e ele acordou, mais exausto do que nunca. Agathe continuou dormindo. Sozinho na cozinha, Tibo preparou café e ficou escutando os passarinhos no jardim. Pegou sua xícara e caminhou pela casa, despedindo-se das coisas, de seus livros, de móveis com os quais nunca tinha se importado até agora, de ornamentos, de coisas sentimentais aleatórias que o ligavam àquela casa, à infância, a Ponto. Ele ia embora, e precisava deixar tudo para trás.

Tibo abriu a porta do quarto antigo de sua mãe, a cama fria, em que ninguém dormia havia anos, as cortinas que nunca fechavam, a minha foto com uma barba que parece uma cerca viva, tudo calmo de seu imóvel, calmo e úmido e empoeirado. Na penteadeira, havia uma fotografia minúscula do pai dele: não o pai que ele tinha conhecido, mas um rapaz bonito e alegre. Com o dedo, Tibo a empurrou até cair, virada para baixo, no tapete. Ele pisou em cima dela com o calcanhar até ouvir o vidro quebrar. Então foi fazer as malas.

Tibo só pegou o tipo de roupa que um homem levaria para um fim de semana relaxante em Traço. Deixou seus ternos pendurados no guarda-roupa, as gravatas no suporte. Não havia espaço em sua mala de mão para o prefeito de Ponto.

Às 6, Tibo preparou ovos mexidos com torrada e os compartilhou com Agathe, tirando a parte dela do próprio prato. Às 6h30, a louça estava empilhada no escorredor da cozinha e Tibo estava sentado no sofá, olhando pela janela. Quando entrou na rua, o táxi preto trouxe sombras consigo. Tibo o ouviu gaguejar ladeira abaixo desde o quiosque, as mesmas batidas insistentes que o perseguiam em seus pesadelos, e então, com um último peido, parou ao portão. O motorista, um homem alto e magro que Tibo reconheceu do piquenique de Yemko no coreto, tantos anos antes, desceu e lançou um olhar direto e cheio de significado subliminar para a casa. Tirou o quepe de motorista de táxi com a placa numerada prateada e, com um aceno final para Tibo, jogou-o pela janela aberta no assento do motorista, deu de ombros e saiu andando.

— Está na hora — disse Tibo. — Fique no hall de entrada até eu chamar.

Tibo percorreu o caminho ladrilhado de azul carregando dois cobertores grossos, que ele jogou dentro do táxi. Deixou a porta aberta e voltou para a casa, onde Agathe o esperava no hall de entrada.

— A rua está vazia — disse ele. — Corra.

Tibo pegou a mala de mão e a trouxa de cortina com as roupas dela e observou enquanto Agathe pulava para dentro do táxi. Ela o espiou, olhando-o do meio dos cobertores no banco de trás, enquanto ele trancava a casa e carregava a bagagem pelo caminho e, então, disfarçado com o quepe do taxista, dava a partida com o carro.

— O seu sino está chorando — disse ela.

— Eu sei. Estou ouvindo.

Ele virou na rua Cervantes, em direção às docas, e, alguns minutos depois, estava acomodado a bordo da balsa de Traço, passando pelo farol. Tibo se agarrou à direção do táxi. Ele não saiu do assento. Manteve a ponta do quepe bem abaixada. Ficou com o rosto virado firme para frente, mas seus olhos estavam no espelho e a imagem de Ponto ia desaparecendo atrás dele. Foi ficando cada vez menor, mais apagada, mais cinzenta e mais enevoada, até ficar da cor do mar, desaparecer nas ondas e não sobrar nada além do domo pálido e esverdeado da catedral e, finalmente, só eu, brilhando dourada por um momento e desaparecendo como um ninho de corvo em uma traineira afundando.

Quando Ponto desapareceu completamente, Tibo ficou olhando fixo para frente através dos espirros da água, até Traço crescer para fora do mar; primeiro a fumaça rala e cinzenta dos defumatórios, depois o cheiro inconfundível de peixe carregado pelo vento, as chaminés erguendo-se das ondas, os telhados vermelhos, as casas brancas e, logo, o cais onde a balsa aportou.

O bom prefeito Krovic pegou o folheto do hotel que Yemko tinha lhe dado e o abriu por cima da direção, segurando com os polegares. As instruções que ele seguiu o levaram através das ruas estreitas da cidade de Traço e para o outro lado, onde os paralelepípedos se transformavam em uma rua estreita de areia batida que serpenteava entre dunas cabeludas até a ponta mais extrema da ilha. Era o último lugar do mundo: uma pousada minúscula no fim de uma praia perdida e, além dela, o horizonte e, além dele, nada que não fosse céu.

Tibo entrou com o táxi pesadão no pátio, onde as portas duplas do estábulo estavam abertas para recebê-lo. Ele ajeitou Agathe em seu ninho de cobertores e a beijou mais uma vez.

— Eu volto daqui a algumas horas — disse ele. — Fique bem quietinha. Fique aí e tente dormir. O tempo vai passar mais rápido assim.

Ele se assegurou de que as persianas estavam bem firmes em cima das janelas e estava acabando de fechar as portas do estábulo quando uma mulher gorda vestida de preto irrompeu no pátio.

— Você é o Sr. Krovic? — perguntou ela. — Nós estávamos à sua espera.

Era a primeira vez, em 23 anos, que alguém o chamava simplesmente de "senhor" Krovic, e demorou o tempo de formar um sorriso antes de ele dizer:

— Sim, sou eu.

E entrou na pousada.

O Rainha Cate era o tipo de lugar em que Tibo ficaria feliz de passar todos os seus dias: escuro e de pé-direito baixo, tão tingido de fumaça quanto qualquer salmão de Traço, mas faiscante por causa da luz do mar que entrava pelas janelas minúsculas com seus painéis de vidro verde enrugado. Era assombrado pela música das ondas, reconfortado pelas gaivotas e aromatizado em todos os lugares pelo cheiro da cozinha da Sra. Leshmic.

— Chegou bem na hora do almoço, certinho — disse ela e o colocou em uma mesa ao lado da lareira, onde o carvão estava quase adormecido e balbuciava, e onde ele comeu tortas de carne quentes, bebeu cerveja vermelha forte e experimentou um bom pão com queijo, até suspirar bem feliz e ir dormir.

Mas, no estábulo, apesar do que ele tinha dito a ela, Agathe não dormiu. Ela tentou. Ela se deitou no banco traseiro largo do táxi, com o corpo dobrado todo desajeitado na cratera onde Yemko tinha esmagado as molas além de seu último ranger de elasticidade, mas ela não dormiu. Depois de um tempo, com o nariz próximo ao estofamento, absorvendo o cheiro do couro e de bundas, e uma galáxia de migalhas de cobertura de biscoito que tinham se acomodado nas rachaduras entre as almofadas, Agathe se sentou ereta e apertou os olhos pela fresta da cortininha que cobria a janela. Seu nariz deixou uma marca redonda. Sua respiração embaçou o vidro. Do lado de fora do carro, o estábulo era escuro e empoeirado. Havia um facho largo e entrecortado de luz amarelada que entrava por baixo das portas de madeira antigas, mas era cansado e débil demais para alcançar os cantos da construção. Ela enxergava o piso de tijolos gastos, afundado em canais onde carroças tinham rodado todos os dias, desde que as ferraduras tinham sido inventadas, e alguns fiapos soltos de palha velha que tinham sido soprados de algum lugar e as latas e ferramentas meladas de graxa e empoeiradas de sempre, que sempre vão parar em garagens, e quase mais nada. Não havia nada para olhar. Mal fazia dez minutos que Tibo tinha saído e ela já estava entediada. Ela pulou para o outro lado do assento e olhou pela outra janela. Não havia nada daquele lado além de uma parede com um pedaço de saco velho pendurado. Tédio. Nada para olhar. Nada para cheirar. Ninguém com quem brincar. Tédio.

— De que adianta, porcaria? — perguntou ela. — De que adianta ser cachorro se não é divertido?

Ela enfiou o nariz pelo pequeno arco recortado na janela que dividia o motorista dos passageiros e procurou algum indício de Tibo, mas não encontrou nenhum, só o cheiro de lã velha do quepe do taxista e o cheiro alcatroado que tinha sobrado do cachimbo dele. Nada de Tibo. Nada de amor. Só um cheiro de "solitário".

Agathe segurou a vontade de uivar, virou-se três vezes nos cobertores e os transformou em algo como os ninhos de merengue que a Sra. Oktar costumava vender no balcão das tortas dela e, com um pequeno ganido que soou como "Tibo", ela se deitou com o queixo apoiado nas almofadas de couro.

Horas se passaram. A linha de sol embaixo da porta do estábulo se alongou um pouco e então voltou a recuar para as sombras. Dentro do táxi ficou escuro, mas foi só quando os primeiros clientes da noite chegaram ao bar, a porta bateu com o vento e uma avalanche minúscula de areia se derramou da praia e sussurrou no piso de pedra que Tibo acordou.

A Sra. Leshmic sorria para ele de trás do balcão.

— Parece que você estava precisando descansar — disse ela.

Tibo esfregou os olhos com a quina das mãos.

— Que horas são?

— Passa um pouco das 6, meu caro. Mais uma cerveja? Que tal um pouco de rum? Essa bebida é famosa por aqui.

Tibo pediu um café sem rum ("Quem sabe mais tarde") e anunciou:

— Eu realmente preciso ir desfazer as malas.

Os clientes habituais do bar se inclinaram um pouco mais para perto de suas bebidas quando ele se dirigiu para a porta, e Tibo imaginou que estivessem falando dele, "um desconhecido por aqui".

Ele encontrou Agathe esperando ansiosa por ele no táxi escuro e deu a ela os biscoitos que tinha guardado do café.

— Só mais algumas horas e vamos tomar o nosso rumo — disse ele. — Está uma noite linda para um passeio de bote, e vamos estar em casa pela manhã.

Ele deu mais um beijo no nariz dela, ergueu a mala no ombro e voltou para a pousada.

Tibo não se deu ao trabalho de desfazer a mala. Deixou-a na cama e passou as horas seguintes ao lado da janela no bar, observando o mar, observando as ondas, observando velas distantes. Às 8, quando as nuvens ficaram mais espessas nas beiradas do mundo, ele pediu à Sra. Leshmic que preparasse alguma comida para a pescaria noturna e saiu:

— Só para tomar um ar.

O pátio estava deserto, mas, no táxi, Agathe estava de mau humor e quase histérica de tanto tédio.

— Cheguei à conclusão de que ser um cachorro é muito parecido com voltar a ser uma menininha... sempre esperando os adultos, sempre tendo que fazer o que eles mandam.

— Mas eu achei que era isso que você queria. Achei que você queria me seguir até em casa para que eu pudesse cuidar de você.

— Não foi nada disso que eu quis dizer — respondeu ela. — Passei o dia inteiro trancada aqui. Quanto tempo ainda falta?

— Só mais uma hora — prometeu ele. — Só mais um pouquinho.

Ele pegou a trouxa dela e se apressou para longe da pousada, deslizando através das dunas vazias até o fim da ilha, fora da vista do Rainha Cate.

— Eu não preciso mais dessas coisas — Agathe tinha reclamado.

— Mas não podemos deixar aqui para alguém encontrar. Precisamos levar conosco.

Ali parados, na ponta extrema de Traço, com a trouxa de Agathe escondida nos arbustos a seus pés, Tibo olhou para trás, para o caminho que tinha percorrido. Não havia nada para ver e, na escuridão, nem mesmo o brilho dos postes de iluminação pública de Ponto para mostrar o caminho de volta.

A hora estava chegando. Tibo caminhou lentamente até a pousada e se vestiu com camadas duplas de roupa.

— Uma ótima noite para uma pescaria — disse ele à Sra. Leshmic. — Pode me dar aqueles sanduíches agora?

Ela lhe entregou uma caixa de lata azul esmaltada (bem parecida com a que Agathe tinha comprado para si na rua do Castelo) e duas garrafas de cerveja.

— É só remar da ponta, Sr. Krovic, este é o meu conselho, passando pelo fim da ilha. É lá que os garotos encontram os mais gordos. O bote está amarrado no nosso pequeno píer. Precisa de alguma ajuda?

Tibo recusou com simplicidade e deu boa-noite com um sorriso. Havia um barulho suave de areia fina batendo na porta quando ele a fechou e, então, correu de volta para o táxi e para Agathe.

— É hora de correr de novo, querida — disse ele. — Direto para as dunas, e nós nos vemos na ponta da ilha daqui a pouco.

Tibo deu um último beijo no nariz dela e observou quando ela correu para se esconder, e então, com dois cobertores ao redor do pescoço, subiu sozinho os degraus para o píer.

Deu muito trabalho sair do pequeno píer de madeira. Tibo não era nenhum remador e estava temeroso com a ideia de passar uma noite inteira no mar. Seu nervosismo era aparente. O bote virou e tremeu quando ele se acomodou no meio, e ele teve dificuldade de fixar os remos nos suportes. Havia rostos escuros nas janelas da pousada. Tibo tentou não parecer apavorado e se afastou.

Ele precisou de uma meia dúzia de remadas meio incertas para sair da enseada próxima ao Rainha Cate, mas assim que passou pelas pedras o vento que havia estava soprando na direção da ponta da ilha, de Agathe e, no fim, de Vírgula. Quando chegou à extremidade da terra firme, Tibo começou a virar o barco na direção da praia, assobiando "O garoto que eu amo" enquanto remava em uma trajetória torta, até ouvir os uivos de resposta de Agathe e a ver saltitando, pálida ao crepúsculo, em meio ao capim da praia.

Tibo remou com mais força até o fundo do bote raspar na areia. Sentiu a madeira amassar e moer o fundo e pulou para a praia.

Agathe pulou na água e veio a seu encontro.

— Estou aqui! Estou aqui! — disse ela, espalhando água ao correr.

— Sim, querida, estou vendo, estou vendo, mocinha esperta. Agora, entre no bote. Preciso achar as suas roupas.

Tibo passou um tempo procurando no meio dos arbustos, subindo e descendo a praia e cortando as mãos nos galhos soltos, mas sem achar a trouxa de Agathe, até que, sem ter sido chamada, ela apareceu ao lado dele e apontou.

— Sinceramente — disse ela. — Está bem na sua frente! Isso é coisa de homem mesmo.

Caminharam juntos de volta para o bote e Tibo a enrolou nos cobertores e a alimentou com o conteúdo da caixa da Sra. Leshmic enquanto as estrelas iam despontando.

— Você sabe para onde estamos indo, Tibo?

— Mais ou menos — respondeu ele.

— Vai conseguir encontrar o caminho?

— Mais ou menos.

— Nós não temos nenhuma chance, não é mesmo?

— Nós nunca tivemos nenhuma chance, Agathe, e esta é a melhor que já tivemos.

— Então, é melhor irmos.

Tibo pegou a corda na proa do bote, virou na direção das ondas e se afastou da praia. De algum modo, ter Agathe para zelar por ele era diferente dos pescadores que o olhavam da pousada. Eles o deixavam nervoso, ela o deixava confiante; eles queriam que ele falhasse, ela queria que ele fosse bem-sucedido. Ele colocou a bússola de bolso de Yemko na tábua a sua frente, ergueu os olhos para as estrelas e fez força com os remos. Não havia muito a dizer. Ele olhou para Agathe, ela olhou para ele, a lua saiu e brilhou na água e Tibo remou.

— A coruja e a gatinha foram para o mar — disse Tibo.

Ele cantou tudo, até "Dançaram à luz do luar", e Agathe o amou por isso.

— Mas eu não sou uma gatinha — disse ela.

— Não, e eu não sou uma coruja.

— Ah, é sim, Tibo! É sim, é sim!

E foi assim que as coisas se passaram enquanto eles remavam pela noite afora.

Talvez devesse haver mais para contar em relação a uma viagem noturna em um bote aberto... principalmente em uma história que se estendeu por páginas, a respeito de uma apresentação em um coreto, e se deu ao trabalho de observar como um simples cartão-postal traçou seu caminho de uma caixa de correio da praça da Cidade até o Posto de Correio Central e de volta. Nenhum desses acontecimentos é de grande interesse ou aventura, e, como qualquer um deve perceber que estamos chegando perto do fim desta história, você deve estar pensando que a viagem de barco até Vírgula merece um pouco mais de atenção. Pode ser que você tenha razão. A verdade é que o mar pode ser muito tedioso. Sua tendência é ser plano e há muita repetição: uma onda geralmente se segue a outra, e, ao se sucederem, são bem parecidas em tamanho, formato e cor, principalmente à noite, o que era o caso.

Mas, bom, esta história tem mais a ver com o significado do que com as coisas que acontecem nela, de modo que podemos concordar que as coisas continuaram bem do mesmo jeito nas horas seguintes, até um pouco depois da meia-noite, quando fazia três horas inteiras que Tibo estava remando e estava começando a se sentir muito cansado mesmo.

Tibo não era um remador, ele era o prefeito de Ponto. Ele nunca tinha fingido ser atleta e não fazia ideia de quanto deveria remar, só sabia que o advogado Yemko Guillaume, que mal conseguia percorrer a extensão de um caminho no jardim, disse que eles estariam lá pela manhã. Os braços de Tibo doíam e suas mãos estavam cheias de bolhas. Ele se viu parando com mais frequência, "só para conferir a bússola", e começou a se perguntar se Yemko não os tinha, simplesmente, enviado para a morte. Afinal, já havia um Gnady Vadim pronto para herdar sua casa, por que não poderia haver outro? Ele pensou no motorista de táxi de cara amarrada (um cúmplice ideal) e continuou remando.

Mas, antes de ter tempo para conferir a direção da bússola mais uma vez, Tibo sentiu aquela mesma areia esmagada e raspada embaixo do bote. E, como a esperança sempre se sobrepõe ao simples bom-senso, ele ignorou e voltou a remar. O bote ficou imóvel. Ele remou de novo e o remo bateu na areia dura.

— Já chegamos? — perguntou Agathe, apesar de conhecer a resposta.

— Acho que não — disse ele, apesar de saber que não tinham chegado.

Não havia nada para ver. Tibo se levantou para ter uma visão melhor e, bem aí, a lua saiu de trás de uma nuvem e mostrou uma enorme elipse lisa de água com ondas nervosas comendo as beiradas.

— Nós batemos em um banco de areia — disse ele. — Não faz mal. Nós só vamos descer, empurrar o barco e achar um jeito de prosseguir.

Mas, quando Tibo desceu para empurrar, o barquinho deles virou para um lado, quase até a água, e do outro lado do banco de areia veio uma onda, que foi crescendo e ficando mais maldosa à medida que se aproximava, e quebrou em cima do barco e lá ficou, um bocado cinzento e frio de água. Caiu no mar. A temperatura fria fez com que ele engolisse em seco. Cada fibra de suas roupas ficou encharcada. O tecido o puxava para baixo como se houvesse correntes amarradas em seu corpo, e, quando ele ficou em pé, onda após onda tinha atingido o bote e o afundado. Ele fazia pequenos movimentos enjoativos e ia se afundando mais na areia a cada um deles, e Agathe estava sentada na tábua da parte de trás, uivando:

— Tibo, Tibo.

— Está tudo bem — disse ele. — Pule para fora. Venha aqui. Só bate nos tornozelos.

O som da voz dele (apesar de ele precisar tomar fôlego entre cada palavra) fez com que ela ganhasse coragem e saísse saltitando pelas ondas e se colocasse ao lado dele.

— Não. Se. Preocupe. Minha. Querida — disse ele. — Nós podemos simplesmente virar o barco um pouco para o lado e tirar a água.

Mas ele não podia fazer isso, é claro. Meio cheio de areia e de água do mar, o pequeno bote poderia muito bem ter sido feito de chumbo. Tibo puxou e se esforçou, mas ele não se mexia. Com o resto de força que ainda tinha, Tibo conseguiu subir pelo lado e voltar para o bote, onde usou as mãos para devolver a água ao mar, mas as ondas estavam vindo mais rápidas e ele não conseguia acompanhar o ritmo. Por sorte ele estava molhado demais e a noite estava escura demais para as lágrimas aparecerem em seu rosto, e ele estava tão molhado e tão cansado que sua respiração ia saindo em soluços mesmo. E então, quando uma onda especialmente grande chegou brilhando e reluzindo ao luar, faiscando com toda a malícia parada e morta do olho de um tubarão, o barquinho se agitou para recebê-la, virou para o lado, afundou e se endireitou com bravura, mas sem os dois remos.

Agathe ficou no banco de areia, uivando, derrotada. Tibo se arrastou e nadou e andou com dificuldade e lutou para sair do barco para ir se sentar largado na água, ao lado dela. Ele amarrou uma ponta da corda ao redor do corpo dela e enfiou a mão em um laço. "Pelo menos", ele pensou, "se algum dia encontrarem os nossos corpos, nós estaremos juntos."

— Vamos ter que ficar esperando aqui até a maré baixar e tentar de novo — disse Tibo.

Mas Agathe disse:

— Já está batendo nos meus joelhos. Acho que está subindo.

— Estava torcendo para que você demorasse um pouco a perceber isso — disse ele. Colocou o braço ao redor dela e falou: — Agathe, eu não tenho nada nem ninguém no mundo todo. Eu deixei tudo que eu tenho para um homem de quem nunca ouvi falar e, em pouco tempo, quando eu estiver morto, não vai existir nenhuma alma sequer que vai saber ou se importar, mas não existe nenhum outro lugar no mundo em que eu preferiria estar a não ser aqui com você, que sabe quanto de açúcar eu coloco no meu café. Agora me deixe abraçar você, porque eu estou com muito medo.

Aquele tinha sido um discurso bem bonito, e o bom Tibo Krovic devia se sentir no direito de escutar algo pelo menos tão simpático em troca... talvez algo sobre ficar ao lado dela e amá-la, mesmo depois de ela se transformar em um cachorro, mas a única coisa que Agathe disse foi:

— Olhe lá. — E como Tibo não se mexeu, ela disse. — Olhe para lá — e de novo, até que ele olhou. — Eu sei onde nós estamos — disse Agathe.

Atravessando a água na direção deles, com as pernas imersas até os joelhos, caminhando pelo banco de areia da escuridão como um trem na estepe invernal, havia uma longa fila de silhuetas e, na frente da fila, enorme e sólida como uma árvore ambulante, vinha uma figura gigantesca, vestida com uma pele de leopardo e um bigodão. Em cima do ombro, carregava dois remos.

Ele não proferiu uma única palavra, mas, com dedos delicados, desamarrou a corda do corpo de Agathe e amarrou ao redor do seu próprio e então, caminhando para trás na direção do meio do banco de areia, onde a água era mais rasa, ele arrastou o bote das ondas, erguendo-o, tirando-o da água como se fosse um peixe enorme e derrotado. Mas ainda estava longe de flutuar. O mar batia a apenas centímetros da beirada e o barco continuava cheio de água. O homem forte apertou o maxilar com toda a força, agachou com as costas contra a popa e começou a levantar. Os pés dele patinavam na areia, seu rosto se contorcia na agonia do esforço, mas o barco começou a virar, começou a se erguer na direção da proa e a água escorreu para fora. O barquinho se ergueu bem acima do mar e, com um sorriso gentil, o gigante ajudou Tibo e Agathe a voltar a embarcar. Então, com as mãos enormes na popa, ele empurrou o barco e o enviou avançando através das ondas.

Tibo e Agathe se colocaram de um lado, olhando para o pessoal do circo que se enfileirava no banco de areia, acenando. A água já batia na cintura deles. O barco continuou avançando. A luz foi para trás de uma nuvem. Quando voltou a sair, o pessoal do circo tinha desaparecido e não havia nada para ver além do luar brilhando no mar parado e liso.

Tibo e Agathe estavam cansados demais para remar, com frio demais e molhados demais. Eles simplesmente ficaram flutuando no escuro, olhando na direção da única estrela brilhante que ainda reluzia por entre as ondas.

No final, depois de muito tempo, Tibo disse:

— Tenho uma coisa muito importante para lhe perguntar, Agathe. — Como ela não disse nada, ele tomou aquilo como sinal para perguntar. Ele disse: — Querida, você sabe que Hektor está morto?

— Sei, Tibo, acho que fui eu. — Depois de um momento, ela disse: — Acho que ele não era um homem muito gentil.

Tibo falou:

— Por acaso isso significa que você acha que foi um erro se transformar em cachorro?

— Acho que me transformar em cachorro foi a coisa mais sábia que eu poderia ter feito. Por outro lado, eu resolvi voltar a ser mulher assim que for possível... aliás, provavelmente assim que o sol nascer.

Tibo e Agathe estavam longe de Ponto àquela altura, longe demais até para que eu os enxergasse, e ninguém nunca mais ouviu falar deles.

Ninguém nunca soube como a viagem deles acabou, mas toda manhã, às 7h30, logo antes de o Anjo Dourado abrir suas portas, eu sei que o Sr. Cesare ajoelha em silêncio ao lado do meu túmulo, onde diz uma oração pela paz da alma de seu amigo, e nunca esquece de deixar um saquinho de balinhas de menta.

E todo mundo sabe que o retrato do bom prefeito Krovic, pintado a partir de suas várias ilustrações nos arquivos do *Pontense*, ainda é exibido com orgulho na Prefeitura que ele serviu tão bem.

E o mundo todo sabe que os famosos *Doze nus inacabados* de Hektor Stopak, roubados de sua casa, vendidos várias vezes desde então, passando de mão em mão, colecionados e reunidos a custo enorme em uma só, a magnum opus perfeita, agora está em exposição permanente na Ala Memorial Krovic da Galeria de Arte Municipal de Ponto.

Diz a lenda que existe um décimo terceiro Stopak, mas apenas o advogado Guillaume sabe que está pendurado na sala de estar da rua Loyola, nº 43, em uma coleção muito particular que não é compartilhada com ninguém e definitivamente não é exposta ao público, fixada em uma estrutura de madeira nova, com a tela restaurada com habilidade. E apenas o advogado Guillaume sabe que, nas prateleiras da mesma sala, há um livro solitário: um exemplar assinado de *Sobre o arroz*, escrito pelo célebre autor Gnady Vadim, que vive feliz com a esposa em uma casa branca grande no litoral da Dalmácia, onde passam os dias bebendo vinho, comendo azeitonas e falando a respeito de Homero para seus lindos filhos.

Este livro foi composto na tipologia Utopia Std
Regular, em corpo 10,5/15, e impresso em papel
off-white no Sistema Cameron da Divisão
Gráfica da Distribuidora Record.